첫 단편집으로 인사드립니다

2024년 여름

요람 행성

요람 행성

박해울 소설집

Cradle Planet

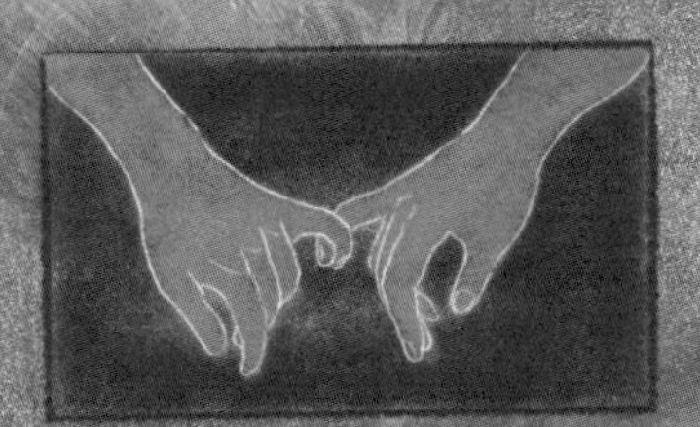

읻다

차례

요람 행성

수현은 귀환선을 몰고 '요람 행성'에 도착했다. 리진이 지구를 떠난 지 30년 만이었다. 전면 창밖에 하늘과 황무지를 가르는 지평선이 보였다. 지구에 도착한 듯한 기분이 들었다. 눈앞에 펼쳐진 풍광을 천천히 둘러보려던 순간, '외부 환경 분석 중'이라는 새 메시지 창과 로딩 막대가 시야를 가로막았다. 그는 잠자코 기다렸다. 잠시 후, 붉은 글자로 쓰인 새 메시지가 떠올랐다.

대기 조성 생존 부적합. 호흡 시 헬멧 착용 요망.

곧이어 해치 옆의 선반이 열렸다. 수현은 자리에서 일어나 헬멧을 쓰고 호스로 연결된 필터를 허리춤에 장착했다.

'요람 프로젝트'가 순조롭게 진행됐다면 지금쯤 헬멧 없이 호흡할 수 있어야 했다. 서서히 열리는 해치에서 서늘한 바람이 불어왔다.

수현은 가져온 바이크에 시동을 걸었다. 헬멧은 자동으로 대기 조성을 감지하여 호흡을 도왔다. 그는 눈을 감고 숨을 깊게 들이마시며 마음속으로 수도 없이 되뇌었던 말을 입 밖으로 꺼내어 보았다. 한음사는, 아니 인류는 요람 프로젝트를 포기했어요. 테라포밍은 끝났어요, 엄마.

고요하고 구름 한 점 없는 날씨였다. 착륙장은 작았고 활주로의 표면은 거칠었다. 한눈에 보아도 이곳저곳 손보지 않은 태가 났다. 콘크리트 표면의 갈라진 틈 사이로 자라난 토착 식물이 까맣게 무성했다.

수현은 바람을 맞으며 내리막길을 달려 리진의 생활공간이 있는 본부 건물로 향했다. 손톱만 하게 보이는 건물 너머로, 검은 풀이 만발한 들판이 내려다보였다. 바람이 풀잎을 흩트릴 때, 언뜻언뜻 짙은 고동색의 반짝이는 빛이 일었다. 그리고 새카만 수풀 틈새에서도 용케 살아남은 연초록빛 '론'의 잎이 기묘한 조화를 이루며 출렁였다. 그 풀숲 사이에 이주민의 생활을 위해 만들어진 돔 몇 개와 돔을 잇는 터널이 보였다. 돔 옆에 있는 크레인 모양의 거대한 3D프린터는 날카로운 끄트머리를 하늘 쪽으로 들고 정지 상태로 우뚝 서 있었다. 지평선 너머엔 살짝 솟아 있는 산이 보였다.

웃자란 검은 풀숲에 구릿빛 정화 차량들이 녹슨 채로 멈춰 서 있었다. 이곳은 한음사의 예측 보고서나 수현이 예상한 행성의 모습과는 너무도 달랐다. 그는 리진이 살았던 본부를 향해 걸음을 재촉했다.

본부 창틀에는 새카만 더께가 앉아 있었다. 방 안은 살풍경했다. 한 번도 사용하지 않은 것처럼, 가구와 집기 모두 제자리에 놓여 있었다. 개인실의 침대, 욕실, 탁상, 작업복이 여러 벌 걸린 옷장도 마찬가지였다. 창문에서 쏟아진 빛만이 복도 바닥에 눈부신 사각형을 새길 뿐이었다.

지하 차고는 어두컴컴했다. 수현이 벽을 더듬어 스위치를 누르자 천장 등이 켜졌다. 안쪽에서부터 환풍기 돌아가는 소리가 메아리쳤다. 한쪽 벽에 설치된 큰 스크린에 메시지가 환하게 떠올랐다.

지구화 40%. 목표량 미달. 분발하세요.

이윽고 요람 행성의 지도가 나타났다. 바다 위의 커다란 배처럼, 대양 위에 대륙 하나가 보였다. 수현은 제어반의 홀로그램을 터치하며 살펴보다가 한 지점에서 눈을 떼지 못했다. 지도에서는 정화 차량의 상태와 움직임이 보였다. 수많은 검은 점이 땅 위에 흩뿌려져 있었다. 그중 단 한 개의 점만이 초록빛으로 켜져 있었다.

그는 다른 데이터가 없는지 살펴보았다. 문서 하나가 남겨져 있었다. 작성자는 리진. 글의 내용은 다음과 같다.

*

이 글을 읽는 사람이 있을까. 내가 어떻게 됐는지 궁금해하는 사람이 있을까. 여기까지 와서 데이터를 뒤져 이 글을 읽을 사람은 없으리라. 나는 희망을 걸지 않는다. 그럼에도 기록한다. 이것이 내가 여기 있었다는 처음이자 마지막 기록이 될 것이므로.

지구에 살 때, 행성 이주에 관한 뉴스를 자주 보았다. 오염되지 않은 행성이 지구인을 기다리고 있다고, 인류는 타고난 개척 정신으로 우주를 항행하여 희망을 만들어낼 거라고 했다.

회사에서 계약서를 쓰고 나오는 길에 보았던, 건물 전체를 감싸고 있던 현수막을 기억한다. 한음사의 유니폼을 입고, 눈을 빛내며 하늘을 올려다보는, 미소 짓는 개척자의 모습을.

나는 지구의 지도에서 사라진 동쪽 작은 나라의 외딴 바닷가 마을에서 태어났다. 우리 마을 앞바다에서는 명태가 많이 잡혔다. 하지만 언젠가부터 갑자기 명태가 사라지며 오징어가 잡히더니, 결국엔 그물에 아무런 물고기도 잡히지 않았다. 그다음에는 물이 땅을 삼켰다. 사람들은 고향을 잃고 난민이 되었다.

엄마는 평생 해오던 어부 일을 그만두자, 이름 모를 병에 걸려 쇠약해졌다. 그렇다고 마을에 언제까지고 붙어 있을 수는 없었다. 부모님과 나와 동생은 우리를 받아줄 도시로 가는 보트를 타기로 했다. 언제 침몰해도 이상하지 않을 허름하고 낡은 보트였다. 아빠는 나와 동생에게 주의를 주었다. 무슨 일이 있어도 절대 보트에서 내려선 안 된다고.

정해진 날이 다가왔다. 브로커가 돈을 받고 우리 가족을 태웠다. 보트에 탄 사람들 사이에는 두려움 섞인 땀 냄새만 풍길 뿐이었다. 모든 것이 침묵에 잠겨 있었다. 그러나 국경수비대가 우리 보트를 쫓자, 승객들은 우왕좌왕하다가 보트가 속도를 낼 수 있게 무거운 짐부터 바다에 버리기 시작했고, 상황이 나아지지 않자 급기야는 꼭 필요한 작은 짐마저 모조리 내던졌다. 그 와중에 승객 한 명이 아빠가 품속에 안고 있던 가방을 빼앗아 보트 밖으로 집어 던졌다. 그 가방엔 엄마가 꼬박꼬박 챙겨 먹어야 하는 약과 하나뿐인 가족 앨범이 들어 있었다. 시커먼 바다에 가방이 위태롭게 떠 있는 것을 본 아빠는 할 수 있는 최대한으로 다정하게 나를 바라보며 말했다. 금방 쫓아갈게. 알겠지? 그에게는 남을 탓하며 분개할 시간조차 없었다.

그리고 내가 아빠를 보았을 때는, 이미 그가 시커먼 바다에 몸을 던진 후였다. 수면 위로 허우적대는 팔과 가방이 보였다가 사라지기를 반복했고, 결국엔 아무것도 보이지 않게 됐다. 동생이 소리를 질렀고, 내가 그 애의 입을 틀어막았다. 엄마는 아빠를 구하기 위해 바다에 뛰어들려 했다가 저지당했다. 엄마는 사람들에게 도와달라고 사정하다 결국엔 쓰러졌다. 가방을 던진 사람은 머리를 감싸 쥐며 뛰어들 줄은 몰랐다고 말했다.

승객들은 나와 시선이 마주치는 것을 꺼렸다. 위로의 말을 건네는 이도, 대신 울어주는 사람도 없었다. 나는 아빠가 사라진 수면을 바라보았다. 그리고 "무슨 일이 있어도 절대 보트에서 내려선 안 돼"라고 되뇌며 엄마를 살폈다.

우리가 도착한 해변은 그 나라 사람들의 근사한 휴양지로 알려진 곳이었다. 하지만 내가 기억하는 거라곤 동생의 부드럽고 작은 손의 감촉과 있는 힘을 다해 정신을 붙들고 있는 엄마의 불안한 숨, 팔과 다리에 잔뜩 붙은 고운 모래와 흰 조개껍데기, 그리고 입 주변을 기어다니는 파리들뿐이었다.

영원할 것 같았던 캠프 생활도 아주 잠시였다. 엄마는 캠프에 도착한 지 얼마 되지 않아 숨을 거두었고, 나와 동생은 추위와 더위 속에서 반 뼘씩 더 컸다.

우리는 캠프 생활을 마무리하고 어렵사리 도시로 이주했다. 나는 고작 10대 후반에 불과했으나 배울 수 있는 것은 뭐든지 열심히 배웠다. 그렇지만 나는 지금도 그 도시의 언어에 익숙하지 않다. 사람들과 도시의 언어로 대화를 주고받았지만, 나는 아직도 사라진 마을의 언어로 사고한다. 더듬더듬, 내가 아는 도시의 어휘로 번역하여 간신히 말이 통하게 할 뿐.

그러니 말을 주로 하는 직종을 선택하긴 어려웠다. 유일하게 적성에 맞다 싶은 것이 쓰레기차 운전이어서 이 일을 시작했다. 월급은 간신히 입에 풀칠할 수준이었다. 그 와중에 배 속에 아이가 자라고 있다는 것을 알았다. 주변 사람들이 만류했지만, 아이를 낳았다. 한 생명을 키우는 일은 고됐지만 나와 함께하는 소중한 이가 하나 더 생긴다는 건 좋았다. 그렇게 우리 셋은 가족이 되었다.

변변한 학교도 제대로 졸업하지 못했지만 나는 성실하고 머리가 좋다는 말을 종종 들었다. 틈틈이 도서관에서 책을 빌려 읽기도 했다.

바쁜 와중에도 시간을 쪼개 차량 정비 자격증을 취득했다. 일을 하나라도 더 따내기 위해서였다. 그러자 새로운 일거리를 알아보기도 전에 직업소개소 사장이 나에게 딱 맞는 일이 있다고 연락해 왔다. 쓰레기차 운전 경력도 꽤 되고, 차량 정비 자격증도 있잖아. 요람 프로젝트에 지원한다면 어마어마한 돈을 벌 수 있을 거야. 그의 말에 나는 망설임 없이 면접을 보았다.

한음사의 면접관은 이렇게 말했다. 쓰레기차를 개조한 자율주행 정화 차량 1만 대를 당신은 지구 시간 기준으로 30년간 관리해야 합니다. 당신의 업무는 이 차가 제대로 가동하는지 확인하고, 고장 난 차가 있으면 정비하는 일이에요. 물론 그 일만 있는 건 아니고, 당신도 배정받은 정화 차량을 몰며 일을 할 겁니다. 행성 이주민들이 쓸 생활관이 지어지고 있거든요. 그곳의 건설 폐기물을 치워야 해요. 불량 앰풀도 매립지에 내다 버리고요. 쉬운 일이 아니라는 건 우리도 알아요. 후각 감퇴 시술은 쓰레기 처리소에서 이미 받으셨군요. 그러면 우울 경감과 활력징후 임플란트를 무상으로 시술해 드리겠습니다. 잘됐어요. 굉장히 젊은 분이시네요. 몸도 건강하고요.

실제로 혼자 일하는 기간은 5년 남짓이에요. 그 시간만

견디면 제3차 계획이 시작되어 지구 동물의 배아와 동료들이 갈 거예요. 1차 계획은 이미 시작됐어요. 기계와 건물과 정화 차량을 만들 3D프린터를 미리 보내서 가동 중이에요. 2차 계획은 당신이 행성에 직접 가서 본격적으로 정화 차량의 활동을 모니터링하는 거죠. 3차 계획을 준비하는 겁니다.

나는 고개를 끄덕였다. 저도 한 가지 부탁드리고 싶은 게 있어요. 나중에, 행성이 지구화되면 저와 제 동생과 아이의 이주권을 주세요. 그러자 면접관은 흔쾌히 계약서에 그 조항을 넣어주겠다고 했다.

나는 낯선 항성이 만들어내는 노을을 보았다. 기온은 서늘했고, 헬멧은 답답했다. 모든 것이 어색했다. 등에 멘 배낭이 무거웠지만 오랜만에 탁 트인 곳에서 볕을 쬐고 있자니 축축했던 마음이 천천히 말라가는 기분이었다.

지평선에서 이쪽으로 드리워진 긴 그림자가 느릿하게 움직이고 있었다. 정화 차량의 행렬이 집중선처럼 보였다.

뒤를 돌아 다른 쪽 들판을 바라보았다. 이미 줄지어 자라고 있는 론의 연초록빛 물결이 넘실거리고 있었다. 살아 있는 생명이 바람에 흔들리는 순간은 한동안 넋을 놓고 볼 만큼 아름다웠다. 이곳이 약속의 땅처럼 여겨졌다. 지구 이후에 인류가 살아가야 할 곳이 이곳, 요람 행성이라는 것을 의심할 수 없을 정도였다. 나는 동생과 딸이 구김 없는 하얀 옷을 입고 초록 들판에서 춤을 추는 상상을 했다.

본부에 도착하여 짐을 풀었다. 간단한 옷가지와 개인 소지품을 서랍에 정리했다. 배낭 바깥에 한 번도 열어보지 않은 주머니가 불룩하게 튀어나와 있었다. 열어보니, 거기에는 새 명함 케이스가 있었다. '수석 폐기물 처리사/정화 차량 수리사'라는 직함 아래 내 이름이 새겨져 있었다. 명함을 나눠 줄 만한 상대도 없는데. 어이가 없어 웃으면서도 손가락으로 명함을 가만히 쓸어보았다. 내 이름이 새겨진 명함을 가져보는 것은 처음이었으므로.

차고 한쪽에는 거대한 기계 장치가 쉴 새 없이 돌아가며 앰풀을 찍어내고 있었다. 손가락 한 마디 크기의, 말랑한 영양제처럼 생긴 황금빛 앰풀에는 지구와 흡사한 대기 조성을 돕는 유전자 조작 식물 '론'과, 론을 키워낼 생장촉진제가 들어 있었다. 앰풀은 그 자체로 하나의 씨앗처럼 보였다. 재출발을 기다리는 차량 몇 대가 천장 호스에서 쏟아지는 앰풀을 받고 있었다.

스크린에는 땅과 대기의 지구화가 5퍼센트 진척되었다고 쓰여 있었다. 차고 구석에 내가 탈 정화 차량이 있었다. 전체적인 외형은 쓰레기차와 다를 바 없었지만, 차 앞면에는 장애물을 치우는 한 쌍의 기계 팔과 웃자란 풀을 잘라내는 칼날, 그리고 큰 갈퀴 모양의 앰풀 식립 장치가 달려 있었다. 론은 대기 조성에 특화된 식물이었지만, 파종이 까다롭고 싹을 틔우기가 어려웠다. 그래서 이처럼 인위적인 방법이 아니면 키우기 힘들다고 했다.

차의 뒤꽁무니에는 지구의 여느 쓰레기차처럼 쓰레기를 수거할 수 있는 기계 팔과 쓰레받기 역할을 하는 경사로와 커다란 트레일러가 달려 있었다. 트레일러의 절반에는 쓰레기가 담겨 있었고, 나머지 절반에는 앰풀이 가득 실려 있었다.

운전석에 앉아 시동을 걸었다. 진동과 소음이 고막을 가득 채우자 기묘한 안정감이 찾아왔다. 내가 있어야 할 곳에 돌아온 것 같은 기분이었다. 수동운전을 택하고 액셀을 밟았다. 본부 뒤쪽에는 생활관을 만들고 남은 건설 폐기물이 모여 있었다. 나는 폐기물을 한데 모았다. 지구에서 했던 일보다 쉬웠다. 폐기물이 보이면 차량은, "폐기물 발생. 수거 작업을 시작합니다"라고 말했다. 일련의 과정은 전자동이어서 쓰레기만 쏟아지지 않게 조심하면 되었다.

나는 내비게이션을 쓰레기 매립지 쪽으로 설정했다. 쓰레기 매립지가 따로 없는 대륙 대부분의 구역에서는 폐기물들을 적당히 모아놓지만, 본부를 기준으로 반경 수 킬로미터 안은 이주민들이 주로 사용할 구역이라 깨끗하게 관리해야 해서 별도의 매립지가 있다고 했다.

지구에서는 항상 밤에 쓰레기차를 몰았기 때문에 한낮의 운전은 몹시 낯설었다. 매립지로 가는 길에 토착 식물들이 보였다. 억센 줄기와 거친 잎사귀를 가진 다양한 식물이 곳곳에 널려 있었다. 지구에서 자라는 식물과 형태는 비슷했지만, 대부분이 고동색이거나 검은빛에 가까웠다.

식물 군락 위에는 흰 서리가 앉아 있었다. 나는 그것을 보며 잠시 겨울 아침의 감상에 젖었다. 하지만 좀 이상했다. 서늘한 기온이긴 하지만 서리나 눈이 내릴 정도로 춥지는 않았다. 가까이 다가가 보니, 서리가 아니라 곰팡이였다.

그제야 지금까지 보지 못했던 게 보이기 시작했다. 참새만 한 새 한 마리가 수풀 속에서 붉은 배를 드러내놓고 죽어 있었다. 죽은 새에게 다가가려고 발을 디뎠을 때, 물컹한 감각이 느껴졌다. 발밑에서 같은 종류의 새 수십 마리가 눈을 뜬 채로 싸늘하게 굳어 있었다.

근처 우물을 살펴보았다. 손바닥만 한 보랏빛 물고기 떼가 썩은 물 위에 둥둥 떠 있었다. 다리 없이 배로 기는 생물, 다리가 많은 생물도 모두 흙에 반쯤 덮여 부패하고 있었다. 긴 회색 털과 발굽을 가진 동물과 토끼와 비슷하게 생긴 흰 동물 몇 마리는 축 늘어져 있었는데, 한 마리는 마지막 숨이 붙어 있었는지 새된 비명을 두어 번 내지르다가 숨을 헐떡이며 두 눈의 빛을 잃었다.

여기에 토착 생물이 살고 있다는 말은 한 번도 들은 적이 없었다. 회사에서는 그런 말을 해주지 않았다. 그때 뒤에 있던 차량에서 음성이 들려왔다.

"폐기물 발생. 수거 작업을 시작합니다."

차량 뒤에서 기계 팔이 뻗어 나와 죽은 새 떼를 무자비하게 쓸어 담았다. 청소가 끝나자 차량은 다시 매립지로 가야 한다고 건조하게 말했다. 이곳에 정화 차량이 있는 이유는 건설 폐기물이나 불량 앰풀을 깨끗하게 치우기 위해서가 아니었다. 이곳에 살고 있다가 갑자기 변화된 세상에 적응하지 못하고 죽어버린 생물을 치우는 게 나의 진짜 일이었다.

마음속에서 비아냥대는 소리가 작게 들려온다. 리진, 너는 10년 넘게 도시의 쓰레기를 치워왔잖아. 맞다. 화려하게 빛나는 도시 뒤에는 언제나 악취를 풍기는 더러운 쓰레기가 넘쳐났다. 너는 그걸 누구보다도 잘 알고 있었잖아. 이제 와서 이러는 이유가 뭐야? 나는 속으로 대답했다. 글쎄. 잘 모르겠어. 지구 밖이니까, 여기는 새 땅이라고 했으니까, 뭔가 다를 거라고 생각한 것 같아.

피가 식는 기분이었다. 차에 올라타자마자 전면 창에 곧바로 운전자 컨디션 저하 경고가 뜨더니, 자동운전 모드가 실행되었다.

매립지는 더 처참했다. 그곳에서 무언가 해야 했다면 아마도 나는 나 자신을 견디지 못했을 것이다. 매립지 안을 정리하는 정화 차량이 땅을 파고 대기하면, 밖에서 온 차량이 사체를 쏟아부었다. 개중에는 아직 살아서 숨을 내쉬는 생물도 있었다. 기계 장치는 두려움 섞인 울음을 감지하여 부패 용액을 공중에 흩뿌렸다. 액체가 땅으로 내려앉기도 전에 정적이 깔렸다.

그날 저녁, 샤워실에서 살갗이 벗겨질 때까지 몸을 씻었다. 샤워기에서 뿜어져 나오는 물이 적갈색 침출수가 아닌지 손바닥에 물을 받아 몇 번이고 확인하고 냄새를 맡았다.

나는 이곳에 생물이 있을 뿐만 아니라 떼죽음을 당하고 있다고 스크린을 통하여 한음사에 메시지를 보냈다. 여기엔 지구처럼 풀도, 새도, 물고기도 있고요, 다들 소리 지르며 죽어가요. 그러다가 신입 사원 연수 때 들었던 말을 떠올렸다. 정확히 기억나진 않지만 이런 말이었다. 행성의 모든 일은 '알아서' 판단하고 처리해야 한다고. 지구랑은 다르다고. 스스로 관리자 의식을 가지고 단호하게 결정해야 한다고.

가만히 있어봤자 정화 차량은 끊임없이 일하고 론은 자란다. 론이 대륙을 뒤덮을 때 비로소 이 행성은 사람이 살 수 있는 곳으로 변모한다. 이곳은 새로운 지구가 된다. 나는 아무것도 막을 수 없다. 나는 한낱 1인분의 인간에 불과하다. 하지만 그럴 거면, 나는 여기 왜 있는 걸까.

내가 가장 잘하고, 유일하게 할 수 있는 건 쓰레기차를 모는 일이다. 남이 쓰다 버린, 필요 없어졌거나 싫증 난 물건을 모아 매립지로 향하는 일 말이다.

생각해 보면, 나는 지금까지 죽음에 익숙한 삶을 살아왔다. 고향은 통째로 사라지고, 부모님을 잃었다. 부모님의 죽음을 가까이에서 목도한 후, 나는 항상 사람의 목숨이 언제든 끝날 수 있는 위태로운 성질의 것임을 늘 마음속에 새기고 있었다. 눈치 보고, 도망치고, 마음 졸이는 게 일상이었다. 하지만 내게는 사랑하는 사람들이 있었다. 단지 그들을 행복하게 해주고 싶었다.

일의 보람은 돈을 버는 것에만 있는 게 아니었다. 새벽에 쓰레기차 일을 마무리하면, 동이 틀 때쯤 말끔해진 도시 구석구석에 일출의 빛이 내려앉는다. 나는 입김을 뿜어내며 차량 난간에 몸을 기대고 그 풍경을 바라보았다. 그게 좋았다. 노곤해진 몸을 이끌고 집으로 돌아갈 때, 깨끗한 인도 위로 하루를 시작하는 인파를 거슬러 올라갈 때, 뿌듯함을 느꼈다.

하지만 지금은 공허할 뿐이다.

본부에 돌아와 보니 회사가 간추려서 보내는 지구의 뉴스 단신과 가족의 메시지가 와 있었다. 그래도 세상과 아예 단절되지 않았다는 생각에 안도감이 들었다.

동생과 딸은 여전히 치안이 나쁜 도시 외곽 지대에 살고 있지만, 이제는 끼니때마다 레토르트 음식 대신 신선한 채소와 과일을 먹을 수 있다고 했다. 딸은 이제 학교에 갈 때가 되었겠지. 동생은 얼마 전에 딸에게 장래 희망을 물어보았다고 했다. 딸은 우주 먼 곳까지 모험하는 용감한 우주선 조종사가 되고 싶다고 말했단다. 나는 그 애에게 장래 희망이 있다는 게 좋았다. 전부 언니 덕분이야. 미안하고 고마워. 동생은 항상 그런 말을 했다.

짧은 텍스트와 이미지가, 내게는 그 어떤 것과도 비교할 수 없이 소중했다. 나는 동생에게 잘 지내고 있으니 걱정하지 말라고 하며, 론이 자라는 들판을 촬영하여 보냈다. 벅찬 마음이 최대한 천천히 사그라들기를 바라며 아무도 없는 생활관에 들어가 한동안 고개를 무릎에 파묻고 앉아 있었다.

가족의 얼굴을 떠올렸다. 그날도, 그다음 날도 계속 일하기로 했다. 나는 생각했다. 나는 그저 폐기물을 깨끗이 치우는 일을 할 뿐이라고. 부패하는 물질이 널려 있으면 응당 치워야 한다고.

회사에서 정해준 마지막 일과는 매립지를 둘러보는 것이

었다. 가족들에게서 메시지가 온 날 이후로 매립지에 갈 때마다 땅에 묻는 것들을 보지 않으려고 애썼다.

이 행성에서의 첫 1년이 지나갔다. 회사는 내가 보낸 메시지에 끝내 답장을 주지 않았다. 대신 수신함에 새로운 계약서가 와 있었다. 나는 이주권에 관한 조항을 확인하고, 서명했다. 요람 행성은 점점 더 지구와 가깝게 변해갔다. 이 무렵, 스크린에는 지구화가 12퍼센트 정도 진행되었다는 메시지가 떴던 것 같다.

차량은 워낙 튼튼하게 설계된 데다, 자체 수리 기능이 있어서 내가 손봐야 할 부분은 거의 없었다. 이따금 본부에서 꽤 멀리 나가 고장 신호를 보낸 차량을 수리했다. 차는 사람인 나를 인식하고 일시 정지했다. 차를 다루는 일은 어렵지 않았다.

매립은 계속되었다. 일부러 가족들만 생각했다. 혹시 지구에서 생활하는 데 돈이 모자라지는 않을까. 매립지를 둘러보되, 너무 자세히는 보지 않으려고 노력했다. 나도 잘 알고 있었다. 내가 나 자신을 속이고 있다는 걸.

매립지 안에서 생물의 사체를 발견했다. 그것은 인간보다 몸집이 살짝 작았는데, 발에는 말처럼 발굽이 있었고 두 손에는 사람처럼 손가락과 지문이 있었다. 피부는 검고 거칠었으며 머리는 염소와 흡사했다. 죽은 생물은 매립을 기다리고 있는 다른 사체와 함께 있어야 했지만, 웬일인지 차량이 드나드는 길 위에 덩그러니 놓여 있었다. 그것이 혼자서 움직였을 리 없었다. 이미 오래전에 공격당해 군데군데 살이 뜯기고 벌레가 들끓고 있었기 때문이었다.

CCTV를 확인했다. 바로 어젯밤, 이 생물보다 몸집이 조금 더 크고 털이 덥수룩한 짐승들이 이 생물을 질질 끌고 가다가, 매립지의 감시탑 불빛을 보자 이 생물을 내려놓고 재빨리 달아났다. 그들은 언젠가 책에서 봤던 설인(雪人)과 비슷했다. 짐승의 도주 방향은 이제 막 개간을 시작한 서쪽 숲이었다.

다음 날, 알람 소리에 눈을 떴다. 숲에서 앰플을 심을 예정이었던 차량 한 대가 간밤에 고장이 났다는 신호가 울리고 있었다.

나는 숲으로 향했다. 숲의 초입에 텁수룩한 털과 날카로운 이빨과 뿔을 가진 짐승이 쓰러져 있었다. 나는 어제 보았던 짐승과 관련이 있지 않을까 하고 생각했다.

진창에 처박힌 차는 간헐적으로 바퀴가 헛돌며 주변의 나무와 잎에 흙탕물을 흩뿌리고 있었다. 차체는 멀쩡했지만 진창에 깊게 빠졌는지 자체 수리 시스템으로 해결하기엔 무리인 듯했다. 나는 차 문을 열었다. 거기에는 누군가가 일부러 집요하게 쑤셔 넣은 것처럼 모든 틈새에 나뭇가지와 자갈이 잔뜩 들어 있었다. 나는 그것들을 헤치고 최대한 밖으로 끄집어냈다. 이어서 트레일러 뚜껑을 열어보았다. 나는 놀라서 주춤 뒤로 물러났다. 안에 설인 다섯 마리가 웅크린 채 죽어 있었다. 털 밖으로 삐져나온 손바닥에 자갈 몇 개가 붙어 있었다. 나는 차마 그들의 시체를 만질 자신이 없어 뚜껑을 닫았다. 운전석에 앉아 시동을 걸었다. 가까스로 차를 진창에서 빼낸 뒤, 땀을 닦으며 어제 보았던 염소 머리 생물과 설인을 떠올리며 주위를 두리번거렸지만, 주변은 인기척 하나 없었다. "청소가 완료되었습니다." 정화 차량의 음성이 정적을 깼다.

행성의 모든 일은 알아서 판단하고 처리해야 한다는 말이 귓가에 쟁쟁했다. '알아서' 한다고? 알긴 뭘 아는데? 태어나서 여기 오기 전까지 줄곧 지구에서 살았지만, 나는 지구에 대해서도 어느 하나 자세히 아는 바가 없었다. 그런 내가 이 행성에서 벌어지고 있는 일을 어떻게 알고 무슨 수로 알아서 처리한다는 말인가?

관자놀이를 꾹 누르며 생각했다. 누군가 정화 차량을 일부러 고장 낸 걸까? 그렇다면 그는 정화 차량이 숲을 파괴하고 있다는 것을 아는 자일 테다.

본부에 돌아와 보니 동생의 메시지가 와 있었다. 메시지가 와 있다는 사실이 너무도 귀하게 느껴졌다.

언니. 지구 기후가 나빠졌어. 부자들이 도시 주변에 돔을 지었어. 우리는 돔 안에 들어가지 못했어. 도시 주변의 숲도 벽과 돔을 만든다고 다 벌목됐어. 왜 인간은 무언가를 만들기 위해서 다른 무언가를 파괴하는 걸까.
도시 외곽에 모여 살던 허름한 집들은 이제 없어. 우리는 캠프 때처럼 지정된 보호구역으로 이주해야 한대. 그래도 괜찮을 거야. 너무 걱정하지 마. 죽을 뻔한 적이 많았어도 지금까지 살아남았잖아?

메시지를 써 내려가는 동생의 얼굴을 떠올려보려고 했지만 잘 생각나지 않았다. 예전에는 사진 없이도 생생히 그릴 수 있었는데, 이제는 사진을 본 직후에도 머릿속에 희뿌옇게 안개가 낀 듯 동생의 모습을 상상하기 어려웠다. 우리는 같은 하늘에 있지 않다. 우리 사이에는 시차가 존재한다. 동생이 사진을 보내고, 그걸 내가 받아서 열어보는 시간까지의 간극은 누구도 어쩌지 못한다. 동생의 현재 모습은 알 방법이 없다. 이상했다. 예전에는 그저 동생이 보내오는 사진과 메시지가 마냥 좋았는데, 왜 이럴까. 나는 손으로 뺨을 때렸다.

지구의 끝이 다가오고 있다. 살 곳은 점점 줄어든다. 지구인들은 이 행성이 필요하다. 이곳에서 열심히 일해서 돈을 버는 건 부차적인 문제일 뿐이다. 테라포밍에 성공해야 한다. 매립지와 서쪽 숲에서의 일은 잊어버리기로 했다. 이곳에 생물이 살지 않았다면 좋았으련만, 세상은 내가 원하는 대로 돌아가지만은 않는다.

이다음부터 얼마간은 기억이 나지 않는다. 그저 시키는 대로 일만 한 것 같다. 차량이 제대로 업무를 수행하는지 확인하고, 고장 난 차가 있으면 정비했다. 더는 폐기물과 사체를 구분하지 않기로 했다.

확인, 정비, 운전, 매립, 확인, 정비, 운전, 매립, 확인, 정비, 운전, 매립, 확인, 정비, 운전, 매립, 확인, 정비, 운전, 매립, 확인, 정비, 운전, 매립…….

일은 끝없이 생겼다.

하루도 쉬지 않고 일했다.

숲은 점점 줄어들고, 검은 물결의 들판이 연초록빛으로 물들었다.

아무도 따지 않은 썩은 과일이 떨어지듯이, 큰 짐승이 쿵 소리를 내며 생명을 다한다. 썩은 과일은 운이 좋으면 안에 든 씨앗이 싹을 틔울 수도 있겠지만, 짐승은 그것으로 종말을 맞는다. 구더기가 들끓고 날벌레가 춤을 춘다. 시냇물은 점점 탁해지고 검은 잎은 누렇게 말라간다. 거의 눈에 보이지 않는 생물에서부터, 나보다 더 큰 생물까지 차례대로 세상을 뜬다. 생물들이 죽을 때마다 내 정신도 가장자리부터 까맣게 타들어 간다.

머리를 비우니 시간도 빨리 가더군. 회사에 보냈던 메시지의 답장도 기대하지 않게 되었다.

어느 날 저녁 무렵이었다. 무거운 몸을 이끌고 본부에 도착했다. 눕고 싶은 생각이 간절했다. 회사에서 메시지가 와 있었다. 5년 차 갱신 계약서였다. 벌써 다섯 해를 이곳에서 보냈다는 것이 믿기지 않았다.

이전 계약서와 같은 내용이라는 본문 문구를 믿고 거침없이 서명하자마자 화면이 재빨리 닫혔다. 나는 침대로 풀썩 쓰러져 몸을 웅크렸다가, 잊고 있었던 게 생각나 급히 몸을 일으켰다. 이상하네. 5년이 될 때, 배아를 싣고 동료들이 온다고 했었는데, 왜 아무 소식도 없는 거지?

지구에서 보내온 새로운 뉴스 단신을 확인했다. 난민들이 사는 구역에 테러가 발생했다. 거주지가 몽땅 불탔다. 생존자를 수색하고 있는데, 사상자가 아주 많다고 했다. 돔 안에 거주하는 난민 혐오자의 방화였다. 그는 경찰에 연행돼 두 팔을 결박당했음에도 자기가 한 일이 자랑스럽다고 지껄였다. 고개를 숙이지도 않았다. 심장이 쿵 내려앉았다.

가족들이 걱정되어 메시지를 몇 통이나 보냈다. 메시지가 바로 전송되지 않을 것을 알면서도 나는 바로 답장이 날아오길 바라고 또 바랐다.

상상하고 싶지 않지만, 만약에 가족들이 죽는다면 한음사에 말해놓은 이주권은 어떻게 되는 거지? 나는 서둘러 계약서를 열어보았다. 1년 차와 2년 차, 3년 차 재계약 때는 계약서에 이주권 보장 조항이 쓰여 있었는데, 조금 전에 서명한 5년 차 계약서엔 그 부분만 쏙 빠져 있었다.

회사 측에도 가족들의 생사와 계약서의 누락 부분에 대한 확인을 요청하는 메시지를 보냈다. 누락 건은 당장 이야기해 주지 않아도 좋으니 제발 동생과 딸의 생사만이라도 답해줬으면 하는 심정이었다.

가족에게 보낸 메시지의 답장은 돌아오지 않았다. 대신 회사로부터 메시지가 왔으나 내용은 간단했다. "지금은 수색 중이니 발견되면 연락드리겠습니다." 그게 끝이었다. 계약서 누락 부분은 언급도 없었다. 어느 것 하나 속 시원한 게 없었다. 나는 재차 회사에 메시지를 보냈지만 매번 똑같은 문구만 돌아올 뿐이었다.

살아 있겠지? 살아 있을 거야. 뉴스 단신을 수없이 반복해서 보았다. 불구덩이에서 뛰쳐나오는 사람들의 얼굴을 하나하나 동생과 딸의 얼굴과 비교했다. 영상의 화질이 좋지 않아 닮은 얼굴이 보일 때마다 철렁한 감각과 함께 나락으로 떨어지는 듯했다. 사망자의 수가 점점 늘어만 갔고, 부상자도 사망자로 편입되어 집계되기 시작했다. 제대로 된 생존자 명단도 제대로 꾸려지지 못한 상태로, 뉴스 보도는 점점 짤막해졌다.

지구에서도 대수롭지 않은 뉴스였는지, 아니면 회사가 주요 뉴스가 아니라고 생각해서 편집하고 보냈는지는 알 수 없었다. 나에게는 그 뉴스가 아주 중요했는데.

제정신으로 일상을 유지하기 위해서는 일에 집중해야만 했다. 나는 다시 운전대 앞에 앉았다. 그러나 내 앞에 펼쳐진 끝없는 지평선을 보자마자 고개를 들 자신이 없어졌다. 지평선은 영원히 끝나지 않을 듯 뻗어 있었다. 머리를 운전대에 푹 파묻었다. 자동운전을 시작한다는 음성이 들렸다. 나는 차를 완전 수동으로 설정한 뒤, 아무것도 하지 않았다.

난민 혐오로 일어난 방화였다면, 돔 안의 사람들은 공격받지 않았겠지. 오히려 눈엣가시처럼 여기던 난민들이 불에 타 죽는 것을 보며 잘됐다고 여겼을지도 모를 일이다. 돔 안의 거주민 가운데는 언젠가 이곳으로 이주할 사람들도 있을 것이다. 동족을 죽이는 멍청한 지구인들을 여기로 실어 나른다고?

나는 핸들을 있는 힘껏 내리쳤다. 가족들이 이곳에 이주해 봤자, 이런 일이 또 일어날지도 모른다. 지금까지 쉬지 않고 일했지만, 이제는 계속할 수 없었다. 머리가 아프고 숨을 쉬기 힘들었다. 우울 경감 임플란트의 효과도 한계에 다다른 듯했다.

나는 한동안 본부에 틀어박혀 먹지도 자지도 않고 이불 속에만 들어가 있었다. 아무도 날 찾지 않았다. 마음이 헛헛해지자 웃음이 나왔다. 내가 여기 있다는 거, 아무도 모르는구나. 날 잊어버리더니 이제 이 행성도 잊어버렸구나.

물을 마시지 못해 정신을 잃기 직전, 알람이 울렸다. 회사였다. 이제는 지금까지 내가 보낸 메시지의 답을 들어야 할 차례였다. 정신을 가다듬고 열람 버튼을 눌렀다.

지금도 나는 이때 받은 메시지의 내용과 순서를 모조리 외울 수 있다. 총 네 통의 메시지가 와 있었다. 첫 번째, 3차 계획이 지연되고 있으므로 지시가 있을 때까지 대기하라고 했다. 두 번째, 나의 활동량이 오랜 시간 동안 0이니, 이유를 메시지로 보내라고 했다. 세 번째, 프로젝트에 투입된 이래로 활력징후가 최저이니, 사유서를 송부하라고 했다. 네 번째는 컨디션 회복에 돌입하라는 명령이었다.

회사는 활력징후 임플란트를 통해 항상 내 상태를 확인하고 있었다. 그런데도 나의 질문에 답을 주지 않았다. 어떤 질문도 하지 말고, 그저 닥치고 일만 하라는 건가. 애초에 나를 이곳으로 보낸 이유는 뭐였던가? 정말로 쓰레기를 처리하기 위해서만인가? 그게 전부가 아닐지도 모른다는 생각이 들었다. 이곳에서 인간이 생존할 수 있는지 알아보려고 나를 보낸 것이 아닐까. 나는 유명하지도 똑똑하지도 않다. 아주 평범한 인간이고, 노동시장에서는 비교적 값싸게 고용할 수 있는 사람이다. 이 메시지들을 받고 어렴풋이 깨달았다. 그렇다면 나는 그저 실험실의 쥐 같은 건가.

숨이 가빠졌다. 본부의 벽이 점점 가까워지며 사방에서 내 몸을 조여오는 듯했다. 떨어지지 않는 발을 애써 떼어 밖으로 나갔다. 사체에서 풍기는 악취가 대기 중에 섞여 있었다. 아무리 멀리 가봤자, 당장 이 행성에서 벗어날 수는 없었다.

나는 정처 없이 비틀거리며 론이 자라는 들판을 가로질러 걸었다. 여린 초록 잎사귀가 발밑에 짓이겨졌지만, 신경 쓸 겨를이 없었다.

정신을 차리고 보니 서쪽 숲이었다. 해가 저물 무렵이었다. 숲은 금방이라도 땅거미가 드리울 듯 어두워졌다. 몸이 으슬으슬했다. 정화 차량이 움직이며 나뭇잎 밟는 소리가 들려왔다. 나는 뿌리를 드러내고 기울어진 나무와 아직 그대로 남아 있는 짐승의 사체에 다리가 걸려 넘어지기도 했다.

이름 모를 짐승의 울음소리가 들렸다. 소리가 들리는 곳으로 가니 설인들이 떼 지어 모여 있었다. 나는 나무 뒤에 숨어 잠자코 그들을 보았다. 그들은 울부짖기도 했고, 때로는 둥둥 울리는 북소리를 내기도 했다. 그들이 하나둘씩 털가죽을 벗었다. 그들은 원래부터 털을 가진 생물이 아니라, 다른 생물에게서 취한 털가죽을 둘러쓰고 있었다. 그들은 매립지에 죽어 있었던 염소 머리 생물이었다.

상황을 좀 더 정확히 확인하기 위해 나는 앞에 있는 나무 뒤로 걸음을 옮겨 몸을 숨겼다. 그들은 땅을 파고 사체를 묻었다. 그 옆에 함께 묻을 부장품도 몇 가지 있었다.

그제야 깨달았다. 설인들이 쓰레기장에 출몰했던 이유를. 그들은 염소 머리 생물을 잡아먹으려고 한 것이 아니라 동족의 시신을 수습하기 위해 나타난 것이었다. 그들은 장례를 치러주기 위하여 매립지까지 왔다. 그들이 모인 광경이 엄숙했다느니, 그들이 어떤 표정을 짓고 무슨 의식을 치렀느니 하는 이야기는 덧붙이고 싶지 않다. 나는 그때 그들의 표정을 전혀 읽을 수 없었다. 그들은 모여서 울부짖었을 뿐이다. 그것이 애도의 의미인지, 아니면 다른 무언가인지 알 수는 없었다. 그들의 언어를 해석할 수 없었다. 그들에게 나는 철저한 이방인일 따름이었으므로. 내 귀에는 그 울음이 슬프게 들렸지만, 나는 아직도 그 울음의 의미를 모른다. 숲에서 분명하게 안 사실은, 그들에게도 그들만의 생이 있었다는 것이다.

그날 이후로 나는 정화 차량을 끌고 매립지에 가서 염소 머리 생물의 사체를 트레일러에 모았다. 그리고 서쪽 숲으로 가서 그들이 모였던 곳에 사체를 다시 놔두었다. 며칠 후 그곳을 다시 찾으면, 사체는 언제나 흔적도 없이 사라져 있었다.

나는 그들의 생활을 관찰하러 자주 숲으로 갔다. 숲은 외곽부터 조금씩 론에게 갉아 먹히고 있었다. 나무와 잎에 서리 같은 흰 곰팡이가 뒤덮였다. 식물을 먹고 사는 동물들도 하나둘씩 시름시름 앓다 숨을 거뒀다. 정화 차량은 점점 줄어드는 숲속을 헤집고 돌아다녔다.

그러다 어느 날엔 정화 차량이 염소 머리 생물들의 거처로 가는 것을 보았다. 그들은 거처로 돌진하는 차량을 보고 돌과 나뭇가지를 던지며 한 대를 고장 내는 데 성공했다. 하지만 그들의 수에 비해 차량이 너무 많았다. 한 마리가 차에 치이기 직전, 나는 반사적으로 검은 풀숲에서 튀어나와 정화 차량 앞을 막아섰다. 차가 나를 인식하고 멈췄다. 나는 그 틈에 차에 올라타 버튼을 누른 후 영구 정지 명령어를 입력했다. 차는 곧 멈췄다. 회사에서 왜 멀쩡한 차량을 정지시켰냐고 메시지를 보낼까 봐 걱정했지만, 아무 일도 일어나지 않았다.

그날 이후, 그들은 나를 보러 본부로 왔다. 서른 마리가량이 미동도 없이 나란히 서서, 창문으로 나를 지켜보았다. 표정을 읽을 수도 없고, 말을 걸어오지도 않고, 본부 가까이 오지도 않았다. 그들끼리는 의사소통을 하는 듯했다. 그러나 나는 그들이 무엇을 원하는지 알 수 없었다. 나는 몇 번쯤 그들에게 말을 걸어보았지만, 그들은 그저 소리 없이 나를 바라볼 뿐이었다. 그들의 언어와 나의 언어는 전혀 달랐다. 하지만 이제 나는 그들이 이곳에 있다는 것을 안다.

그 후로도 그들은 계속 나를 찾아왔다. 어느 날은 열다섯, 그다음 날은 열셋이 왔다. 그다음엔 여섯이었다. 시간이 흐를수록 그들의 수는 줄어들었다. 왜소하고 약한 개체들부터 사라져 갔다.

이제 지구에서는 아무 소식도 전해져 오지 않았다. 메시지도, 뉴스 단신도 없었다. 이제는 며칠 동안 일을 하지 않아도, 상태를 보고하라는 메시지조차 오지 않았다.

샤워실에 들어서서 창밖을 보았다. 그들은 이제 둘밖에 남지 않았다. 나는 물을 틀기 전 세면대 거울에 비친 내 얼굴을 보았다. 별을 쬐며 정신없이 일하다 보니 어느새 얼굴에 주름이 잔뜩 져 있었다. 그 모습이 한없이 낯설게만 보였다. 여기에 막 도착했을 때의 얼굴은 어떠했던가, 기억이 나지 않았다.

중력이 주름을 만드는 거라면, 이 주름의 대부분은 이 행성의 중력이 만든 거다. 여기 있는 동안 나는 정직하게 나이를 먹었다. 이제 지구에서 나를 기다리고 있는 사람은 아마도 없다. 누가 날 기억해 주지? 나를 아는 존재가 이 세상에 아무도 없다는 두려움이 밀려온다. 내 옆에 누가 있었더라? 나 외의 타인도 좀처럼 이해할 수 없는데, 내가 이 생물을 이해한다고 말하면 거짓말이겠지. 하지만 그들만이 내 곁에 있었다. 그들은 동족을 위해 장례를 치러주는 종족이었다.

나는 지하로 내려가서 스크린을 마주했다. 스크린에 대고 저 생물을 살리려면 어떻게 해야 하냐고 질문했다. 그러자 텍스트가 새겨졌다.

대기 성분이 바뀌어, 토착 생물의 생존이 어려워질 전망입니다. 해당 생물은 약한 개체부터 폐사하고 있지만, 프로젝트가 완성되면 그들은 곧 멸종됩니다.

이 상황을 막으려면 어떻게 해야 하냐고 스크린에게 되물었다. 스크린이 정화 차량을 제어하고 있는 거라면 정지 명령만 내리면 되는 것 아닌가. 그러자 텍스트가 새겨졌다.

본 컴퓨터는 제어 권한이 없습니다. 변화를 막는 것은 거의 불가능합니다. 테라포밍에 착수한 순간부터는 돌이킬 수 없습니다.

거의 불가능하다는 건, 완전히 불가능한 건 아니라는 거잖아. 스크린이 다시 텍스트를 내보냈다. 한 건의 검색 결과가 떠올랐다. 그 결과는 다소 놀라웠다. 지금부터 움직이는 정화 차량을 전부 정지시키면 가능할 수도 있다고 스크린은 말하고 있었다. 단, 25년간, 하루도 쉬지 않고 매일 하루의 절반을 꼬박 노동한다는 가정하에서였다. 그렇게 하면 비록 테라포밍 이전으로 돌아갈 순 없지만, 최소 40퍼센트에서 지구화를 멈추는 것은 가능하다고 했다.

나는 정화 차량을 고치기 위해 여기 왔다. 그러나 이젠, 다른 일을 해야 한다. 영화 속 주인공이라면 컴퓨터에 명령어를 입력하여 한 번에 모든 차량을 정지시키고 극적인 해피엔딩을 맞겠지. 유감스럽게도 현실은 그렇게 녹록지 않다. 아니면 내가 이 이야기의 주인공이 아닐지도.

내가 아는 거라곤 쓰레기차 운전과 차량 수리뿐이다. 내겐 아직 두 손이 있다. 내가 할 수 있는 일이 없다고 생각하고 외면해 왔지만, 사실은 나만이 할 수 있는 일이 있었다.

솔직히 말하자면 두렵다. 나의 결정이 어떤 결과를 불러일으킬지 알 수 없기 때문이다. 이 대륙에서 일하는 모든 차량을? 대륙을 돌아다니면서 계속? 그런 일을 내가 할 수 있을까. 하지만 할 수 있는 일은 그것뿐이었다.

그래서 나는 그렇게 했다. 처음엔 죄책감도 들었다. 이래도 되는 걸까? 그렇지만 아무리 정화 차량을 정지시켜도 회사에서는 더 이상 메시지가 오지 않았다. 이제 나는 답장을 기다리지도 않고, 귀환을 기대하지도 않는다. 본부와 멀어지게 되면서부터는, 본부에 있던 식량 합성 장치를 가져와 멀고 먼 원정을 떠났다.

정화 차량과 요람 행성은 오델로 게임을 하고 있다. 들판과 숲의 색이 엎치락뒤치락 바뀐다. 그 사이에서 나는 매일 정화 차량을 정지하는 데 매진하고 있다. 환상인지 현실인지 모르겠지만 가끔 염소 머리를 한 생물들이 저편에서 나를 지켜보고 있는 듯하다.

행성의 꽃이 피었다가 지고, 또 나무가 울창해졌다가 우수수 흩날린다. 이 땅도 미약하게나마 지구처럼 계절이 있다. 행성을 이리저리 떠돌며, 본부 주변과는 전혀 다른 지형도 보았다. 끝을 모르는 협곡, 식생이 전혀 다른 고원, 색색의 바다 같은 호수도 있었다. 그리고 그곳에는 예외 없이 한 번도 만나보지 못한 이름 모를 동물과 식물이 죽어 있었다.

처음 이곳에 왔을 때, 나는 론의 편이었으나 이제는 반대다. 아니다. '론의 편'이라는 말은 이상하다. 론에게 무슨 자아가 있고 의지가 있겠는가? 론은 인간에 의해 만들어진 식물일 뿐인데.

이것이 요람 행성에서 있었던 일의 전부다. 괴물의 습격이나 거대한 재난은 없었다.

이 글은 내가 대륙의 남쪽에 있을 때 썼다. 내가 이곳에 온 지 얼마나 되었는지도 모르겠다. 지금까지 셀 수 없을 만큼 많은 수의 정화 차량을 정지시켰다. 정지한 정화 차량을 보면 상당히 복잡한 기분이 든다. 그리고 후회한다. 조금이라도 빨리 시작할걸. 염소 머리 생물을 만나기 전에, 죽은 생물들을 보았을 때 바로 결정할걸. 너무 늦었나. 내가 헛된 일을 하는 건 아닐까?

만약에 누군가 이 기록을 보고 있다면 그 사람은 과연 누구일까? 어쨌든 반가워요. 이것만 알아주었으면 해요. 여기에 사람이 있었어요. 좋아요, 좋아. 당신이 누구라도 좋다. 대신 내 부탁을 들어줬으면 한다. 이 일을 모두 끝마치면 나는 본부에 돌아가 내 차를 정지시킬 것이다. 그리고 목욕을 하고 차를 마실 것이다. 하지만 그러지 못할 수도 있다. 건강이 많이 나빠졌다. 나는 혼자고, 정화 차량은 너무도 많다. 계속 싸우지만, 끝이 보이지 않는다.

불안과 분노가 나를 안쪽에서부터 좀먹었다. 나이가 들어서 그런가? 아니면 앰풀 속 생장촉진제 성분이 건강에 악영향을 끼쳤을지도. 어쩌면 나는 이미 현실과 비현실을 구분하는 능력을 잃었거나, 죽어서 혼만 둥둥 떠다니며 기계에 저주를 거는 원혼이 된 것일지도 모른다.

내 죽음은 아무도 모르리라. 내가 이곳에 살았던 것을 아무도 모르는 것처럼. 그러니까, 나와 상관없이 이 세계는 돌아간다.

나는 고향을 잃은 난민이었고, 쓰레기 차량 운전사이자 정비사로 이곳에 도착했다. 회사는 나를 개척자라고 불렀다. 반대로 이 행성의 입장에서 나는 파괴자였다. 또한 회사 입장에서는 프로젝트를 그르친 사원이다. 이 행성에서 멸절할 뻔한 생물들은 조금이라도 목숨을 구하지 않았을까. 부디 그랬기를 바란다. 여기에서 죽으면 동생과 딸을 만날 수 있을까.

목숨이 끝날 때까지 얼마나 더 정지시킬 수 있을지 모르겠다. 혼자 다 처리할 수 있으면 다행이지만 내가 죽어서도 정화 차량이 여전히 남아 있다면 이 글을 읽은 당신이 남은 정화 차량을 정지해 주었으면 한다. 방법은 다음과 같다.

1. 가동하고 있는 정화 차량에 가까이 다가가면, 차량은 인간을 인식하고 멈춘다.
2. 운전석에 올라타서 초록, 파랑, 빨강 버튼을 차례대로 누른다. 그러면 바로 차량이 일시적으로 멈춘다. (비상 정지 램프 확인.)
3. '영구 정지 명령어'를 운전석의 화면에 입력한다. (별도 링크 참조.)
4. 외부 오류 램프가 붉게 점멸하다가 완전히 꺼진 것을 확인하면 OK.

*

수현은 스크린에서 마지막 정화 차량이 있는 곳을 찾았다. 본부에 올 때 보았던 지평선 쪽의 먼 곳이었다. 그는 위치 데이터를 다운로드했다.

마지막으로 수현은 스크린을 다시 확인했다.

지구화 40%. 목표량 미달. 분발하세요.

그는 씁쓸한 미소를 지었다. 그 수치는 그가 목표량에 미달했음을 보여주는 지표가 아니었다. 그것은 리진의 노력을 증명하는 숫자였다.

밖으로 나가 도착 지점을 설정하고 시동을 걸었다. 토착식물이 무성하게 자라난 들판과 강가를 내달렸다. 군데군데 론이 자라서 성공적으로 안착한 곳들도 보였다.

언젠가 어떤 어른이 되고 싶냐고 이모가 물었을 때 수현은 "엄마를 가장 빨리 만날 수 있는 사람이 되고 싶어"라고 답했었다. 그러자 이모가 말했다. 그러면 우주선 조종사가 되어야겠네. 그 대답은 수현이 이곳에 도착할 수 있는 원동력이 되었다.

한음사는 사업 초반 시기를 제외하고 리진의 소식을 제대로 알려주지 않았다. 리진의 생사를 알려주지도 않고 다짜고짜 사망보상금만을 지급하겠다는 무책임한 기업과 싸우는 것은 무의미했다.

착륙장에서 보았던 지평선 쪽의 산이 가까워졌다. 그것은 평원에 불쑥 솟은 산이 아니라 쓰레기가 산처럼 쌓인 곳이었다. 검은 덩굴과 풀이 자라 그 위를 수북하게 덮고 있었다.

그는 손으로 덩굴을 헤쳤다. 위쪽에는 덩굴이, 바닥에는 론이 자라 두 식물이 뒤엉켜 있었다. 매듭을 풀기 까다로웠다. 잠시 후 녹슨 구릿빛 차체가 드러났다. 정화 차량은 덩굴에 묶여 꼼짝도 못 한 채 오류 알람만 반복하고 있었다. 수현은 정화 차량에 탑승해서 리진이 남겨놓은 대로 영구 정지 명령어를 입력했다. 외부 램프가 붉게 점멸하다 완전히 꺼졌다. 그것이 끝이었다.

일을 마치고 차 안을 살폈다. 리진은 거기 없었다. 대신 조수석 발치에 빛바랜 유니폼 상의가 놓여 있었다. 그는 먼지도 털지 않고 두 손으로 유니폼을 만지다가, 주머니에 무엇인가 들어 있는 것을 느꼈다. 지퍼를 열고 안을 보니 명함 하나가 있었다. 종이엔 수석 폐기물 처리사이자 정화 차량 수리사 리진의 이름이 새겨져 있었다.

리진이 매일같이 앉아 있었던 운전석 자리는 미지근했다. 햇볕이 적당히 자리를 데웠지만, 서늘한 날씨 탓인지 아주 따뜻하지도 않았다. 그는 리진이 보았을 풍경을 응시했다. 넘실거리는 검은 물결 저 멀리로, 그가 말했던 숲이 보이는 듯도 했다. 수현은 그들이 거기 살아 있기를 마음속으로 빌었다.

그때, 수현은 똑똑히 들었다. 저 멀리서 들려오는 울음과 둥둥 울리는 북소리를.

그는 중얼거렸다.

"어떻게 헛된 일을 했다고 말할 수 있겠어요?"

〈요람 행성〉을 구상할 무렵에 SF영화를 한 편 보았다. 우주에서 임무를 수행하다 실종된 우주비행사 아버지를 찾으러 가는 우주비행사 아들의 이야기였다. 나는 영화를 보는 내내 흘러나오는 화면과 반대로, 저 이야기가 아버지와 아들의 이야기가 아니라 어머니와 딸의 이야기라면 어떨까, 이 이야기가 우주에서 펼쳐지되, 우주비행사들의 이야기가 아니라면 어떨까 생각했던 것 같다.

그리고 이 시기에 나는 테라포밍의 어두운 면에 대한 글을 쓰겠다고 작정한 상태였다. 나는 테라포밍을 하는 것보다는 차라리 그 비용으로 지구의 자연을 살리는 것이 낫다고 생각했다(지금도 이 생각은 변치 않는다). 그래도 누군가 생존에 적합한 행성을 찾아 테라포밍을 감행한다고 치자. 테라포밍이 성공한다면 지구의 생존자들이 그곳에서 새출발을 할 수 있을 것이다. 하지만 그 행성을 새로운 보금자리로 만들기 위해서 상상하지도 못할 막대한 희생이 우리를 기다리고 있을 것이다. 현실적으로 지구의 모든 사람이 새로운 행성으로 갈 수 없다. 누군가는 지구에 버려져야 한다. 그뿐인가. 테라포밍 중 사망하는 산업재해 희생자도 분명히 있을 것이다. 그리고 테라포밍은 그 행성에서 살아가던 생명들의 목숨까지도 앗아가게 될 것이다.

주인공인 리진은 이런 걱정 속에서 만들어진 인물이다. 그는 과학자도 우주비행사도 돈이 많은 부자도 아니다. 그는 난민 출신의 여성이고, 쓰레기차를 몰며 하루하루 살아간다. 그는 가족을 끔찍이 아끼는 인물이지만 동시에 외계 행성의 파괴자이기도 하다. 하지만 그는 스스로 생각한 바를 실천하는 인물이

기도 하다. 그는 혼란스러워하고 두려워할지언정, 결코 외면하거나 걸음을 멈추지 않는다. 나는 한 치의 흔들림도 없는 인물보다는 흔들릴지언정 자신의 목표를 향해 나아가는 사람을 좋아한다.

한 가지 더, 나는 10대 때 학교 수업 중 역사 시간을 가장 좋아해서 학년 초에 세계사나 국사 등 역사 관련 교과서를 손에 넣으면 다짜고짜 처음부터 읽어보곤 했다. 그런데 그때마다 항상 흥미롭게 다가오는 것은 우리의 오래된 조상들이 죽은 자들을 위해 장례를 치러주고, 부장품을 넣어 추모했다는 사실이었다. 아마도 죽은 자에 대한 애도와 내세에 대한 믿음 때문이었으리라. 나는 〈요람 행성〉을 쓸 당시 리진과 조우한 염소 머리 생물이 어떤 행동을 하고 있어야 이들이 내세관을 가지고 있는, 자체적인 세계관을 가지고 있는 종족으로 보일 것인지 고민했다. 그러다가 갑자기 교과서에서 본 장례식이 떠올랐다.

이 소설은 여성 작가 행성 앤솔러지 《우리는 이 별을 떠나기로 했어》에서 첫선을 보였다. 나는 이 앤솔러지를 각별하게 생각하는데, 작가들이 아이디어를 내고 회의를 통하여 뭉쳐 만든 소설집이기 때문이다. 서로 다른 지역에 있었던 작가들이 한시에 모여 다 같이 화상회의를 하고, 기획서를 만든 기억은 아직도 마음속에 똑똑히 남아 있다. 아마 앤솔러지를 같이 만들어보자는 제안이 없었더라면, 이 소설도 쓰이지 않았을 것이다. 이 자리를 빌려 동료 작가들께 감사의 인사를 전한다.

당신의 운명은

당신이 지금까지 해온 것에 달려 있다

할머니의 유언은 "천국에서 만나자"였다.

우리는 세상에 둘도 없는 소중한 관계였다. 나는 장대비가 오던 날 우산을 들고 학교 앞에 마중을 나온 할머니의 모습도, 졸업식 때 내가 좋아하는 수국 꽃다발을 한 아름 안고 걸어오던 할머니의 모습도 기억한다.

대학생 때 아르바이트를 해서 번 돈으로 할머니와 함께 갔던 피자집에서, 가장 싼 메뉴를 고르는 할머니를 두고, 나는 보란 듯이 맨 앞장의 프리미엄 피자와 사이드 메뉴까지 시켰다. 맛있다고 연신 고개를 끄덕이지만 아무 이야기도 하지 않는 할머니를 앞에 두고 "왜 그래? 맛이 없어? 어디 아파?"라고 물었지만 이젠 나도 그 심정을 아는 나이가 되었다.

하지만 지금, 할머니는 내 곁에 없다.

살아생전 할머니는 나에게 밥도 잘 먹고, 잠도 잘 자고, 좋은 곳도 열심히 가라고 했다. 부지런하게 일하고, 처음 보는 사람에게도 인사 꼬박꼬박 하고, 친절하게 굴라고 했다. 남의 눈에 눈물 나게 하지 말라고도. 말만 그런 게 아니었다. 할머니는 마을 사람들에게 친절했고, 몸이 허락하는 한 이웃들을 도왔다. 버스비가 모자라 당황하는 사람을 보면 자기 교통카드를 대신 찍어줄 정도였으니까. 나는 할머니에게 가끔 오지랖이 너무 넓다고 볼멘소리를 했지만, 그런 그를 결코 미워할 수 없었다.

저녁상을 물리고 텔레비전을 보는 할머니의 어깨를 주무르며 다음 생엔 내가 할머니의 엄마로 태어나겠다고 말하곤 했다. 엄마가 너무 거창하다면 친구나 하다못해 주변 사람으로라도. 할머니는 뭘 또 태어나느냐고, 천국에 먼저 가 있을 테니 거기서 만나자고 했다. 오래오래 살다 오라고 했다. 날 보기 위해 어떻게든 노력하겠다고 했다.

할머니가 없는 삶은 너무도 외로웠다. 친구도 없어 매일 저녁 혼자 폭음을 했고, 모아두었던 돈으로는 배달 음식을 사 먹거나, 그동안 장바구니에만 담아두었던 물건들을 택배로 시키고 박스는 뜯어보지도 않았다.

하지만 어느 순간 그런 생각이 들었다. 내가 이러는 걸 할머니가 싫어할 거라고. 안 되겠다 싶어 폐인 생활을 청산하고 다시 배달 아르바이트를 시작했다.

그리고 죽음은 예기치 않게 찾아왔다. 어느 겨울 저녁, 도로를 달리던 도중 오토바이가 빙판에 미끄러져 가드레일을 박고 도로 너머 절벽 밑으로 곤두박질쳤다. 나는 의식을 잃기 직전 생각했다. 이제부턴 부지런히 일도 하고, 밥도 잘 먹고, 잠도 잘 자고, 좋은 곳도 열심히 가려고 했는데. 뭐든지 잘해보려고 했는데.

*

정신을 차려보니 나는 기차 좌석에 앉아 있었다. 블라인드 사이로 들어온 햇빛이 코끝을 간지럽혔다. 오랜 시간 차창 쪽으로 목을 기울이고 있었는지 목 한쪽이 뻐근했다.

낯선 사람의 시선과 기척이 가깝게 느껴졌다. 나는 눈을 떴다. 그러자 옆자리의 낯선 자가 상체를 내 쪽으로 숙여 살피고 있다가 황급히 아무 일도 없었다는 듯 자세를 고쳐 앉았다. 나와 나란히 앉아 있지만 나는 그의 당황한 기색을 확연히 느낄 수 있었다.

"뭐 하세요?"

내가 놀라서 묻자 그는 손을 내저으며 말했다.

"아뇨, 아뇨, 뭘 하려던 게 아니라 그냥 일어나셨나 해서요……. 아! 일어났으면 같이 기도하자고 하려고 했죠."

그는 무언가를 하다가 걸린 사람처럼 허둥지둥했다.

"가세요. 안 해요, 기도."

그를 보내고 난 후 상황을 되짚어 보았다. 오토바이가 절벽 아래로 추락했고, 배에 뾰족한 나뭇가지가 창처럼 박혔다. 이렇게 멀쩡히 살아 있을 가능성은 없을 텐데. 만약 살아남았다면 병원에 갔을 테고, 지금도 끔찍한 아픔 속을 헤매고 있을 텐데. 그래, 나는, 죽었다고밖에 할 수 없다. 이렇게 빨리 할머니를 따라갈 줄은 몰랐지만.

얼룩조차 없는 깨끗한 상의를 걷고 배를 보았다. 상처 하나 없이 말끔했다. 어렸을 때 다쳤던 정강이 흉터도 사라져 있었다. 귀의 피어싱과 반지도 그대로 있었다. 손목시계는 멈추어 있었는데, 아마도 사고가 난 시각에 머물러 있는 듯했다.

이 열차는 언제부터 달리기 시작했을까? 어디로 가고 있는 거지? 나는 창밖으로 눈을 돌렸다. 하늘과 땅의 경계를 가늠하기가 힘들었다. 끝없이 이어진 바다와 푸른 하늘만이 보였다. 안내문이라도 붙어 있지 않을까 했지만 벽에는 아무것도 없었다. 그때 감정 없는 목소리로 안내 방송이 시작되었다.

승차권을 반드시 소지하고 계십시오.

나는 호주머니를 확인해 보았다. 언제 구겨 넣었는지 모를 동전 몇 개와 누룽지맛 사탕 두 알이 있었다. 작은 펜과 영수증 몇 개도. 그리고 반대쪽 주머니에서 아이보리빛의 흰색 승차권이 툭 떨어졌다. 상단에 승차권이라고만 적혀 있을 뿐 도착 시간도 도착지도 적혀 있지 않았다.

나는 주변을 둘러보았다. 좌석은 중앙 복도를 사이에 두고 왼쪽과 오른쪽에 두 개씩 배치되어 있었다. 그러니까 가로로 네 개의 좌석이 있는 셈이었다. 그리고 객실 한 칸에는 어림잡아 스무 줄가량이 배치되어 있었다. 그러나 여기에는 빈 좌석이 많았고, 한두 명씩 널찍이 떨어져 앉아 졸고 있거나 멍하니 창밖을 바라보고 있었다.

객실 맨 앞에는 문이 하나 있고, 객실 번호로 추정되는 숫자 '1'과 함께, '기관사실'이라고 적힌 나무 문패가 달려 있었다. 그리고 그 아래에 긴 문구가 적혀 있었다.

'당신의 운명은 당신이 지금까지 해온 것에 달려 있다.'

어쩌면 이 열차는 심판장으로 가고 있는 걸지도 몰랐다.

반대편에서 사람들 대여섯 명이 제각각 바닥이나 좌석에

무릎을 꿇고 앉아 눈을 감고 있었다. 원래 지인인지 아니면 여기서 같은 종교 사람들을 만난 건지는 알 수 없었다. 무리 한가운데에 안경을 낀 중년 남자가 있었는데, 그가 기도하자며 준엄하게 선언하자 목소리들이 하나둘 터져 나왔다.

"주여, 주여, 주여! 저희를 천국으로 이끄소서!"

"저는 무지하여 어디로 가는지 알지 못해요."

"지옥은 너무 두렵습니다!"

"제발 천국 가게 해주십시오!"

"심판의 때에 무사하게 해주소서."

"사탄 마귀의 색인 검은색을 희게, 정결케 해주십시오."

무슨 논리인지는 모르겠지만 그들은 흰색 승차권은 천국에, 검은색 승차권은 지옥에 간다고 여기며 두려워하고 있었다.

그들은 가지고 있는 승차권을 바닥에 늘어놓았다. 거기에는 하얀색 승차권이 한 장 있을 뿐, 나머지 승차권들은 죄다 검었다. 인쇄 질이 낮은 건지 검은색 승차권들은 명도가 조금씩 달랐다.

내가 가지고 있는 승차권은 흰색이었다. 그들의 말대로라면 이것은 천국행 표인 셈이었다.

머릿속에 생각 하나가 스쳤다. 내가 정말 죽은 거라면 할머니를 다시 만날 수 있지 않을까. 기차의 종착지에 다다르면 알 수 있을까. 할머니를 볼 수 있을까.

그때 또 다른 생각이 번개처럼 내리꽂혔다. 어쩌면 할머니가 이 열차에 있을 수도 있잖아. 나는 자리에서 벌떡 일어났다. 우선 열차를 돌아다니며 목적지에 대한 정보를 얻고, 승무원을 찾아보기로 했다.

기관사실 앞에 도착하여 문을 열었다. 안에는 아무도 없었고, 조종제어반 위에 놓인 종이에 '이 기차는 무인 시스템으로 작동됩니다'라는 허무한 글귀만 적혀 있을 뿐이었다. 차창 밖으로 끝없는 철길과 물이 보였다. 혹시나 행선지가 쓰여 있을까 해서 벽과 바닥을 살펴보았지만 단서는 전혀 없었다.

나는 속으로 이 열차에 할머니가 타고 있을 거라고 끝없이 되뇌며 객실들을 둘러보기로 했다. 할머니가 이곳에 있다면, 어디에 있을지 상상했다. 할머니는 의욕 있게 사람들과 토론을 나눌 만한 성격은 아니었다. 그렇다고 죽음이 두려워서 울고 있을 것 같지도 않았다. 그저 자신의 자리에서 창밖을 바라보고 있을 것 같았다.

두 번째 객실엔 다양한 인종과 나이대의 사람들이 타고 있었다. 빈자리가 없을 정도로 빼곡했으나 전반적으로 무척 조용했다. 미간을 찌푸리며 입을 굳게 다문 사람도 있었지만, 개중에는 옆 사람과 조용하고 진지하게 이야기를 나누는 사람도 있었다. 사람들은 서로 다른 언어로 말했지만, 의미가 통했다. 그러나 대부분이 어안이 벙벙한 눈빛으로 좌석에 몸을 싣고 있었다.

살아생전 할머니는 기차의 창가 자리를 좋아했다. 그래서 나는 함께 기차를 탈 때면 항상 할머니에게 창가 자리를 양보하고는 했다. 나는 두리번거리며 걸으면서 창가를 바라보고 있는 노인을 찾았다.

햇살을 받으며 꾸벅꾸벅 조는 노인들과 신발을 벗고 창밖의 바다를 구경하는 아이들이 한곳에 있었다. 고요함 속에서 아이들의 웃음소리만이 잔잔히 들렸다. 이 아이들이 죽은 자들이라니 믿기 힘들었다.

아이들은 승차권을 스스럼없이 서로에게 보여주며 흰색이 더 좋은 거라느니, 검은색이 더 예쁘다느니 하며 이야기했다. 이곳이 이승 저편이라는 것을 모르는 것처럼 더없이 환하게 웃으며 재잘거렸다.

나는 계속해서 다음 객실로 향했다. 승무원은 한 명도 보이지 않았다. 나처럼 칸을 옮겨 다니며 탐구하는 사람도 몇 명 있었는데, 그들의 얼굴 표정을 보니 전혀 소득이 없는 듯했다. 가지고 있는 펜으로 '죽기 싫다' '심판받고 싶지 않다' '살려줘'라고 벽에 낙서하는 사람도 있었다.

나는 이 열차가 향하는 곳이 천국이길 간절히 바랐다. 천국이라는 공간이 실재함을 믿고 싶다기보다는, 할머니가 그곳에 있겠다고 말했기 때문이다. 그곳의 명칭은 무엇이라도 상관없었다.

할머니는 남에게 싫은 소리 못 하는 성격으로 평생을 산지라 내세에서 재판을 받는다면, 나쁜 곳에 갈 위험은 없을 것이다. 할머니가 천국에 가 있겠다고 말한 것은, 어쩐지 뒤따라올 나 또한 업보를 쌓지 말고 편안한 장소에 무사히 도착하라는 의미로 다가왔다.

객실마다 사람들은 마음 맞는 이들끼리 삼삼오오 모여 이야기를 나누고 있었다. 어떤 자는 승차권의 색이 앞으로의 길을 말해준다고 했고, 어떤 자는 검은빛 승차권을 가진 사람이야말로 죄가 없다고 했다. 어떤 자는 승차권은 한낱 종이에 불과할 뿐, 성별이나 인종, 언어나 나이가 문제라며 자의적으로 몇몇 집단을 묶어 멀리해야 한다고 말했다.

나는 승차권을 꽉 쥐었다. 이 기차가 어디로 가는지는 모르지만, 승차권만은 반드시 가지고 있어야 한다는 생각이 들었다.

기차의 종착지가 어디인가 하는 것도 주요 논읫거리였다. 서로 다른 문화권의 사람들이 서로 다른 내세관으로 싸우고 있었다. 자신의 상상에서, 자신이 생활했던 문화권의 통념에 근거하여, 자신이 믿는 종교의 죽음관에 기대어 추측했다. 사람들은 열차의 종착지가 낙원이나 극락정토나 엘리시움이나 황천일 것이라고 말했고, 바깥의 물이 삼도천이라느니, 스틱스강이라느니, 요단강이라고도 했다.

나는 뒤쪽 객실로 걸어갔다. 뒤로 갈수록 나와 반대로 앞 객실로 가는 사람들과 점점 더 자주 마주쳤다. 할머니를 찾기 위해 뒤로 걸어가면서도, 앞으로 도착할 객실에 별일이 없기를 바랐다.

마지막 객실 문 앞에 도착했다. 객실 문에는 안을 들여다볼 수 있는 창이 달려 있었다. 이미 두어 명의 사람이 안을 들여다보고 있었다. 그들 또한 다른 칸을 관찰하러 나온 사람들 같았다.

내 차례가 되어 기대하며 창을 확인했으나 그곳에는 아무것도 없었다. 그저 텅 비어 있었다. 내가 맨 앞 객실에서부터 뒤로 계속 이동한 것처럼, 마지막 객실 사람들도 앞으로 이동한 듯했다. 할머니는 이 기차에 없었다.

머리가 어지러웠다. 객실 문 옆에 화장실과 캔 음료 자판기가 있었다. 배가 고프지는 않았지만, 자판기를 보니 갑자기 목이 말랐다. 콜라를 살까 하고 주머니를 뒤지는데, 덜컥 마음이 내려앉았다. 동전도, 승차권도 없었다.

나는 호주머니를 뒤지며 왔던 길을 돌아보았다. 어딘가에

흘린 것인지, 누군가가 훔쳐 간 것인지 가늠할 수 없었다. 좁은 통로에서 나와 같은 방향으로 가거나 반대로 가는 사람들을 많이 만났다. 훔쳤다면 왜? 모두 승차권을 가지고 있을 텐데. 흰색 승차권이 가지고 싶었던 걸까? 아직 어떤 의미인지도 모르는데. 아니면 누군가에게 승차권을 빼앗긴 사람인가. 어쨌든 나는 승차권 없는 사람이 되어 있었다.

지직거리는 스피커 소리가 들리더니, 다시 안내 방송이 흘러나왔다.

우리 열차는 잠시 후 종착지에 도착할 예정입니다. 승차권을 소지하여 내리시기 바랍니다. 개찰구에서 검표가 있습니다.

안내 방송이 야속하게만 느껴졌다. 나는 가만히 서서 발밑의 진동이 약해지는 걸 느꼈다. 그에 반비례해서 가슴이 두방망이질했다.

기차가 멈추었다. 창밖으로는 흰 안개밖에 보이지 않아 밖의 상황을 전혀 알 수 없었다. 그와 동시에 목적지에 도착했다는 의미로 종이 울리기 시작했다.

종은 총 열 번을 치고 나서야 멈췄다. 문이 열리지 않은 채로 정적이 감돌았다. 이제 어떻게 되는 것일까. 자신 있게는 말하지 못하지만, 그래도 남들 눈에 눈물 나게는 하지 않고 살아왔다고 생각하는데. 밖에 나가서 사정이라도 해볼까. 하지만 그게 먹히긴 할까 머리가 복잡했다.

이런저런 생각을 하고 있는데, 몇몇 사람이 저 멀리서 비키라고 소리를 지르며 달려오더니 모두 화장실 쪽으로 뛰어갔다. 가장 먼저 온 사람이 화장실 문을 닫자 뒤이어 온 사람들이 배를 움켜쥐고 문이 부서지도록 두드려 댔다. 그들은 서로 다음 순번을 차지하려고 실랑이하다가 바닥에 널브러졌고, 곧 손끝과 발끝을 시작으로 조금씩 희미해지다가 온몸이 사라져 버렸다. 그리고 바닥엔 승차권만이 남았다.

사라진 자 중 승차권을 한 장만 소지한 사람은 한 명도 없었다. 최소 두 장 이상씩 가지고 있었다. 모두 훔친 승차권이었다. 나는 숨을 삼켰다. 내 것도 있을까. 그런 생각을 하는 사이, 바닥에 떨어진 승차권들이 공중에 붕 뜨더니 원래 소유자들에게로 날아갔다. 내 승차권도 내 왼손 위에 얌전히 날아들었다.

나는 기관사실 앞의 문구를 떠올렸다. '당신의 운명은 당신이 지금까지 해온 것에 달려 있다.' 이 말은 이 열차에서의 행동까지를 포함하는 것이었다.

이윽고 기차 문이 열렸다. 사람들 대부분은 방금 사람들이 소멸하는 걸 보아서인지 아직 충격이 가시지 않은 얼떨

떨한 표정을 짓고 있었다. 그들은 안내 방송에서 내리라고 할 때까지 서로 눈치만 보고 내리지 않았다. 나도 주춤거리며 상황을 지켜보았다.

역무원이 등불을 들고 안개를 헤치며 걸어왔다. 그의 손짓을 따라 승객들이 천천히 출구로 나갔다. 나는 줄을 서면서도 앞을 힐끔힐끔 쳐다보았다.

사람들의 발걸음 소리와 웅성이는 목소리가 뒤섞여 들렸다. 안개가 서서히 걷히고 있었다. 뒤를 돌아보니, 다른 열차를 타고 온 무리가 보였다. 그들 뒤로 끝없이 철로가 늘어서 있었다.

철로는 무수히 많았다. 다른 열차의 승객들도 반응은 매한가지였다. 다들 이곳이 종착역인지, 이제 재판장으로 가는 건지 물어보았다. 앞서서 걷는 역무원은 대답 없이 등불을 들고 걷기만 했다.

흩어진 안개 사이로 거대한 건물이 보였다. 벽에 새겨진 '더 나은 세상을 위하여'라는 문구 아래, 제복을 입은 중년 남자와 여자가 꼿꼿이 서서 사람들의 승차권을 받아 펀칭기로 구멍을 내고 있었다. 사방으로 종이 부스러기를 튀기면서 그들은 무표정하게 여러 번 외쳤다.

"건물 안으로 들어가 동의서를 작성한 후 키오스크를 이용하십시오."

나는 바닥에 흩뿌려진 형형색색의 종이 부스러기를 보았다. 흰색 종이도 미묘하게 색상에 차이가 있었다. 연회색처럼 애매한 색도 있었다. 나는 사람들의 승차권을 뚫어져라 쳐다봤다. 검은색과 흰색만 있는 것이 아니라, 연하고 진한 다채로운 색상들이 공존하고 있었다.

나는 건물로 들어가 화살표 방향대로 걸어갔다. 건물 한복판에는 옛날 영화에서나 보던 아날로그 플립이 있었다. 검은 패널이 착착 소리를 내며 이곳에 정차한 열차들의 대수와 편명, 열차가 서 있는 레일의 위치를 알려주었다.

역무원 한 명이 내게 펜과 종이 한 장을 내밀었다. 동의서라는 제목 아래에, 깨알 같은 글자가 박혀 있었다. 역무원들은 우왕좌왕하는 사람들에게 안쪽부터 차례대로 서라고 소리치며 크게 크게 손짓했다. 그곳에는 천국도, 심판장도 없었다. 그저 키오스크만이 쭉 늘어서 있었다. 예상과는 너무도 다른 건물 내부 모습에 나는 줄을 벗어나 멍하니 구석에 섰다. 동의서의 글씨들이 도저히 머릿속으로 들어오지 않았다. 키오스크 상단에는 다음과 같이 쓰여 있었다.

색채 언어 환생 주소 변환기

나는 줄 밖에 서서 사람들이 키오스크를 사용하는 것을

지켜보았다. 승차권을 투입구에 넣자 '조회 중'과 '매칭 중'이 연이어 뜨다가 '좌표 받는 곳'이라고 쓰인 구멍으로 감열지 한 장이 말려 나왔다. 종이에는 숫자로 이루어진 좌표 한 줄이 적혀 있었다.

나는 근처의 역무원에게 가서 물었다.

"천국이랑 지옥 같은 건 없나요?"

역무원은 대답 대신 턱짓으로 한쪽 벽을 가리켰다. 거기에는 이렇게 쓰여 있었다.

뒷문을 열고 들판의 경계선 밖으로 나가면 자동 환생됩니다.

"이게 끝이에요? 재판 같은 것도 없나요?"

내가 다시 한번 물었다.

"그걸 일일이 할 시간은 없습니다."

내가 혼란스러워하자 그가 다시 말했다.

"애초에 이 열차엔 올 만한 사람들만 타게 되고, 사실 사람이라는 거 다 조금만 겪어보면 판단할 수 있습니다. 열차가 도착한 다음 복통을 일으키며 소멸한 사람들을 보셨지요. 그런 사람들만 솎아내면 그만입니다. 지상에서 하던 행동은 어디 안 가고 이곳에서도 하게 되는 법이니까요. 뭐 그런 말도 있지 않습니까. '안에서 새는 바가지 밖에서도 샌다'

라는 말이요. 승차권의 색은 그저 다음 환생 장소를 표시하는 일종의 언어일 뿐이에요."

"제가 탄 기차에는 하필이면 검정과 흰색 승차권만 있어서 사람들이 혼란스러워했어요."

그는 고개를 저었다.

"아뇨. 흑과 백만 그랬던 게 아닙니다. 다른 열차들 상황도 비슷했어요. 금색과 은색, 빨강과 파랑, 분홍과 파랑도요. 검정과 흰색이 가장 심하긴 했지만, 다른 색도 갈등이 없는 건 아니었습니다. 색에는 아무런 의미가 없었는데도요……. 다 같이 모여서 승차권을 모아보면 그러데이션을 이룬다는 것을 알았을 텐데."

재판도, 사후 세계도 없는 거였나. 그런 건 다 그저 사람이 만들어낸 건가. 그러나 나에게는 할 일이 남아 있었다. 이대로 환생해 버릴 수는 없었다.

"잠깐만요. 여길 나가기 전에 한 사람의 행방을 알고 싶은데 찾아주실 수 있을까요?"

나는 그에게 간청했다. 그는 한참 내 얼굴을 내려다보다가 한숨을 쉬고 말했다.

"어디 가서 내가 해줬다는 이야기 하면 안 돼요. 문 바로 옆에서 기다리시겠습니까? 그동안 동의서를 읽으면서 체크도 하시고요."

나는 할머니의 인적 사항을 말하고, 문 옆에 섰다. 나는 동의서와 펜을 손에 든 채로, 문밖의 푸른 들판을 바라보았다. 사람들 몇 명이 팔베개를 하고 누워 마지막 휴식을 취하고 있었다.

잠시 후, 역무원이 이쪽을 보며 손짓했다. 나는 다시 돌아가 그의 말을 들었다.

"그분은 지금 다양한 육신에 계세요. 바로 전 열차에 타셨었는데, 서둘러 동의서를 쓰고 떠나셨죠. 당신이 이렇게 빨리 올 줄 몰랐나 봐요. 총 천 명에게 그분이 깃들어 있네요."

"그게 무슨 말이에요?"

그가 혀를 찼다.

"동의서를 아직 안 읽으셨군요. 기차 타고 오면서 보셨죠? 소멸한 사람들이요. 결원이 생겼지 않습니까. 게다가 점점 이승의 인구가 늘어나고 있잖아요? 그러니까 영혼이 턱없이 모자란단 말이에요. 그래서 우리는 소멸한 사람들과 새로 태어나는 육체에 살아남은 열차 승객들의 영혼을 복사하고 분할하여 조합한 영혼을 주입합니다. 그래서 동의서를 작성하도록 하는 겁니다. 그분은 풀밭에서 한숨 돌리지도 않고 기차에 승차해서 환생에 뛰어드셨죠. 특이하게도 최대한 많은 사람에게 깃들길 원한다고 하셨고요. 그 이유에 대해서도 나와 있는데……. 손녀를 다시 만나고 싶어서라고 되어 있네요. 혹시 그 손녀가 당신인가요?"

나는 고개를 끄덕이고 동의서의 동의란에 망설임 없이 체크했다.

"나도 최대한 많은 사람에게 깃들어, 할머니를 찾을 거예요."

역무원이 동의서를 받아 듦과 동시에 종이가 번쩍 빛나며 사라졌다. 빛의 잔상은 내 승차권으로 이어졌다.

"승차권에 정보가 갱신되었어요. 키오스크에 가서 좌표를 받으시면 됩니다."

나는 키오스크 앞에 서서 승차권을 넣었다. 감열지 위에 좌표가 끊임없이 찍혀 나왔다.

할머니가 나를 기다리고 있었다. 나에게는 할머니가 있는 곳이 천국일 것이다.

이번에는 내가 약속을 지킬 차례였다.

☼

어렸을 때부터 판타지 장르를 사랑했다. 작가가 된다면 판타지를 쓰는 작가일 거라고 생각할 정도였다. 이 이야기는 오래된 나의 염원을 이루어주었다. 평소 좋아하던 소재인 사후 세계, 낯선 환경에서 눈을 뜬 주인공, 달리고 있는 기차, 다양한 색채감 등을 제약 없이 써볼 수 있어서 쓸 때도 무척 재미있었다.

이 이야기는 소설로 완성하기 몇 년 전부터 단편적인 장면만이 마음속에 둥둥 떠다니고 있었다. 주인공이 달리는 기차에서 깨어나는 장면, 승차권의 색을 확인하는 장면, 펀칭 기계의 종이 부스러기가 바닥에 흩뿌려진 장면 등이 마치 낱장의 엽서처럼 존재했는데, 언젠가는 이 이미지를 한데 모아 하나의 이야기를 만들어야겠다고 생각했었다. 그때는 이 이야기가 소설의 형태가 아니라 실사 영상이나 애니메이션, 만화, 혹은 짧은 게임의 형태로 공개될 수도 있겠다고 생각했는데, 우연히 좋은 기회를 얻어 소설의 형태로 완성하게 되었다.

특히 여기에서 이야기하고 싶은 부분은 펀칭 장면에 대한 비하인드다. 펀칭 장면은 8년 전쯤엔가, 미국을 방문했을 때 탔던 기차에서 아이디어를 얻었다. 기차에 앉아 있으면 역무원이 구입한 표를 확인하겠다며 다가왔다. 표를 내밀면 확인 표시로 표의 한쪽 부분에 펀칭기로 동그랗게 구멍을 내주었는데, 떨어져 나온 동그란 부스러기는 따로 모으지 않고 바닥에 그냥 버리고 가는 것이었다. 나는 그 직원이 가는 길을 물끄러미 쳐다보았다. 직원이 펀칭기를 사용한 자리마다 빨갛고 하얀 색의 종이 부스러기가 바닥에 떨어져 있었다. 아주 짧은 순간이었지만 인상적으로 느껴졌고, 언젠간 이 장면을 활용하여 이야기를 써봐야겠다고 생각했다.

글을 쓰는 당시 의도하지는 않았지만 후기를 쓰면서 돌이켜 보니 사후 세계를 질주하는 기차에 대한 아이디어는 루카스 아츠의 고전 어드벤처 게임 〈그림 판당고〉에서 영감을 받았을 거라고 생각한다.

세계의 끝

난생처음 바다를 본 나와 하눅과 감람은 모래 언덕에 우뚝 멈춰 섰다. 끝없이 푸른빛으로 일렁이는, 투명하고 서늘한 코발트빛 바다가 우리 앞에 있었다. 하늘은 여느 때보다 더 환하게 7월의 적란운을 시시각각 피워냈다.

나는 그 광경을 보며 중얼거렸다.

"세계의 끝이 있다면 이곳과 같을 거야."

"그러게."

하눅이 나직이 대꾸했다.

수면으로부터 비스듬히 솟아난 마천루들은 옛 도시의 찬란한 영광을 재현했다. 파도와 소용돌이가 시시각각 크기와 모양을 바꾸며 그 낡은 인공물의 표면에 부딪칠 때마다 흰 파편이 수면 위로 떨어졌다. 외벽이 붕괴되어 드러난 철근

이 한낮의 햇빛을 받아 빛나고 있었다. 도시에 가본 적 없는 사람일지라도 이내 향수에 젖을 듯한 광경이었다. 금방이라도 바람에 날아갈 듯 펄럭이는 밀짚모자를 한 손으로 겨우 잡으며, 감람이 외쳤다.

"여기에 천만 명이 넘는 사람들이 살았었대. 상상이나 돼?"

천만이라니! 나로서는 좀처럼 상상하기 어려웠다. 꽤 큰 편에 속하는 우리 도시도 천 명이 넘지 않는데. 옆에서 하눅이 한마디 거들었다.

"해안가도 아니었다던데. 꽤나 내륙이었대."

오염 측정기에 대기 수치가 나오기도 전에 나는 코와 입을 덮고 있던 정화 마스크를 벗고 폐부 깊숙이 바닷바람을 들이마셨다. 콧속으로 들어오는 생생한 염분의 뒤끝이 달콤하게 느껴졌다. 깨끗해 보여도 보이지 않는 오염이 있을 수 있다는 건 이미 들었지만, 탁 트인 해변을 보자 신선한 공기에 대한 참을 수 없는 갈증이 밀려왔다. 이렇게 시야가 깨끗한 날에 숨을 쉬고, 이 순간을 기억하고 싶었다. 입가로 날아오는 모래 알갱이의 촉감이 싫지 않았다.

선생님은 여름방학 현장학습 탐방은 번성했던 옛 인류 문명의 발자취를 관찰하는 것이 주 목적이라고 했다. 열일곱 살이 되어 당국에 이동 허가증을 제출하고 친구들과 나고 자란 도시를 떠나 기차를 탔다. 단 3일뿐이었으나 보호자 없이 시간을 보낸다는 생각에 가슴이 두근거렸다.

탐방은 명분에 불과했다. 우리는 셋만의 의식을 치르기 위해 떠나왔다. 이 지역에 오게 된 건 순전히 내 뜻이었다. 나는 학교에서 지정해 준 탐방 리스트에서 아무도 선택하지 않을 만한 장소를 원했다. 볼거리가 많지 않아 인적이 드물고, 반나절이면 돌아볼 수 있을 정도로 규모가 작은 곳. 그러니까 이곳이 여러모로 우리의 의식을 치르는 데 적당했다.

의식에 대해서는 어른들에게 알리지 않았다. 둘 중 하나일 테니까. 깔깔 웃거나, 기특하다고 마구 칭찬하거나. 둘 다 마음에 들지 않았다. 언니에게만 우리의 계획을 말해주었다. 이야기를 들은 그날 밤, 언니는 좋은 의식에는 술이 필요한 법이라며 보랭 포장된 맥주 한 병과 삼촌이 아끼는 주석잔 세 개를 몰래 배낭에 넣어주었다.

나는 눈을 돌려 해안가를 응시했다. 저 멀리 절벽 쪽에 집이 다닥다닥 붙어 거주지를 이루고 있었는데, 여러 색으로 칠한 것이 조화와는 거리가 멀었다. 한 이층집의 옥상에 부착된 전광판에는 '우리 마을에 오신 여러분을 환영합니다'라는 글자가 왼쪽에서 오른쪽으로 끊임없이 흘러나오고 있었다. 오래된 성당도 하나 보였다. 가이드북에 따르면, 지금은 박물관으로 쓰인다지. 그리고 가까이에 아이스바 자판기가 덩그러니 놓여 있었다.

자판기의 존재를 알아차리자 두피에 송골송골 맺혀 있던 땀이 뺨으로 흘러내렸다. 내가 자판기를 가리키며 말했다.

“가위바위보 진 사람이 사 오기. 먹고 나서 시작하자.”

잠시 후, 나는 자판기 앞으로 가서 키오스크 화면을 노려보았다. 역시 이런 건 하자고 한 사람이 걸린다니까. 소다맛 아이스바의 수를 체크하는데, 갑자기 화면이 검게 변하더니 초록색 글자가 새겨졌다.

여름방학에서 깨어나, 시오! 네 도움이 @#$‰!^…아! 젠장

다시 제대로 읽으려는데 글자가 갑자기 사라졌다. 뒤이어 자동 복구 프로그램이 작동한다는 메시지가 번쩍 새겨졌다가 꺼졌다. 언제 그랬냐는 듯 결제가 완료되었다는 표시가 화면에 떴다.

순간 정수리에 두통이 일었다. 무엇인가 중요한 걸 잊어버린 것 같았다. 나는 이곳저곳 금이 간 기억을 조심스럽게 더듬었다. 정확한 기억 대신 몸이 기억하고 있는 감각만이 조금씩 피어올랐다. 작은 술집의 오래된 나무 벽에서 풍기는 진한 알코올 향기, 어슴푸레한 조명과, 느릿한 보사노바 풍의 음악.

하지만 이게 전부다. 나는 무얼 하고 있었지?

아이스바 세 개가 투출구로 떨어지는 소리에 정신이 들었다. 나는 차가운 봉지 세 개를 양손 손가락 사이에 나누어 끼우고 해변을 걸었다. 해에 달구어진 따뜻한 모래가 불어오는 바람에 섞여 반바지 아래로 드러난 두 다리를 휘감았다. 좁다란 시간 축 속에 끼어 장르가 다른 두 개의 영화를 보고 있는 듯한 감각. 양쪽으로 나누어진 마음을 안고 걷자니 혼란스러웠지만, 어쩐지 정해진 수순처럼 이 여름방학의 시간선을 따라가고 있었다.

하눅과 감람은 축대에 앉아 멀리서 나를 보며 손짓하고 있었다. 나른한 눈의 하눅과 단발머리의 감람. 나의 다정한 친구들. 하눅은 자전거 타기를 좋아하는 소년이고, 감람은 기타 연주를 좋아하는 소녀다.

우리는 마천루를 멍하니 바라보며 누가 먼저랄 것도 없이 아이스바를 깨물었다. 파삭 부서지는 달콤한 얼음의 촉감이 입안을 가득 채웠다. 감람은 아이스바가 채 녹기도 전에 마지막 부분까지 남김없이 먹고 빈 막대기를 허공에 휘저으며 거침없이 파도 쪽으로 걸어갔다. 그러고는 주머니에서 오염 측정기를 꺼내 파도 근처에 쪼그려 앉아 수질 측정을 하더니, 일어나며 말했다.

"다리 정도는 담가도 될 것 같아."

하눅은 고개를 끄덕거리고는 축대에서 뛰어내렸다. 그는 양말을 벗어 던지고 나를 빤히 쳐다보았다. 나는 그의 눈빛을 읽고 가방에서 맥주와 주석 잔을 꺼냈다. 잔 겉면에 섬세하게 돋을새김된 정원 풍경이 태양 빛에 은은하게 빛났다.

바닷물이 발목과 종아리를 간지럽혔다. 염분을 머금은 물의 촉감은 차갑고 생경했다. 나는 그들에게 잔을 나누어 주고, 맥주를 따른 후 잔을 들었다. 하눅이 말했다.

"우리는 이 자리에서 맹세합니다. 인류가 행복하게 존속할 방법을 찾는 사람이 되겠다고. 힘을 합쳐 좀 더 살기 좋은 세상을 만들겠습니다."

우리는 잔을 부딪치고 단숨에 맥주를 들이켰다. 거품 속에서 차갑고 씁쓸한 맛이 느껴졌다. 꿈에 그리던 것처럼 환상적인 맛은 아니었으나 고개를 들자 갑자기 세계가 또렷하게 보이고 철썩이는 파도 소리가 더 크게 들렸다. 잔을 입에서 떼자 마천루의 포효가 들렸다. 균열이 가고 깨진 곳에 바람이 지나가며 나는 소리였다. 우리가 맹세를 실현할 수 있을지 이곳에서 영원히 기억하고 있겠다는 증인의 엄숙한 선언처럼 들렸다.

우리는 한동안 물속에 다리를 담그고 맥주를 마셨다. 때론 모래사장에 몸을 누이고, 파도 위를 뛰어다니며 오후를 보냈다. 나는 맥주 두 모금을 겨우 마시고 맛이 없어 포기했지만, 하눅과 감람은 생각보다 괜찮다고 낄낄대며 한 병을 다 마셨다. 결국 둘 다 깊은 밤이 되기도 전에 몇 번을 토한 후 쓰린 배를 움켜쥐며 텐트 안으로 들어가 곯아떨어졌다.

하눅은 해변에서 텐트를 치고 간이 의자에 안락하게 누워 별을 보는 것이 소원이라고 했다. 거주지에서는 하늘이 늘 부옇게 보였다. 그래서 텐트를 챙겨 왔는데, 정작 나만 즐기고 있었다. 의자에 누워 있으니 하눅이 왜 이걸 해보고 싶어 했는지 알 듯했다. 달 밝은 밤에 바닷가에서 별을 보다니. 부연 하늘이 아니라니!

나는 여름의 대삼각형을 찾았다. 베가, 알타이르, 데네브. 손가락을 들어 베가로부터 알타이르를, 알타이르에서 데네브로 선을 긋는데, 손목 장치의 진동이 쉴 새 없이 울렸다. 홀로그램을 작동해 메일함을 열어보았다. 메일이 천 통이나 와 있었다.

메일은 빠르게 한 통씩 삭제되고 있었다. 제목은 모두 같았다.

네가 있는 곳은 '도원경'이야

이 문장은 두 가지를 일깨워 줬다. 내가 하눅이 만든 가상현실 시스템 안에 있다는 것. 그리고 만약에 그게 맞는다면,

나는 죽은 게 분명했다.

나는 사람이 죽기 직전에 두뇌 데이터를 스캔하면, 망자를 그리워하는 사람들이 추모원의 가상현실 시스템에 접속하여 망자와의 시간을 보낼 수 있었던 시절에 살고 있었다. 추모객은 고인이 개인 SNS나 게시판에 올린 글, 타인과 주고받은 메일까지 업로드했는데, 그럴수록 더 높은 현실감을 구현할 수 있었다. 고인을 위한다기보다는 오직 남겨진 자들을 위한 시스템이었다. 하눅은 추모원 시스템을 제작하고 운영하는 회사의 일원으로서 가상현실 시스템 제작에 참여했다. 그는 거기에서 한발 더 나아가 추모객이 아니라 망자를 위한 차세대 가상현실 시스템을 만들고 있다고, 그 이름은 '도원경'이라고 말했었다.

수많은 메일이 삭제되는 광경을 보며, 내가 어떻게 죽었는지 떠올려보려고 했으나 어쩐지 잘 안되었다. 학창 시절의 기억이나, 출퇴근을 하고 동료들과 맛있는 음식을 먹었던 기억 같은 건 고스란히 남아 있었지만, 기억의 이곳저곳이 텅 비어 있었다.

선잠을 자다가 갑자기 현실로 돌아온 듯한 명징한 감각이 나를 깨웠다. 메일은 전부 한 주소에서 발송되었다. 나는 메일이 사라지기 전에 서둘러 한 통을 열었다. 특수문자가 그득한 본문 끝에 이미지 한 장이 있었다.

그것은 황무지의 거미 두 마리를 아주 멀고 높은 곳에서 촬영한 사진이었다. 사진을 좀 더 확대했다. 자세히 보니 거미가 아니었다. 사람이었다. 정확히는 여덟 개의 검은 다리와 검은 외골격을 착용한 사람들이었다.

기억이 조금씩 돌아왔다. 술집은 내 단골 가게였고, 그곳에서 중년의 하눅을 만났다. 감람은 선발대로 이미 출발한 후였고, 나는 후발대로 개척 행성에 가게 되어 있었다.

나는 인도네시아에 있는 우주선 발사대로 떠나기 전 하눅과 단둘이 소박한 송별회를 하는 중이었다. 거센 비바람이 불어 유리창이 불길하게 떨리던 밤이었다. 어둑한 조명에 그의 검은 코트 자락이 은은히 빛났다. 하눅이 내게 말했다.

"진짜 가는 거냐?"

"지금이라도 오면 끼워줄 수 있다던데, 같이 갈래? 네가 간다면야, 이동 허가증 정도는 쉽게 발급받아 줄 수 있다고 했어."

"됐어 난. 출발하는 마당에 초치기 싫으니까 묵비권 행사할래."

하눅이 코웃음 치며 진토닉을 마신다. 내가 한참을 상념에 빠져 잔 안의 머들러만 하릴없이 젓고 있자, 하눅이 이어 말한다.

"……이 나이 먹도록 똘똘 뭉쳐 있는 게 이상한 거겠지. 조심히 가. 너희 둘의 행복을, 프로젝트의 행운을 빌게."

"고마워."

맹세의 단어로 쉽게 입에 올렸던 '인류 존속의 방식'이 개인마다 다르다는 것을 우리는 세월이 지나며 깨달았다. 나는 어떻게든 지구를 정화해 살아보자는 입장이었다. 감람은 타 행성으로의 이주만이 최선의 생존 방법이라고 생각했다. 그리고 하눅은, 마인드 업로딩만이 인류가 나아가야 할 길이라고 여겼다. 우리들은 견해 차이로 밤을 새우며 싸운 과거를 뒤로하고, 이제는 싸울 기력을 잃은 중년이 되어 각자의 길로 떠나는 서로의 뒷모습만 응시했다.

나와 내 또래의 아이들은 마지막 세대라는 꼬리표를 달고 태어났다. 할머니들은 항상 전염병이나 환경 재해 걱정 없이 국경을 넘어 자유로이 여행을 다니던 시절을 뻔한 레퍼토리처럼 읊었다.

내 앞에 닥친 현실과는 너무도 달랐기 때문에 나에게는 그 말이 고대 전설처럼 느껴졌다. 홍수와 지진은 물론이고 항상 오염 측정기를 휴대하고 다니면서 피폭량과 기타 오염 가능성은 없는지 확인해야 했다. 점점 줄어드는 자원 선점을 위한 전쟁이 곳곳에서 벌어졌다. 적군을 막기 위해 시도한 방법들이 지구의 종말을 가속시켰다. 어제는 지구 반대

쪽에서, 오늘은 이웃 나라에서 내전과 폭동이 일어났다.

나는 감람과 함께하기 전, 지구 탐사팀의 일원으로 지구의 이곳저곳을 탐사했는데, 결과는 절망적이었다. 내가 연구한 모든 수치가, 지구 환경이 돌이킬 수 없이 점점 나빠질 거라 말하고 있었다. 갑자기 사람들이 모조리 지구에서 사라져, 몇백 년 정도의 시간이 흘러야 겨우 생존해 볼 만한 환경이 조성된다고 했다. 그것도 완전히 좋아지는 것도 아니었다. 물론 그런 일은 불가능했다.

지구 탐사에 희망이 보이지 않자, 예산이 끊겼다. 사람들은 감람이 참여 중인 타 행성 이주 프로젝트에 열광했다. 예산 대부분이 그 프로젝트로 들어갔다. 감람은 내게 그만 포기하라며, 지구 너머에서도 사람의 삶은 계속된다고, 우린 너와 같은 사람이 필요하다고 말했다.

감람의 설득에 넘어간 나는 그와 손을 잡았다. 내가 감람이 참여 중인 행성 개척 프로젝트에 들어가게 되었다고 했을 때, 하눅은 나를 보지도 않은 채 씁쓸하게 말했다. 사람들을 더 가난하게 만들 셈이냐? 그리고 그 행성은 무슨 죄야? 이곳 말고 또 어딜 망칠 거야? 여기도 충분히 망쳤는데 또 어딜?

감람과 함께한 프로젝트에서 나는 개척자들을 위해 새로운 행성의 중력에 빨리 적응하고, 탐사에 용이한 외골격을 만들었다. 감람은 내게 팔다리가 좀 더 많으면 좋지 않겠느냐는 의견을 냈다. 좀 거미 같으려나? 그는 멋쩍게 웃었다. 나는 디자인을 스케치하며 말했다. 좋은 제안이야. 거미가 뭐 어때, 대칭이고, 안정적이고, 멋지잖아.

나는 메일이 삭제되기 전에 발신자 주소를 얼른 외워 메모장에 입력해 두었다. 입력이 끝나자마자, 메일은 남김없이 지워졌다. 자판기에서 한 번, 메일에서 한 번. 이건 우연이 아니다.

이곳이 하눅이 만든 세계라면 나는 지구를 벗어나지 못한 셈이다. 결국 자신이 생각하던 인류의 존속 방식을 만들어냈구나, 하고 나는 마음속으로 되뇌었다. 그러나 한편으로는 이상했다. 하눅이 만든 세계라면, 시스템이 그를 거부할 이유는 없지 않은가. 하지만 지금은 마치 그가 병균이고, 이곳의 면역체계가 작동하는 것 같았다. 의문은 계속됐지만 어쨌든 조금 더 기다려보기로 했다.

다음 날, 우리는 해안가 마을을 돌아보았다. 감람이 가고 싶어 했던 성당을 개조한 박물관에 가고, 간단한 요기를 한 후에 잘 보존된 옛 시대의 다리를 보러 갈 예정이었다. 숙취로 고생하는 하눅과 감람에 비해 나는 비교적 멀쩡했지만, 실은 어제 사건이 신경 쓰여 한숨도 못 잔 상태였다. 다크서

클로 얼룩진 눈가를 비비며, 나는 메시지가 또 오지 않을까, 온다면 어디로 올까 하며 전전긍긍했다.

마을은 벌꿀색 빛과 진초록의 담쟁이넝쿨로 가득했다. 좋게 말하면 한적하고 여유로운 관광지였고, 나쁘게 말하면 종말만을 목전에 둔 작은 마을 같았다. 지지직거리는 라디오 소리가 방금 막 오픈한 레스토랑 안에서 흘러나왔다.

나는 감람과 하눅을 성당 앞 벤치에 버려두고, 성당 입구를 지키고 있는 구식 키오스크 앞으로 갔다. 증조할아버지 때나 썼을 법한 기계였다. 나는 엉망인 UI를 이리저리 뒤져가며 박물관 표를 세 장 다운로드하려 애썼다.

그러나 입장권 다운로드 화면이 멈추더니 영상이 재생되기 시작했다. 오래된 CCTV 영상을 가져온 듯 날카롭게 진동하는 가로줄이 그려졌고, 줄 사이로 보이는 이미지에는 노이즈가 서렸다. 외골격을 착용한 두 사람이 황무지를 걷고 있었다. 그리고 화면이 바뀌었다.

하늘에서 우주선이 떨어졌다. 그곳에서 외골격을 착용한 두 사람이 기어 나오자마자, 우주선이 폭발해 버렸다. 그들은 10대 후반 정도로 보였으며, 외골격을 착용한 상태로 합성 식량 기계를 등에 지고 다녔다. 강가를 따라 움직였지만 소득은 없었다. 때로는 싸우기라도 했는지 씩씩대며 따로 걷기도 했고, 다른 길을 가다가 뛰어와 서로를 찾기도 했다.

바위틈 속에 숨어 있는 낯선 갯과 동물에게 습격을 당하기도 했다.

외골격을 착용한 자들은 개척 행성을 탐사하게 되어 있었다. 나는 꼬리에 꼬리를 무는 의문들을 모두 뒤로하고, 그들이 개척 행성에 도착했다고 생각했다. 하지만 그들이 오래전에 멸망한 도시에 도착했을 때 나는 그곳이 새로운 행성이 아니라 지구임을 알았다. 그들 앞을 가로막은 장애물이 모래에 뒤덮인 철골구조물과 콘크리트, 그리고 높게 쌓인 차량이었기 때문이다. 낯설 정도로 오래된 잔해들이었다.

나를 놀라게 한 건, 그들을 둘러싼 자연이었다. 내가 한창 지구의 회생 가능성을 알아보았을 때, 지구가 살 만한 곳이 될 가능성은 극히 희박했다. 오죽했으면 떠나는 것이 낫겠다고 생각했겠는가. 그러나 세계는 살아나고 있었다.

기괴할 정도로 거대한 잎이 폐허를 초록색으로 덮으며 자라났고, 이상한 모양일지라도 나무에 열매가 달려 있었다. 두 사람을 귀찮게 하는 곤충과 위협하는 동물도 있었다. 나는 생각했다. 사람들이 타 행성으로 떠났기 때문일까. 실은 지구에게는 사람이 가장 무서운 전염병이었을지도 몰랐다.

그들에게는 목적지가 없는 듯 보였다. 화면의 화질이 낮아 자세히 보이지는 않았지만 무척 고단해 보였다. 시간이 지날수록 자주 쉬었다. 그들은 산꼭대기에 올라서서 무언가를 확인하더니 그쪽으로 향했다. 그들이 손으로 가리킨 저 먼 곳에는 정체불명의 커다란 건물 하나가 산맥 사이에 솟아 있었다.

행성 이주 프로젝트에서는 우주선에 배아 단계의 인간 세포를 태우고 새로운 행성에서 성장시켜 어린이들을 태어나게 하려는 계획이 있었다. 지구 세대가 아닌 우주선 세대이자 개척 세대의 사람들이었다. 지구에서 출발한 사람들은 모두 성인이었다.

즉, 내 추측이 맞는다면 그들은 지구를 한 번도 밟아보지 못한, 개척을 위해 성장한 자들이었다. 만약에 다른 시대, 다른 공간에서 태어났다면 우주를 가로지르는 먼 여행을 떠나지 않아도 되었을 텐데. 나의 마음속에 안타까움과 책임감이 일었다. 우리의 프로젝트는 무참히 실패한 걸까? 그들의 귀환이 내 업보처럼 느껴졌다.

나는 이 상황을 가능케 하기 위해 얼마나 많은 사람이 이 일에 매달리고, 희생했는지를 떠올렸고, 그만 아득해졌다. 두 사람을 지구로 보내기 위해서, 이 둘을 우주선에 태운 사람이 있었을 것이다. 그 전에 위험을 감지하고 우주선을 활성화한 사람도 있었을 것이고, 그보다 더 전에 우주선을 만든 사람도 있었겠지. 그리고 이 시스템이 필요하다고 주장한 사람들도. 그중엔 감람도 있었다.

보지 않아도 안다. 감람이 그들을 지구로 되돌려 보내기 위해 얼마만큼 노력했을지, 안정제에 절여진 몸으로 수많은 밤을 얼마나 후회했을지. 약물과 피곤에 찌든 감람의 목소리가 들려온다. 프로젝트 실패 시 지구로 돌아갈 소형 비상 탈출 우주선을 마련해 두었어. 반대하는 사람들도 있었지. 그걸 만들 자본으로 개척에 더 힘을 쓰라고도 했어. 하지만, 정말 일이 어떻게 돌아갈지는 모르잖아? 설득하는 데 무척 힘이 들었지. 예산을 많이 따내지는 못해서 결국 단 두 명만 탈 수 있게 됐지만. 개척에 방점을 둔 프로젝트이기 때문에 귀환선은 아주, 아주, 비상시에만 사용될 거야. 쓸 일이 없기를 바라. 구색 맞추기라고 말하는 자들도 있어. 그렇지만 없는 것보다는 낫잖아?

그들을 비추는 영상은 모두 소리가 들리지 않았다. 무슨 이야기를 하는지 알 수 없어 답답할 노릇이었다. 게다가 곧 특수문자가 새겨지더니 재생이 멈췄다.

나는 손목 장치에 입장권을 내려받으며 남은 영상도 함께 전송받았다. 화면상으로는 발신자의 말대로 개척 행성에 갔던 자들이 돌아왔다고밖에 할 수 없었다. 하지만 그러면 난 얼마나 오래 여기 있었던 것인가? 이곳의 시간과 바깥의 시간이 최소한 비슷하길 간절히 빌며 나는 손목 장치의 홀로그램을 켰다. 그리고 어제 저장해 둔 주소로 메일을 보냈다.

너, 하눅이지? 대답해. 넌 어디야? 난 얼마나 여기에 있었지? 저들이 어디로 가고 있는지 알아?

전송 버튼을 누르고 숨을 돌리자, 하눅과 감람이 이쪽으로 다가왔다. 컨디션이 한결 좋아진 모습이었다. 우리들은 박물관 안으로 입장했다.

종교는 구시대의 유물이었다. 하지만 이름 모를 성인들의 우아한 모습이 부조된 벽과 섬세하게 만든 성유물은 과거 사람들이 종교에 진심으로 정성을 쏟아부었다는 걸 방증했다. 그중에 가장 장관을 이루는 것은 스테인드글라스였다. 군데군데 복구가 되지 않은 채 깨져 있었지만 여전히 찬란하게 빛났다. 이적의 순간과 땅 위에 현현한 성스러운 동물들이 여름의 태양 빛을 투영하고 있었다. 감람은 어디서 기운이 솟는지 심드렁하게 머리 뒤로 깍지를 끼고 걷는 하눅의 뒤통수에 대고 자신의 견해를 일방적으로 피력했다.

"허상에 대한 맹목적인 믿음이 흥미롭지 않아? 그것도 전 지구적으로, 이렇게나 공을 들여서. 이런 곳에 다 같이 모여서 기도를 했다지. 자신들을 구원할 절대자가 존재한다는 신념만으로도 심리적 안정을 얻다니."

하눅은 그의 열정적인 연설에도 개의치 않고 말했다.

"나는 기념품 가게만 들르면 그만이야. 동생한테 기념 주화를 사 주기로 했거든. 부모님 드릴 엽서도 한 장씩은 살 거고."

"이따 나갈 때 보자. 출구 쪽에 있을 거야. 다시 돌아가서, 내 말은 말이야. 종교는 전혀 합리적이지 않잖아? 기도할 시간이 있다면 내가 해야 하는 일을 점검할래."

감람이 지금은 저렇게나 자신을 믿고 자신만만해하지만 나는 안다. 그는 잔뜩 신경이 곤두선 채로 행성 프로젝트에 임했고, 선발대가 출발할 디데이가 가까워져 올수록 처방받은 용량 이상의 안정제를 삼켰다. 그때 그는 옛날 사람들이 왜 신에게 매달리는지 알 것 같다고 말했다. 하지만, 지금 내 앞의 감람은 하눅에게 유물에 관해 끝없이 설명할 뿐이었다.

나는 시간선의 괴리를 느끼며 성당의 이곳저곳을 돌아다니다, 마을 전체를 미니어처로 만든 디오라마실에서 발길을 멈추었다. 손목 장치에서 짧은 알람이 울렸다. 스팸메일 하나를 자동 삭제했다는 알림이었다. 이 시스템은 나와 그의 접촉을 쉽게 허용하지 않으려는 듯했다. 그러나 그는 포기하지 않을 거다.

내 생각에 부응하기라도 하듯이, 이번에는 전화가 걸려온다. 귀에 이어폰을 장착했지만 잡음만 들려왔다. 여기에도 어떤 방해가 있는 듯했다.

내가 멈춰 서서 손목 장치와 이어폰을 만지작거리자, 감람이 물었다.

"무슨 급한 일이라도 있어?"

하눅이 나와 몰래 접선하고 있는 것처럼 느껴졌기에, 나는 고개를 저었다. 그가 내게 접촉해 온다는 것을 알릴 필요는 없을 듯했다. 다시 손목 장치를 확인하니 메일함도, 통화 내역도 텅 비어 있다. 현재가 꿈결같이 느껴졌다.

"아무것도 아니야. 여기 잠깐 혼자 있을게. 금방 따라갈 거야."

감람이 걱정스러운 표정을 지었으나, 이내 고개를 끄덕이고 저쪽으로 사라졌다. 나는 디오라마가 전시된 유리 벽에 몸을 기댔다. 증강 현실 장치 하나 없는 박물관이라니, 이 사실 자체도 고대 유물처럼 느껴졌다. 물에 잠기기 전 먼 옛날 도시의 모습이 담긴 가상 복원도가 섬세하게 만들어져 있었다. 각 부에 램프가 있고, 누를 수 있는 버튼이 있었다.

연락을 기다리며 무심코 버튼 하나를 눌렀다. 해안가 마천루 모형 위의 램프가 켜지며 안내 음성이 흘러나왔다.

이곳은 한 세기 이전, 사라진 도시 위에 세워진 관광…… 젠장, 방해가 너무 심해! 저들이 향하는 건물은 바로 네가 지

금 있는 곳이야!

전파 간섭 때문인지 또렷하게 들리지는 않았지만, 전문 성우의 안내 음성 다음에 들린 건 분명 하눅의 목소리였다. 내 옆에 있는 소년의 목소리가 아닌, 세파에 찌든 중년의 목소리. 그렇지만 틀림없이 하눅이다. 그의 음성을 계속 들을 수 있을까 하는 기대로 다음 버튼을 눌렀다.

넌 정확히 262년 5개월 26일 21시간 45분 9초 동안 여기 있었어.

262년을 이곳에 있었다고? 다음 버튼을 누르자 내 마음을 아는 것처럼 그가 다시 말했다.

말도 안 된다고 생각하지? 하지만 사실이야. 파도처럼 계속 새로운 추억이 밀려오고, 이 추억이 지나고 나면 너는 기억을 잃고, 다시 처음처럼 여름방학을 시작하는 거다.

거기까지였다. 네 번째 버튼을 누르자 평범한 안내 음성만 재생되었다. 나는 그와 이야기할 수 있을 만한 다른 기계를 찾았다. 벽 쪽에 어린이 전용 학습기계가 있었다. 화면을 터치하자 퀴즈를 풀어보라는 안내가 떴다. 첫 번째는 서술형이었다. 밑져야 본전이라는 생각으로 문제는 읽지 않은 채 손가락으로 글자를 썼다.

그들의 목소리를 듣고 싶어. 혹시 대화할 수 있을까?

답이 틀렸다며 화면에 크게 '×' 표시가 쳐진다. 다음 문제는 사지선다 문제였다.

① 제일 마지막으로 재생된 동영상은 어제 촬영한 것.
② 아직 고장 나지 않은 CCTV에 접속하여 정보를 얻고 있는데, 그중 음성 지원되는 기기는 없음.
③ 그러므로 그들의 목소리를 듣는 것은 불가능하고.
④ 의사소통도 불가능. 오직 관찰자로만 가능. 네가 이 안에 머무르는 한은.

이윽고 '시스템 복구 중'이라는 글자가 뜨더니, 학습기계가 정상으로 돌아왔다. 이제 기다리는 수밖에 없나. 그의 답장이 빨리 오기만을 바라고 있을 때, 저 멀리서 감람이 나에게 손짓했다.

"종탑에 올라갈 거니까, 빨리 와."

우리는 좁다란 나선계단을 빙글빙글 올라갔다. 나선형의 계단을 돌며, 나는 하눅과 감람을 앞세우고 천천히 발을 떼었다. 몇백 년 전에 만들어진 계단은 한 번만 발을 헛디뎌도 영원히 되돌아오지 못할 것처럼 아득해 보였다. 계단 한 칸의 높이도 꽤 가팔라서, 나는 양손으로 벽을 짚으며 어떻게든 균형을 잃지 않으려고 애썼다.

내 앞의 감람이 소리쳤다.

"밖이 보인다!"

그의 말마따나 시야가 조금씩 환해졌다. 나는 숨을 몰아쉬며 멈춰 서서 땀을 닦는 척했다. 그리고 작은 목소리로 하눅에게 음성메시지를 보냈다.

그들에게 알려줘야 해. 보관소의 위치를 내가 알아.

행성 이주 프로젝트는 최대한 다양한 사람들을 포함했으나, 나이와 학력, 성별, 할 수 있는 일에 따라 모집 인원이 정해져 있었다. 나는 남겨질 사람들을 위한 종자와 배아 보관소를 견학하고, 후원했다. 내가 개척 행성 프로젝트 쪽으로 변절하지만 않았더라면 나의 소속이 될 장소였다. 지구를 버리고 떠나는 것에 대한 일말의 죄책감을 덜기 위해 마음 속에 남아 있던 한 줌의 양심이 시킨 일이었다.

보관소 소장은 나를 반갑게 맞아주었다. 그는 후원해 주어 고맙다며, 보관소를 관리할 로봇 팔은 내가 공개적으로 공유한 기술로 만들어졌다고 했다. 개척자의 외골격을 만드는 것과 동일한 기술이었다.

그들에게 보관소의 좌표를 알려줄 수 있다면? 하지만 하눅은 자신은 관찰자일 뿐이고, 소통은 불가능하다고 했다. 나는 대화를 상기했다. 학습기계를 통해 그는 '네가 이 안에 머무르는 한은'이라고 대답했다. 그러면 머무르지 않을 수도 있는가? 이 바깥으로 나가기만 하면 그들과 만날 수 있는 건가?

너는 서버실 안에 있는 데이터야. 그들은 네가 있는 건물로 거의 다 왔어. 그래서 내가 널 부른 거야. 너무 늑장 부리지 마.

음성메시지가 돌아온다. 나는 대답한다.

여기에서 한가하게 여름방학이나 보내고 있을 순 없어. 나갈 거야. 바깥으로.

다시 질문이 전해져 왔다.

그러길 원해?

내가 말했다.

그래.

이 말을 내뱉은 순간, 하눅의 목소리가 대답한다.

네 말을 이행할게. 그게 내가 있는 이유니까.

음질이 고르지 않은 상태에서 그는 놀랄 정도로 딱딱하게 말했고, 말을 채 마치기도 전에 음성이 끊겼다. 어안이 벙벙했다. 나는 종탑으로 올라갔다. 한 발씩 높아질수록 바람이 내 뺨을 때리고 빛이 동공을 수축시켰다. 크게 뚫린 아치형 창이 보였다.

감람과 하눅이 창 쪽에 서 있었다. 신나서 탄성을 지르며 바깥 전망을 보고 있을 거라는 상상과 달리, 그들은 아무것도 하지 않고 나란히 서서 나를 보고 있었다.

일순간 아무 소리도 들리지 않았다. 갈매기의 울음도, 파도 소리도, 바람이 이는 소리도 없었다. 생기를 잃고 멈춘 마을과 바다가 내려다보였다. 파도는 흰 포말을 흩뿌리다가 한 폭의 회화처럼 멈추었다. 구름도 마찬가지였다. 마을의 골목을 돌아다니는 사람들도 디오라마의 작은 모형처럼 정지했다.

감람과 하눅은 나를 향해 천천히 걸어왔다. 두 사람 모두 무엇에 씐 듯, 무표정한 낯빛으로 허공을 보고 있었다. 갑자기 처음 보는 사람처럼 낯설었다. 감람이 차가운 목소리로 입을 뗐다.

"미안해. 이번 재생에 문제가 좀 있었어. 잘못된 경로의 외부 진입이 감지되었어. 외부 진입은 현재 차단 중이야. 지금은 안전해졌어."

하눅도 말을 덧붙였다.

"우리는 도원경 시스템을 대표해서 사과하려고 해."

그들은 내게 "불편을 끼쳐 죄송합니다"라고 말하며 꾸벅 머리를 숙였다. 내가 얼떨떨하게 서 있자, 감람이 고개를 숙인 채로 말했다.

"아, 시스템 조항 중에 본인에게 고지해야 한다는 항목이 있어서."

"밖에 생존자가 있어. 내가 도와야 해."

내 말에 그들은 나란히 고개를 저었다. 하눅이 덧붙였다.

"외부의 접속 시도로 오염이 감지된 그 순간부터 리셋은 이미 시작되었어. 다음 회차에는 문제없게 할게. 다시 한번 미안해. 이 리셋은 너에게 해가 되지 않아. 너의 기억만 여름 방학의 시작으로 돌아가는 거니까."

나는 그들 뒤의 창밖을 내다보았다. 저 먼 지평선에서부터 검은 외곽선이 이쪽으로 다가오고 있었다. 그뿐 아니라, 이 근처에도 깊이를 알 수 없는 싱크홀이 점점 더 많아지고, 커지고 있었다. 내가 말했다.

"나는 알아. 도원경이라는 이름을. 그 이름을 내 친구가 붙였어. 너희를 만든 하눅이라는 사람이 나를 불렀어. 내가 몸담았던 프로젝트에서 지구로 돌아온 사람이 있어. 그 먼 우주에서 다시 돌아온 사람들이 있다고."

앳된 얼굴의 하눅이 말했다.

"하눅 선생님의 데이터는 여기에 업로드되지 않았어."

"뭐라고?"

나는 귀를 의심했다. 감람이 하눅의 말을 이어 설명했다.

"네게 접촉을 시도한 무언가는 버그에 불과해. 허가받지 않은 무언가가 이곳에 진입해서 네게 접촉하는 걸 우리로서는 그냥 두고 볼 수 없었어."

"그가 단순히 이 세계를 방해하는 버그라면 왜 내게 그런 이미지를 보여줬겠어?"

"알 수 없으니까 버그인 거야. 시오, 바깥으로 나갔다가는 안전을 보장할 수 없어. 게다가 너는 불안정한 상태에서 업로드돼서 시스템이 각별히 신경 쓰고 있어."

나는 창밖을 응시했다. 세계는 점점 무너져 내리고 있었다. 더 이상 손목 장치의 진동은 울리지 않았다. 주변을 돌아봤지만 내가 어떻게 해야 한다는 지시가 전혀 없었다. 나간다는 말을 이행한다면서, 그는 어디로 간 거지? 정말로 버그에 불과한 건가? 두리번거리는 내 모습을 보고 감람이 혀를 차며 고개를 저었다.

하지만 이대로 리셋된다면 정말로 모든 게 없었던 일이 된다. 그러니 뭐라도 해보고 싶었다. 뭐라도 해야 해. 나는 사라지고 있는 정지된 세계에 서서 생각했다.

하눅과 감람 뒤로 마을의 건물 지붕들이 보였다. 갈색과 붉은색 지붕 사이에 우리가 어제 보았던 큰 전광판이 하나 있었다. 전광판의 글자 또한 멈춰 있어야 했는데, 아주 조금씩, 전광판의 글자가 움직이고 있었다. 나의 간절한 마음이 환영이라도 투사한 걸까.

네가 나에게 미래를 보고 싶다고 말했잖아.

그들은 하눅을 '버그'라고 규정했다. 하지만 이 글자를 보고서, 나는 확신하게 되었다. 맞다. 나는 미래를 보고 싶다고 말했다. 그건 하눅과 단둘이 있을 때 나누었던 말이었다.

내가 감람과 일하게 된 이후 나와 하눅은 사이가 멀어졌다. 그치만 절연은 아니었고, 그저 각자 자기 일에 열중했을 뿐이다. 어느새 나는 과거의 추억만이 우리를 묶는 공통분모라는 사실을 받아들이려고 노력하며 텅 빈 마음을 홀로 쓸쓸하게 움켜쥐고 있었다. 하눅은 먼저 연락하는 성격이 아니었기에, 관계 개선을 위해서는 내가 나서야 한다고 어렴풋하게 느꼈지만 물밀듯 밀려오는 일에 치여 좀체 시간을 낼 수 없었다.

그러던 어느 날 밤, 삼촌과 언니의 우주선 탑승권을 알아보고 있을 때였다. 초인종이 울렸고 나가보니 현관에 하눅이 서 있었다. 왜 왔냐는 물음에, 그는 겸연쩍은 표정으로 오늘이 무슨 날인지 모르냐며 가격표 스티커도 뜯지 않은 주석 잔 세 개를 내밀었다. 그는 오늘이 우리가 바닷가에서 맹세한 지 20년이 되는 날이라고 말했다. 나는 웃었다. 두 가지 이유였는데, 우리 셋은 그날을 특별히 기념일로 지정한 적이 한 번도 없었기 때문이고, 자기 일을 제외한 모든 일에 눈곱만큼도 관심이 없던 하눅이 어떻게든 나를 찾아올 구실을 만들어낸 노력이 가상하다고 생각했기 때문이다.

우리는 20년 전의 그날처럼 주석 잔에 맥주를 따라 마셨다. 알코올 향이 섞인 입김을 내뿜으며 나는 "감람도 있었으면 좋았을 텐데" 하고 중얼거렸다. 하눅이 물었다. "너희들은 지구를 떠날 거잖아. 지금 소감이 어때?" 나는 천장을 보며 곰곰이 생각하다 말했다.

"아마도 이곳이 그립겠지. 이곳이 어떻게 바뀔지, 우리의 프로젝트가 어떤 결실을 볼지 궁금해. 지금으로서는 이 결말이 어떻게 끝날지 알 수 없잖아. 감람도, 나도, 너도 100년도 안 되는 유한한 생명을 지녔으니 말이야. 하지만 나는 미래를 보고 싶어."

그는 내 얼굴을 물끄러미 쳐다보았다. 그를 알고 지낸 시간 중에 가장 진지한 표정이었다.

저 둘 사이의 틈을 뚫고 정면 창 밖으로 나가서 지붕으로 곧장 달려. 느슨한 지점을 찾아볼게.

전광판의 글자가 내 상념을 깨트렸다.

나는 침을 한 번 삼킨 후, 하눅과 감람의 틈으로 돌진했다. 겁이 났지만, 지붕은 생각보다 가까이 있었다. 두 발목이 얼얼했지만 달리기를 멈추지 않았다. 그러다 발을 헛디뎌 지붕에서 미끄러져 내렸다. 그들이 나를 보며 달려오고 있었다. 이대로 추락하는 건가? 넘어지는 건 계산에 없었는데.

그때 부드러운 천이 나의 등에 닿았다. 나는 천막에서 튕겨져 옷가지를 파는 기념품 가게의 티셔츠 더미에 파묻혔다.

그들의 추적은 재빨랐고 나는 온 힘을 다해 달렸다. 그러나 이번에는 정말로, 어디로 가야 할지 알 수 없었다. 마을 주민들을 요리조리 피해 달리며 그들에게 잡히지 않으려고 애썼다. 레스토랑 앞에 세워진 오늘의 스페셜 메뉴를 알리는 작은 칠판에 글이 적혀져 있었다. '오른쪽 건물 2층으로.' 나는 그대로 했다.

2층 사무실에는 혼자 디지털 장기를 두던 할아버지가 커피를 마시는 상태로 멈추어 있었다. 장기판 옆의 스프링 노트에 마커로 갈겨쓴 글자가 있었다. '왼쪽에서 두 번째 창문을 깨고 나무를 타고 내려가서 오른쪽이야!'

우회전해서 맞닥뜨린 과일 가게의 삭발한 여자 직원은, 벼랑 끝에 있는 등대 쪽을 손가락으로 가리키고 있었다. 나는 가게의 창문을 타고 넘어, 저 멀리 보이는 등대로 달렸다. 땅 이곳저곳에 검은 균열이 생겼기 때문에 무척 조심해야 했다. 내리막길에서 크게 넘어졌지만, 이 세계에서는 고통을 느끼지 못하는 탓인지, 아니면 내가 고통을 느낄 때가 아니라고 생각해서인지 아픔이 느껴지지 않았다.

나는 머뭇거리지 않고 벼랑 끝으로 달려갔다. 등대로 들어가서, 나선계단을 올랐다. 숨이 턱까지 차올랐지만, 발을 멈추지 않았다. 정상에 도달하니 바다의 광경이 보였다. 아래를 내려다보니 파도치는 바다가 까마득했다. 손목 장치가 반쯤 울리다가 말았다.

(외부 진입 감지) 바다로##$‰#$뛰 어 내 려 ! (자동복구 프로그램 가동)

나는 뛰어내렸다. 정말 너냐고 물을 필요도 없었다. 태양에 반사되는 마천루를 바라보며 속절없이 떨어졌다. 노란 태양 빛이 새하얀 구름에 스며든다. 눈이 부셔서 두 눈을 질끈 감는다. 얼마 후에나 수면에 몸이 부딪치려나 궁금하다. 내 몸은 강한 중력에 이끌리고 있었다. 하지만 그러기엔 시간이 너무 지났는데?

별안간 머리에 잔뜩 몰린 피가 흩어지는 기분이 든다. 한쪽 눈을 떠보았다. 한순간에 내 몸의 방향이 완전히 달라진 것 같았다. 세계가 뒤집히고, 중력이 완전히 다른 곳에서 느껴진다.

두 눈을 떴다. 머리 위에 바다가 있었고 나는 발아래에 있는 구름과 가까워지고 있었다. 구름을 통과하여 끝없이 하늘로 돌진했다. 그리고 마치 지구에서 우주로 탈출하는 우주선에 탄 것처럼 시야가 점점 더 까매졌다. 주위는 고요했다.

완전한 침묵이 찾아올수록 내 키는 점점 커지고, 손에 핏줄이 불거져 나온다. 일자 목에 굽은 어깨. 근육 없이 깡마른 몸에 탄력 없는 피부가 느껴진다. 그러나 나는 오히려 이 모습이 익숙하게 느껴졌다. 턱의 늘어진 살과 힘없는 종아리 근육이 바람에 세차게 흔들린다. 반쯤 젖은 희끗희끗한 머리카락은 바람에 움직임을 내맡기고 있다.

이윽고 나는 광대뼈와 어깨와 무릎에 심한 충격을 받고 바닥에 사정없이 내던져졌다. 익숙한 음악, 냄새, 카펫의 감촉. 나의 단골 술집이다. 두려움을 애써 억누르며 행동했던 조금 전의 상황과 달리 이곳은 너무하다 싶을 정도로 조용하고 여유로웠다. 나는 깨닫는다. 이곳은 하눅과 내가 마지막으로 이야기를 나누었던 곳이다.

죽기 직전의 나머지 기억들이 흘러들어 온다. 하눅이 나와 감람에게 행운을 빌고, 내가 고맙다고 말한 직후. 휴대기기에 일제히 대피 사이렌이 울렸다. 심판의 날이 도래했다는 경고 같았다. 우리가 상황을 인식하고 대피하기도 전에 강풍과 폭우가 닥쳤고, 뒤이어 지진이 몰려왔다. 우리가 있던 술집도 예외는 아니었다. 실내에 적재된 짐이 내 몸 위로 쏟아져 내렸다. 하눅이 그것을 인식하고 내 위로 몸을 던졌지만 이미 늦은 후였다.

그때 내가 죽었구나. 이제야 나는 확실하게 이해하고 깨달았다.

하눅의 삶은 어쩐지 씁쓸했다. 그는 전 지구적으로 유행했던 전염병 때문에 친지와 부모를, 이상기후로 인해 쏟아진 우박 때문에 여동생을 저승으로 떠나보내야 했다. 그런 운명의 수순 속에서 그가 할 수 있는 일은 소중한 사람들의 생이 완전히 꺼져버리기 전에 자신이 몸담고 있었던 추모원 시스템에 마인드 업로딩을 하는 일뿐이었다.

가족들을 보내고 혼자 남게 되었을 때, 그는 하루의 반 이상을 침대에 누워 가상현실 속 가족들과 살다시피 했다. 나중에는 제대로 먹지도 않고 자지도 않으면서까지 몸을 망쳤다. 혼자 살아갈 수 있는 사람은 없으니까. 가족을 잃고 난 후에 그는 칩거하면서 지냈고 고독사하기에 딱 알맞았다.

나는 걱정이 되어 때때로 피자를 들고 그가 홀로 사는 집에 쳐들어가곤 했다. 방에 들어서면 그를 침대 밖으로 끌어내 가상현실 시스템에서 로그아웃하게 만들고, 사람 꼴 좀 갖추라며 밤 산책을 시켰다. 그래도 그는 싫다는 내색 한번 없이 솔기가 뜯어진 후드티를 입고 내 제안에 응했다.

언젠가 우리가 밤거리를 산책하고 있을 때, 그가 갑자기 입을 열었다. "우리 팀에서 지금과는 다른 방식의 가상현실 시스템을 만들고 있어. 산 자들을 위해 죽은 자의 데이터를 모아 만드는 시스템 말고, 진짜 죽은 자를 업로드할 수 있는 그런 세계 말이야. 개발 초기 단계기는 하지만, 망자들은 그 세계에서 서로를 만나고, 하고 싶은 일을 하며 계속 살아갈 수 있겠지. 접속해서 가족들을 보다 보니 문득 그런 생각이 들더라. 아버지와 어머니와 동생이 살아 있다면 생전에 이루고 싶은 일을 하면서 삶을 보내고 있을까? 하고 말이야. 만약에 업로드한 정신이 살아생전의 그것과 동일하다면, 새로운 세계에 입장하는 일과 무엇이 다를까? 산 자와 망자가 같은 곳에서 만날 수 있다면? 그것은 어쩌면 다른 행성을 개척하지 않아도, 현재 지구의 오염을 최소화하고 인류가 존속할 수 있는 길이 아닐까? 육체를 벗어나, 사람들이 시간과 장소에 구애받지 않고 진리를 추구하는 이상적인 공간이 되는 게 아닐까?"

나는 그의 말에 바로 동의를 표할 수 없었다. 오랜 세월 고민을 거듭한 그의 말에 쉽게 내 의견을 얹을 수 없기도 했거니와, 대놓고 이야기하지는 못했지만 데이터화된 자아가 과연 나라고 할 수 있을지 여전히 혼란스러웠기 때문이다.

나는 손바닥으로 카펫을 짚고 몸을 일으켰다. 내 앞에 불쑥 손이 나타났다. 고개를 들어보니 하눅이었다. 잔뜩 세월의 풍파를 맞은 얼굴. 미간에는 세로줄이 가 있고, 진한 팔자 눈썹과 퀭한 눈과 회색 수염이 보인다. 송별회 때의 모습이다. 여름방학 때 걱정 없던 소년의 얼굴보다, 지금의 얼굴이 더 그립고 친근한 기분이었다.

나는 그의 손을 잡고 일어났다. 하지만 그의 형체는 부정확했다. 온통 반투명한 몸은 희미한 윤곽선을 가지고 있어 배경과 겨우 구별되는 수준이었다. 주변 환경의 색상과 그의 윤곽을 이루는 색상이 충돌하여 아주 작은 단위의 입자가 흩어지고 있었다. 누군가가 봤다면 유령이라고 했을 법한 모습이었다.

10대의 어린 하눅과 감람은 내 눈앞에 있는 자가 버그에 불과하다고 말했다. 그때는 믿지 않았는데, 어쩌면 그들의 말이 맞을지도 모른다.

"네가 말했던 도원경, 성공한 거야?"

그는 고개를 저었다.

"프로젝트는 완성되지 못했어. 초기 단계에서 그만두어야 했지. '도원경'이라는 이름만 남았을 뿐이야."

"왜? 구현이 어려워서?"

"직원들이 전염병으로 죽었고, 홍수에 집이 떠밀려 가서. 동료도 일자리도 사라졌어."

내가 침묵하자, 그가 다시 말을 이었다.

"송별회 날, 네 목숨이 끊어지는 걸 두고 볼 수는 없었어. 넌 내 생명의 은인이고 오랜 친구니까. 그래서 업로드한 거야. 비록 미완성의 도원경이지만, 죽는 것보단 낫다고 생각했어. 원래는 업로딩 동의서를 받아야 하는데, 그렇게 됐어. 미안하다. 당시 우리가 만들어놓은 시스템은 업로드까지는 가능했지만, 동시간에 소통은 불가능했고, 그곳에서 망자가 욕망하는 일을 구현할 수 없었지. 할 수 있는 일은 고작 기존의 두뇌가 보유하고 있는 과거의 기억 중, 행복과 만족에 관련한 호르몬이 가장 많이 분비되었던 구간을 찾아내어 반복하는 것뿐이었어……. 그나저나 우리가 함께한 여름방학이 가장 즐거웠다니, 영광인데. 하지만 나도 마찬가지였을 거야."

나는 주변을 둘러보았다. 이 술집은 그날을 진짜 똑같이 재현하고 있었다. 유리창이 바람에 세차게 흔들리고, 창밖 아스팔트 도로에 고인 물웅덩이에 네온사인 빛이 일렁이고, 빗방울이 유리창을 타고 흐르고 있었다. 그는 이곳에 계속 있었던 걸까. 세계 바깥을 내다보는 수많은 CCTV 화면도 없이. 내 마음을 읽기라도 하듯이 그가 말했다.

"이곳은 네가 편하도록, 네가 받아들일 수 있을 정도로만 구성된 공간이야. 나는 네가 이해할 수 없는 방식으로 일을 처리해. 그것을 설명하는 것은 불필요하고, 시간 낭비에 불과하지."

우리가 바 자리에 나란히 앉자마자 어느새 바 위에 마티니 두 잔이 놓였다. 나는 내 앞에 놓인 잔을 빤히 쳐다보다가 그를 바라본다. 그는 만족스러운 표정으로 두 모금에 걸쳐 술을 남김없이 마신다. 내가 말한다.

"아니구나, 너. 하눅이 아니야."

"그렇게 보여?"

"넌 마티니 제일 싫어하잖아. 진토닉만 마시는 거 내가 왜 모르겠어? 한 번도 다른 종류를 마신 적이 없다고."

그가 웃었다.

"미안해. 그의 취향은 내가 아는 정보 밖이어서 임의로 만들었더니. 뭐라고 설명해야 할까. 나는 하눅의 명을 받은 시스템상의 개체야. 하지만 급조한 탓인지, 혹은 오랜 세월 동안 걸쳐 생겨난 오류 때문인지 시스템은 내 존재를 버그로 간주해."

그렇담 아까 그들이 했던 말이 진짜인 건가.

"하눅은 어떻게 됐지?"

"당신을 구하느라 자신을 업로드하지 못했어. 지상에 사람이 나타나면, 당신을 깨워 어떻게든 밖을 보여주고, 원하는 대로 해주라고 했지. 미래를 볼 수 있는 기회를 주고 싶다고 했어."

나는 침묵했다. 그가 이어 말한다.

"자, 그리고 내 목적은 또 있어. 당신이 원한다면 이 시스템에서 나갈 수 있어. 저쪽 문을 열고 나가기만 하면 돼."

그가 손을 들어 카운터 안쪽을 가리킨다. 천 가림막이 드리워진 곳에 작은 문 하나가 보인다. 그가 문에 관해서 설명하려고 할 때, 등 뒤의 가게 입구 쪽 창문에서 번개가 친다. 나는 놀라 뒤를 돌아본다.

창문 밖의 어둑한 비바람 속, 거리 건너편에서 두 사람의 형상이 보인다. 어린 하눅과 감람이 손에 장검을 쥐고 서 있었다. 곧이어 천둥이 친다. 그들은 우산도 쓰지 않고 미동도 없이 이쪽을 쳐다보고 있었다.

그들을 더 잘 보기 위해 눈을 비볐을 때는 이미 그들이 선술집 문을 부순 후였다. 그들의 옷은 물기 하나 없었고 외곽선도 나처럼 선명했다. 어린 하눅이 장검으로 나이 든 하눅의 배를 찔렀다. 하눅은 칼을 맞았으나 피를 흘리지 않았다. 다만 찔린 배를 감싸 쥐며 바닥에 무릎을 꿇었다. 하눅은 점점 희미해지는 몸으로 내게 말했다.

"난 그냥 나가라고 하는 게 아니야. 하눅은 널 위해 준비해 두었어. 너를 이관할 육체가 있어. 이제 정말 시간이 없어. 감람이 보낸, 그리고 네가 만든 외골격을 착용한 후손들을 만나. 어쩌면 그들과 함께 갈 수도 있겠지."

어린 하눅이 내게 다가오며 말한다.

"넌 여기 정신만 업로드됐을 뿐이야. 우리 중에 바깥의 상황을 제대로 아는 존재는 없어. 저 녀석이 CCTV 영상을 보여주었다고 해도, 그것이 모든 상황을 이해할 충분한 재료는 되지 못해. 재도 그냥 프로그래밍된 말을 읊는 것뿐이야. 안됐지만 그게 사실이야. 네 육체가 준비돼 있을지는 아무도 장담 못 해."

나는 뒷걸음질한다. 등에 바 테이블이 닿는다. 뒤에서 인기척이 느껴진다. 나는 바 테이블 안쪽을 돌아본다. 어느새 어린 감람이 카운터 안쪽의 작은 문을 가로막고 서 있다. 어린 감람이 말한다.

"넌 우리의 처음이자 유일한 사용자야. 너를 이런 식으로 잃을 순 없어. 시오, 이 시스템에 있는 모든 감각과 형상과 정보는 많은 사람이 시간을 들여 노력해서 만든 거야. 거기에 하눅 선생님도 있었지. 우리 또한 선생님의 손을 거쳤어. 너는 여기서 행복해야 해."

"너희 둘 다 틀렸어. 하눅은 내가 방학이나 즐기고 있으라고 날 여기 넣은 게 아니야. 난 여태까지 지금을 기다린 거라고. 나는 나야, 내가 갈 곳은 내가 정해. 나는 행복해. 불행하지 않아."

"내 말을 기억해. 넌 나가면 소멸해."

어린 감람이 말한다. 어린 하눅은 내 쪽으로 가까이 오며 나에게 돌아가자고 손을 내민다. 그러나 나는 그의 뒤편에서 중년의 하눅이 천천히 일어나는 것을 본다. 중년의 하눅은 나에게 가라는 손짓을 한다. 중년의 하눅은 발소리도 내지 않고 어린 하눅에게 가까이 다가가더니, 방심하던 찰나를 노려 칼을 빼앗아 쥔다. 칼자루를 쥔 손이 반투명했으나, 중년의 하눅은 아직 움직이고 있다. 문을 가리고 있던 어린 감람이 바 테이블을 도약대 삼아 점프해 허공에서 중년의 하눅을 칼로 찌른다.

문을 막고 있는 장애물은 없다. 나는 뒤를 돌아보지 않고 카운터 안쪽으로 들어가 문으로 돌진한다. 그의 마지막 모습은 보고 싶지 않다. 하눅은 이곳에 없다. 하지만 그의 뜻을 기억하고, 나를 깨운 존재가 있었다. 나는 생각했다. 진짜 하눅이라면 아마 이자와 똑같이 했을 거라고.

나는 마음속으로 수없이 그에게 작별을 고했다. 문 안쪽엔 어둠만이 있었다. 뒤에서 어린 하눅과 감람의 외침이 들려왔지만, 그 의미를 파악하기 어렵다. 내가 한 발짝을 내딛자마자, 어둠은 나를 삼켜버린다. 완전한 침묵이 감돈다. 내 주위로 다채로운 색상의 픽셀들이 어지럽게 떠다닌다. 나를 구성하는 형체가 조금씩 사라진다.

어둠이 계속되면 나쁜 상상을 하게 된다. 나의 형체가 느껴지지 않아 겁이 덜컥 난다. 혹시 이대로 죽는 건 아니겠지? 그들을 만날 수 있을까? 만나서 이야기할 수 있을까? 이게 끝은 아니겠지?

뭐라도 상상해야 한다. 나는 이곳을 세계의 끝이라고 생각했던 해변이라고 상상한다. 아이스바를 먹고 난 직후다. 곧 배 속이 시원해진다. 나는 배에서부터 아래로 뻗어나가는 두 다리와 자연스럽게 흔들리는 팔을 생각한다. 발바닥과 발가락 사이사이에 입자가 고운 모래의 촉감이 느껴진다. 바람 때문에 머리카락이 목과 얼굴을 때린다. 파도의 하얀 포말이 모래사장으로 밀려왔다가 빠져나간다. 푸른 바다와 끝을 가늠할 수 없는 하늘이 내 눈앞에 있다. 수평선 위로 솟은 마천루가 보인다. 물의 소용돌이. 반짝이며 부유하는 모래 알갱이. 물속에서 걷는 상상을 한다. 내 손에는 주석 잔이 들려 있다. 이미 바다에 발을 담근 채 서 있는 친구들에게로 성큼성큼 걸어가는 나. 기분 좋은 긴장감이 내 몸을 감돈다. 겁도 없이 자신만만하게 걷는다. 맹세하도록 하자. 우리의 미래에 대해서. 순진하게 뜻을 모으자. 비록 한뜻을 가지고 세 갈래의 길을 걸었으나 결국은 이 시간에 세 사람의 뜻이 깃든 것처럼. 나는 이 세계의 끝에서, 원래 있었던 세계로 흘러들어 간다.

어둠만이 있던 곳에, 작은 점 같은 빛이 보인다. 그 점은 작은 사각형의 빛이 된다. 사각형은 점점 커지더니 결국엔 어둠을 몰아내고 나의 시야가 된다. 흐릿한 상이 점점 제 색을 찾고 또렷해진다. 나, 숨이 붙어 있는 건가? 제자리에 가만히 서서 내 숨이 붙어 있는지 확인한다. 호흡은 이제 의미 없음을 알지만, 그럼에도 습관은 무시할 수 없다. 한번 죽었던 주제에, 간절히 살고 싶어 한다.

시야는 별안간 암흑으로 변한다. 시간이 지나면서 눈이 어둠에 적응해 주위가 보인다. 검은 미로다. 기계가 벽을 이루고 있는 데이터센터의 서버실이다. 이곳 역시 어둡지만, 조금 전의 칠흑 같은 어둠과는 완전히 다르다. 나는 내 몸을 느낀다. 피와 살로 이루어진 육체가 아니라, 금속으로 된 단단한 의체다. 하지만 한때 내가 가졌던 육체처럼, 두 팔과 두 다리가 있다. 몸이 있다면 그들에게 갈 수 있다.

손가락 끝을 움직여 보자고 마음먹는다. 오른쪽 검지가 움직인다. 눈을 깜빡여 보고, 목소리를 내본다. 바람 소리만 새어 나온다. 음성을 쓸 수 없다. 의체에 연결된 수많은 전선의 팽팽한 감촉이 느껴진다. 나는 전선에 붙들린 채 지면에서 약간 떨어져 있다.

일단 그들에게 가까이 걸어가야 해. 나는 팔다리에 힘을 싣는다. 몸이 너무나도 무겁다. 제대로 힘이 퍼지지 않는다. 몸은 움직이지 않고 뻣뻣하게 녹슬어 있다. 시간은 모든 만

물을 바꾸어놓는데, 과거에 예비된 것일지라도 제대로 보관되어 있을 거란 생각은 어리석었다. 수많은 전선이 내게서 떨어져 나간다. 천천히 발끝으로 지면을 디딘다. 앞으로 쏠려 넘어질 뻔했지만 내 몸이 애써 중심을 잡고 선다.

저 멀리서 사람들의 기척과 목소리가 들리고, 그들의 외골격이 지면을 딛는 소리가 들린다. 애석하게도 청력만이 원래 기능을 유지하고 있으나, 그 능력이 아주 뛰어난 것도 아니어서 의미를 파악하기 어렵다. 뭐라고 말하는지 알고 싶다. 뭐라도 전해주고 싶다. 하지만 말의 의미보다 먼저 알게 된 것은, 그들이 이곳을 빠져나가고 있다는 사실이다. 그들의 목소리가 작아지더니 곧 들리지 않게 됐다. 허망한 침묵이다. 그러나 멀리 가지는 못했을 거다.

나는 그들을 쫓아가겠다고 마음먹는다. 나는 안간힘을 써서 두 다리를 움직여 본다. 빠른 속도는 아니지만 걸을 수 있다. 멈추지 않는다면 쉬고 있는 그들과 마주칠 수 있을지도 모른다. 내게도 외골격이 있으면 좋으련만. 나는 검은 미로를 따라 출구로 나간다. 데이터센터의 문은 아주 예전부터 열려 있었던 듯하다.

햇빛이 나를 맞아준다. 나는 비로소 새로운 세상을 본다. 멸망했던 땅 위에 다시 선다. 그들에게도 낯선 땅이고, 나에게도 낯선 땅이다. 하지만 동시에 익숙한 감각도 있다. 예전과 같은 바람 소리가 들린다. 붉은 땅과 여름날의 바닷가에서 보던 파란 하늘과 뭉게뭉게 피어오르는 희고 깨끗한 구름이 보인다.

저 멀리, 아지랑이가 피어오르는 지평선에 느릿느릿 움직이는 두 개의 점이 보인다. 나는 걸음을 서두른다. 기다리라고, 내가 가고 있다고 외치고 싶다. 아마도 이 몸으로는 그들과 오랜 시간 함께하지는 못할 거라는 예감이 든다. 하지만 몸이 삐걱거리고 목소리를 내지 못할지라도, 종자와 배아 보관소의 위치를 알려줄 것이다. 그들에게 고생 많았다고, 귀환을 환영한다고 이야기할 것이다. 어쩌다 돌아왔는지, 그간 무슨 일이 있었는지 묻는 건 그다음이다.

그리고 할 수 있다면, 세 친구의 이야기를 들려줘야지.

☼

3이라는 숫자를 좋아한다. 그러다 보니 주요 인물 3명이 나오는 이야기, 서로 다른 입장 3가지가 나오는 이야기를 읽고 쓰는 것을 좋아한다.

〈세계의 끝〉은 서로 다른 결정을 내린 세 인물이 결국에는 화합을 이루어내는 이야기다. 이 이야기는 시드 마이어의 전략 게임 〈문명〉 시리즈 중 하나인 〈비욘드 어스〉에서 언급되는 3대 친화력이라는 설정을 구경하다가 떠올렸다(솔직히 나는 이 게임을 구매했으나, 마감에 쫓겨 제대로 해보지는 못했다).

우리는 살다 보면 여러 가지 선택을 해야만 하는 상황에 직면한다. 무수히 많은 길 중에서 하나를 선택하기란 참 어려운 법인데, 이 어려움을 무릅쓰고 하나의 길을 선택한다고 해도 나중에 보면 이 길이 장점과 단점도 혼재하는 길임을 알게 되기도 하고, 100퍼센트 정답은 아니었다는 것을 깨닫기도 한다. 하지만 여러 가지 길이 주어졌을 때, 우리는 개인이기에 하나만을 택할 수 있다. 하지만 그런 개인들이 모여 서로 믿고 절충하고 화합한다면, 개인이 이룰 수 있는 일 이상의 것을 할 수도 있을 것이다. 여기에서 나는 한때 친했지만 지금은 각자가 선택한 길을 가게 된 세 인물을 떠올렸다. 그들은 서로 멀어진 듯했지만 각자의 재능을 살려 단 하나의 목표를 이루어내는 데 성공한다. 이는 절대 혼자서는 할 수 없었던 일이며, 그렇기에 나는 이 소설이야말로 지극한 해피 엔딩이라고 생각한다.

구성에 대해 이야기해 보자면, 나는 이 이야기를 쓰며 애니메이션의 역동적인 색감과 감각을 살리려고 시도했다. 특히 여름날 특유의 쨍쨍한 태양 빛을 온

몸에 맞는 감각을 살리려고 노력했다. 그 때문인지 이 이야기를 다시 꺼내 수정할 때마다 한여름의 바닷가로 여행을 떠나, 밀려오는 파도를 바라보며 아이스크림을 먹고 싶다는 생각이 든다.

안개 숲 순례자

모도 신의 낙원이 지상에 있었으나,

악마가 사람에게 준 강퍅한 마음으로 인해 세상은 '대멸망'을 맞으니라.

방랑의 시대와, 혼돈의 시대와, 분서(焚書)의 시대와 재의 시대를 지나

사람은 끊임없이 방황하고 고뇌하니,

모도 신께서는 인간에게 기회를 주기 위해 에곤[1]들과 함께 지상에 강림하셨다가

인간을 온갖 질병과 재앙으로부터 구해내시고, 천상의 이적을 보이시매

1 모도교에서의 신의 사자(使者).

그를 따르는 사람들이 늘어나니라.
모도 신께서는 우매한 민중의 눈을 트이게 해주시고 다시 오겠다는 언약을 남기시고 하늘로 승천하셨도다.
(중략)
악마는 세상을 다시 멸망시키기 위해 금단의 땅에
지옥으로 통하는 문을 만들어놓았다.
그러니 기억하라! 악마는 보이지 않으나 물러간 것이 아니며,
다시 혼탁한 세계와 무질서를 몰고 오기 위해 호시탐탐 노리고 있노라.

―《카라기서》 56:8

*

오목한 분지 안에 숲이 있었고, 그 숲을 높은 벼랑 끝에서 바라볼 수 있도록 지은 오두막에 모도교 사제 노이가 기거하고 있었다. 경전에서 '금단의 땅'으로 분류된 안개 숲에 파견된 모도교의 사제는 매일 해가 질 무렵, 지정된 처소에서 숲을 내려다보며 지옥문이 열리지 않게 경전을 읊도록 정해져 있었다. 7년 6개월 동안 노이는 천천히 걷혀가는 안개를 보며 한 번도 경전 낭송을 빼먹은 적이 없었다. 그러나 지금,

그는 낭송도 잊은 채 창밖의 숲을 내려다보고 있었다. 세찬 바람이 하얗게 센 머리카락을 마구 엉클어트렸다. 그의 시선 끝에 늑대 한 마리가 숲의 경계를 구분 짓는 목책을 넘어 더 깊은 숲으로 가고 있었다. 큰붉은손바닥나무만이 유일하게 안개를 견디고 있는 숲의 중심부까지 성큼성큼 걸어가던 늑대의 모습은 이내 그늘과 잎에 가려 보이지 않았다. 늑대는 안개에 숨이 막혀 몸부림치지도, 피부의 수포로 고통스러워하지도 않았다. 노이는 그제야 이곳의 안개가 모두 걷혔음을 깨달았다.

노이가 벼랑 끝 오두막으로 돌아온 건 오늘 정오였다. 지난겨울 폐렴에 걸려 반년 정도 요양을 했었다. 노이가 오두막을 떠날 때 당시 동료 사제와 마을 사람들은 그가 마라카센 지역에 파견된 사제 중 가장 나이가 많기 때문에 다시 돌아오지 못할 수도 있다고 수군거렸었다.

자리를 비우는 노이에게 한 젊은 사제가 오두막을 자기에게 맡겨달라며 자신 있게 말했고, 노이는 그 말을 믿었다. 그러나 돌아와 보니 오두막은 엉망이 되어 있었다. 문을 열었을 때 그를 맞아준 것은 사방에 내려앉은 끈끈한 먼지와 구석에 모아둔 술병과 깨진 병 조각, 그리고 벽에 찌든 알코올 냄새가 다였다. 인적이 드문 오두막으로 사람들을 불러 술을 퍼마신 듯했다. 이러한 이유로 그는 한나절 동안이나 병을 치우고, 환기하고, 청소가 전혀 안 된 벽난로를 손보고, 구석구석의 거미줄과 먼지를 닦아내는 데 시간을 보냈다. 그리고 해 질 녘이 되어서야 경전 낭송을 위해 창가로 왔던 참이었다.

노이는 요양원에 있던 지난 몇 개월간 젊은 사제와 편지를 주고받으며 숲의 상태에 대해 물었다. 그때마다 그는 숲은 그대로고 별일 없다고 말했다. 하지만 그의 말은 틀렸다. 지금 숲의 안개가 모두 걷힌 것을 보면 노이가 자리를 비운 동안에도 시시각각 안개가 걷혔을 것이었다. 불과 반년 전만 해도 보호복을 입고 숲의 외곽 정도에만 들어갈 수 있었다. 그때도 안개가 걷힌 곳엔 보통의 숲처럼 꽃이 피고, 새와 쥐와 곤충이 하나둘씩 돌아왔지만 큰붉은손바닥나무가 있는 중심부로는 가지 못했다. 그러나 지금, 늑대가 그곳까지 드나드는 것을 보면, 분명 작은 생물은 그전부터 적잖이 드나들었겠다 싶었다. 그런 것을 놓쳤다는 건 젊은 사제가 숲을 거들떠보지도 않았음을 의미했다.

노이는 경전을 연구하고, 예배를 집전하고, 신도들의 말을 성실하게 들어주며 인생을 보냈다. 그러나 평생의 과업으로 삼았던 것은 경전에 언급된 금단의 땅 연구였다. 자연이 만들지 않은 듯한 기이한 풍광과 사람들의 방문을 환영하지 않는 듯한 지역. 사람들은 그곳이 대멸망 이전의 흔적이라고도 했다. 그중에서도 그는 독 안개가 퍼져 있는 숲을 연구했다. 세상에는 사람들이 세상을 기록하기 이전부터 안개가 무겁게 내려앉은 숲들이 있었다. 그곳에 들어가면 어떤 생물이라도 오래 버티지 못하고 쓰러져서 시름시름 앓았다. 제아무리 보호복을 입은 사람이라 한들 마찬가지였다.

안개 숲은 실제로 발견된 기록만 해도 어림잡아 오백 곳은 되었다. 대부분 깊은 분지에 자리했고 바닷가와 인접해 있었다. 그러나 시간이 흐르면서 안개는 점점 옅어졌고 안개가 걷힌 자리에는 아무것도 없었다. 사제들은 안개 숲에 들어가 지옥문과 같은 것이 없으면 이곳은 경전에 나오는 안개 숲이 아니라고 선언했다. 그러면 그 안개 숲은 그냥 평범한 숲이 되었다. 그러다 보니 사제들뿐 아니라 일반 신도들까지 안개 숲을 계속 탐색해야 하는지로 의견이 분분했다. 누구도 노이만큼 숲에 대한 열정을 보이지 않았다.

노이는 평생에 걸쳐 안개 숲을 발견했고 매번 숲에 실사를 나갔다. 쉰 번이 될 때까지만 해도 의욕이 넘쳤다. 여든 번째에는 지쳤으나 희망을 버리지 않았다. 아흔 번째에는 뭔가 잘못되었다는 생각이 들었고 그 이후에는 무감각하게 숲을 둘러보았다. 경전을 부인할 생각은 없었지만, 그 구절이 틀린 것인가 생각하기도 했다.

백 번째 숲이 발견되었다며 파견 요청이 왔을 때는 기대가 이미 바닥난 상태였다. 그럼에도 수락한 이유는 이곳이 다른 안개 숲과 달리 내륙에 있으며 일반적인 잿빛 안개와는 달랐기 때문이었다. 이곳의 안개는 미묘하게 옅은 분홍빛을 띠었고 인근 마을에서 저주의 숲이라고 부를 정도로 독성이 강했다.

사제청은 단기 실사가 아니라 5년간의 장기 관찰을 원했다. 그 이유는 안개의 특성 때문만이 아니라 교세 확장을 위해서였다. 아세트국은 8년 전, 이웃 나라인 티칼국과 전쟁을 벌여 영토 확장을 이뤘다. 모도교는 새로운 영토에 사제들을 파견했다. 안개 숲이 있다는 이유로 노이가 왔고, 문서상으로는 숲 연구를 돕기 위해 노이의 밑으로 사제들이 있다고 되어 있었다. 그러나 사실 노이를 제외한 사제들은 한때 티칼국의 영토였던 숲 근처의 작은 마을들을 상대로 계몽운동을 빙자한 포교 활동을 벌이기 위해 파견된 것이었다.

마을 주민들은 모도교를 받아들이기도 하고 받아들이지 않기도 했다. 모도교에 적대적인 주민들은 포교를 멈추라며 항의했지만, 사제청은 파견된 사제들이 안개 숲을 연구하러 온 것뿐이라고 답했다. 당연히 그 주장을 믿는 사람은 없었다. 숲 관찰은 처음 이야기했던 햇수에서 점점 연장되었다.

노이는 늑대의 자취를 눈으로 좇았다. 숲은 바람이 지날 때마다 우우우 하고 흐느끼는 소리를 냈다. 노이는 그 울음

소리를 들으며 자신이 회복하여 이곳으로 다시 오게 된 것도 운명이려니 생각했다. 그의 무사 귀환을 축하하며 사제 몇몇이 내일 아침 일찍 온다고 했었는데, 그때 함께 숲에 들어가 보게 되려나 싶었다. 아무것도 없는 것을 확인하고 나면 이곳도 경전에서의 안개 숲이 아니라 평범하고도 평범한 숲이 되겠지.

그러나 이전과 다르게 무언가 발견할 수도 있지 않을까. 이 생각에 미치자 노이는 99개의 숲에서 허탕을 쳤음에도 희망을 놓지 않고 있는 자신에게 감탄할 수밖에 없었다. 그는 이 사실을 모도교 사제나, 아세트국의 병사가 아닌 제로에게 가장 먼저 전하고 싶었다. 이야기를 전하려면 수도에 있는 가게로 가야 했다. 편지를 맡긴다고 해도 제로가 언제 보게 될지는 모르지만.

노이가 새파랗게 젊었던 시절, 수도의 사제청에서 일을 막 시작했을 무렵 딱 한 번 제로를 만난 적이 있었다. 사제청 앞 중앙 광장에서 치러진 처형식에서였다. 모도 신을 사칭한 이단 종교의 교주가 밧줄에 목이 졸린 채 공중에 매달려 있었다. 피 냄새를 맡은 까마귀들이 머리 위에서 빙글빙글 돌았고, 사람들이 시신을 구경하며 욕을 해댔다.

그는 건물 안에서 구경꾼 무리를 내려다보다가 낡은 잿빛 로브를 뒤집어쓴 사람을 발견했다. 그의 걸음걸이와 바람결에 아주 조금 드러난 이마와 한쪽 눈만으로도 노이는 그가 제로임을 한눈에 알아보았다.

노이는 그의 모든 것을 기억하려고 노력했다. 얼굴뿐 아니라 평상시 걸음걸이, 서 있을 때 어떤 발을 앞으로 내밀어 짚는지, 곰곰이 생각할 때 고개는 어느 쪽으로 더 많이 기울어지는지까지.

그를 잊을 수 없는 이유는 또 있었다. 모도교 성전 벽의 모자이크 벽화와 금분을 발라 만든 성화와 대리석으로 만든 조각상이 그 이유였다. 모도 신의 얼굴을 그리고 있는 그것들을 보며 노이는 매번 제로의 얼굴을 떠올렸다.

노이는 한달음에 제로에게 달려갔으나 그는 노이를 알아보지 못했다. 노이가 이름을 밝히며 자신이 14년 전 당신의 등에 업혔었던 어린애라고 말했다. 그러자 제로는 깜짝 놀라며 노이의 얼굴에 남아 있는 어릴 때의 흔적을 알아채고 벌써 세월이 그렇게 흘렀느냐면서 주위를 살피고는 후드를 벗었다.

제로는 과거에 붙박인 듯한 모습이었다. 마치 어제 헤어졌다가 다시 만난 것처럼 그는 하나도 달라지지 않았다. 어렸을 때는 그가 다 자란 어른처럼 보였는데 이제는 또래 친구 같았다. 그는 옛날처럼 노이의 머리를 쓰다듬어 주었다.

그에게서는 여전히 연초잎 향이 풍겼다.

그들은 처형장을 빠져나와 노이가 자주 가는 식당 구석에 앉았다. 무엇부터 말해야 할까 쉬이 입이 떨어지지 않았지만, 노이는 용기 내어 입을 열었다.

"그동안 뭘 하며 지냈어요?"

그는 체념 섞인 한숨을 쉬었다.

"늘 그랬듯이, 모도를 찾았지. 오늘까지도 수확이 없지만. 너는 잘 지냈어?"

"그럼요. 덕분에요."

그는 노이의 행색을 보고 말했다.

"사제가 되기로 한 거니?"

노이가 고개를 끄덕였다.

"그래, 네가 잘 생각했겠지. 사람들에게 기쁨과 평안을 주는 사람이 되길 바라. 그리고 그만큼 너도 행복해져야 해. 세월은 눈 깜짝할 새 흘러가니까."

제로는 웃고 있었지만, 슬픔을 감추는 기색이었다. 그처럼 세월에 오래 휩쓸린 이도 없을 것이다. 그의 주름 하나 없는 피부와 늙지 않는 심장은 시간의 파도를 비껴가고 있었다. 대신 시간은 그의 마음에 온통 파문을 일으켜 회한의 자취를 깊이 새길 뿐이었다.

그들은 밤을 새워가며 회포를 풀었다. 제로는 자신의 이야기보다 노이의 이야기를 듣는 것을 좋아했다. 그는 노이가 자라면서 무슨 생각을 했고 어떤 사람들을 만나 친구 혹은 원수가 되었는지, 어떤 음식을 맛보았고 어디를 여행했는지, 어떤 꿈을 가지게 되었는지, 맞닥트린 문제를 어떻게 해결하고 마음을 다잡았는지 알고 싶어 했다. 노이도 신이 나서 대답했다. 삼촌은 아버지처럼 나를 키워주셨고 학교도 잘 적응했으며, 당신이 알려준 화살 쏘는 법도 잊지 않고 가끔 연습하고 있다고.

한참 달이 기운 다음에야 노이는 제로의 이야기도 해달라고 말했다. 그는 항상 별거 없었다고 말했다. 하지만 노이가 조르자, 못 이기는 척 이야기했다.

"네 결심을 꺾을 생각은 아니지만 말이야. 모도를 만나면 이야기해 줄 작정이야. 왜 이 지경이 되도록 우리를 그냥 놔두었냐고……."

"그게 무슨 말이에요?"

"온통 추종자를 만들어 부와 명성을 갈취하려는 사람뿐이야. 자신을 재림한 모도라고 칭하는 사람들이 너무 많아. 그리고 타락한 모도교 사제들도. 너는 절대 그런 사제는 안 됐으면 해."

이 말을 마치고 그는 새벽의 어스름을 뚫고 다시 길을 떠나야겠다고 말했다. 노이는 어디로 갈 거냐고 물었다.

"숲을 둘러볼 작정이야. 어떤 숲에서 우두커니 혼자 서 있었던 기억이 났거든. 그게 아마 최초의 기억 같은데, 불현듯 생각났지 뭐야. 워낙 오래전이라 뇌가 만들어낸 착각인지도 모르겠지만."

"다시 또 만날 수 있을까요?"

"인연이 닿는다면 만나겠지."

"편지라도 주고받을 수 있을까요? 혹시라도 숲에 대한 정보를 얻으면 알려드릴게요. 모도교에서 금단의 땅을 연구하는데, 거기에 숲도 있거든요. 도움이 되지 않을까요?"

그는 웃으며 고개를 저었다.

"고맙지만 괜찮아. 부담 주고 싶지 않아. 내가 저번에 그랬잖아. 빚을 졌다고 생각하지 말라고."

"그렇게 생각 안 해요. 저도 궁금하니까 그런 거예요……. 그럼 전하고 싶은 말이 있을 때 이 가게에 편지를 맡겨놓는 건 어때요?"

노이는 벽 한쪽에 걸려 있는 우편함을 가리켰다.

"그래, 그럼. 그러자."

"다음에는 같이 나란히 걸어요."

그는 고개를 끄덕이고 떠났다.

그날 이후로 노이는 제로를 볼 수 없었다. 그러나 제로와 만났던 순간을 문득문득 떠올리곤 했다. 그중에서도 숲을 찾겠다는 말을 마음에 단단히 새겼다.

노이는 그가 분명히 모도 신과 어떻게든 관련이 있을 거라고 생각했다. 본인은 절대 아니라고 부인했지만 노이는 그가 버림받은 에곤이거나 기억을 잃은 신일지도 모른다고 생각했다. 그런 그가 숲을 떠올렸다면 경전과 관련지어 연구해 볼 가치가 있었다.

돌이켜 보면 제로의 말이 옳았다. 먼발치에서 볼 때는 경건해 보였던 모도교의 내부는 거짓말과 비리로 가득 차 있었으며 신도 수를 늘려 정치적인 영향력을 높이는 데 안달이 나 있었다. 노이는 사제들에게 자성을 촉구하고 신의 이름을 팔아서는 안 된다고 주장했지만 그의 말은 쉽게 묻혀 버렸다. 그래서 숲 관찰을 좋아하게 된 것일지도 모른다. 사제청에 휘둘리지 않고 오직 경전을 따르는 일이었으니까.

몇십 년 전 일을 떠올리는 것은 참 오래간만이었다. 나이가 들수록 지나간 일을 찬찬히 곱씹어 보는 일이 좀처럼 없었는데.

그는 또 다른 동물이 숲으로 오지 않을까 하는 마음에 창밖을 응시했다. 땅거미가 지고 있었다. 그때 저 멀리 숲 바깥에서 검은 형체 하나가 달려오는 게 보였다. 또 짐승인가? 아니면 길을 잃은 여행자거나 병사일까? 그는 얼굴을 찡그려 어둠에 눈이 적응하도록 했다.

검은 형체가 숲 쪽으로 뛰어오고 있었다. 그것은 네발 달린 동물이 아니라 두 발로 걷는 사람이었다. 땅으로 내딛는 걸음에는 두려운 기색이 전혀 없었으며 숲으로 돌진하려는 열망으로 가득 차 보였다.

노이는 벽에 걸려 있는 보호복을 흘깃 보았다. 그것은 검고 두툼한 재질로 온몸을 덮을 수 있었으며 까마귀 부리를 본뜬 마스크도 달려 있었다. 하지만 한가하게 옷을 입을 시간이 없었다. 그는 짐을 챙겼다. 가방에 상비약과 조난 대비 용품 따위를 대충 집어 넣었다.

노이는 짐 가방을 등에 메고 등불과 호신용 활과 화살을 챙겨 밖으로 나갔다. 검은 형체는 이제 목책 앞에 다다라 있었다. 그것은 잠시 멈춰 서서 주변을 두리번거리다가 무서운 속도로 목책 위로 기어 올라갔다. 노이가 그쪽으로 고함을 질렀다.

"신원을 밝히시오!"

검은 형체는 대꾸도 없이 목책 꼭대기에서 숲으로 뛰어내렸다. 쪽문으로 가기에는 너무 늦었다. 노이는 목책의 허술한 부분을 넘어 그를 쫓았다. 땅 위로 드러난 나무뿌리를 이리저리 피해 달렸지만 그를 잡기에는 역부족이었다. 결국 멈추어 설 수밖에 없었다.

노이는 숨을 몰아쉬며 숲을 살폈다. 늦가을이었지만 새싹이 자라고 있었다. 바위가 있는 곳은 이끼가 융단처럼 펼쳐져 있었다. 소쩍새의 지저귐과 귓가를 윙윙대는 날벌레의 날갯짓 소리도 들렸다. 노이가 들고 있는 등불 주위로 작은 곤충들이 어지러이 날아들었다.

노이는 어떻게 할지를 생각했다. 무턱대고 쫓을 수는 없었다. 그는 누구고 왜 이 숲으로 들어온 걸까? 어느 방향으로 갔을까? 머릿속에 질문이 수없이 이어졌지만 답할 수 있는 질문은 하나도 없었다.

노이는 눈을 감고 공기의 흐름과 발아래의 진동과 먼 곳에서 들려오는 풀벌레 소리를 들었다. 멀지 않은 곳에서 무엇인가 추락하는 소리가 나더니 뒤이어 작은 신음이 들렸다. 노이의 등 뒤, 목책과 가까운 쪽이었다. 노이는 미간을 찌푸렸다. 오랜만에 숲에 들어와서 거리나 방향 정보가 혼선을 빚고 있는 걸까? 아니면 노화로 인해 인지능력이 감퇴한 걸까?

노이는 신음이 들리는 곳으로 갔다. 여차하면 활을 쏠 요량으로 어깨에 멘 활에 손을 가져다 댔다. 신음의 장본인은 고통이 큰지 옷과 머리칼에 흙이 묻은 채로 몸을 쪼그리고 누워 있었다. 노이는 가까이 다가가 얼굴을 살폈다. 노랗고 희미한 빛이 그의 얼굴을 환히 비추고 있었다. 얼굴은 온통 생채기투성이였고 코에서도 피가 흐르고 있었다. 그런데 어딘지 익숙했다.

"제로?"

분명히 제로였다. 그는 노이가 어렸을 때나 처형장에서 다시 만났을 때와 조금도 다르지 않은, 젊은 모습 그대로였다.

노이는 곧 그의 몸을 살폈다. 온몸에 상처가 잔뜩 나 있었다. 목책에서 뛰어내리다 발을 헛디뎌 가시덤불이나 뾰족한 나뭇가지에 다친 듯싶었다. 가장 심한 부상은 왼쪽 어깨와 정강이였다. 피가 꽤 많이 흐르고 있었다. 제아무리 제로라도 심한 부상은 시간이 충분히 주어져야 나을 수 있었다. 제로는 고통 속에 있었다. 무언가 처치가 필요했다.

제로는 노이를 알아보지 못한 듯 허공을 응시했고 고통으로 신음했다. 깨어나지 못할 꿈에서 몸부림치는 것 같았다. 노이는 그의 몸을 흔들었다. 한 번도 보지 못한 제로의 모습에 덜컥 겁이 났다.

노이는 챙겨 온 짐 가방에서 물과 천과 약초 연고를 꺼냈다. 상처 부위를 깨끗하게 씻어내 천으로 지혈하고 약을 발랐다. 제로의 얼굴에 있던 생채기가 시시각각 나아지고 있었다. 숨소리도 점점 편안해졌다.

제로가 눈을 떴다. 그는 노이를 향해 손을 뻗었으나 초점이 맞지 않는지 허공을 저었다. 노이가 손을 잡자 제로도 노이의 얼굴을 알아차리고 손을 꽉 잡았다.

"아, 노이. 노이구나."

노이는 제로의 왼쪽 어깨의 상처가 더 벌어질까 싶어 몸을 기울였다. 그에게서 연초잎 향이 났다.

"모도 신은 찾았나요? 숲을 찾는 건 어떻게 됐어요? 기억은요?"

제로는 격양된 목소리로 말했다.

"나 드디어 내 삶의 이유를 찾은 것 같아. 마치 지금만을 위해 살아온 듯해. 이 숲에 오는 것이 내 유일한 목적이었나 봐."

"이곳에 대해 알고 있었어요?"

"아니, 처음이야. 참 이상하지. 갑자기 이 숲에 와야 한다는 생각이 들었어. 내 몸이 그것을 바라고 있었어. 처음이자 마지막으로 이것이 사명이라고 느껴져."

노이는 제로의 표정을 살폈다. 제로는 허공을 바라보며 넋을 놓고 있었다. 꿈에서 막 깨어났거나 어딘가에 잔뜩 취한 사람 같았다.

"여기 안개가 걷힌 건 어떻게 알았어요?"

"잘 모르겠어. 그런데 넌 왜 여기 있어?"

"저번에 말했잖아요. 숲 정보를 모으겠다고."

"뭐어, 그렇게까지 안 해도 된다고 했잖아."

제로는 잠시 웃어 보였고, 그러다 말을 이었다.

"아무 연락도 없어서 포기한 줄 알았는데."

"그 가게에 갔었어요?"

"그래. 우편함은 매번 텅 비어 있었지만."

제로는 어깨를 으쓱했다.

"뭐라도 남기지 그랬어요! 전 그냥 이렇다 할 소득이 없어서 그랬던 건데."

"상관없어. 그냥 바쁜가 보다 했지."

제로는 이렇게 말하며 주변을 구석구석 살폈다. 노이는 그의 시선을 조용히 좇았다. 한참의 시간이 지난 후에 제로가 다시 말했다.

"이 숲의 뭔가가 나를 부르고 있어."

제로는 몸을 일으켰다. 노이는 제로의 고집을 꺾는 대신 한쪽 겨드랑이 사이에 팔을 넣어 그를 부축했다. 늙은 팔다리로 젊은 육체를 부축하는 것은 벅찼으나 내색하지 않았다. 제로는 떨리는 몸으로 한쪽 손을 들어 방향을 지시하며 걸었다.

어떻게 지냈는지 이야기해 달라는 노이의 요청에 그는 세계 곳곳의 숲을 탐방했다고 말했다. 안개 숲에 가장 기대를 걸었으나 안개가 걷히고 나면 매번 아무것도 없는 것으로 판명되는 통에 허무했다고 했다.

노이는 목과 어깨에 두른 제로의 팔에서 생명의 징후를 느꼈다. 제로를 처음 만났을 때가 떠올랐다.

*

노이는 작은 산골 마을에서 태어나 유년기를 보냈다. 외부와 교류가 많은 곳은 아니었으나 마을 사람들끼리는 몹시 친했다.

마을은 예로부터 모도교를 믿었다. 마을의 사제는 아이들에게 경전 이야기를 매일 들려주었다. 노이는 이야기를 가장 잘 듣는 아이였다. 모도 신은 상처 입지 않으며 피를 흘리지 아니하고 지치지 아니한다고 했다. 한때 핍박받기도 했지만 언제 어디든지 도움이 필요한 사람이 있는 곳에 존재하며 사람들을 구원해 준다고 했다. 자신의 손길이 필요한 곳이라면 이곳에 존재하면서도 동시에 저곳에 존재한다고 했다. 사람들을 사랑하여 세상을 돌아다니며 이적을 행했는데, 마을 근처 들판에 온 적도 있었다고 전해진다고 했다.

모도 신은 다시 돌아오겠다는 말만 남기고 오래전 승천했지만, 모도교 신자들은 언젠가 그가 정말 다시 돌아올 거라고 믿었다. 모도교는 모도 신의 행적을 본받아 그처럼 살아가라는 가르침을 설파하는 종교였다.

노이는 모도 신에 매료되었다. 신의 존재만이 그를 사로잡은 건 아니었다. 사제는 말했다. 경전을 읽으면 세계를 이해할 수 있다고. 경전에는 세계가 어떻게 지금의 모습이 되었는지, 사람이 왜 태어나서 죽는지, 우리는 어떻게 살아야 하는지 쓰여 있었다.

평화는 하룻밤 사이에 깨졌다. 가뭄으로 흉작이 이어지던 해의 끝 무렵 창과 칼을 든 약탈자들이 마을을 습격했다. 노이가 열세 살 때였다. 노이는 그날을 끝없는 눈보라의 이미지로 기억한다. 어머니는 노이를 다락방에 숨기고 조용해질 때까지 가만히 있으라고 말하며 문을 닫았다. 처음에 그는 혼자 숨지 않겠다고 울면서 외쳤지만, 곧 어머니의 말을 듣기로 했다. 며칠 동안이나 인기척을 내지 않고 말린 과일만 먹으며 숨어 지냈다.

숨을 죽이고 시간이 지나가기를 바랐다. 더 이상 바깥에서 사람들의 말소리나 인기척이 들리지 않았을 때 노이는 계단을 통해 다락에서 내려왔다. 깨지고 내동댕이쳐진 가재도구들로 집 안은 아수라장이었다. 아무도 없었다. 하지만 벽에 흩뿌려진 핏줄기를 보는 순간, 노이는 구토감이 올라와 입을 틀어막고 밖으로 뛰쳐나왔다. 부모님과 할아버지는 어디로 가셨지? 사제님은? 얼굴을 맞대고 같이 놀던 친구들과 동생들은? 노이는 그들이 그저 살아 있기만을 바랐다.

눈 덮인 마을은 이상하리만치 조용했다. 지상에 쌓인 눈이 소음을 다 흡수한 듯싶었다. 노이는 추위를 느꼈다. 옷자락 틈새를 파고드는 바람과 눈과 땅의 한기가 그의 몸 깊숙이 침투했다. 움직이는 것은 없었다. 이상한 냄새가 코끝에 감돌았다. 그는 냄새를 따라갔다.

눈 덮인 광장에 마을 사람들의 시신이 한데 모여 불타고 있었다. 노이는 뒤돌아 뛰었다. 그가 뛰는 것을 보고 저 멀리 있던 약탈자 하나가 "살아 있는 놈이 있다"라고 외치며 쫓아왔다. 얼마나 뛰었을까. 발을 헛디뎌 절벽에서 굴러떨어졌다. 노이의 몸은 눈밭을 구르다가, 다리 한쪽을 나무에 세게 박고서야 멈추었다. 추위 속에서 의식이 희미해졌다. 사람의 형상 하나가 가까이 다가왔으나 다리가 꼼짝하지 않았다. 노이는 온 힘을 다해 근처의 돌 하나를 집어 그의 발등을 내리찍었다. 비명이 들렸다. 그와 동시에 노이의 정신은 땅으로 꺼져버렸다.

정신을 차렸을 때 노이는 동굴 안에서 모포를 덮고 누워 있었다. 세찬 바람도 없었고 한기도 느껴지지 않았다. 모닥불 불빛이 벽에 일렁였다. 천연 동굴이 아니라 누군가 인위적으로 만든 곳 같았다. 옆에 잿빛 로브를 뒤집어쓴 사람이 모닥불 가까이 앉아 무언가를 굽고 있었다. 고소한 냄새가 났다.

그 사람은 노이가 눈을 뜬 것을 보고 안도의 표정을 지었다. 그는 모도 신의 얼굴을 하고 있었다. 마을 사람들이 가지고 다니는 로켓과 성전의 성화 속에 있는 모도 신의 모습 그대로였다. 승천한 줄 알았는데 우리를 사랑하사 다시 지상으로 내려온 건가. 노이가 얼굴을 빤히 보자 그가 말했다.

"무슨 생각 하는지 알아. 이것 봐. 난 그냥 사람이야."

그는 노이가 돌로 내리찍은 발등을 가리켰다. 발은 찢어지고 온통 멍이 들었으며 퉁퉁 부어 있었다. 신은 다치지 않는다고 했었지. 그러니 그는 신이 아니었다. 어쨌거나 상처는 무척 아파 보였다. 노이가 난처한 표정을 짓자 그는 씩 웃음 지었다.

"괜찮아. 빨리 나으니까. 영영 안 깨어나면 어쩌나 했다. 난 제로야. 모도 신이 이적을 펼쳤다는 너희 마을의 들판을 찾아온 순례자야. 내가 진짜 모도 신이라면 여기서 널 도와주고 있지 않았겠지. 그냥 갈등 자체가 없는 세상을 만들었을 테니까."

노이는 일어나려고 했지만, 웬일인지 한쪽 다리에 힘이 전혀 들어가지 않았다. 발목에서부터 무릎 아래까지 부목과 마른 약초잎으로 응급처치가 되어 있었다.

"내가 할 수 있는 건 이 정도였어. 날 믿지 못하겠지만, 넌 휴식과 치료가 필요해."

노이는 시선을 아래로 돌리다가 제로의 발을 쳐다보았다. 시간이 거꾸로 가듯이 깊게 찢어진 살이 꿈틀거리며 천천히 재생하고 있었다. 터질 듯 부어 있던 발은 점점 붓기가 빠지면서 원래대로 돌아왔다. 시커먼 멍이 누렇게 변하더니 곧 멀쩡해졌다. 상처가 저렇게 빨리 낫는 건 처음 보는 광경이었다.

"모도 신이 아니라면 왜 나를 구해주셨죠?"

"글쎄다. 네가 거기 있었고 널 구할 수 있는 사람은 나뿐이었으니까."

그는 희미하게 웃으며 말을 이어갔다.

"나는 모도의 흔적을 찾으려고 세계를 돌아다니고 있어. 그런데 마을에 도착해 보니 이미 습격당한 후더군. 생존자는 너밖에 없었어. 어린애가 눈 덮인 절벽 아래 쓰러져 있는데 그냥 두고 갈 수가 있겠니."

노이는 곰곰이 생각했지만 생각하면 할수록 정신이 아득해졌다. 정말 아무도 살아남지 못한 건가? 이제는 영영 혼자인 건가? 습격 당시의 기억을 떠올리려고 했지만 아무것도 떠오르지 않고 입만 바싹바싹 탔다. 심장이 빠르게 뛰는 것을 느끼며 노이는 다시 의식을 잃었다.

꿈속에서 노이는 한 무리의 마을 사람들을 만났다. 그들은 노이에게 이쪽으로 오라며 손짓했다. 인파 속에서 부모님과 할아버지를 봤을 때는 당장 달려가 품에 안기고 싶었다. 그러나 제로가 몸을 흔드는 바람에 깨어나야 했다.

"혹시 몸을 의탁할 곳이 있니?" 제로가 물었다.

노이는 꿈을 떠올렸다. 꿈에서 어머니를 보고 나니 퍼뜩 생각나는 게 있었다. 어머니는 자신에게 무슨 일이 생기면 삼촌을 찾아가라고 했었다. 삼촌은 딱 한 번 만난 적이 있었지만, 너무 어릴 적이라 기억나지 않았다. 그러나 삼촌은 어머니의 유일한 혈육이었고, 노이의 대부이기도 했다. 예전에는 말을 안 들으면 농담 반 진담 반으로 삼촌에게 보내버린다고도 했었는데, 이제 그 말은 어머니의 유언이 되어버렸다.

"바클리에서 무두장이로 사는 삼촌이 있어요."

"얼굴을 알아?"

노이는 고개를 저었다.

"하지만 삼촌은 저를 알 거예요."

"그럼 바클리까지 데려다줄게. 괜찮지?"

"솔직히 잘 모르겠어요."

"그럼 결심이 설 때까지 기다릴게. 일단 뭘 좀 먹을래?"

그는 물고기를 꿴 꼬치와 물그릇을 내밀었다. 노이가 여전히 경계의 눈빛을 하고 있자, 제로는 꼬치를 하나 집어 크게 베어 물며 먹어도 괜찮다는 시늉을 했다. 노이는 그제야 꼬치를 받아 들고 먹기 시작했다.

"하루하고도 반을 꼬박 누워 있었지 뭐야. 뇌조도 사냥했는데 먹고 싶으면 구워줄게. 아니면 가방에 있는 육포를 먹어도 좋아."

제로는 이곳이 옛날 사람들이 만든 지하 피난처라고 설명했다. 모도교 경전에 등장하는 대멸망 이전의 고대 유적처럼 오래된 곳 같았다. 아주 낡아 이곳저곳에 곰팡이가 슨 걸 빼면 벽은 무척 단단해 보였다. 여길 알았다면 마을 사람들이 죽지 않았을지도 몰랐다. 노이는 마을에 적이 오면 몸을 피하는 곳이냐고 물었다. 제로는 그럴 수도 있겠지만 기본적으로는 추위와 열기와 기타 외부의 오염으로부터 대피하기 위해서 만들어진 곳이라고 말했다.

물고기 한 마리를 남김없이 먹고 나자 노이는 비로소 머리가 돌아가며 사태를 파악했다. 노이는 제로에게 삼촌을 만나러 가겠다고 말했다.

제로는 낡은 지도를 꺼내 펼쳤다. 대륙 위엔 작은 지명이 빼곡히 적혀 있었고, 동그라미 수십 개가 표시되어 있었다. 제로는 바클리를 찾아 여기서부터의 거리를 계산했다.

"눈보라는 며칠 거세지다가 잦아들 거야. 여기서 겨울이 끝날 때까지 기다리는 건 좋은 방법이 아니야. 음식도 충분치 않고 얼어 죽을 수도 있으니 조금이라도 전진하는 게 좋겠어. 네 다리도 응급처치는 했지만 의사에게 보여줘야 할 거고.” 그는 동그라미 표시를 가리키며 이어 말했다. “눈보라가 칠 때는 피난처에서 쉬면서 최대한 빨리 가보자. 피난처들의 정확한 위치는 나만 알고 있어서 다른 사람들로부터 안전해. 낮에는 걷고, 밤에는 쉬면서. 너만 괜찮다면 내일부터 어때?”

노이는 대답 대신 다리를 내려다보았다. 과연 이 다리로 걸어갈 수 있으려나. 머릿속 생각을 읽기라도 하듯 제로가 말했다.

“내가 업고 가면 돼. 그럼 됐지?”

제로는 전혀 문제가 되지 않는다는 투로 말했다. 노이가 그 말을 듣고도 주춤거리자 다시 말했다.

“난 보기보다 힘이 세. 지쳐서 넘어지는 일은 없을 거야.”

제로는 노이의 땀을 닦아주고, 털옷으로 몸을 덮어주었다. 그들은 아침 일찍 길을 나섰다.

제로의 등은 꽤나 넓고 부드러웠으며 뜨겁고 시큼한 땀 냄새가 났다. 노이는 비로소 살아 있음을 실감했다. 혼자였으면 이미 죽었을 것이다.

눈을 감지 않으려 했지만, 자꾸 혼곤한 기억 속으로 빠져들었다. 고요함이 지속되면 마을 사람들의 절규가 들려왔다. 피곤과 불안함이 엄습했다. 이 사람을 믿을 수 있을까?

잠시 잠결에 있었다가 다시 눈을 떠보면 그의 등은 온데간데없고 영원히 눈밭에서 굴러떨어지고 있는 것은 아닐까. 괴로운 기억이 펼쳐지면 노이는 자기도 모르게 몸을 떨거나 신음했다. 그때마다 제로는 손가락으로 노이의 엉덩이와 허벅지를 찌르면서 일어나라고 말했다. 눈을 뜨면 항상 제로의 등이 노이의 앞에 있었다.

노이는 그의 체향과 감촉과 체온을 거의 온종일 느꼈다. 그는 여느 사람과 다르지 않았다. 비를 하루 종일 맞으며 걸을 수 있고, 여정 내내 크게 아픈 적도 없고, 조금만 먹어도 힘을 낼 수 있다는 것만 빼고는.

"다음 피난처가 나올 때까지 깨어 있어야 해. 여기서 얼어 죽고 싶진 않지? 그러니 내가 뭐라도 떠들어볼게."

노이는 고개를 끄덕였다. 그는 제로의 등에 몸을 기대고, 잠자코 이야기를 들었다. 노이는 아직도 그때 그가 몇 날 며칠에 걸쳐 들려준 이야기를 기억하고 있었다. 세월이 많이 흘러 모든 부분이 생생하게 기억나진 않지만 대략적인 것은 거의 다 기억했다.

제로는 이전 세계의 멸망, 즉 '대멸망'을 두 눈으로 보았다고 했다. 아주 오래전이어서 당시 자신의 이름도 기억하지 못할 정도였다.

정신을 차리고 보니 그는 망한 세상의 한복판에 서 있었다. 그는 자신을 제로라고 칭하기로 했다. 지금은 사라져 버린 고대의 언어로 '아무것도 없다'라는 뜻이었다. 세상은 여러 가지 이유로 멸망했다. 땅은 요동쳤고, 어떤 사람들은 아팠고, 동식물은 죽었고, 물은 끈끈하고 시커메졌다. 사람들은 부평초처럼 먹고 잘 곳을 찾아 떠돌이 인생을 살았다. 떠돌아다니는 것보다 모여 있는 게 생존에 유리하다고 생각한 사람들은 공동체를 조직했다. 제로도 그곳에 갔다. 거기에서 돌림병이 퍼져 사람들이 죽었는데, 운이 좋게도 홀로 살아남았다. 그때 제로는 처음으로 자신이 다른 사람들과 다르다는 걸 느꼈다. 혼자가 된 그는 해를 따라서 정처 없이 걷기만 했다. 해가 뜨고 지고, 동료가 있었다가 없었다가, 사람들과 사이가 좋았다가 나빴다가 했다. 그는 그 시절에 피난처들을 발견했고, 지도에 기록해 두었다.

그는 길 한복판에 놓여 있던 시체와 나부끼는 빛바랜 천 조각을 기억했다. 강도를 만나 식량을 빼앗기고 목이 매달린 사람들도 보았다. 병에 걸린 사람들과 벼락에 맞아 죽은 사람도. 그는 한곳에 머물고 싶은 생각이 없었다. 시간이 얼마나 지난 줄도 몰랐다. 그때쯤 알게 되었다. 자신이 다른 사람들에 비해 오래 걸을 수 있으며 조금만 먹어도 살 수 있다는 것을. 나기를 특이하게 태어난 것일까? 이렇게 태어난 이유는 무엇일까? 어떤 목적이 있지 않을까?

사람들과 친밀한 사이도 되어보고 누군가의 가족이나 친구나 스승도 되어보았다. 어떤 관계는 너무나 친밀하고 다정하고 달콤해서 이렇게 사는 게 사명이라고 자신을 속이고 싶었다. 하지만 제로는 그것이 진짜 사명이 아니라는 것을 누구보다 잘 알았다.

예전에 들렀던 마을이 큰 도시가 되는 것도, 그 도시가 다음에 갔을 때는 온데간데없이 폐허가 된 모습도 보았다. 이제 막 태어난 갓난아기가 생존자 집단에서 가장 나이가 많은 연장자가 되는 것도 보았다. 어떤 나라에서는 지난 문명의 과오를 반복하지 말자는 의미로 멸망 이전의 책을 태우고 그 기술을 아는 사람들을 처형했다. 제로는 그 세계에 맞설 힘이 없어 모험을 빙자해 도망을 치기도 했다.

시간에 휩쓸려 사는 사람들과 달리 제로는 10년마다 한 번씩 신분을 바꾸며 살았다. 그리고 한곳에 오래 머물지 않았다.

시간이 얼마나 지났을까. 제로는 한 마을에 도착했다. 울고 있던 마을 사람들이 제로의 얼굴을 힐끔힐끔 보고는 다시 돌아오셨냐고 물으며 무척 반겼다. 이야기를 들어보니 몇 년 전 마을에 홍수가 났을 때 '모도'라는 의인이 와서 사람들을 구해주고 마을이 재건될 수 있도록 도와주었다고 했다. 그래서 경작지도 빨리 복구되었고 아무도 굶어 죽지 않았다고 했다. 상황이 안정되자 모도는 홀연히 사라졌다. 사람들은 그를 그리워했다. 그리고 지금 그들은 제로가 모도와 똑같이 생겼다고 말한다.

자신과 비슷하게 생겼다는 모도는 누구일까. 제로는 호기심이 생겼다. 그도 자신처럼 늙지 않을까? 탄생에 어떤 목적이 있다고 생각할까? 만약 그를 만난다면 서로의 고민을 공유할 수도 있을까.

그 이후로 제로는 모도를 쫓았다. 그는 사람들이 많이 모이는 광장이나 시장에서, 아니면 길거리 음식점에서, 모도신의 현신이라는 존재의 소문을 들을 수 있었다. 모도는 한 그루의 몸피나무 열매로 천 명의 사람들을 배불리 먹였다. 악마 들린 사람도 고쳤다. 백 사람이 와도 못 막는 둑을 홀로 막았고 전염병이 도는 곳에서도 멀쩡하게 사람들을 돌보았다. 그리고 한날한시에 이 땅과 저 땅에 동시에 나타났다. 어떤 곳에서는 모도가 처형당했다고 했다. 하지만 며칠 후에 멀쩡한 모습으로 나타났다고도 했다.

이적이 일어난 곳에 가보면 모도가 떠났다는 이야기만 들렸고, 소문들만 무수히 남아 있었다. 혹자는 이미 육신을 버리고 승천했다고도 했다. 모도인 척하는 사칭자들이 배를 불리는 것도 보았다. 몇몇 사람들은 그가 신의 현현이라고 주장했다. 어떤 곳에서는 그를 신이 아니라 신의 사자로 여기기도 했고, 조물주에게 축복받은 사람으로 여기기도 했다. 가지고 있으면 운이 온다고 하며 그의 형상을 조각한 공예품을 파는 사람도 나타났다. 또 다른 곳에서는 모도를 닮은 조각을 태우는 의식을 거행했다. 그곳에서는 모도가 사악하고 불길한 존재로 그려졌다. 어쨌든 이 땅 모두를 관통하는 어떤 존재가 있는 건 자명했다. 제로는 여관방에 누워서 몸이 열 개였으면 좋겠다고 생각했다. 그러면 모도라는 존재를 빨리 찾을 수 있을 텐데.

제로가 해준 이야기는 거짓말이라고 하기엔 매우 길고 구체적이었다. 하지만 어린애가 그의 말을 모두 이해하고 기억하기란 불가능했다. 그래도 노이는 자신이 들은 것을 최대한 이해하고 기억하려고 노력했다.

노이가 살던 마을에서 바클리까지는 길이 질퍽하지 않아 날씨가 좋은 시기에는 성인 남성이 두 달 정도 부지런히 걸으면 당도할 수 있었다. 하지만 노이와 제로가 떠났던 때는 한겨울이어서 상황이 좋지 못했다.

노이는 오랫동안 제로의 등에 신세를 져야 했다. 다리가 다 나았을 때도 그는 가족과 마을을 잃었다는 사실에 몹시 쇠약해져 있었다. 툭하면 열이 펄펄 끓었고, 심하게 기침했다. 노이 때문에 여러 번 쉬는 바람에 그들의 여정은 여섯 달이 다 되어서야 겨우 끝이 보였다. 다행히 노이도 차차 기운을 차렸다. 의원이 있는 마을에 들러 치료도 받았다. 의사는 응급처치가 잘되었다고 하며 여차했으면 다리를 못 쓸 뻔했다고 말했다. 노이는 제로에게 낚시하는 법과 활 쏘는 법을 배웠다. 동물을 사냥한 후에 동물의 영혼을 달래기 위해 기도를 올리는 법까지도.

매섭던 바람이 잦아들고 어느새 그들의 옷 주머니에도 훈훈한 봄바람이 불어왔다. 오솔길에서 만난 여행자는 바클리까지 한나절 정도만 가면 된다고 했다.

제로는 밤이 늦었으니 쉬고 가자며 마른 나뭇가지들을 주워 모닥불을 피웠다. 두 사람은 타오르는 불을 쳐다보며 멍하니 있었다. 말은 하지 않았지만, 오늘이 함께하는 마지막 날임을 깨닫고 있었다. 몸이 회복되니 노이의 정신 또한 지난 여정을 회상할 수 있을 정도로 맑아졌다.

제로는 모닥불을 응시하며 날름거리는 불길 속으로 천천히 손을 넣었다. 그는 조심스레 불을 만졌다. 몹시 침착한 동작에선 경건함까지 느껴졌다. 노이는 분위기에 압도되어 가만히 있었다. 제로가 주먹을 펴 불을 움켜쥐었다. 뜨거운 열기에 살갗이 타는 소리와 손이 익는 냄새가 났다. 분명히 아픔은 느낄 텐데, 그는 무심하게 자신의 손이 녹는 것을 보았다. 그러고는 잠시 후에 불에서 손을 뺐다. 상처는 금세 아물었다. 그는 그 행동을 몇 번이나 반복했다. 결국 노이가 다시 불길에 손을 넣으려던 그의 팔목을 잡아 세웠다.

“하지 마요. 왜 그래요?”

“고통이 느껴지면 내가 진짜 살아 있다는 기분이 들어.”

그는 아물고 있는 손을 겉옷 주머니 속으로 집어넣었다.

“왜 나를 구해줬어요?”

불꽃이 타오르는 소리만이 들렸다. 제로는 침묵하다가 한참 후에 입을 뗐다.

“그냥 외로워서.”

“그게 다예요?”

“오래 살다 보면 돈이나 명예나 지식 같은 건 다 부질없다고 여겨져. 난 이곳저곳을 떠돌아다니며 죽어가는 사람을 보면 외면하지 않고 구해왔어. 그럴 때마다 내가 살아 있다는 생각이 들었어. 그게 살아가는 데 유일한 위안이었지. 그런데 말이야. 한 사람도 목적지에 데려다준 적이 없어. 다들 그 전에 죽었거든. 이번에는 실패하고 싶지 않았어. 내일 널 네 삼촌한테 데려다주면 첫 성공인 셈이야. 그러니까 빚을 졌다고 생각하지 마. 나도 이 일로 만족감을 얻었으니까.”

그는 빙긋 웃었다. 노이는 그를 이해할 수 없었다. 노이는 눈을 질끈 감고 묻고 싶었던 질문을 내뱉었다. 이 모든 것이 환상으로 돌아갈 것 같아서 여태 하지 않았던 질문이었다.

"당신은 정말로 모도가 아닌가요?"

그는 고개를 저으며 말했다.

"아니야."

단호한 대답에 노이는 다시 물어볼 생각을 하지 못했다. 하지만 어쨌거나 제로는 정말 특별한 사람이었다. 노이는 제로가 기억을 찾는 것을 도와주고 싶었다. 그는 생명의 은인이었다. 그를 더 알고 싶었다.

그를 알아간다는 것은 그와 감정적으로 가까워짐과 동시에 모도 신이 관장하는 세계를 알아가는 것이기도 했다. 그러나 노이는 자신을 둘러싼 세계의 작동 방식을 이해하는 데 오직 모도 신과 경전만을 토대로 할 수밖에 없었다.

제로는 삼촌 집 앞까지 노이를 데려다주었다.

*

노이는 백발을 휘날리며 그때와 하나도 달라지지 않은 모습의 제로와 함께 안개가 걷힌 숲에 서 있었다. 그들은 큰붉은손바닥나무의 군락지로 들어섰다. 아직 어둠이 깔려 있었으나 공기는 맑았다. 바닥에 새순이 돋고 있었다. 제로는 비척거리며 앞으로 나아갔다. 코피는 진작 멈추었고 정강이의 상처도 괜찮아졌다. 그러나 멍한 표정은 그대로였다. 노이가 괜찮냐고 물어도 고개만 끄덕였다.

제로는 발을 멈추었다. 건축물 하나가 앞을 가로막고 있었다. 거대한 돔이었다. 여러 군데에 균열이 간 그것 주위로 잔해가 땅에 흩어져 있었다. 일평생 숲을 연구했지만 노이도 이러한 인공 건축물을 보는 것은 처음이었다.

노이는 건물 가까이 다가가 벽에 돋을새김되어 있는 문자를 보았다.

노이는 그것이 고대의 문자라는 것을 바로 알아보았지만 지워진 글자가 많아 의미를 파악할 수는 없었다. 두 손으로 제 목을 감싸며 괴롭게 죽어가는 사람과 그 위의 ×자가 표시된 그림에서 위험을 감지했을 뿐이다. 제로는 움찔거리며 뒤로 물러났다. 이것은 누군가의 경고다. 악마가 만든 지옥문 같지만 분명 사람이 남긴 표식이었다. 아주 오래전에 이곳에서 사고라도 있었던 것일까. 노이가 눈살을 찌푸리자 제로가 말했다.

"나도 자세히는 모르겠지만, 안에 있던 독한 공기가 새어나왔나 봐. 숲의 분지에 갇힌 공기들이 멀리 퍼지진 못한 거지. 시간이 지나면서 조금씩 희미해졌고."

제로는 곰곰이 생각하다가 두 손을 머리에 대고 고통스러워했다. 그는 이 건물이 자신이 가야 할 곳은 아닌 것 같다고 말했다. 이번엔 제로가 먼저 앞장서서 걸음을 옮겼다.

바위 이끼에 발이 미끄러진 노이가 다친 곳은 없는지 몸을 살피는 사이에 제로가 사라졌다. 제로는 숲에 들어온 순간부터 점점 자신의 행동을 제어하지 못하고 있었다.

노이는 제로를 찾아 근처를 배회했다. 나무 사이를 걸으며 그의 이름을 외쳤지만, 대답은 돌아오지 않았다. 노이가 땀을 닦으며 잠시 멈추어 섰을 때 근처의 얕은 물가에서 무언가 찰방거리며 넘어지는 소리가 들렸다.

"제로?"

그러나 대답이 없었다. 노이는 어깨에 멘 활을 풀어 손에 쥐고 소리가 난 쪽으로 경계하며 걸어갔다. 거기에 제로가 있었다. 하지만 노이는 멈추어 설 수밖에 없었다. 그는 붉은색 귀걸이를 착용하고 있었으며 노이가 아는 제로와는 눈빛이나 기척, 풍기는 분위기가 달랐다. 그렇다면 혹시 모도 신일까. 하지만 그의 얼굴은 무척 초췌했고, 옷에 흙탕물이 잔뜩 묻어 있는 데다, 나뭇가지에 긁혔는지 바지도 찢어져 있었다.

노이가 괜찮냐고 물어봐도 그는 물을 뚝뚝 흘리며 "돌아가야 해"라고 끝없이 되뇌이기만 했다. 그는 어딘가에 단단히 홀려 한 방향만 응시하고 있었다. 어쩌면 숲 밖에서 노이가 처음 본 사람은 제로가 아니라 이 사람일지도 몰랐다.

노이가 재차 말을 걸었지만 그는 잠시 노이의 얼굴을 확인할 뿐 다시 멍한 상태로 돌아갔다. 노이는 그를 보내줄 수밖에 없었다. 그는 비틀거리면서도 가야 할 길을 아는 것처럼 계속해서 걸어갔다. 노이는 그를 쫓아갔다. 그가 가는 곳에 제로가 있을 것 같았다.

그가 도착한 곳은 두 협곡 사이에 만들어진 거대한 건물이었다. 매끄럽고 까만 바위 같은 표면은 제대로 보지 않으면 자연물이라고 착각할 만큼 자연스러워 보였다. 건물로 들어가는 문은 철옹성처럼 거대하고 튼튼해 보였는데 처음 보는 재질이었다.

그가 입구 앞에 서자 위에서부터 아래로 빛이 쏘아지더니 굉음을 내며 문이 양쪽으로 열렸다. 그의 뒤로 노이도 틈을 놓치지 않고 따라 들어갔다.

건물 내벽은 매끄러운 곡선을 이루고 있었다. 창문도 없는 흰 벽에서 윙윙거리는 소음이 들렸다. 묵은 먼지가 쌓여 있지는 않았지만, 오랜 시간 동안 사람의 방문이 없었던 듯했다. 천장의 불이 희미하게 점멸을 반복했다. 건물 안에 들어오자 그는 좀 더 속도를 냈고, 어둠 속에서 노이는 그를 놓쳐버렸다. 갑자기 다른 세상에 들어온 것 같았다. 시대를 특정할 수 있는 가구나 표식도 없었다.

복도 끝에서 빛이 새어 나오고 있었다. 노이는 주변을 둘러보며 앞으로 쭉 걸어갔다. 복도 오른편에 위로 올라가는 계단이 있었지만, 지금은 왠지 앞으로 가야 할 거 같았다. 그는 빛이 시작되는 곳으로 갔다. 그곳에는 아래를 내려다볼 수 있는 난간이 있었다. 그는 난간으로 걸어가 그 너머를 보았다.

노이는 제 눈을 의심했다. 중앙에 있는 황금색의 길쭉한 빛기둥이 어두운 공간을 빛으로 채우고 있었다. 아주 오래전의 유물 같았는데 파손된 흔적 없이 고스란히 보존되어 있었다. 그리고 물로 가득 찬 그 안에 어떤 형체가 눈을 감고 부동자세로 떠 있었다. 몸 여기저기에 선 다발이 복잡하게 연결되어 있었다. 마치 포도나무에 열린 열매 같았다.

노이는 그것의 얼굴을 보았다. 숨을 쉬는지 코와 입 주변에 공기 방울이 보글보글 떠올랐다. 아는 얼굴이었다. 그 모습은 모도 신이었고, 제로였고, 붉은색 귀걸이를 한 낯선 이였다. 제로나 낯선 이라고 하기에는 오래전부터 물속에 잠겨 있었던 것처럼 보였다. 그렇다면 모도 신인가?

노이는 긴장이 되면서도 미묘하게 미소를 짓고 있는 그의 표정에 마음이 평안해졌다. 모도 신의 머리 뒤에서 후광이 빛나고 있었다. 그 주변으로 빛나는 황금색 실이 방사형으로 뻗어나가 노이가 서 있는 공간 너머까지 채웠다. 노이는 무릎을 꿇었다. 금단의 땅에, 지옥문이 있는 안개 숲에 모도 신이 있었다.

물기둥이 바닥에서 소용돌이를 일으키며 점차 빠져나갔다. 모도 신은 몸에 부착된 선들이 몸을 지탱하고 있어 물에 휩쓸리지 않고 그 자리에 멈춰 있었다. 정신이 돌아오진 않은 것 같은데, 그의 입술이 달싹이며 무언가를 말하기 시작했다. 확성기를 입에 댄 것처럼 노이가 서 있는 곳까지 똑똑히 들렸다. 처음에는 알아들을 수 없는 여러 소음과 낯선 발음이 흘러나왔지만 곧 노이가 이해할 수 있는 말을 하기 시작했다.

"그는, 자신이 보유한 세상의 정보가 자신이 딛고 서 있는 현실과 다르다는 것을 알았다. 오염으로 인하여 땅의 색이 바뀌고, 독성이 많은 숲과 땅이 발견된다. 사람들은 40대만 되어도 늙어 죽는다. 평균 키는 작아졌고 뼈는 자주 골절되며, 몸속에 종양 한두 개쯤은 누구나 가지고 있는 시대임을 깨달았다."

노이는 숨을 죽였다. 잠시 침묵이 감돌다가, 그가 다시 말을 이었다.

"모도는, 대륙의 최북단에서 한파로 굶주린 사람들을 이끌고 마을을 재건할 만한 곳으로 향했다.

모도는, 사람들이 대멸망 이전 시대의 책을 태우는 것을 보았다. 그들은 이런 지식이 없었으면 멸망도 없었을 거라고 주장했다.

모도는, 열이 오르는 전염병이 창궐한 마을에 도착하여 가지고 있던 마지막 비상약으로 열병에 걸린 마지막 생존자를 살려주었다.

모도는, 자신이 쉬이 병에 걸리지 않고, 걸려도 금방 낫는다는 것을 알았다. 상처가 나도 시간을 되돌린 듯 흔적 없이 나았다.

모도는, 권태를 느끼고 자신에게 남은 시간을 죽이며 숲속에 칩거했다.

모도는, 연인과 깊은 관계를 맺고 일평생 함께하려는 약속을 한 후에야 자신이 불임이고 늙지 않는다는 사실을 알았다. 하지만 연인은 그건 아무 상관도 없다고 말하며 그를 떠나지 않았다. 그들은 함께 혈육이 아닌 아이들을 사랑으로 돌보았다. 연인은 나이가 들어 그를 떠났다.

모도는, 몸피나무 아래에서 사람들에게 인생을 어떻게 살아야 할지 이야기했다. 사람들이 구름 떼처럼 몰려들었다. 나무의 열매를 나누어 주었는데, 금방 동이 나버리고 말았다. 그러자 사람들이 집에서 먹을 만한 음식을 가져와서 서로 나누어 먹었다.

모도는, 7년에 한 번씩 자신의 신분을 바꾸며 끊임없이 걸었다.

모도는, 삶에 대해 글을 썼다.

모도는, 불에 타지 않은 대멸망 이전 시대의 고문서를 찾아봤지만, 구할 수 없었다.

모도는, 이전 시대의 오염이 사그라들고 정화되는 것을 보았다.

모도는, 마을 사람들이 밤만 되면 안개 숲에 악마가 나온다며 무서워하는 것을 듣고, 그곳은 이전 시대의 오염물일 뿐이라고 말했지만 듣는 사람은 없었다.

모도는, 약초학과 역사학을 배웠다.

모도는, 자신과 닮은 사람이 있다는 이야기를 듣고 노력 끝에 그자를 만났다. 하지만 그는 이미 광증에 걸려 있었다. 마을 사람들 말로는 그가 다른 사람들에게 노예처럼 끌려다니며 비참하게 살았다고 했다.

모도는, 자신은 왜 이렇게 태어났을까 의문을 가졌다.

모도는, 자신 같은 사람이 세상에 또 있는지 찾기 위해 노력했다. 자신의 존재 의의를 알기 위해서 고문서를 열심히 탐독했다.

모도는, 사람들을 사랑했다.

모도는, 그를 믿고 따르던 민중들이 다른 마을에서 모도라는 이름 아래 탄압자와 기득권자에게 대항했다는 소문을 들었다. 그는 두려워져 자신의 이름을 다른 이름으로 바꾸었다.

모도는, 모도의 추종자가 많아짐을, 모도가 소망을 상징하는 이름이 되어감을 느꼈다. 그를 둘러싼 종교가 만들어지고 신전이 생기고 경전이 탄생하는 것을 보았다. 모도교는 세계 곳곳에 전파되었다.

모도는, 대대로 종양을 갖고 태어나는 사람들의 마을을 방문했다. 우물물이 종양이 생기는 원인이라는 것을 깨닫고 사람들에게 다른 마을로 이주하라고 권유했다.

모도는, 스승에게서 검술을 배웠다.

모도는, 사람들을 증오했다.

모도는, 한 도시에 정착했다. 그는 자신의 가명을 내세워 식당을 세웠으며, 자손에게 손맛이 대물림된다고 홍보했다.

모도는, 한곳에 정착한 적이 한 번도 없었다. 그는 세계를 돌아다녔다.

모도는, 레미 평원 전투에서 병사로서 싸웠다. 수많은 상처가 금세 나았지만, 으깨져 사라진 발가락은 돌아오지 않았다. 그는 떨어져 나간 신체 부위는 새로 자라지 않음을 깨달았다. 전쟁이 끝난 후 그는 발가락을 내려다보며 끔찍했던 전쟁을 상기했다. 맞서 싸웠던 적 중에서 자신과 닮은 사람을 본 듯도 했다.

모도는, 세상이 몹시 흥미로웠다. 그래서 길게 사는 것도 나쁘지 않다고 생각했다.

모도는, 사람들이 자신을 알아보는 게 싫어서 얼굴을 가리고 다니기 시작했다.

모도는, 자신이 투자한 교역이 성공하여 막대한 부를 벌어들였다. 좋은 옷을 입고 큰 성에 살았다. 하지만 언제나 쓸쓸했다.

모도는, 자신을 있는 그대로 받아주는 작은 마을 사람들을 만났다. 그는 그 마을의 살아 있는 역사책이 되었다.

모도는, 자신의 이름으로 이적을 행하고 다닌 모도라는 자가 궁금했다. 모도는 연고도 없이 정처 없이 헤매다가 자신을 신이라고 생각하는 사람들을 만났다. 모도는 그들을 저버리고 싶지 않아 손을 내밀었다.

모도는, 하늘의 별을 바라보며 시간의 흐름을 느꼈다.

모도는, 자신을 모도라고 지칭하는 사람들을 만났다. 그들은 모도의 이름을 빌려 사람들을 현혹했고 얼토당토않은 예언을 해댔다.

모도는, 숲에서 조난당한 사람을 구한 후에 자신의 존재 목적이 사람을 구하는 것은 아닐까 생각했다.

모도는, 모도교를 믿지 않는 나라에 갔다가 모도를 그린 성화가 불타는 것을 보았다.

모도는, 사칭자로 몰려 도망을 다녔다. 그는 언제 어디서나 이방인이었다.

모도는, 모도의 이적에 대한 소문을 점점 덜 듣게 되었다. 사제들은 사칭자를 심문했다. 어쩌면 모도교가 사칭자를 심문하는 것이 자신들의 구미에 맞게 신의 존재를 만드는 것처럼 보이기도 했다. 예언과 이단을 구분 짓는 것은 모두 사제들의 판단에 달려 있을지도 몰랐다.

모도는, 모도 신의 신전을 만드는 공사에 일용직 인부로 참여했다.

모도는, 틈틈이 경전을 읽었다. 모도 신이 이적을 펼치던 시기에 여러 사람들이 작성한 방대한 기록을 모은 것이었다. 경전은 모도 신이 이 땅을 만들었다고 명시하고 있었고 이적에 관한 내용뿐 아니라, 그의 출신과 승천까지의 과정을 다루었다.

모도는, 경전을 흥미롭게 읽었다. 자신은 사람들이 말하는 모도 신이 아니었으나, 그를 안다면 자신에 대해서도 알 수 있을 것 같았다. 모도는 그를 찾아 나서기로 결심했다.

모도는, 모아놓았던 금붙이를 탕진하여 술을 퍼마시고, 도박에 모든 것을 맡겼다.

모도는, 어느 날 강렬한 충동에 이끌렸다. 자신의 생애 중에 강박에 가깝게 무언가를 해야 한다는 마음이 생긴 것은 이번이 처음이었다. 안개 숲으로 가야 한다는 생각만이 마음속에 그득했다."

그는 자신을 삼인칭으로 부르고 있었다. 감정적인 동요 없이 기억을 곱씹기 위해서 음성언어로 말하는 듯, 단어 하나하나 꼼꼼히 곱씹어 모도의 행적을 이야기했다.

저렇게 읊은 것이 그동안 그가 실제로 겪은 것이 맞는가? 정말로 이 존재가 모도 신인가? 그는 이곳에 돌아온 것이 아니라, 마치 건축물의 일부분처럼 보였다. 여기에서 한 발짝도 나간 적이 없는 것처럼 보였다.

황금빛에 압도되었던 눈을 거둬 기둥 뒤의 벽을 바라보았다. 쉴 새 없이 문자들이 벽에 새겨졌다. 가장 크고 진하게 쓰여 있는 글자는 '29/88'이었다. 그것이 수를 뜻함을 노이는 알 수 있었다. 다시 벽이 문자를 내보냈다.

클론 4, 6, 7, 8, 13, 18, 19, 22, 23, 25, 26, 29, 31, 33, 49, 52, 61, 64, 67, 68, 69, 72, 75, 76, 78, 80, 81, 83, 87

본부로 귀환 성공

23/88 기억과 경험 혼합 및 주입 중……

기억 고착화 진행 중

아무리 읽어봐도 글자가 무엇을 의미하는지 알 수 없었다. 모도 신의 얼굴을 보는 것은 사제로서 영광스러운 일이었지만 노이는 멈춰 섰다. 해야 할 일이 있었다. 제로를 찾아야 했다.

노이는 정신을 차리고 모도 신의 후광을 이루는 황금색 실이 어디까지 뻗어 있는지 살폈다. 선은 천장 한쪽에서 끝나고 있었다. 더 위까지 연결되어 있음이 분명했다. 그는 복도 오른편에 있던 계단을 떠올리고 그쪽으로 향했다.

노이가 위층에 도착하여 가장 먼저 본 것은 가로세로로 대열이 맞추어진 수십 개의 잿빛 의자였다. 각각의 의자는 단단한 재질에 팔걸이와 등받이가 있어 제왕의 자리처럼 보였다. 의자에는 검은 형체들이 앉아 있었다. 그는 가장 가까운 곳에 있는 형체에 다가가 등불을 치켜들었다.

검은 형체는 사람이었다. 다만 머리가 있어야 할 자리에 아무것도 없었다. 예리하게 잘린 목의 절단면이 보였다. 목에서 흐른 검붉은 피가 마치 붉은 융단처럼 입고 있는 털옷을 적시고 의자의 팔걸이와 다리를 타고 내려와 바닥까지 흥건히 적셔 노이의 발치에 도달해 있었다.

노이는 앉아 있는 다른 사람들을 살펴보았다. 어떤 이는 머리가 붙어 있었고 어떤 이는 머리가 떨어져 나가 있었다. 그리고 머리가 있는 이들은 전부 모도 신의 얼굴을 하고 있었다.

이게 다 뭘까 생각하고 있을 때 어둠 속에서 붉은 점 하나가 나타났다. 점은 공간으로 뻗어나가더니 빛으로 된 선 하나를 뿜어냈다. 노이는 몸을 잔뜩 숙이고 선을 지켜보았다. 그것은 아직 머리가 붙어 있는 사람에게 가더니 목덜미에 선을 그었다. 그러자 머리가 바닥으로 툭 하고 떨어졌다. 자연스러웠다. 소음도 거의 나지 않았다. 노이는 숨을 죽이며 바닥에 길게 파인 홈을 따라 수확된 과일이 분류되듯이 천천히 굴러가는 머리를 보았다.

노이는 머리를 따라갔다. 점점 솟아오르는 홈은 다른 방으로 연결되어 있었다. 다른 방의 문을 열자 용액으로 가득 찬 수조가 길게 늘어서 있었다.

방금 잘린 머리도 금방 수조에 담겼다. 천장에서 지네 다리 같은 은침 다발이 내려오더니 용액에 침을 담그고 귀 뒤쪽에서 칩 하나를 수거해 갔다. 칩은 투명한 용액에 잠시 담긴 후 다른 기계장치에 투입되었다. 칩이 이식된 장치에서 황금색 섬광이 일었다. 모도 신의 빛기둥에서 보았던 색이었다.

노이는 이 장치에 대해 무지했다. 하지만 저들의 기억과 경험이 응축된 칩들이 아래층에 있던 모도 신에게 흘러간다는 생각을 지울 수 없었다. 어쩌면 그가 알던 모도 신의 수많은 기적들이 그가 직접 행하지 않은 일일 수도 있었다.

노이는 그 자리에서 금방이라도 무릎을 꿇고 절망하고 싶었지만 그럴 수 없었다. 제로를 찾아야 했다. 수조에 담긴 머리 중에는 제로가 없었다. 그렇다면 아직 머리가 잘리지 않았을 것이다. 그는 잿빛 의자들이 있던 방으로 돌아가 앉아 있는 사람들을 살폈다. 그중에는 붉은색 귀걸이를 한 자도 있었다.

힘이 좋았다면 안거나 업고서라도 그들을 데리고 방에서 나왔을 텐데 노이가 할 수 있는 거라곤 머리가 붙어 있는 사람들을 바닥으로 끌어 내리는 게 다였다. 숨이 턱까지 차올랐다. 나이 든 몸으로 하기에는 여간 힘든 일이 아니었다. 사람들 십여 명을 바닥으로 끌어 내리고 난 후에야 그는 비로소 제로를 알아보았다. 하지만 그때 불길한 경고음이 울리기 시작했다.

노이는 제로의 이름을 부르며 몸을 흔들었다. 제로가 눈을 떴다. 두통이 심한 듯 얼굴을 찡그리며 자리에서 일어나 바닥에 늘어져 있는 사람들을 가만히 응시했다.

"나 혼자 모도 신의 실체를 알기 위해 분투하는 줄 알았는데."

노이가 말했다.

"아래층에 빛기둥에 휩싸인 모도 신이 있어요. 어쩌면 그가 당신과 이 사람들을 부른 건지도 몰라요. 그는 태양과 같은 광휘에 휩싸여 모도 신의 행적에 대해 말하고 있었어요."

제로는 휘청이며 일어섰다. 드디어 자신이 왜 이 세상에 존재하는지 물어볼 기회가 온 것이었다.

"내가 가볼게."

"뒤따라갈게요. 일단 이 사람들 정신 좀 차리게 하고요."

제로가 고개를 끄덕이며 말했다.

"좀 이따 보자."

제로가 계단을 내려가자마자 빨간 점이 다시금 빛을 쏘았다. 노이는 다시 의자에 앉으려는 사람들을 공간 밖으로 질질 끌고 나와 의식이 돌아올 때까지 몸을 흔들었다. 다행히 그들은 금방 깨어났다.

그들은 같은 얼굴이었지만 서로 다른 개체였다. 제로와도 달랐고, 저마다 달랐다. 그들 모두 제로처럼 강렬한 충동에 이끌려 이곳으로 왔다고 말했다. 노이는 빛기둥 속의 모도 신 이야기를 했다.

"저는 모도교의 사제예요. 저는 평생을 다 바쳐 신을 섬겼습니다. 정말로 마음을 다해서요. 하지만 저는 이제 그동안 우리가 모도 신이 해왔다고 생각했던 이적들이 실제로는 하나의 존재가 아니라 여러 명이 여러 시대에 걸쳐 행해온 일일지도 모르겠다는 생각이 듭니다."

한 사람이 말없이 그의 손을 잡았다.

"당신이 나와 이 사람들을 구했어. 그건 사실이야."

다른 사람도 말한다.

"모도가 없고, 에곤이 없고, 경전의 이야기가 수많은 사람의 선의가 합쳐진 것이라고 해도 그 행동은 사라지지 않아."

노이는 혼란 속에서도 고개를 끄덕였다.

그때 제로는 모도를 만나고 있었다. 모도는 눈을 뜨고 허공을 향해 질문했다.

"시간이 얼마나 흘렀지?"

모도 앞에 있는 벽이 큰 소리로 응답했다.

"서기로 따지면 당신이 동면한 지 2000년 하고도 212년이 흘렀습니다."

모도는 의연하게 말했다.

"건물 상황 알려줘."

"1954년 전 동식물 저장소 부품 불량 및 노화, 지진으로 인한 건물 파손으로 보관 유지 기체가 유출되었습니다. 로봇 저장실도 마찬가지입니다. 배아 관리실도요. 숲에 내려앉아 있던 기체는 약 6개월 전에야 사라졌습니다. 현재 생명의 징후가 전혀 없습니다."

"동물 배아가 전혀 없다고? 냉동 생물 표본은?"

"없습니다."

"기억 주입은 왜 멈춘 거야? 이렇게 짧게 끝나지 않을 텐데."

"처치 의자에 앉아 있던 클론들이 레이저 빛을 피해 이동했습니다."

"뭐? 어떻게 그게 가능하지?"

"원인 파악 중입니다. 클론 외에 누군가가 들어왔을 가능성이 있습니다. 세뇌 주파수도 시스템 노화로 출력이 일정하지 않습니다."

모도는 화면을 불러내 시스템 상황을 살폈다. 그의 표정이 벼랑 끝에 내몰린 사람처럼 보였다.

"동료들은 다른 방에 있나?"

"당신은 혼자입니다."

"뭐라고? 시스템 결함인가, 아니면 이것도 자연재해 때문인가?"

"아닙니다. 동면한 것은 당신이 유일합니다."

"아냐. 그럴 리가 없어. 동료들이랑 같이 이 프로젝트를 하기로 되어 있었다고."

그때 시험관 맞은편에서 화면이 재생됐다. 밝은 얼굴의

네 사람이었는데, 한편으로는 밝아 보이려고 애쓰는 듯도 했다.

“안녕, 모도. 설마 너무 오랫동안 잠을 자서 우리를 잊은 건 아니겠지?”

그의 동료들은 안타깝게도 실제가 아니었다. 그들 뒤로 이 공간의 옛 모습이 보였다. 붉은 머리 여자가 귓가를 긁적이며 말했다.

“너를 재우고 이렇게 메시지를 남기게 됐네. 어…… 좀 이상하다 그치? 전혀 실감이 안 나. 너는 누워 있고, 몇천 년 동안 자게 될 건데…… 우리는 너무 일상 같아서.”

옆에 있던 장발의 남자가 여자의 옆구리를 팔꿈치로 찬다. 다시 여자가 이어 말했다.

“뜸 들이지 않고 본론으로 들어갈게. 네가 우리를 보는 건 이게 마지막일 거야. 처음부터 속이려던 건 아니었어. 가장 먼저 널 재우고 나서 상황이 바뀌었을 뿐. 우리가 짰던 계획은 예산과 시간 문제로 실행될 수가 없었어. 상황이 좋지 않아. 우리가 미래로 갈 방법은 없어졌지.

너라면 혼자서도 성공시킬 수 있을 거야. 우리 중에 네가 가장 똑똑하고, 건강하고, 생존에 필요한 시술도 몇 가지 더 받았으니까. 로봇들도 널 도와줄 거야. 너라면 우리가 바랐던 미래를 만들어나갈 수 있을 거야. 우리는 널 믿어.

너와 우리의 계획대로 클론들을 만들었어. 하지만 자본과 시간 문제로 100대까진 못 만들었고 88대가 최대치였어. 우리가 초기에 계획했던 각 클론에 대한 처치도 제대로 하지 못했지. 그래서 각 클론들은 서로를 알지 못하게 됐어. 하지만 우리는 클론을 제작해 세상에 푸는 데는 성공했어. 부디 이 반쪽짜리 시도가 비극을 낳지 않기를 바라. 클론이 세상을 돌며 관찰하다가 새로운 땅 위에서 문명을 재건해도 괜찮은 환경이 되면 시스템이 그들을 부르고 나서 너를 깨울 거야. 그다음은 네가 아는 대로야. 그들의 기억 칩을 수확하여 네 두뇌에 주입하는 거지. 칩을 빼내면 그들은 죽어. 하지만 너는 안전한 상태로 생존에 필요한 경험과 기억을 고스란히 전달받게 되는 거야. 그리하여 너는 조금 더 빠르게 이 세계에 대해 이해하게 되지. 너는 세계의 변화를 이해하고, 더 좋은 문명을 만들기 위해 전력 질주할 거야. 네가 이 영상을 보고 있다면 우리 프로젝트는 거의 성공한 거나 다름없어. 이렇게 최장 시간을 버틸 수 있는 건축물을 만들어본 게 처음이니 잘될까 걱정도 되지만, 행운을 빌어.

새로운 세상을 잘 부탁해. 조금 거창하게 들리겠지만 너는 과거 지식의 운반자이며, 새로운 시대의 길잡이가 될 테지. 너와 함께 과거의 지식과 동식물과 곤충과 씨앗이 잠자고 있어. 사람의 배아도. 아름다웠던 지구가 다시 한번 번성하길 바라."

모도는 이를 꽉 깨물었다. 그의 굳게 다문 입술이 떨렸다.

"당신이 모도인가?"

침묵을 깨고 제로가 물었다. 모도는 제로를 응시했다.

"그래, 넌 나의 클론이구나."

그는 쓴웃음을 지으며 이어 말했다. "모도교라고 이름 붙여진 종교가 유행하고 있다지. 이곳은 금단의 땅이라고 경전에 쓰여 있고. 왜 안개 숲이 있는지 모르겠어? 멸망 이전의 사람들이 쓰던 플라스틱이 허공에 재처럼 흩날리며 분지에 안개를 만들어내기 때문이야. 이곳만 유지 기체가 퍼진 거고……. 너희들이 한 행동 중 특별해 보이는 것들을 모아서 단 하나의 위대한 존재를 만들었다면 너희들의 기억을 주입한 나는 그들의 신, 모도인 걸까. 내 이름과 얼굴을 가진 타인이라. 계획한 대로지만 신기하긴 하네. 수십 명의 모도라니."

"그 이름은 오래전에 버렸어. 그건 나를 규정하지 못해."

"다들 새로운 이름을 지었더군. 네 이름은 뭔데?"

"제로."

"잘 어울리네. 아무것도 없는, 영이라."

모도가 웃었다. 제로가 물었다.

"왜 나를 만들었어?"

"누워 있는 동안 깨어 있는 삶을 경험하고 싶었기 때문이야. 나와 동료들은 잠들어 있는 동안에 시간과 단절되고 공백이 생기는 것을 두려워했지. 너는 본인의 의지로 이곳에 왔다고 생각하겠지. 하지만 틀렸어. 내가 너희를 불렀기 때문에 여기 있는 거야. 애초에 너희들은 자유 의지가 없었지……. 그리고 너는 여기 있으면 안 돼."

제로는 그 순간 등 뒤에서 이질감을 느꼈다. 그는 천천히 뒤를 돌아보았다. 천장에서 뻗어 나온 은색 바늘의 말단이 목덜미를 노리고 있었다.

바늘 끝에서 빨간빛이 뿜어져 나오려는 순간 모도의 얼굴을 한 사람들과 노이가 나타났다. 노이는 활시위를 당겨서 바늘이 제로의 목덜미에서 비켜나게 했다. 그 모습을 지켜보던 모도가 천천히 말했다.

"나는 배아를 해동해 아이들을 키우고, 이 땅에 동물을 다시 걷게 하는 사명을 띠고 지금까지 잠들어 있었어. 내게는 후속 세대를 백 살 이상 건강하게 살게 할 수 있는 방법이 있지. 40대만 돼도 늙어 죽는 건 말도 안 돼. 종양이나 전염병에 이렇게 쉽게 걸리는 것도 말이 안 돼. 배아가 사라졌다면 내 뼈로 사람을 다시 만들면 돼. 계획은 얼마든지 있어. 멸망 이전의 세계를 재건할 거야. 이 세상은 끔찍해. 내 세계에 비하면 정말, 정말, 상상도 할 수 없어. 원래 사람은 말이야. 피부도 깨끗했고, 키도 컸어. 뼈가 그렇게 약하지도 않았다고. 세계를 새로 세워야 해. 그러려면 이 세계에 대해 더 많은 정보가 필요해.”

제로가 말했다.

“멸망 이전의 삶 같은 건 몰라. 이 세계는 완벽하지 않아. 하지만 그래도 이제 막 눈을 뜬 네가 끔찍하다고 단정지어 버릴 만한 세계는 아냐. 그러니 네가 유일한 구원자인 것처럼 굴지 마.”

그 순간 곤충 다리 같은 은색 바늘들이 관절을 구부리며 사람들을 사로잡았다. 그들은 속수무책으로 잡혔다. 가장 뒤에 있던 노이도 잡힐 뻔했으나 가까스로 피했다.

모도는 사람들을 죽일 작정이었다. 그는 다른 시대의 다른 사람들을 위한 자였다. 노이는 활시위를 당겨 모도의 가슴에 화살을 겨냥했다.

한순간 기다란 바늘 사이 틈으로 노이의 눈과 모도의 눈이 마주쳤다. 그는 노이가 시위를 겨눈 것을 보고 가소롭다는 표정을 지었다. 그러나 노이는 그에게 연민을 느꼈다. 그는 혼자였고, 그에게 남은 것은 아무것도 없었다. 그는 덫에 걸린 나약한 포식자처럼 보였다. 아까 전에 그에게 느꼈던 태양 같은 광휘는 온데간데없었다. 이 공간에 모도 신은 없었다.

화살이 날아가 모도의 가슴에 명중했다. 가슴에서 피가 흘렀다. 그는 숨을 거두었다.

잠시 후 사람들을 휘감았던 은색 바늘이 힘없이 축 늘어졌다.

노이는 활을 아래로 내렸다. 손이 떨리고 있었다. 제로가 노이를 껴안았다. 연초잎 향이 났다. 그들은 서로의 얼굴을 마주 보았다. 그 순간 노이는 깨달았다. 지금까지 그를 도우려 했던 것은 제로가 제로이기 때문이었다.

제로에 대해 알고 싶어서, 제로를 돕고 싶어서, 노이는 사제가 되었다. 노이는 그가 모도 신을 닮았고, 늙지 않고, 상처를 빨리 회복하기 때문에 좋아한 것이 아니었다. 마을의 유일한 생존자인 어린아이 한 명을 위해서 같이 눈 덮인 들판을 걸어가고, 혼자만 알고 있던 피난처로 데려가 모닥불을 피워주고, 몸을 씻겨주고, 음식을 나눠 주었기 때문이었다.

노이는 제로에게 말했다.

"당신은 모도가 아니에요."

제로는 고개를 끄덕였다.

"그래, 아니지. 난 제로니까."

노이는 주위를 둘러보았다. 모도의 얼굴을 한 사람들이 서 있었다. 어떤 이는 자신을 유진이라고 소개했고, 믹, 탄라, 수아즈, 지마도 있었다. 모두 자신이 직접 짓거나 소중한 사람이 지어준 이름이었다.

그들은 모도가 아닌 각자의 인생을 살았다.

유진은 남쪽 작은 마을에서 꽃을 키우다가, 믹은 수도의 지하 수로를 청소하다가, 탄라는 대멸망 이전에 만들어진 유적을 탐방하다가, 수아즈는 깊은 골짜기에서 칩거하다가, 지마는 마라카센 지역을 탐방하다가 숲의 부름을 받아 이곳에 왔다. 그들은 서로의 삶을 궁금해했고 각자의 이야기를 들려주었다.

그들은 함께 숲을 걸었다. 큰붉은손바닥나무의 잎 사이로 떠오르는 태양 빛이 그들을 비추었다. 안개가 걷혔으니 이제 동물과 곤충이 찾아오고 식물이 자라나겠지. 지극히 종교적인 사건이었으나 이곳엔 기적과 이적이 없었다.

노이는 앞으로 어떻게 살 것인가를 결정해야 했다. 괴로웠지만 받아들여야 했다. 하지만 그는 혼자가 아니었다. 숲을 빠져나가고 있는 사람들이 그와 함께 있었다. 발소리만 들리던 숲속에서 침묵을 깨고 제로가 말했다.

"우리는 우리가 봤던 것을 외면해서는 안 돼."

나머지 사람들도 고개를 끄덕였다.

노이는 사제들이 이 이야기를 들었을 때 어떤 반응을 보일지 궁금했다. 숲에는 대멸망 이전의 건물과 모도가 있었다. 그러나 경전에는 금단의 땅에 지옥으로 통하는 문이 있다고 쓰여 있었다. 그렇다면 사제들은 경전에 따라 노이가 본 것들을 지옥과 관련된 것으로 해석할까. 이 숲 또한 그냥 숲이 되는 걸까. 아니면 특별한 숲으로 기념하거나 아무도 들어갈 수 없게 봉쇄할까. 거기에 남아 있는 모도를 보고 사제들은 뭐라고 말할까. 그저 사칭자라고 말하게 될까. 이 사건은 어떤 방식으로 후대에 남겨질까?

이 일을 그냥 덮어버릴 수는 없었다. 사제청이 이 일을 마음대로 해석하게 놔둘 수 없었다. 노이는 숲 밖으로 나가는 대로 사제들에게, 세상 사람들에게 자신이 본 일에 대해서 말하리라고 다짐했다. 그는 목책을 넘었다. 오두막엔 노이의 귀환을 축하하기 위해 다른 사제들이 와 있을 것이다. 그들에게 먼저 말해야만 했다. 그들이 노이를 배교자라고 고발해도 노이는 말할 작정이었다.

숲속에서 불어오는 바람이 차갑고 달콤했다. 저 멀리 바위 위에서 늑대 한 마리가 노이와 제로 일행을 내려다보고 있었다.

※

〈안개 숲 순례자〉는 작가가 사랑하고 영향을 받은 SF에 대한 오마주 앤솔러지 《책에서 나오다》에 수록되었던 소설이다. 내가 사랑하고 영향을 받은 SF를 꼽자면 수도 없이 많지만, 그중에서 나는 SF영화 〈맨 프럼 어스〉를 선택했다.

〈맨 프럼 어스〉의 주인공인 존 올드맨은 늙지도, 죽지도 않는 사람이다. 나는 이 설정을 토대로 제로라는 주인공을 만들었다. 그는 존 올드맨처럼 늙지도, 죽지도 않고, 묵묵히 자신만의 인생을 살아간다. 때로는 자신과 닮았다는 모도를 찾기도 하고, 곤경에 처한 인간을 돕기도 하면서 말이다. 그러나 제로가 찾던 모도라는 인물은 없었다. 그것은 제로처럼 모도를 닮은 개인들이 사람들에게 선의를 베푼 것일 뿐이었다. 타인에 대한 작은 선의들이 모여 모도라는 가상의 인물이 탄생했고, 이 인물을 둘러싸고 모도교가 등장하게 된 것이다.

나는 이 이야기를 쓰며 이 글이 단지 진실을 찾아가는 이야기가 아니라, 제로와 노이의 성장담으로 읽힐 수 있다면 좋겠다고 생각했다.

안개 숲에 대한 아이디어는 EBS가 기획하고 최평순 PD와 다큐프라임 〈인류세〉 제작팀이 지은 책 《인류세: 인간의 시대》에서 얻었음을 밝혀둔다. 인류가 플라스틱을 계속 사용하면 바다에 거대 플라스틱 쓰레기 지대가 생기게 되는데, 이 플라스틱이 점점 잘게 부서지면서 '플라스틱 스모그'가 생긴다고 한다. 이 스모그는 바다에서 육지로 돌아오게 된다. 해안가에 안개 숲이 많다는 작중 설정은 이 설명에서 착안을 얻었다.
이 소설을 고치면서 게임 〈Hollow Night〉의 OST를 많이 들었는데, 무척 잘 어울린다고 생각한다. 책을 읽으며 음악을 들을 여유가 있다면, 이 노래들을 잔잔히 깔고 읽으시기를 추천한다.

바 칼레이도스코프

내가 '바 칼레이도스코프'를 발견한 것은 3월의 어느 눈 내리는 날이었다. 마침 그날은 54번째 면접에서 떨어진 날이기도 했다.

부모님의 사업 실패로 가세가 기울자, 나는 입학 예정이었던 대학을 포기했다. 낮에는 아르바이트를, 저녁에는 자격증을 공부하여 간신히 취직했으나 그곳은 영락없는 블랙기업이었다. 우울증이 생겨 약을 먹게 되었고 고민 끝에 회사를 그만두었다. 재취업을 하기 위해 수십 곳에 이력서를 돌리고, 면접을 보았다. 하지만 날아오는 것은 불합격 통보 문자들뿐이었다.

내 인생은 왜 이렇게 꼬였을까, 과거에 다른 선택을 했다면 좀 낫지 않았으려나 하는 생각을 하며 나는 바의 간판을 올려다보았다. 짙은 녹색 배경에 금장으로 된 문자가 선명했다. 나는 그 문자를 가만히 읊조렸다. 바 칼레이도스코프.

여기에 이런 곳이 있었던가? 이 동네에 5년 넘게 산 나로서는 이 낯섦이 의아하기만 했다. 아무 예고도 없이 흩날리는 눈송이를 보고 있으니, 자취방으로 그냥 들어가려던 마음이 싱숭생숭해져 바의 문을 열어보기로 했다.

아직 이른 저녁이어서인지 손님은 나밖에 없었다. 클래식 바 특유의 오래된 나무 향과 잔잔한 재즈 선율에 안락함이 느껴졌다. 바는 좁은 원형 공간이었다. 공간 모양에 맞는 원형태의 바 테이블 안에서 바텐더가 구리 잔을 닦으며 개장 준비를 하고 있었다.

바텐더는 키가 큰 중년 여성이었는데, 조명에 반사되는 짧은 은색 머리카락이 현자의 후광처럼 느껴졌다. 그는 문을 열고 들어온 나를 환영하며 자리를 권했다.

"높은 확률로 모스코 뮬, 맞죠?"

나는 목도리를 풀며 얼떨떨하게 고개를 끄덕였다. 지칠 때 바에 오면 모스코 뮬을 마시곤 했는데, 처음 보는 바텐더가 어떻게 내 취향을 알고 있는 거지?

그는 구리 잔에 보드카와 라임주스를 섞었고 진저비어로 잔을 채우며 말했다.

"우리가 이렇게 만난 건 기적이에요. 오늘 힘드셨을 테니,

모처럼 보여드리고 싶은 게 있는데요."

대꾸하기도 전에 갑자기 시야가 밝아졌다. 천장과 바닥과 나를 둘러싼 벽이 순식간에 투명하게 바뀌었다. 바텐더는 동요하지 않고 코스터 위에 칵테일을 제공했다.

나는 자리에서 벌떡 일어섰다. 벽 너머, 무수히 많은 창이 보였다. 바는 도넛 형태로 가운데가 뻥 뚫린 건물의 한가운데에 있었다. 어렸을 때 좋아했던 만화경의 천변만화하는 원통 속에 들어온 듯했다.

바가 엘리베이터처럼 하강하고 있었기에 매번 새로운 창들을 볼 수 있었다. 나는 창 속의 사람들 얼굴을 살펴보다가 당혹감에 빠졌다. 그들은 모두 '나'였다. 그리고 그들은 한결같이 절망에 빠져 울거나, 아파하거나 소리를 지르고 있었다.

"이곳은 지금까지 당신에게 펼쳐졌던 거의 모든 평행우주를 모아놓은 공간이에요. 과거에 했던 크고 작은 선택으로 달라진 당신의 다른 우주를 볼 수 있게 했어요. 저는 지금까지 당신 인생에 거의 다 가봤죠."

바텐더는 후후 웃었다. 정신이 아득해질 만큼 당황스러운 이벤트였다.

"본 게 아니라 '가봤다'고요?"

"그럴 능력이 있으니까요. 그 결과, 지금의 선택이 전 우주 중 최선이었습니다. 하지만 당신이 힘들어하고 있기에, 관여하지 않을 수 없었어요."

"아뇨, 잠깐만요. 당신은 누구죠?"

바텐더는 내게 미소와 동정 어린 시선을 동시에 주었다.

"우리 종족은, 아니 저는, 지구 사람들이 자신에게 주어진 평행우주를 가볼 수 없다는 게 안타까워요. 그래서 도와주고 싶었죠. 그의 최선의 평행우주에 가서, 그가 힘들 때 잘하고 있다고 기운을 북돋워 주어요. 사람들이 깨달음을 얻고 감격과 위안이 밀려오는 표정을 지을 때면 '한 건' 해낸 기분이죠."

"제가 뭐라도 되나요?"

그는 어깨를 으쓱하며 자신감 넘치는 표정을 지었다. 그가 말했다.

"당신은 일깨워야 할 인간이죠."

나는 인상을 잔뜩 구겼다.

"여기에서 위안을 얻으라고요? 당신이 뭔데 나한테 그래요? 누가 누굴 일깨운다고."

"저는 손님이 지금까지 잘 살아왔다고 말하러 온 거예요. 이전 손님들은 다들 감격해했다고요. 요새 유행이에요. 저는 당신의 정보를 유희 제공 업체의 무작위 추첨에서 받았어요……. 당신을 위로하러 왔을 뿐인데, 왜 그런 표정을 지어요? 당신을 응원하러 온 존재에게?"

나는 고개를 절레절레 흔들었다. 그러자 그는 나를 이해하지 못하겠다는 듯 한숨을 쉬었다.

"그래요, 그럼. 앞으로 선택 잘하시길. 우리가 두 번 다시 볼 일은 없겠군요."

그 순간 바텐더도, 손도 못 댄 코스터 위의 구리 잔도, 바닥도 사라졌다. 나는 몇 초 동안의 자유낙하를 겪었다. 화를 내고 불안에 시달리는 또 다른 '나'들은 무한히 증식하여 쉼 없이 무늬를 그려나갔다.

정신을 차려보니 아까 그 건물 입구였다. 녹색의 금장 간판은 온데간데없었다. 지하로 내려가 봤지만 아무런 흔적도 없었다.

다시 집으로 걷기 시작했다. 추위에 몸이 움츠러들었을 때에야 그 바에 목도리를 두고 왔음을 알았다. 눈을 밟으며 걷고 있으니 사무치게 외로워졌다. 최선의 인생은 누가 정하지? 젠장, 이게 최선의 인생이라고? 나는 눈물이 뺨을 타고 흘러내리도록 가만히 섰다.

그때, 뒤에서 누군가 내 어깨를 툭툭 쳤다. 낯선 사람이었다. 그는 나에게 손수건을 건네주었다. 내가 받아 들자 그는 눈인사를 하고 떠나갔다. 나는 그 눈빛을 읽었다. '당신도 그 바에 가봤나요?'

손수건에는 아직 온기가 남아 있었다. 그것은 수많은 '나'들보다도, 바 칼레이도스코프와도 비교할 수 없을 정도로 따뜻했다.

한때는 만화경(칼레이도스코프)을 모으는 취미를 가졌을 정도로 만화경을 들여다보는 것을 좋아한다. 그리고 술은 잘 못 마시지만 칵테일 바에 가는 것을 좋아하며, 그때마다 모스코 뮬을 마시곤 한다. 이 짧은 이야기는 내가 좋아하는 것을 꼭꼭 뭉쳐 만들었다.

이 글은 〈월간 디자인〉의 '우주배경복사' 특집에서 처음으로 선보였다. 나는 '우주'와 '디자인'을 키워드로 짧은 글을 써야 했는데, 이에 내가 좋아하는 요소들을 모아 짧은 픽션을 써보자 결심했다. 나는 두 가지 키워드를 두고 고민한 끝에 '서로 다른 평행우주들을 한자리에서 볼 수 있는 공간'을 떠올렸다. 그리고 그 의도를 성취할 수 있는 공간이 있다면, 어떻게 디자인되어야 할지 생각했다. 나는 만화경 내부와 파놉티콘 구조를 결합시켜 360도로 창이 달린 원형 공간을 상상해 보았다. 그러나 나는 이 글을 통하여 '네가 사는 게 힘들어도, 다른 평행우주보다는 나아. 그러니 살아!'와 같은 속 빈 강정 같은 이야기는 하고 싶지 않았다. 그게 무슨 위로가 된단 말인가? 그래서 나는 현재와 다른 우주를 엿볼 수 있는 엄청난 공간을 가지고 있는 바의 주인을 선민사상에 취한, 유희를 좋아하는 외계인으로 설정했다. 외계인은 주인공에게 위로를 주고 싶어 하지만, 그가 의도한 바는 무너져 버린다. 화려한 바 칼레이도스코프에서 얻을 수 있는 것은 없었다. 주인공은 오히려 이름 모를 누군가에게서 전달받은 손수건에서 위로를 얻는다.

수호성인의 몰락

해빙기 무렵 이오슬란드의 이센 평원은 흙이 물기를 잔뜩 머금고 있어 발을 신중하게 디디지 않으면 진창에 빠지기 십상이다. 나는 이 사실을 익히 들어 머리로는 알고 있었으나 실제로 겪어보는 것은 천지 차이여서 걷는 내내 열 번이 넘게 넘어졌고, 땀과 진흙 범벅이 된 채로 거칠게 숨을 내뱉어야 했다. 역시나 몸 쓰는 일은 나와 맞지 않았다. 그러나 여기서 걸음을 멈출 수는 없었다. 역사의 한 페이지를 장식할 사건 앞에서, 미적거릴 시간 따윈 없었다.

땀이 찬 고무장화는 한 발 한 발 내디딜 때마다 요란하게 철벅거리는 소리를 냈다. 그때마다 무릎까지 오는 이름 모를 짙푸른 풀이 밤사이 머금은 이슬을 내 바지에 털어냈다. 소리 죽여 울던 작은 풀벌레들이 내 걸음에 놀라 가슴께까지 튀어 올랐다.

나는 잠시 멈춰 서서 한 손에 쥐고 있던 두루마리 지도를 펼쳤다. 축약된 평원의 입체 모형이 지도 위에 떠올랐다. 그 한가운데에, 붉은 점 하나가 깜빡이고 있었다. 내가 서 있는 위치였다. 그리고 붉은 점 위로, 도달 완료 알람이 떠올랐다.

나는 지도를 접어 호주머니에 넣고는, 등에 멘 가방을 내려 밤톨만 한 크기의 '틈' 관측 장비들을 꺼냈다. 각각의 몸체에 달린 버튼을 누르자 클로토, 라케시스, 아트로포스라고 이름 붙여진 그것들의 표면에 기하학적인 패턴이 그려지며 활성화되었고, 이윽고 살아 있는 산새처럼 내 손아귀를 벗어났다.

클로토는 쏜살같이 저 멀리 정면에 보이는 만년설을 얹은 산 쪽으로, 라케시스는 클로토와 직각 방향, 그러니까 내 왼손 방향으로 지평선을 향해 날아갔다. 마지막으로 아트로포스는 구름 한 점 없는 하늘로 치솟았다.

그들이 날아간 자리마다 틈이 포착되기 시작했다. 틈 관측 장비는 손가락 한 마디 정도 되는 틈에서부터 눈으로 볼 수 없는 미세한 틈까지도 잡아냈고, 사람이 식별하기 편리하도록 한층 더 빛나는 구리색으로 틈의 입구를 물들였다. 틈은 하늘 한가운데에도 있고, 지평선과 능선에도, 내가 손으로 만지며 왔던 풀의 표면에도 있었다.

이어폰을 착용한 귓가에서 쉴 새 없이 동료 직원들의 말소리가 오갔다. 다들 나처럼 각자 할당받은 이오슬란드 지역에 장비를 활성화했다고 보고하고 있었다. 나도 관측 장비를 활성화시켰다고 거기에 말을 얹었다. 그러자 곧바로 대답이 날아왔다.

"고생하셨습니다. 빨리 합류 거점으로 오세요. 지도에 표시해 놓겠습니다."

나는 다시 지도를 펼쳐보았다. 푸른 점 하나가 남동쪽에 있는 건물 위에서 점멸하고 있었다.

나는 발밑의 진창을 최대한 밟지 않으려고 노력하며 걸었다. 이제 우리가 할 수 있는 일을 모두 해냈다. 한 사람도 빠짐없이 활성화를 완료하면 합류 거점에 설치된 '닉스'를 가동시켜 틈을 닫을 것이다. 그러면 2000년 전부터 지금까지 세상 전역에 있었던 틈이 사라지고, 틈과 함께 살아가던 시절에 종언을 고하게 된다. 이제 우리는 더 이상 틈과 관련된 갈등을 후손들에게 안겨주지 않아도 된다. 먼 훗날 후손들은 '오래전에 이 세계에 틈이라는 게 있었대' '그 사이로 사람에게 닿으면 병을 일으키는 오수가 흘러나왔대' '로아나교를 믿었던 사람들은 틈이 지옥과 연결되어 있다고 믿었대. 그래서 거기에서 나온 것들을 모두 부정한 것이라고 여겼대' 하고 말하겠지. 그러나 관심도 잠시, 곧 아무도 틈에 대해 말하지 않을 것이다.

합류 거점은 몇백 년 전 몰락한 로아나교의 성당이었다. 건축양식에 대해 잘은 모르지만, 내 생각에 그 건물은 지어진 지 수백 년은 족히 넘어 보였다. 비록 벽 한쪽에 원인 모를 구멍이 나 있었지만 그 외에 다른 부분은 믿을 수 없이 잘 보존되어 있었다. 어떤 박물관이나 유적지를 가더라도 로아나교의 건물이 이렇게 멀쩡하게 남아 있는 일은 흔치 않았다.

성당 안은 어두컴컴했고 축축했으나 벽이 바람을 막아주어 바깥보다는 따뜻했다. 그곳에 이미 열댓 명의 동료들이 도착해 있었다. 긴장과 불안이 섞여 있었으나 전반적으로 들뜬 목소리가 귀를 웅웅 울렸다. 나는 그들과 가볍게 인사를 나누었다. 걸음을 한 발짝씩 뗄 때마다 바닥에 깔린 전선들이 발등에 차였다. 나는 전선이 이어진 곳을 훑었다. 모든 전선은 닫혀 있는 예배당 문 아래 틈 사이로 향하고 있었다. 나는 예배당 문을 열었다.

순식간에 내 얼굴과 몸 위로, 세룰리안블루와 오페라, 호박색 빛이 내려앉았다. 마치 다른 세상에 온 것 같았다. 거기에는 스테인드글라스 창에 새겨진 로아나교의 유일신 로아나가 양손에 희고 기다란 창을 교차해 들고 우뚝 서 있었고,

양옆으로 각각 네 명의 신의 사자가, 그리고 거의 쉰 명에 가까운 수호성인들이 늘어서 있었다. 금이 가거나 떨어져 나간 흔적이 간간이 보였지만, 압도감을 느끼는 데는 지장이 없었다.

색유리 아래 제단 뒤쪽에 닉스가 윙윙대며 가동되고 있었다. 그것은 사람 크기만 한 검은 정육면체 모양의 기계였는데, 이곳으로 모여든 모든 전선은 여기로 모이고 있었다. 닉스와 연결된 커다란 모니터 예닐곱 대가 이오슬란드의 전경과 등고선, 스캔 완료 시간 등을 측정하여 내보내고 있었으나, 그 모든 건 내 앞에 펼쳐진 스테인드글라스에 비하면 아무것도 아닌 검은 그림자처럼 보였다.

내 시선은 다시 스테인드글라스로 향했다. 나는 스테인드글라스의 아래 부분도 살폈다. 한가운데 있는 로아나의 발치에, 구리색의 기다란 틈 하나가 그려져 있었다. 벌어진 틈 안쪽은 온통 어두웠는데, 거기에는 짐승과 악마의 희번덕거리는 눈이 열 쌍 넘게 그려져 있었다.

로아나가 들고 있는 두 개의 창이 교차되어 하나가 되는 지점에서부터는 창끝이 없고, 대신 틈 쪽으로 손을 뻗는 '틈을 닫는 자'의 형상이 그려져 있었다.

나는 수호성인들의 얼굴을 하나씩 살폈다. 그러다가 맨 왼쪽 끝에 있는 성인을 보고 무척이나 놀랐다. 거기에는 길고 푸른 로브를 머리끝까지 뒤집어쓰고 아래를 바라보며 애통한 표정을 짓고 있는 앳된 얼굴의 아름다운 소녀가 있었다. 순진무구하고 말끔해 보이는 인상의 그 성인의 목에는 가느다란 은색 목걸이가 걸려 있었다.

나는 그의 이름을 알고 있었다. 그는 틈의 성인 니나 하스밀로였다.

연구팀의 쿠야미가 합류 거점이자 닉스의 설치 공간으로 이 오래된 성당 건물을 사용하겠다고 했을 때 나는 안전상의 이유로 반대했다. 하지만 지금 나는 쿠야미의 결정을 납득할 수밖에 없었다. 세상에 산재해 있는 모든 틈을 닫는 '닉스 프로젝트'가 실행될 마지막 장소는 이곳이어야만 했다. 로아나 신이 있어서가 아니다. 여기에 니나 하스밀로가 있기 때문이다. 할 말을 잃고 스테인드글라스를 쳐다보던 내 어깨를 누군가 두드렸다. 쿠야미가 날 보고 웃으며 말했다.

"내 말이 맞지? 여기여야만 했지?"

나는 고개를 끄덕였다.

니나는 틈의 성인답게 왼쪽 뺨에 '틈병'을 앓은 흔적인, 잿빛 흉터를 가지고 있었다. 성인 중에 틈병의 흉터가 있는 것은 니나가 유일했다. 로아나교가 몰락한 이후에, 잿빛 흉터는 틈에 접촉했다가 생겨난 흉터 그 이상 그 이하의 의미도 아니었다. 하지만 과거 로아나교가 문화와 사회 전반을 잡고 있었을 시절에 그것은 '틈병'의 흔적으로 분류되었으며 틈병에 걸렸다는 것은 죄인임을 의미했다.

그러나 틈병을 앓은 흉터를 가진 니나가 틈의 성인이 된 이후에는 '틈병에 걸렸으나 간절한 뉘우침과 기도와 찬양으로 속죄하면 다시 신 앞에 나아갈 수 있다'는 가치관이 정립되었다.

한때, 나는 니나 하스밀로의 삶에 대해 속속들이 알고 싶어서 틈인들이 세운 공동체 도서관에 가서 여러 문헌을 찾아봤었다. 나는 일반적으로 알려진 정보뿐 아니라 다소 마니악한 관점에서, 니나가 수호성인으로 받아들여졌을 때 로아나교에서 그를 어떻게 소개했는지에 대해서도 알아보곤 했었다.

나는 도서관에 있는 가장 오래된《로아나교 성인 사전》을 열람 신청하여 읽어나갔다. 사전에 따르면 니나 하스밀로의 생애는 다음과 같다.

*

니나는 지금으로부터 9세기 전, 소르벡 산맥의 끝자락, 피흐데레라는 마을의 작은 오두막에서 태어났다. 그는 검소한 소작농 부부의 둘째로 태어났으며, 어렸을 때부터 로아나교 신자였다. 천한 출신이 보통 그렇듯 글을 읽고 쓸 줄은 몰랐지만 신을 향한 마음만은 진심이었다.

니나에게는 토마라는 세 살 많은 오빠가 있었는데, 그는 성정이 나빴다. 토마라는 자에 대해서는 여러 가지 설이 있다. 진짜 토마는 갓난아기 때 죽었고 틈에서 나온 악마가 토마의 행세를 하며 살아왔다는 설도 있고, 토마는 악마가 의도적으로 잉태시킨 아이인데 그 사실을 모른 채 토마를 키웠다는 설도 있었다.

부모는 니나가 열두 살 되던 해에 돌림병으로 사망했고, 그 이듬해에 니나는 틈과 접촉하게 되었다. 틈은 어느 날 밤 오두막 천장에 홀연히 생겨났고, 그 밤 내내 검고 진득한 오수를 한 방울씩 니나의 뺨에 떨어트렸다. 농사일에 지쳐 깊이 잠든 니나는 새벽까지 자신의 뺨에 부정한 것이 닿고 있다는 것도 몰랐다. 토마는 그날도 자신의 일을 니나에게 내맡긴 채, 산으로 들로 쏘다니고 있었다.

항상 근면 성실하던 니나가 새벽 일을 나오지 않자 가까운 이웃이 니나의 오두막을 찾았다. 그는 오두막 천장에 난 틈과 거기에서 떨어지고 있는 오수를 보았다. 소문은 삽시간에 마을 전체에 퍼졌다.

니나는 일주일간이나 앓아누웠다.

니나는 병중에도 로아나 신에게 기도했다. 틈병이 자신에게 생겼다는 것은 회개할 것이 있다는 뜻이었다. 악도 전지전능한 로아나 신께서 만드신 것이므로, 틈이 니나와 토마의 오두막에 생겨나고, 거기에서 흘러나온 오수가 하필이면 니나의 뺨에 닿은 것은 모두 로아나 신의 뜻일 터였다. 다행히 신은 니나의 목숨을 거두지 않았다. 하지만 니나는 뺨 한쪽에 지울 수 없는 잿빛 흉터를 가지게 되었다. 한편 일주일간이나 집을 비웠던 토마는 그제야 거나하게 술에 취한 채로 오두막으로 돌아왔다.

마을은 발칵 뒤집혔다. 마을에 틈이 생긴 것은 처음이었고 처음 틈과 접촉한 사람이 니나일 거라고는 모두가 상상도 못 했다. 반신반의하며 니나의 오두막에 온 마을 사람들은 그제야 소문이 분명한 사실임을 알게 되었다.

안타깝지만 니나를 그냥 놔둘 수는 없었다. 니나도 그 사실을 알고 있었다. 니나는 마을 사람들이 추방에 대해 입을 떼기 전에 자신이 먼저 떠나겠다고 말했다. 마을 사람들은 틈병에 걸려야 하는 것은 망나니 토마인데 죄 없는 니나가 재수 없게 대신 병에 걸렸다고 생각하며 슬퍼했다. 모두가 같은 생각을 했으나 떠나는 니나 앞에서는 그 이야기를 꺼내지 않고 있었는데, 참을성 없는 마을 사람 하나가 결국 그 말을 입 밖으로 꺼냈다. 그러자 니나는 단호하게 말했다. 이것은 토마 때문이 아니라고. 자신의 정신이 고결하지 못해서라고.

무슨 꿍꿍이인지는 모르겠으나 토마는 니나와 함께 가겠다고 말했다. 남매는 영주의 자비로 노새 한 마리를 받았고, 다음 날 해가 뜨기 전에 마을을 뜨기로 했다. 하지만 어디로 가야 할지, 떠나서 무슨 일을 해야 할지 막막하기만 했다.

그날 저녁 누군가가 오두막 문을 두드렸다. 니나가 문을 열어보니 거기에는 신의 사자 한 명이 달빛을 받으며 서 있었다. 사자는 조용히 팔을 들어 한쪽을 가리키며 말했다. "주교가 있는 대도시 타나르로 가라"라고.

다음 날 아침 니나와 토마는 타나르로 가는 여정에 올랐다. 타나르는 노새를 타고도 보름이 걸리는 먼 곳이었다. 남매는 도중에 흉터를 들켜 돌을 맞기도 했고, 노상강도를 만나 노새를 빼앗기기도 했다. 니나는 그때마다 신은 개인이 견딜 수 있는 고통만 주신다고, 어떠한 환란이 닥쳐도 이 현실이 저의 잘못인 줄 알고 신을 원망하지 않는다고 기도했다.

니나와 토마는 천신만고 끝에 타나르에 도착했다. 수도원 입구로 가자, 문지기는 문을 열어주며 "들어가서 면죄수의식을 받으라"고 말했다. 니나는 사제에게 의식을 받았다.

그때, 하늘에서 파랑새 두 마리가 내려와 니나의 어깨에 앉았다. 흉터는 사라지지 않았으나, 니나는 신이 주교의 육체를 빌려 자신의 죄를 사하셨다는 것을 깨달았다. 니나는 기쁨의 눈물을 흘리며 평생을 신께 의지하며 살겠다고 맹세했다.

니나와 토마는 수도원 안쪽에 마련된 순례자들을 위한 방에서 하룻밤을 묵게 되었다. 그날 밤 수도원 안의 성당은 성 이멜다 축일 제전 준비로 들썩이고 있었다. 밤이 깊었는데도 신자들과 사제들이 본당과 중정과 회랑에 남아 다음 날 새벽부터 치러질 축일 예배 준비로 분주했다.

니나가 한밤중에 잠에서 깨어 옆을 보니 토마가 보이지 않았다. 니나는 방문을 열었다. 그때 복도 저편에서 토마가 계단 쪽으로 가는 게 보였다. 니나는 토마의 뒤를 쫓았다. 토마는 본당의 지하 무덤 쪽으로 가고 있었다.

지하 무덤에는 순교자들과 사제들이 안치된 석관이 즐비했다. 그때, 무덤의 가장 안쪽에서 이쪽으로 오라는 목소리가 들렸다. 평소 토마의 목소리보다 낮고 음산했지만, 분명 토마의 목소리였다. 니나는 목소리를 따라갔다.

니나가 도착한 곳에는 토마가 서 있었다. 하지만 모습이 이전과 같지 않았다. 그것은 악마의 형상이었다. 토마는 두 손을 뻗어 허공을 찢어서 틈을 만들었다. 곧 틈 속에서 검은 말 머리를 한 지옥의 짐승이 나타났다. 그것은 사방에 악취를 뿜어댔고, 부정한 오수를 바닥에 뚝뚝 흘렸다. 토마는 그 짐승의 등에 올라탔다.

성스러운 공간에서는 틈이 나타날 수 없었다. 하지만 토마는 이곳에 억지로 틈을 만들었다. 니나는 악마에게 토마를 돌려달라고 소리쳤다. 하지만 토마는 이것이 원래의 나라고, 지금까지 인간 세상에서 때가 되기를 기다렸다고, 지금이 그때라고 말했다.

그는 니나에게 네가 본 것을 사람들에게 전하라고 말했다. 그리고 이 도시의 모든 사람들에게 외치고 나면 너는 사지가 뜯겨 광장 한가운데서 죽을 거라고 덧붙였다. 니나는 그것이 그저 겁을 주는 말이 아니라는 걸 직감했다. 그때, 마음속에서 부드러운 목소리가 들려왔다.

'얘야, 너는 그의 말을 따르지 않아도 된단다. 사람들에게 비극을 전할 필요도 없다. 왜냐하면 우리가 널 지켜주고 저 틈을 막아줄 테니까.'

니나는 놀라 주변을 둘러보았다. 석관 위로 순교자들과 사제의 형상이 보였다. 그들은 흰 수의를 입고 금과 은으로 된 창검을 쥐고 있었다. 그들이 짐승을 탄 토마를 공격했다. 짐승은 포효하며 두 앞발을 허공으로 쳐들었다. 천장이 무너져 내렸다. 짐승의 머리가 균열 사이로 불쑥 솟아올랐다.

그곳은 본당이었다. 축일 준비를 하고 있던 사람들이 소리를 지르며 대피했다. 그때 토마가 본당에 있는 사람들에게까지 들릴 정도로 크게 외쳤다.

—나는 악마다. 내가 이 짐승을 불러냈다. 틈은 걷잡을 수 없이 생기고 벌어져 성스러운 곳에도 서슴없이 침입할 것이다. 지옥의 악마들이 인간 세계를 정복할 것이다.

토마는 그 말을 남기고 짐승과 하나가 되었다.

니나는 두려웠으나 그 순간 로아나 신의 손길을 느꼈다. 강한 힘을 지닌 따뜻한 손이 하늘에서 나타나 니나의 손을 잡았다. 니나는 그 손을 잡고 지상의 본당으로 올라갔다. 로아나 신은 짐승을 죽이라고 명했다. 니나는 신이 명하는 대로 제대 위에 놓인 성광을 쥐고 짐승을 찔러 죽였다.

니나는 잔해 사이로 지하 무덤을 내려다보았다. 지하에 있던 순교자들과 사제들이 틈 쪽으로 가까이 다가가고 있었다. 틈에서는 악취와 기분 나쁘게 끈적한 오수가 새어 나오고 있었으며, 틈 사이로 온갖 흉측하고 부정한 짐승들의 눈이 보였다. 순교자와 사제들이 앞으로 걸어 나와 오른쪽 손바닥을 틈 쪽으로 내밀고 눈을 감고 기도문을 외웠다. 눈부시게 빛나는 섬광이 상처를 실로 봉합하듯이 틈을 꿰매기 시작했다.

니나는 마음속으로 간절히 감사 기도를 올렸다. 그러자

로아나 신의 음성이 들렸다. "너는 틈으로 고통받는 사람들을 위해 헌신하는 사람이 될 것이다." 니나는 그 소명을 거부했다. "저는 약하디 약합니다. 감히 제가 무엇을 할 수 있겠습니까?" 그러자 로아나 신이 대답했다. "내가 널 세울 것이다. 그러니 아무것도 걱정하지 말아라." 니나는 "그렇다면 신의 뜻에 따르겠나이다"라고 말하고 정신을 잃었다.

시간이 흐른 후 니나는 수도원의 병실에서 깨어났다. 그는 사제들의 극진한 간호를 받고 건강을 회복했다. 그는 지하 무덤과 본당에서 있었던 일을 회상했다. 원래도 로아나교의 신자였지만 신심은 더욱 깊어졌다. 이러한 종교적 체험은 자신의 인생을 통틀어서 예전에도 없었고 죽을 때까지도 없으리라는 것을 확신했다.

니나는 몸을 회복한 이후, 주교와의 알현 자리에서 타나르의 수도원에 들어와 사제의 길을 걷고 싶다고 말했다. 주교는 흔쾌히 허락했지만, 사제가 되는 길은 험난할 것이라고 말했다. 니나는 그것 또한 감수하겠다고 말했다. 주교는 방을 나서는 니나에게 작은 경전을 선물로 주었다. 방으로 돌아가는 길에 니나는 경전을 펼쳐보았다. 자신의 두 눈을 도저히 믿을 수가 없었다. 조금 전까지 문맹이었던 그가 경전에 쓰여 있는 모든 문장을 읽을 수 있었다. 그것은 신이 내린 은사라고밖에 할 수 없었다.

사제가 된 니나는 부여받은 은사를 이용하여 틈을 연구했다. 또한 그는 세상을 돌아다니며 틈으로 인해 고통과 환란에 빠진 사람들을 위로했고 악마와 대적하였다.

세상에는 이전보다 더 많은 틈이 무수히 생겨났다. 지하 무덤에서 토마가 했던 예언과 똑같았다.

어느 날 니나는 틈에서 흘러나온 악마들이 만년설이 쌓인 소르벡 산맥의 골짜기에 모여 산다는 이야기를 들었다. 주변 마을에 출몰하여 약탈과 고문을 일삼으면서 악마 무리는 무서울 정도로 커지고 있다고 했다. 사제들은 성기사들과 힘을 모아 악마 무리를 치기로 했다. 니나도 물론 성전(聖戰)에 참여했다.

사제들은 우두머리 악마들이 모여 회의하는 동굴 위치를 알아냈다. 이곳을 어떻게 쳐야 할지 논의가 오가는 가운데, 니나가 조용히 손을 들어 혼자서 동굴에 들어가겠다고 했다. 회담을 빌미로 혼자 들어가 시간과 주의를 끌 테니, 그때 기사들과 함께 급습하라는 얘기였다. 모두가 반대했지만 니나는 단호했다.

작전은 니나의 말대로 강행되었다. 니나는 악마들의 주의를 돌리는 데 성공했고 기사들은 그 틈을 놓치지 않고 현장을 급습했다. 사로잡힌 악마들은 악마 무리의 위치를 실토

했다. 큰 성과였다. 하지만 그 과정에서 안타깝게도 니나는 우두머리 악마 중 하나에 의해 최후를 맞았다. 그러나 그 죽음은 값진 것이었다. 사제들이 니나의 시신을 수습하려고 골짜기로 들어갔을 때 그는 이미 양지바른 곳에 누워 있었다. 가슴에 칼이 꽂힌 채 피를 흘리고 있지 않았더라면 그냥 잠을 자는 듯 보였을 정도로 그의 마지막은 깨끗했다.

니나의 장례식은 성대하게 치러졌다. 그의 유해는 타나르의 수도원 지하에 묻혔다.

니나가 세상을 떠난 지 30년 후, 기적과 공로를 인정받아 복녀로 시복되었으며, 그로부터 10년 후에는 성인으로 시성되었다.

니나가 복녀로 추대될 무렵에 기이한 일이 있었다. 한밤중 주교의 꿈에 니나가 나타났다. 주교가 왜 나타났는지 물었으나 니나는 말없이 미소 지으며 팔을 뻗어 한쪽 방향을 가리킬 뿐이었다. 주교는 그곳이 니나의 고향 피흐데레라는 것을 깨달았다. 다음 날 꿈에서 깨어난 주교는 니나의 유해를 피흐데레의 성당으로 옮겼다. 마을 사람들은 성유골 이전 기념식을 벌였고 이에 대한 이전기(移轉記)가 쓰였다.

고향에 안치된 니나의 성유골을 보기 위해 수많은 참배객과 방문자가 찾아왔다. 그들은 대부분 틈병에 걸린 자들이었는데, 때때로 성유골을 보고 기도하는 사람들 사이에서 치유의 기적이 나타나기도 했다. 니나는 틈의 성인으로서 틈병으로 고통받는 사람들에게 사랑과 존경을 받았다.

니나 하스밀로에 대한 내용은 여기서 끝을 맺는다.

*

나는《로아나교 성인 사전》의 이후 판본에서 니나의 정보를 더 찾으려고 했지만 찾을 수 없었다. 니나에 대한 항목은 이 판본 이후 흔적도 없이 지워져 있었다. 마치 없는 사람이었던 것처럼.

니나의 삶이 다른 성인의 이야기에 비해 아주 특별한 내용을 가지고 있는 것은 아니었다. 그는 여느 성인처럼 종교적인 성숙을 이루고, 몇 번의 기적을 행하고, 이타적인 희생으로 최후를 맞았다.

그러나 니나는 성인으로 추대된 뒤 102년 만에 성인 자격을 박탈당한다. 박탈 사유는 악마와의 내통이었다.

이 사실이 공표되고 난 후, 로아나교를 믿는 전역의 크고 작은 성당에 있던 니나의 성상이나 스테인드글라스가 모두 깨지고, 불태워지고, 철거되고, 괴물의 모습으로 낙서되었다. 그렇기에 오늘날 니나의 모습은 좀처럼 찾아보기 힘들었는데, 이곳 이오슬란드의 이센 평원이 워낙 변두리였기 때문에 파괴의 손길이 미치지 않은 듯했다. 내 앞에 니나 하스밀로가 있었다. 그러니 이곳은 쿠야미의 말대로 우리가 닉스 프로젝트의 거점으로 삼기에 더없이 알맞은 곳인 셈이었다.

연구소 본부에서 닉스 프로젝트 발족식이 열렸던 날, 소장은 뒷정리를 하고 있던 나와 직원들에게 자기 방으로 오라고 했다. 그는 우리가 전 세계로 나가 일을 시작하기에 앞서 보여주고 싶은 게 있다고 했다.

소장은 책장 쪽에 있는 금고를 열었다. 그곳에는 나무 상자가 들어 있었다. 상자를 열자, 낡고 작은 코덱스 하나가 모습을 드러냈다. 코덱스의 표지에는 니나의 반지 인장이 찍혀 있었다. 그것은 이것이 진짜 니나의 유품임을 증명했다.

우리 모두 놀라움을 감추지 못했다. 그것은 의무교육을 받은 사람이라면 모를 리 없는 니나의 비망록이었다. 빛바랜 비망록의 표지를 보자 나는 우리가 하려는 일이 내가 막연히 상상했던 것보다 훨씬 전부터, 누군가가 간절히 바랐던 일이었음을 비로소 체감했다. 심장이 두근거렸다.

우리들은 비망록 위에 손을 포개어 올려놓으며 닉스 프로젝트 실행에 대한 결의를 마음속에 다시금 새겼다. 나는 소장에게 프로젝트 시작 전까지 비망록 원본을 읽어봐도 되냐고 물었고, 그는 동의했다. 사실 비망록 전문은 인터넷에 검색하면 얼마든지 찾아볼 수 있지만, 나는 니나가 마음을 다해 한 글자씩 써 내려간 깃펜의 흔적까지도 눈으로 직접 헤아려 보고 싶었다. 나는 비망록의 표지를 조심스레 넘겼다.

니나가 써 내려간 자신의 삶은 다음과 같다.

*

나, 니나 하스밀로는 소르벡 산맥 한 줄기에 위치한 피흐데레의 작은 오두막에서 평범한 소작농의 두 번째 아이로 태어났다. 아버지와 어머니는 평생 쉬지 않고 일만 해온 사람들이었다. 그들은 글을 읽을 줄 몰랐고, 일요일에 로아나교 성당에 가는 것만이 여가와 휴식의 전부였다.

나는 어렸을 때부터 토마와 함께 맨발로 산맥 이곳저곳을 쏘다니며 자연의 경이로움과 아름다움을 만끽했다. 나는 이 놀라운 세상이 어떻게 만들어졌고 어떻게 돌아가고 있는 것인지 부모님에게 물었지만, 그들은 성당의 사제에게 여쭈어 보는 것이 나을 것 같다고 이야기하곤 했다.

내가 성당에 찾아가자, 사제는 잘 찾아왔다며 로아나교에 모든 답이 있다고 말했다. 그는 양피지로 만든 두꺼운 경전을 꺼내어 보여주며 세상의 모든 질문에 대한 해답은 이 책에 다 들어 있다고 했다. 내가 글을 읽을 줄 모른다고 하자 그는 자신이 이야기해 주면 된다고 다정하게 말했다.

그 이후로 나는 주일예배가 끝난 후, 사제에게 가서 로아나 신이 세상을 만든 일과 옛 성인들의 이야기를 듣곤 했다. 나는 어느새 로아나교의 열렬한 신자가 되었다.

사제는 이야기를 들려줄 때마다, 자신은 경전에 써 있는 대로 확실하게 말을 전해야 하는 책무가 있다며 이야기 중에도 몇 번씩 경전을 들추어 확인했다. 그때마다 나는 경전에 쓰여 있는 문자를 보았다. 문자에 담긴 뜻을 언제 어디서나 펼쳐서 확인할 수 있다는 것은 환상적이고 근사한 일처럼 보였다. 나는 사제에게 글자를 읽고 싶다고, 그래서 언젠가 경전을 직접 읽어보고 싶다고 말했다. 그러자 사제는 "한번 배워볼래?"라며 내게 글자를 알려주었다. 나는 자투리 시간에도 공부에 매진해 글자를 빨리 익히게 되었다. 내가 끈질기게 글자 공부에 매달리자 그는 놀란 기색을 보이면서도 나를 기특하게 여겼다.

그 외에는 지겨울 정도로 똑같은 삶이 계속되었다. 특별한 일이라면 돌림병이 한차례 돌아 부모님이 모두 사망한 것 정도일까. 시간이 지나자 부모를 잃은 슬픔도 조금씩 작아졌다.

다음 해의 어느 날 밤, 나는 오두막 천장에 생긴 틈에서 새어 나온 물을 맞게 되었다. 물이 뺨에 닿자마자 나는 소리를 지르며 잠에서 깼다. 불에 타는 듯한 고통이 밀려왔다.

그리고 통증과 동시에 구토와 고열에 시달렸다. 며칠이 지나도 내가 밭에 나오지 않자 마을 사람들이 오두막으로 찾아왔다. 그들은 앓아누운 나와 틈을 번갈아 보며 우리 마을도 이제는 틈을 피할 수 없게 되었다고 수군거렸다. 다들 내가 안됐다며 쯧쯧 혀를 찼다.

나는 열과 싸우면서 내가 무엇을 잘못했는지 생각했다. 세상이 궁금하다는 이유로 사제의 바쁜 시간을 빼앗았기 때문일까? 아니면 귀족도 아니면서 글자를 배워서일까? 하지만 경전 어디에도 나 같은 아이가 글을 배우면 안 된다는 이야기는 쓰여 있지 않았고, 사제는 항상 나를 반겨주었다. 아무리 생각해도 이유를 알 수 없어 눈물이 쏟아졌다. 토마는 내 곁을 지키며 땀을 닦아주고 밥을 먹여주었다. 그때마다 그는 내게 말했다. 넌 잘못한 것이 없다고.

며칠 후 사제가 우리 집을 방문했다. 호기심과 두려움에 휩싸인 눈을 한 마을 사람들 예닐곱 정도가 그의 뒤를 따르고 있었다.

사제는 오른손에 유향 연기가 피어오르는 향로를 줄에 달아 길게 늘어뜨려 흔들고 있었으며, 왼손에는 커다란 책 한 권을 들고 있었다. 그는 입으로 기도문을 중얼중얼 외며 오두막 안으로 들어왔다. 마을 사람들은 오두막 창밖에 모여 그 광경을 구경했다.

실내에 유향 냄새가 가득했다. 사제는 나와 토마를 보았다. 토마가 사제 쪽으로 다가가려고 하자, 손을 뻗어 오지 말라고 손짓했다. 사제는 멀찍이 서서 토마에게 틈이 있는 곳으로 안내하라고 말했다. 사제는 틈 주변으로 가서 틈의 크기와 위치 등을 꼼꼼히 관찰하고는 작은 유리병에 틈에서 새어 나오는 오수를 담아 코르크 마개로 입구를 막았다.

그 후 그는 나에게 가까이 와 내 몸 상태를 살폈다. 나는 그가 따뜻한 말 한마디 정도는 해줄 거라고 기대하며 그를 바라보았는데, 그는 아무 말도 하지 않았다. 나는 그의 눈을 바라보았다. 그의 눈에서는 죄인을 바라보는 단호하고 차가운 빛밖에 읽히지 않았다. 그에게 로아나 신의 이야기를 들은 것이 먼 옛날 일처럼 느껴졌다. 그는 책을 뒤적거리며 뺨의 상처와 비슷한 그림을 찾고는 이것이 틀림없이 틈병에 걸린 흔적이며 머지않아 거무스름한 흉터가 생길 거라고 말했다. 토마는 사제의 옷소매를 부여잡았다. 나는 몰라도 니나는 예배에 성실히 참여한 아이라고, 당신도 아시지 않느냐고, 그런데 어떻게 병을 주실 수 있느냐고. 사제는 자신도 어찌할 도리가 없다고, 한낱 인간이 신의 섭리를 깨달을 수는 없는 일이라고 말했다. 그는 우리가 마을에서 추방될 거라고 말했다. 무슨 방도가 없느냐고 묻는 토마에게 사제가 말했다. 운이 좋게도 최근에 구제 방법이 생겼다고. 여기서 가장 가까운 대도시 타나르의 수도원에서, 면죄수 의식을 받으면 된다고. 비록 약간의 헌금을 내야겠지만 그것으로 죄가 사하여진다면 좋은 일이 아니겠냐고.

나와 토마는 조상 대대로 이 마을에서 살았으며, 이곳을 떠나본 적이 없었다. 마을 밖은 미지의 세계였다. 이 마을에서도 살기 쉬웠던 것은 아니지만, 이곳에서 추방된다면 살아갈 방법이 없었다.

토마는 나를 데리고 가서 의식을 받고 마을로 돌아오겠다고 했다. 사제는 고개를 끄덕이며 그렇다면 돌아올 때까지 오두막을 태우지 않고 폐쇄한 채로 두겠다고 했다.

나는 일주일을 더 앓았다. 시간이 지나자 뺨의 통증도 구토도 열도 가라앉았다. 하지만 사제가 말한 대로 뺨에 흉터가 남았다.

우리는 타나르로 갈 채비를 했다. 우리는 가장 좋은 옷을 꺼내 입었다. 나는 푸른색 로브를 입었고, 토마는 진초록빛 상의를 입었다. 그리고 유일한 재산인 노새 한 마리를 끌고 짐을 챙겨 타나르로 향했다.

우리는 천신만고 끝에 타나르에 도착했다. 무척 굶주려 있었고, 강도를 만나 대부분의 짐과 노새도 빼앗긴 상태였다. 그러나 다행히 웃옷 안에 숨겨두었던 비상금은 남아 있었다.

타나르의 수도원은 도시 한복판에 있었고, 몹시 화려했다. 수도원 안의 성당은 증축 공사가 한창이었다. 수도원 부지에 있는 모든 건물이 태양 빛을 받아 환하게 빛났다.

도시는 성 이멜다 축일을 목전에 두고 있어 들뜬 분위기였다. 대로변에 화려한 행렬이 보였다. 나는 사람들의 이야기에 귀를 기울였다. 사람들은 행렬의 한가운데 있는 황금과 보석으로 치장된 작은 가마를 가리켰다. 저 안에 이멜다 성인의 손가락뼈 한 조각이 들어 있다고 했다.

우리는 수도원 정문으로 갔지만 바로 들어가지는 못했다. 문지기는 출신 지역과 여기 온 이유를 물었다. 토마가 피흐데레에서 면죄수 의식을 치르러 왔다고 하자 문지기는 우리를 아래위로 훑어보더니 쯧 소리를 내며 벽 쪽으로 대기 줄을 서라고 말했다.

우리는 줄 앞에 있는 사람들을 보았다. 모두들 얼굴이나 몸을 천으로 가리고 지친 듯 벽에 기대거나 땅바닥에 주저앉아 있었다. 동행인에게 몸을 의지하거나 지팡이를 짚은 사람도 있었다. 심지어는 나무 수레에 누운 채로 실려온 사람도 있었다. 물장수와 밥장수들이 대기 줄로 몰려와서 한

바탕 호객을 하고 갔다.

한나절을 꼬박 기다린 후에야 우리는 수도원 지부 안으로 들어갈 수 있었다. 그리고 반나절이 더 지나서야 면죄수 의식을 집전하는 별관으로 들어갈 수 있었다. 별관 안은 몹시 소란스러웠다. 대기 줄의 반대편으로 의식을 끝내고 돌아가는 사람들의 뒷모습이 보였다.

곧이어 내 차례가 왔다. 우리는 안내받은 방 안으로 들어갔다. 그곳은 대기 줄이 있던 곳과 다르게 무척 조용했고 엄숙했다. 유향 냄새가 공간을 가득 채우고 있었다. 벽에 길게 뻗은 스테인드글라스는 햇빛을 받아 바닥을 다채롭게 물들였다. 방 한가운데에는 커다란 로아나 신의 성상이 있었다. 피흐데레의 성당에서 보았던 석상과는 비교도 되지 않는 근사한 성상이었다. 성상 앞에 사제 둘이 서 있었다. 사제 하나는 성수가 든 아름답게 세공된 유리병을 들고 있었고 나머지 하나는 경전을 들고 있었다. 그들은 내 이름을 부르며 바닥을 가리켰다. 그곳에는 가장자리가 금실로 장식된 방석이 하나 놓여 있었다.

나는 방석 위에 꿇어앉았다. 사제가 유리병에 든 성수로 손을 적시고, 그 손으로 내 머리를 짚었다. 그러자 옆에 있던 사제가 경전을 낭송했다. 기도가 끝난 후, 사제는 유리병을 뒤집어 무언가를 꺼냈다. 펜던트가 달린 은색 실 목걸이였다. 그는 내 목에 목걸이를 걸어주며, 이것이 내가 면죄수 의식을 받았다는 증표라고 말했다.

흉터는 그대로였다. 내가 손으로 흉터를 매만지자, 사제가 한마디 덧붙였다. 흉터가 사라지지 않은 까닭은, 앞으로도 과거에 지은 죄를 떠올리고 올바르게 살라는 신의 가르침이라고. 하지만 죄는 사하여졌으니, 목걸이를 사람들에게 보여주면 원래 있던 자리로 돌아갈 수 있을 거라고 말했다. 이로써 의식은 끝이 났다. 어쩐지 마음이 가벼워진 것 같았다.

나는 기도문을 짧게 읊고 자리에서 일어났다. 몸을 돌리자 토마가 서 있는 것이 보였다. 그의 표정이 영 좋지 않았는데, 나와 눈이 마주치자 표정에서 그늘을 서둘러 걷어내고 미소를 지어 보였다. 그러고는 다른 사람에게 들리지 않게 "그렇게 좋으냐"고 작게 물었다. 내가 고개를 끄덕이자 그는 그걸로 됐다는 듯 고개를 끄덕였다.

방문을 나서며 토마는 헌금함에 가진 돈을 모두 넣었다. 헌금함 옆에 있던 사제가 우리를 보고 평안을 빌어주었다.

해가 뉘엿뉘엿 지고 있었다. 우리는 다음 날 아침에 마을로 출발하기로 했다. 수도원에서는 우리처럼 의식을 받으려고 멀리서 온 사람들을 위해 숙박을 제공하고 있었다. 우리는 검은 빵과 담요를 하나씩 받아 들고 안내받은 대로 2층의 계단 바로 옆방으로 갔다.

방은 무척 초라했다. 바닥의 냉기와 습기를 피하기 위해 짚 더미가 깔려 있었으나 구색 갖추기에 불과했다. 곰팡내와 시큼한 냄새가 났고, 문가에만 있었을 뿐인데 몸이 가려운 것 같았다. 상황이 상황인데도, 수십 명의 사람들이 엉겨 붙어 곯아떨어져 있었다. 나는 그들의 몸을 살폈다. 절반 이상이 이상한 반점이나 흉터로 뒤덮여 있었다. 그들의 목에는 모두 내가 받았던 목걸이가 걸려 있었다. 물론 흉터가 없는 사람 중에도 목걸이를 걸고 있는 사람들이 있었다.

이를 갈고 코를 고는 소리가 들려왔다. 우리는 안쪽으로 가지 못하고 문간에 대충 몸을 구겨 자리를 만든 다음 빵을 먹어치우고 바로 누웠다. 짚에서 배어 나는 지린내와 지푸라기 사이사이를 돌아다니는 쥐가 찍찍대는 소리에 쉬이 잠들지 못했다.

나는 눈을 감으려다가 쥐 한 마리가 주변을 돌아다니는 기분이 들어 다시 눈을 떴다. 쥐는 내 발치에서 빵 부스러기를 훔쳐 먹고 있었다. 나는 쥐를 쫓아내려고 발을 굴렀다. 하지만 쥐는 내 몸에 붙어 있는 한 조각의 빵 부스러기까지 놓치지 않겠다는 듯 무릎을 지나 옆구리로 기어올랐다. 쥐는 뭘 먹고 그렇게 컸는지 작은 강아지만 했다. 몸 위로 쥐의 불쾌한 중량감이 느껴졌다. 자리에서 확 일어나 쥐를 쫓아낼까 했지만 한번 바닥에 눕자 피로가 들러붙어 쉬이 몸을 일으킬 수 없었다. 나는 쥐가 부스러기를 다 먹고 다른 곳으로 가버리기를 바라며 가만히 누워 있었다. 하지만 쥐는 이제 가슴팍까지 올라와 있었다. 그러다 예상치 못한 일이 벌어졌다. 내 목덜미를 훑으며 입가에 묻은 빵 조각을 향해 기어오르던 쥐의 몸통이 목걸이와 목 사이에 걸려버렸다. 목걸이 줄이 팽팽해졌다. 그러자 쥐가 깜짝 놀라 달아나면서 목걸이의 걸쇠 부분이 끊어졌다. 나는 피곤한 것도 잊고 벌떡 일어났다. 쥐의 앞발과 귓바퀴에 목걸이 줄이 걸려 있었다. 나는 쥐를 쫓아 복도 밖으로 뛰쳐나갔다.

쥐는 귀를 팔랑이며 전속력으로 달렸고, 나 또한 쥐를 놓치지 않으려고 있는 힘껏 내달렸다. 쥐는 복도를 내달려 계단을 내려갔다. 나선형 계단 벽에서 창문이 사라지자 나는 이곳이 지하임을 알아차렸다. 벽에 매달려 있는 횃불이 희미하게 지하 공간을 밝히고 있었다. 그러다 멀지 않은 곳에서 펜던트 떨어지는 소리가 났다. 나는 그쪽으로 갔다. 쥐는 사라졌고 목걸이가 땅바닥에 놓여 있었다. 나는 목걸이를 주워 목에 걸고 끊어진 부분은 매듭을 지어 묶었다.

그제야 스산한 기분이 들었다. 이곳이 어디인지 몰랐다. 나는 어둠 속에 가만히 서 있었다.

눈이 어둠에 적응하자, 가운데에 큰 복도가 있고 양옆에 관이 들어 있는 작은 방이 늘어서 있는 것이 보였다. 나는 이곳이 지하 무덤임을 깨달았다. 그때, 복도 안쪽에서 비명 소리가 들려왔다. 그것은 사람이 내는 소리 같았다.

머리가 쭈뼛 섰지만 호기심이 앞섰다. 나는 소리가 들린 쪽으로 걸음을 옮겼다. 직선으로 뻗어 있던 복도는 한참을 가자 오른쪽으로 꺾였다. 코를 찌르는 유향 냄새가 이곳에 심상찮은 무언가가 있다고 경고해 주었다.

작은 방들에는 예외 없이 쇠창살이 쳐져 있었다. 나는 그 사이로, 절망의 빛을 뿜어내는 여러 쌍의 눈을 보았다. 그러나 어둠 속에 잠겨 있었기 때문에 그들의 정체가 무엇인지 알 수 없었다. 비명 소리는 조금 더 커졌고, 아까는 들리지 않던 작은 목소리와 바람을 가르는 채찍 소리와 철제 연장이 부딪치는 소리가 들려왔다. 복도 끝은 벽에 달린 횃불과 커다란 화로로 주변이 환하게 밝았다. 나는 기둥 뒤에 몸을 숨기고 복도 끝에 무엇이 있는지를 살폈다.

그곳엔 한 남자가 의자에 묶여 비명을 지르고 있었다. 그는 피와 땀을 잔뜩 흘린 채로 심하게 떨고 있었다. 그 사람 앞에 나무로 만든 입식 독서대가 우뚝 놓여 있었다. 고문을 받고 있는 것처럼 보였다. 의자 근처에 채찍을 든 사제가 서 있었다. 가까이에 있는 책상 앞에 사제 한 명이 더 앉아 있었다. 밀랍 판에 무언가를 적고 있는 그의 발치엔 커다란 은대야 하나가 덩그러니 놓여 있었다.

의자에 묶인 남자는 숨을 헐떡이며 어눌한 발음으로 “나는 이 문자를 읽지 못한다”고 외쳤다. 그러자 채찍 소리가 들려왔고, 바로 “거짓말하지 말아라, 악마야”라는 소리가 이어서 들려왔다.

나는 놀라 남자의 몸을 다시 살폈다. 잡혀 있는 건 사람이 아니었다. 그는 뿔도 꼬리도 가지고 있지 않은, 그야말로 경전에서 묘사하는 악마의 모습 그 자체였다. 그는 얼굴과 목과 팔에 심한 흉터가 있었다. 흉터의 색은 내 것과 비슷해 보였다. 사제는 악마를 고문하고 있었다. 그렇다면 쇠창살 안에 있는 존재들도 전부 악마일지도 몰랐다.

채찍을 든 사제가 말했다. “순순히 읽지 않으면, 너도 방금 끌려 나간 저 악마처럼 죽게 될 거다.” 그러자 악마가 애원했다. “우리는 악마가 아니야. 우리야말로 사람이야. 목숨을 걸고 맹세하건대, 이 문자를 몰라.” 그러자 사제가 채찍을 휘두르며 말했다. “악마는 동료 따위 없지. 게다가 악마가 틈에서 나온 악마의 책을 읽지 못하는 것은 말도 안 되지 않은가.”

나는 일련의 대화를 들으며, 악마가 거짓말을 하고 있다고 생각했다.

은대야 위로 물이 한 방울씩 떨어지고 있었다. 물에서는 악취가 풍겼다. 나는 물방울이 떨어지는 지점을 찾아 고개를 들었다.

천장에 가까운 허공에 생긴 틈에서 검은 오수가 뚝뚝 떨어지고 있었다. 틈은 양팔을 쭉 뻗었을 때의 길이 정도였다. 이상했다. 틈은 성스러운 공간에는 생기지 않는 법이었다. 하지만 분명히 저건 구리색의 틈 입구였다.

그때, 누군가 뒤에서 내 어깨를 두드렸다. 소리를 지를 뻔했지만, 가까스로 참았다. 토마였다. 오빠가 나의 부재를 알고 여기까지 쫓아온 것이었다. 돌아가자고 말하는 그에게 나는 손가락으로 틈을 가리키며 보라고 했다. 그러나 토마는 재차 팔을 잡아당겼다. 나는 토마의 말을 따르기로 하고 출입구로 발걸음을 옮겼다.

하지만 책상 앞에 앉아 있던 사제가 우리의 인기척을 듣고 이쪽으로 뛰어왔다. 우리는 그에게 잡히고 말았다. 비밀스러운 광경을 목격했으니 죽임을 당할지도 모르겠다고 생각했다. 공포가 엄습했다. 나는 살려달라고 외쳤다. 사제가 나지막하게 말했다. "너희가 여기에 들어온 이상 그냥 나갈 순 없다. 여기에서 죽을 건지, 살아 나가는 대신 평생 악마의 내통자라는 낙인이 찍힌 채 도망자로 살아갈 건지 선택해라."

토마가 침착하게 말했다. "동생은 아무것도 못 봤어요. 그러니 나만 잡아가세요." 그러나 사제는 두 손에 더 힘을 주어 우리가 빠져나가지 못하게 고쳐 잡았다. 그러자 토마가 화를 참지 못하고 외쳤다. "왜 수도원에 틈이 있죠, 당연히 없어야 하는 거 아닌가요, 거짓말하는 건 당신들이 아닌가요?"

그때, 다시 은대야에 물줄기가 쏟아지는 소리가 들려왔다. 사제와 토마와 나는 일제히 허공을 올려다보았다. 틈은 아까와는 달리 주변부가 조금 부풀어 올라 있었다. 마치 안쪽에서 거대한 무언가가 빠져나오려 하는 것처럼 보였다.

틈 주변은 점점 부풀어 오르더니, 곧 양 끝이 험하게 찢어졌다. 틈새에서 크고 검은 무언가가 빠져나오려 하고 있었다. 그것은 흑마의 머리였다. 거대한 머리가 입을 쩍 벌리고 커다란 소리로 울부짖었다. 지옥의 짐승이 내지르는 소리가 지하 공간을 쩌렁쩌렁 울렸다.

이윽고 틈 밖으로 흑마의 앞발과 몸통이 튀어나왔다. 그것의 두 눈은 우리를 응시하고 있었다. 사제는 놀라 나와 토마를 놓쳤고, 우리는 그 틈에 출구를 향해 도망쳤다. 사제도 우리를 뒤따라 도망쳤다. 나는 잠시 뒤를 돌아보았다. 짐승의 두툼한 몸통이 보이더니, 이제는 뒷발 두 개가 빠져나오고 있었다. 짐승은 몸집이 거대했기에 뒷발을 버둥거리면서도 출구 방향으로 몸을 길게 내뺄 수 있었다. 나는 짐승이 생각보다 가까이 있다는 생각에 겁에 질려 균형을 잃고 넘어지고 말았다.

틈에서 완전히 빠져나온 짐승은 사제에게 다가가 입을 벌렸다. 그러고는 투명하고 끈끈한 타액을 뿜어냈다. 머리와 상반신이 타액으로 뒤덮인 사제는 비틀거리며 고통스러운 비명을 질러댔다. 사제의 피부가 녹아내리고 있었다.

감옥에 갇힌 자들의 비명 소리가 들렸다. 짐승의 머리는 우리 쪽을 향하고 있었다. 그때, "부정한 것아, 죽어라!"라고 외치는 소리에 짐승이 몸을 돌렸다. 아마도 채찍을 들고 고문하던 사제의 목소리인 듯싶었다. 뒤이어 무엇인가 부러지는 소리가 났다. 목소리는 더 들리지 않았다.

다시 짐승이 고개를 돌렸다. 그것은 나를 보고 입을 벌리며 포효했다. 도망가야 하는데 몸이 움직이질 않았다. 내 쪽으로 타액이 날아오는 것이 보였다. 나는 눈을 질끈 감았다. 죽음의 공포에 직면해서일까, 짐승과 나 외에 아무것도 느껴지지 않았다. 모든 것이 아득하게만 느껴졌다.

눈을 떴을 때 나는 토마의 품속에 안겨 있었다. 내가 눈을 뜨자 토마가 안도의 미소를 지었다. 토마의 등에서 김이 나고 있었다. 나는 토마의 이름을 불렀다. 토마는 고통 속에서 나를 쳐다보고 더듬더듬 말을 이어나갔다. "날 이용해. 그래서 끝까지 살아남아 기회를 잡아."

내가 뭐라고 물어볼 새도 없이 상황은 급박하게 돌아갔

다. 토마는 나와 정반대 방향으로 뛰어갔다. 그는 바닥에 나뒹구는 횃불 하나를 주워 짐승에게 던져 일부러 짐승을 유인하고 있었다. 짐승은 화가 난 듯 앞발을 쳐들고 뒷발로 섰다. 그 바람에 천장에 금이 가기 시작했다. 무너진 천장 틈새로 본당이 보였다. 자애롭게 미소 짓고 있는 로아나 신의 석상과 공포에 질려 도망가는 사제와 신도들이 보였다. 호기심 많은 몇몇 신도는 도망가는 대신 이쪽을 내려다보았다. 그러나 이내 짐승이 있다는 것을 보고 사색이 되어 뒷걸음질 쳤다.

짐승은 토마를 입으로 물었다. 그러고는 무너진 천장에, 그러니까 본당 바닥에 패대기쳤다. 일격에 죽이기보다는 충분히 놀리다가 죽일 심산인 듯했다. 그리고 짐승은 계단을 올라가듯, 잔해를 디디며 본당으로 난입했다.

나 또한 그 뒤를 쫓아 깨진 천장을 밟고 지상으로 올라갔다. 토마는 바닥에 널브러져 있었다. 숨을 쉬고 있었으나 움직일 수는 없는 것 같았다. 자길 이용하라고, 기회를 잡으라고 했던 토마는 이제 다른 사람과 다르지 않게 공포와 고통에 짓눌려 있었다. 짐승은 앞발로 그의 몸을 이리저리 굴리다가 움직이지 않자 한입에 삼켜버렸다.

나는 주변을 둘러보며 짐승을 공격할 만한 것을 찾았다. 제대에는 축일 예배 준비를 위해 여러 가지 전례 용구가 놓여 있었는데, 그것들이 내겐 무기처럼 보였다. 나는 가운데에 놓여 있는 큰 황금색 성광의 손잡이를 한 손으로 들어 올렸다. 태양처럼 생긴 성광의 머리는 가장자리가 뾰족하게 세공되어 있었다. 나는 숨을 깊이 들이마신 뒤 황금색 성광을 들고 짐승에게 뛰어올라 서슴없이 목덜미를 공격했다. 짐승은 머리를 세차게 흔들어 나를 떨쳐냈다. 나는 쿵 소리가 날 정도로 바닥에 머리를 세게 부딪쳤다. 토할 것같이 어지러웠고, 귀에서는 이명이 들렸다. 뒤통수에 따뜻하고 진득한 것이 흐르는 게 느껴졌다. 하지만 나는 다시 한번 짐승의 머리에 달려들어 뾰족한 성상 끝으로 왼쪽 눈을 찔렀다.

문을 열고 경비병들이 쏟아져 들어왔다. 그들은 창과 검을 들고 짐승을 공격했다. 피투성이가 된 나는 그들을 보다가 곧 정신을 잃었다.

깨어난 곳은 수도원 안의 병실 침대였다. 사제 하나가 내가 깨어난 것을 보고는 사람들을 부르러 갔다. 나는 흰옷으로 갈아입혀져 있었고, 머리에 붕대를 감고 있었으며, 여전히 은색 목걸이를 하고 있었다. 침대 옆 협탁에 천 뭉치가 있었다. 그것은 내가 입고 온 로브였는데, 짐승의 피로 물들어 원래 색을 알아볼 수 없었다. 그리고 2층 방에 두고 나온 낡은 가방 두 개도 옆에 놓여 있었다.

나는 창밖을 보았다. 본당은 멀쩡해 보였지만, 사람들이 바닥 잔해를 실은 수레를 끌고 가는 것이 보였다. 짐승의 등장은 꿈이 아니라 현실이었다.

도대체 무슨 일이 일어났는지 알 수가 없었다. 왜 그곳에서 사제들이 악마를 고문하고 있었던 것인지, 왜 신성한 공간에 틈이 있었는지, 그 짐승은 대체 무엇이었는지…….

나는 괴로울 때마다 항상 기도를 해왔기에 이번에도 두 손을 모았다. 로아나교는 세상을 이해하는 기반이었다. 나는 기도문을 외우려 했다. 하지만 한 줄도 떠오르지 않았다. 기회를 잡으라던 토마의 목소리만이 머릿속을 꽉 채우고 있었다.

사제가 와서 나의 상태를 살폈다. 나는 떨리는 목소리로 토마와 짐승에 대해 물었다. 그는 내가 의식을 잃은 직후 경비병들이 짐승의 목숨을 끊었다고 했다. 짐승은 불에 태워졌고 토마도 짐승의 배 속에서 함께 태워졌을 거라고 했다.

토마가 떠났고, 나 혼자 남겨졌다는 사실이 믿어지지 않았다. 앞으로 내 앞에 어떤 일이 펼쳐질지 두려워졌다. 악마를 고문하던 사제는 나와 토마를 잡아 죽이려 했다. 우리는 그곳에서 틈과 틈에서 나온 짐승을 보았다. 또한 나는 짐승을 죽이려고 사제도 함부로 만질 수 없는 제대의 성광을 휘두르는 신성모독을 저질렀다.

며칠 후, 기운을 되찾고 몸도 많이 회복한 나는 수도원 내의 작은 방에서 심문을 받았다. 열 명이 넘는 나이 지긋한 사제들이 나무 책상 하나를 사이에 두고 나와 마주 보았다. 그들은 질문에 앞서 내 얼굴을 빤히 바라보더니, 한마디씩 했다. 생각보다 너무 어리다느니, 출신 마을에서도 신앙심이 아주 높았다는 평판이 있다느니, 흉터가 있어도 아름다운 용모라느니, 순진하게 생겼다느니, 일자무식인 소작농의 딸이라느니, 지금은 고아라느니 따위의 이야기였다.

나는 고개를 숙여 앞에 놓인 테이블을 보았다. 반질반질하게 닦인 나무 표면에 내가 비춰 보였다. 바싹 마른 어깨와 한쪽 뺨에 있는 커다란 흉터가 불쌍하고 볼썽사나워 보였다.

가장 앞에 있는 늙은 사제가 간밤에 무슨 일이 있었는지 기억하느냐고 물었다.

대답을 들어야 하는 것은 내 쪽이었지만 그 생각을 입 밖에 내진 않았다. 무슨 이야기를 해야 할지 몰라 가만히 있자, 한 노사제가 혀를 차며 어린 여자애가 충격을 받은 모양이라고 했다.

다른 노사제 한 명은 생각나는 것부터 천천히 답해보라며 나의 이름과 출신, 부모에 대해 물었다. 그리고 성당엔 언제부터 나갔는지, 기도문을 외울 수 있는지 물었다. 그리고 마지막에는 토마에 대해 물었다. 지하에서의 사건과 토마에 대해서는 최대한 말을 아끼는 것이 좋을 것 같았다. 나는 그날 밤에 무슨 일이 일어났는지 모르겠고, 토마에 대해서도 잘 기억나지 않는다고 말했다.

그러나 그들은 포기하지 않고 질문을 쏟아부었다. 어떤 대답을 해야 살아남을 수 있을지 알 수 없었다. 나는 토마를 떠올렸고, 미안하지만 토마에게 모든 죄를 뒤집어씌우기로 했다. 그것은 토마가 원했던 일이기도 했다.

토마는 신앙심이 깊은 자였는가? 나는 아니라고 답했다. 지하로 가자고 널 부추긴 것은 토마였는가? 나는 그렇다고 답했다. 나는 그 질문과 답변 속에서 로아나교를 신실하게 믿고 있고, 그날 밤 사건에 대해 잘 기억하지 못하며, 공포에 휩싸여 무슨 일이 벌어졌는지 이해하지 못하는 어리고 순진한 시골 소녀인 척했다. 물론 나는 그런 소녀와는 거리가 멀었지만.

살아남아 기회를 잡아야 했다. 이렇게 죽기에는 너무 궁금한 것이 많았다. 정보를 얻기 위해서는 수도원 안으로 들어가야 했다. 그러기 위해선 그들이 듣고 싶어 하는 이야기를 해야 했다.

나는 갑자기 무언가가 생각났다는 듯 입을 열었다. 짐승을 죽였던 상황이 어렴풋하게 기억난다고. 짐승의 얼굴을 보자마자 놀라 도망치고 싶었다고. 하지만 발이 떨어지지 않았다고. 두려웠던 나는 마음속으로 기도문을 외웠고, 그러자 용기가 생겨 저 부정한 것을 죽여야겠다는 생각이 들었다고. 정신을 차리고 보니 나는 본당에서 짐승을 죽이고 있었다고. 이야기를 듣던 노사제 몇 명의 눈썹이 꿈틀거렸다.

나는 간청했다. 나는 이번 일을 계기로 로아나 신과 지옥이 실존한다는 것을 진정으로 깨달았다고, 허락해 주신다면 사제의 길을 걷고 싶다고. 비록 틈병으로 얻은 흉터가 남아 있지만, 정화수 의식을 치렀다고.

나는 이 청이 쉽게 받아들여지지 않을 것을 알았다. 그도 그럴 것이 나는 한 번도 틈병 흉터가 있는 사제를 본 적이 없었기 때문이었다.

한 노사제가 내게 글을 읽고 쓸 줄 아느냐고 물었다. 노사제 몇 명이 웃음을 터뜨렸다. 소작농의 딸이 어떻게 글을 알겠느냐는 비웃음이었다. 그렇게 믿으라지. 그들이 조소하는 동안 나는 내가 계획한 일을 하나씩 해낼 것이었다. 나는 글을 모르지만 가르쳐주시면 열심히 배우겠다고 말했다. 비웃던 노사제들이 나의 진지한 표정을 보고 웃음을 멈추었다. 노사제들은 진지하게 머리를 맞대고 조용한 목소리로 이야기를 나누었다.

잠시 후, 한가운데 있던 노사제가 고개를 끄덕이며 말했다. 이제 한시 빨리 글을 배워야 할 거라고. 그 말인즉슨, 내가 사제가 되는 길을 밟게 되었다는 뜻이었다.

나는 감사 인사를 했다. 다만 너무도 쉽게 간청이 받아들여졌다는 생각을 지울 수 없었다. 어쩌면 나를 자신들의 손아귀 안에 두고 지켜보려 하는 것 같기도 했다. 그들은 여차하면 나를 움켜쥐어 쥐도 새도 없이 죽여버릴 수도 있었다. 하지만 목숨을 부지했을 뿐 아니라 수도원에 받아들여지기까지 했으니 성공한 셈이라고 나는 스스로를 다독였다.

심문이 끝나고 수도원 지부 안에서 대기하라는 명이 내려졌다.

나는 본당의 제단 앞으로 가보았다. 무너진 바닥 주변에는 통행금지 울타리가 쳐져 있었는데, 내 기억보다 붕괴된 면적이 작은 것으로 보아 그간 보수가 많이 이루어진 듯했다.

나는 근처의 장의자에 걸터앉았다. 끔찍했던 그날 밤의 기억이 선명히 떠올랐다. 예닐곱 명의 신자들이 장의자에 앉아 있었다. 의도치는 않았으나 그들의 말을 엿들을 수 있었다. 그들은 그날 밤의 일을 이야기하고 있었다. 그들은 성 이멜다 축일 전날, 이곳에서 한 소녀가 지옥에서 나온 짐승과 싸워 이겼다고 말했다. 나는 후드를 덮어쓰고 그들의 말을 잠자코 들었다.

빰에 틈병 흉터가 있고 면죄수 의식의 증표인 목걸이를 한 소녀가 로아나 신의 성상 앞에서 짐승의 눈을 찔렀다고도 했다. 소녀는 입고 있던 푸른 로브가 피로 푹 젖을 때까지 짐승을 공격했다고 했다. 그리고 정신을 잃은 소녀를 사제들이 데려갔다고 했다. 이야기가 너무도 극적이어서 믿지 않는 사람도 있었다. 그러나 한 신자가 자기 지인이 당시 이곳에 있었다고, 저기 저 무너진 바닥을 보라고, 그 일은 진짜였다고 말했다.

그들이 말하는 소녀는 나일 터였다. 사람들의 이야기에 내가 오르내리는 것이 신기하고 이상했다. 이야기 속에서 나는 무척이나 용맹했다.

누군가 말했다. "그런데 짐승은 어떻게 지하에 나타난 거지? 신성한 장소에는 틈이 생기지 않잖아?" 그러자 다른 목소리가 악마가 억지로 찢어 만든 거라고 말했다. 사제님들에게 물어봤는데 짐승이 본당에 왔을 때 입에 물고 있었던 그 악마가 틈을 찢었다고 했다. 악하기 그지없는 짐승이 주인도 못 알아보고 악마를 물어 죽였다는 것이었다. 그렇게 커다란 틈을 신성한 장소에 만들 수 있는 것을 보면 보통 악마가 아닐 거라고 했다. 현재 그 틈은 사제들의 의식으로 아무것도 새어 나오지 않는다고 했다.

나는 귀를 의심했다. 그들은 토마를 악마로 지칭하고 있었다. 그들은 사제에게서 이야기를 전해 들었다고 했다. 와전이 아니라, 명백하게 의도된 소문이었다. 사제들은 당시 상황을 자신들 마음대로 재구성했다. 감히 신성한 공간에 틈이 있다고 사실대로 말할 수는 없었으리라. 하지만 짐승이 틈을 찢었다고 이야기할 수도 있었는데, 그렇게 하지 않은 이유가 무엇일까. 어쩌면 그들이 재구성하려는 이야기에 토마가 악마로 설정되는 편이 용이해서였을까.

나는 한동안 자리를 떠나지 않고 신자들의 이야기를 더 엿들었다. 그들 모두가 토마의 이야기를 하고 있었다.

사제 수련생 생활이 시작되기 전에 나는 사제들에게 글을 배웠다. 나는 글을 하나도 모르는 사람인 척 수업에 참여했고, 글을 빨리 알아가는 척 굴었다. 그들은 나의 학습 능력을 두고 기적이라고 말했다. 하지만 사실 기적 같은 게 아니었다.

수련생 생활이 시작되자 나는 수련생 몇몇과 인사를 주고받는 사이가 되었지만, 자유시간에 사적으로 만나는 등의 깊은 사교 활동은 하지 않았다. 나는 쥐 죽은 듯 조용히 지냈다. 튀지 않기 위해 노력했다. 기도 시간에는 기도를 했고, 경전 연구와 종교 역사 시간에는 선생의 말을 경청했다. 이 시기에 나는 수도원 곳곳을 탐색했다. 어느 곳에 누가 있는

지, 각 장소의 책임자는 누구이고 드나드는 사람은 누구인지 파악했다. 그러나 수련생 신분으로는 수도원의 모든 곳에 가볼 수 없었다.

나는 수도원 어디에 있든지 나를 쳐다보는 시선과 수군거림을 느꼈다. 사제들이 나를 보고 있다는 것은 처음부터 느꼈는데, 나를 향한 수련생들의 시선도 따가웠다. 나는 수련생 중에 유일하게 틈병 흉터가 있었다. 그 때문에 눈에 띄지 않으려고 해도 주의를 끌 수밖에 없었다.

또한 성 이멜다 축일 전날 밤 일에 대해 아는 사람도 있었다. 처음에는 몇 명만이 알아채는 듯했는데 소문은 발 없는 말과 같아서 얼마 지나지 않아 수련생 전원이 알게 되었다. 그들은 직접적으로 나에게 말을 걸지는 않았지만 삼삼오오 모여 수군거렸다. 나는 그런 소문이 떠도는 것 따위는 안중에도 없었다. 나에게는 해야 할 일이 있었다.

한 학기가 지나자 수련생들은 면죄수 의식을 치르러 수도원에 찾아온 사람들의 인적 사항을 정리하고, 면죄수가 담긴 유리병과 목걸이를 나르고, 헌금함을 나르는 일에 투입되었다. 나는 면죄수 의식에 보조로 참여하라는 이야기를 들었다. 말이 보조이지 실상 내가 하는 일이라곤 의식을 집전하는 사제 옆에 서 있다가 유리병을 건네주는 것이 전부였다.

나는 사제들이 나를 그곳에 세워놓는 이유를 알 것 같았다. 나는 틈병에 걸렸던 사람도 죄 사함을 받을 수 있고, 더 나아가서는 사제도 될 수 있다는 것을 보여주는 증표였다.

때때로, 의식을 받으러 온 사람이 소문을 들었다며 나에게 알은체하는 경우도 있었다.

나는 조용히 주어진 일만 계속했다. 내가 별 탈 없이 묵묵히 일하자, 사제들과 다른 수련생들의 시선도 점점 열어졌다. 그것이 내가 바라던 일이었다.

수련생 시절 내가 가장 열중했던 학문은 '틈학'이었다. 틈의 역사와 틈에서 흘러나오는 지옥의 존재들, 오수의 종류와 독성, 틈병의 종류와 증상에 대해 배웠다. 틈학 선생은 틈이 우리나라뿐 아니라 다른 나라에도 있다고 했다. 그는 자랑스러운 미소를 지으며 각 나라와 문화권과 종교에서 연구가 이루어지고 있지만, 로아나교만큼 연구와 자료 수집이 이루어진 곳은 없다고 했다. 그도 그럴 것이 로아나교 교리의 핵심이 틈과 밀접하게 관련되어 있었다.

틈은 인간이 이 세상에서 살아가기 시작할 때부터 곳곳에 존재했다. 인간은 완전무결한 피조물이 아니기에 죄를 지었고, 로아나 신은 사랑하는 인간을 선한 방향으로 이끌어야 했다. 그는 지옥과 연결된 틈을 만들고 오수를 흘려보냈다.

죄인에게는 틈병이 생겼다. 그것은 죄를 지은 자에 대한 로아나 신의 징벌이었다. 죄인은 틈병이 발병한 것을 보고 느끼며 자신의 죄를 반성해야 했다.

커다란 틈에서는 형태를 가진 물건이나 짐승이나 인간의 형상과 유사한 악마가 나올 때도 있었다. 짐승이나 악마는 보통 시체로 발견됐지만 극히 드물게 살아 있을 때도 있었다. 로아나교에서는 이렇게 지옥의 생물이 틈에서 나오는 것은 지상 정복을 위한 지옥왕의 야심 때문이라고 했다.

로아나교는 구세주의(救世主義) 종교이지만, '틈을 닫는 자'가 언젠가 탄생할 거라고 믿고 기다리는 종교와는 달랐다. 틈을 닫는 자는 로아나 신이 이 땅에 모든 틈을 닫기에 적합하다고 여기는 순간에 나타난다고 했다. 틈을 닫는 자는 '태어날' 수도 있고 갑자기 '깨어날' 수도 있었다. 즉, 혈통의 문제가 아니라는 점이 다른 종교와의 차별점이었다. 평신도 중 신분, 성별, 출신지에 상관없이 틈병에 걸리지 않은 사람이라면—이 교리는 면죄수 의식이 생겨난 이후로, 틈병에 걸렸어도 의식을 치러 죄 사함을 받은 사람도 포함된 것으로 변경되었다—누구나 틈을 닫는 자가 될 수 있었다. 나의 이웃 혹은 내가 틈을 닫는 자일 수도 있었다. 그가 틈을 닫는 순간 지상에 낙원이 도래한다고 했다. 그것이 언제일지는 알 수 없었다. 미물에 불과한 우리는 신이 하시는 일의 전체를 모두 헤아릴 수 없으니까.

사제에겐 틈을 닫는 자가 세상에 나타났을 때 도와야 하는 사명이 있었다. 비록 사제의 힘은 틈을 닫는 자와 비교도 안 될 정도로 미약하겠지만, 사제가 보조한다면 틈을 닫는 자가 자신의 힘을 효율적으로 펼치기에 훨씬 수월할 것이었다. 그러기 위해서 사제들은 틈에 대한 지식을 알고 있어야 했다. 틈을 연구하고, 틈에서 나오는 것을 수집하는 까닭은 이 때문이었다.

또한 신도들은 죄를 짓지 않고 마음을 건전하게 가지며 기도에 힘써야 했다. 그들의 죄악은 틈을 불러오기 때문이었다. 틈은 어디에서나 나타났다. 나무다리 한가운데도, 오두막 지붕에도, 우물가에도, 굴러다니는 돌멩이의 표면에도, 오래된 성벽에도, 깊은 숲속 나무 줄기나 잎사귀에도, 그냥 맨땅이나 허공에도 어느 날 갑자기 구리색 틈이 생겨났다. 그것은 앞뒤 좌우로 보아도 똑같은 형태를 유지했다. 틈의 길이는 눈에 보이지 않을 정도의 작은 크기에서부터 사람 키보다 긴 것까지 다양했다. 틈에서는 대부분 악취가 나고 오수가 흘러내렸다. 오수는 어떤 때는 맑게, 어떤 때는 탁하고 검거나 붉게 나왔다.

틈과 접촉한 사람 중에는 갑자기 즉사하거나 원인 모를 병을 앓는 사람들이 있었다. 로아나교는 사람이 틈 자체 혹은 틈의 부산물에 접촉한 이후 증상—죽거나, 흉터가 남거나, 영구적인 신체장애나 정신장애가 생긴 경우—이 나타나면 틈병에 걸렸다고 말했다.

나는 틈학을 공부하며 사제들이 연구를 위해 얼마나 다양하게 노력해 왔는지를 보았다. 진실이라고 유력하게 채택된 가설에서부터 채택되지 않아 잊힌 가설까지. 틈학 책 속에는 실로 많은 생각들이 살아 숨 쉬고 있었다. 하지만 그것들은 한 가지 전제를 기본으로 했다. 틈이 지옥과 연결되어 있고, 틈병에 걸리는 사람은 죄인이라는 것이었다. 어떤 가설에서나 흔들리지 않는 전제 조건이었다. 틈학 선생은 각 마을 성당의 사제들이 하는 일에 대해서도 말해주었다. 그들은 매주 예배를 집전할 뿐 아니라 마을과 인근 숲에 있는 틈의 개수와 크기, 틈에서 새어 나오는 물질에 대해 조사했다. 또한 틈이 커지거나 틈에서 독성이 흘러나오지 않도록 열흘에 한 번씩 유향을 피우고 경전을 읽는 의식을 한다고 했다.

새로 생겨난 틈과 틈병 환자를 조사하고, 마을의 관례대로 추방하거나 정화수 의식을 받을 수 있다고 안내하는 것도 사제의 일이었다. 예전에는 틈병에 걸린 사람들은 추방할 수밖에 없었는데, 정화수 의식이 생기면서 구제받을 길이 열렸다.

수업은 보통 양피지 교재 한 권을 서로 돌려보며 선생의 설명을 듣는 형식으로 진행되었다. 교재의 페이지마다 틈에서 나온 물건을 직접 보고 묘사한 그림이 빼곡하게 그려져 있었다. 뒤편에는 물건 표면에 새겨진 표식을 따로 그려둔 장이 있었다. 해골 표식처럼 한눈에도 위험해 보이는 것이 있는 반면, 노란 배경에 세 개의 검은 부채꼴 모양이 작은 원에서 만나는 표식처럼 의도를 전혀 파악할 수 없는 것도 있었다. 때로는 선생이 '틈 보관소'에서 가져온 것들을 보여주기도 했다.

어느 날 수련생 하나가 손을 들어 그것들이 살아 있으면 어떻게 하느냐고 물었다. 선생이 건조하게 말했다.

"사람들을 공격해서 어쩔 수 없이 죽이게 되기도 하지만 보통은 생포해서 각 지역 수도원 지하로 데려옵니다. 사체도 마찬가지고요. 그것 또한 사제의 일 중 하나입니다." 그는 말을 이어갔다. "다음 시간에 할 실습에 대해 자연스럽게 소개하게 되었군요. 제가 짜둔 대로 여러분은 2인 1조를 이루어서, 각 마을로 파견될 겁니다. 거기 마을에 가서 최근에 틈에서 밀려 나온 물건을 마을 사제에게 전달받아 가지고 오면 됩니다."

우리 조가 맡은 물건은 책이었다. 선생은 우리가 책을 가져오면 어떤 보존 과정을 거쳐서 틈 보관소의 서고에 보관되는지 보여주겠다고 했다. 선생은 이 일을 너무 쉽게 생각해서 긴장을 풀진 말라고 경고했다. 틈에서 나온 것들을 눈독 들이는 자들이 있다고 했다. 이상한 실험을 일삼는 연금술사, 사람들을 등쳐먹고 사는 점성술사, 싸구려 물약을 파는 약장수, 독 제조가, 기이한 수집 취미를 가진 귀족을 상대로 틈에서 나온 것들을 파는 상인 등등. 이들은 보통 숲속에 숨어 있다가 사제들이 방심했을 때를 틈타 물건을 몰래 훔쳐 간다고 했다.

나는 지하에서 고문받던 악마를 떠올렸다. 그는 책을 읽으라고 강요받고 있었다. 악마에게 책을 읽히려고 했다면, 그것은 그만이 읽을 수 있기 때문이리라. 우리가 가져와야 하는 책도 그런 종류의 것인가 싶었다. 사제의 길을 걷기 시작한 지 3년, 비로소 그날의 진실에 조금 가까워진 듯했다.

나는 동기와 함께 나귀를 타고 마을로 갔다. 도시와 농지와 평원을 지나친 지 얼마 되지 않아 험한 산길이 이어졌다. 날씨는 몹시 더웠고 소나기가 자주 내렸다. 설상가상으로 산 중턱에 다다랐을 때 산사태가 나 원래 가려던 길이 사라지고, 식량까지 잃었다. 우리는 숲을 빙 돌아가야 했다.

우리는 모닥불을 켜고 옷을 말렸다. 나는 먹을 것을 좀 구해 오겠다며 동기에게 불을 지키고 있으라고 말하고 숲을 탐색했다. 초여름이라 야생딸기가 지천으로 열려 있었다.

나는 딸기를 따서 가죽 주머니에 담았다. 그런데 그때, 가까운 곳에서 인기척이 들렸다. 선생이 말했던 도적들일까? 나는 덤불 속에 몸을 숨기고 기척이 난 곳을 바라보았다. 목소리가 들려왔다.

"난 너를 만나기 위해 왔어."

낯선 목소리였다. 발음이 유창하지 않은 것으로 봐서 외국인 같았다. 도대체 누구지? 나를 찾아왔다고? 목소리는 부드럽고 차분했다. 위험할 수도 있었지만 나는 호기심을 못 이기고 모습을 드러냈다.

나는 그를 보자마자 손에 들고 있던 가죽 주머니를 놓쳤다. 애써 주워 모았던 딸기가 바닥에 흩뿌려졌다.

그는 악마였다. 인간이라면 있어야 할 뿔과 꼬리가 없었다. 틈학 선생은 악마를 발견하면 수도원으로 생포해 와야 한다고 했다. 하지만 악마는 나보다 체구가 컸다. 나는 혼자였으며 공격할 만한 무기도 없었다. 나는 악마의 얼굴을 살폈다. 그는 얼굴과 목에 잿빛 흉터가 있었고, 팔에 채찍에 맞은 흉터가 길게 나 있었다. 어쩐지 얼굴이 낯익었다. 그는 성 이멜다 축일 전날 밤, 지하에서 고문을 당하던 악마였다. 악마는 자신을 기억하느냐고 물었다. 나를 왜 찾아왔느냐고 묻자 그는 도움이 필요하다고 했다. 나는 악마에게 베풀 도움 따윈 없다고 했다. 그러자 악마가 웃었다. 그러나 그것은 웃음이라기보다는 체념 섞인 조소였다. 악마가 말했다.

“네가 날 악마라고 여기는 건, 경전과 성화와 성상에서 나처럼 생긴 존재를 악마라고 규정하기 때문이지? 내가 진짜 악마라고 생각해?”

내가 대답하지 않자 악마가 다시 물었다. “너, 내가 어디에서 왔다고 생각해?” 내가 “지옥”이라고 대답하자 악마는 이렇게 말했다.

“확실히 지옥 같은 곳이긴 하지만 진짜 지옥은 아니야. 세상에 악마가 어디 있고, 지옥이 어디 있어? 그리고 나도, 지하에 잡혀 있던 다른 자들도 악마 같은 게 아니야. 그리고 사실 우리 세계에서는 너희같이 뿔과 꼬리가 달린 자들을 악마라고 불러. 생김새로만 따지자면 우리에게는 이곳이 바로 지옥이야. 로아나교는 지옥 왕이 악마들을 틈 밖으로 보내 인간 세계를 정복할 거라고 가르친다지. 차라리 그랬으면 좋겠다. 목표라도 확실하잖아. 우리는 그런 게 아니야. 서로 말도 통하지 않고, 서로에 대해서 아무것도 모른다고. 우리에게 공통된 목표 따윈 없어. 원래 살던 곳에서 갑자기 여기로 오게 되었다고. 우리도 피해자일 뿐이야. 그렇지 않고서야, 이렇게 됐겠어?”

나는 악마가 내뱉는 말에 대해 곰곰이 생각했다. ‘우리’라고 말하는 것을 보니, 혼자가 아닌 듯했다.

나는 악마에게 물을 것이 있었다. 성 이멜다 축일 전날, 성당 지하에서 무슨 일이 벌어졌던 것인지 알려달라고 말했다. 악마가 고개를 끄덕였다. 다만, 그날 밤의 이야기를 하기 전에 자신이 누구이고 어디에서 왔는지, 어떠한 일들을 겪었는지 얘기하겠다고 했다.

*

그의 이름은 재저였다. 그는 자신이 지옥이 아니라 '지구'에서 왔다고 말했다.

그는 '방역 업체'에서 일하던 일꾼이었다. 가축들 사이에 돌림병이 생기면 죽은 가축을 구덩이에 파묻고, 살아 있는 가축도 이산화탄소를 주입해 죽이고, 이렇게 해도 죽지 않은 가축은 더 센 안락사 약물을 주입해 죽인 다음, 땅에 묻는 일을 하는 사람이었다. 그는 일꾼 중에서도 가장 젊어서 몸 쓰는 일을 도맡아 했다.

죽은 돼지를 묻는 것은 몸만 힘들었지만 죽지 않은 돼지가 구덩이 속에서 꺽꺽 소리를 낼 때면 마음까지 괴로웠다. 그는 돼지들에게 지침에 따라 약물을 주사했다.

그날도 재저는 죽은 돼지 위로 흙을 뿌리고 있었다. 날이 더워 보호복은 입지 않았고 약물이 든 병과 빈 주사기를 쑤셔 넣어 주머니가 불룩했다. 해는 저문 지 오래였고, 같이 구덩이 속에서 작업하던 선임들은 하나둘씩 일을 마치고 빠져나간 뒤였다. 그는 혼자 남아 마지막까지 구덩이를 살폈다. 오늘은 9시 전에 끝내야 했다. 작업반장은 조회 때 오늘만큼은 초과 근무를 해서는 안 된다고 말했다. 본사에서 9시 15분부터 새로운 폐기 방법을 시도하니 무슨 일이 있어도 9시 전에는 일을 마치고 구덩이에서 빠져나와야 한다고 했다.

손목시계를 보니 9시가 거의 다 되어가고 있었다. 이제조금만 더 흙을 덮으면 되는 터라 재저는 힘을 냈다. 주변은 조용했다. 그런데 꽤 가까이서, 친한 동료의 외침이 들려왔다.

"재저 씨, 나와! 빨리! 시간에 착오가 있었대. 어서!"

동료는 구덩이 가장자리에 쪼그려 앉아서 재저를 재촉했다. 하지만 그 순간 가장자리의 흙더미가 밑으로 쏟아졌고 동료는 중심을 잃고 굴러떨어졌다. 그리고 그와 동시에 재저는 갑자기 땅 아래에서 자신을 강하게 끌어당기는 듯한 힘을 느꼈다. 주위를 둘러보자 주변에 있던 흙더미와 돼지 사체들이 한데 섞여 아래로 추락하고 있었다. 재저는 동료를 찾으려 흙을 파헤쳐 봤지만 헛수고였다. 새까만 흙이 입과 코와 귀로 밀려들어 왔다. 재저는 정신을 잃었다.

시간이 얼마나 지났을까, 재저는 얼굴과 목의 타는 듯한 쓰라림과 두통과 열, 전신의 근육통을 느끼며 정신을 차렸다. 혼곤한 정신을 가다듬고 통증 부위를 확인하려 했지만 주변은 칠흑같이 어두웠고 흙더미가 몸을 꽉 죄고 있어서 제대로 움직일 수도 없었다. 마치 깔때기의 끝부분에 끼인 것처럼 몸이 아주 천천히 아래로 내려가고 있었다. 이대로 가면 몸이 터져 죽을 것 같다고 느꼈을 때, 그는 틈 밖으로 쑥 밀려 나왔다.

그는 자신이 떨어진 하늘을 올려다보았다. 하늘에는 사람 하나가 빠져나올 수 있는 정도의 틈이 살짝 벌어져 있었다. 벌어진 틈에서 검은 약물과 흙이 조금씩 떨어져 내렸다. 재저는 자리에서 일어나 주변을 살폈다. 부패가 진행된 새끼 돼지 사체 옆으로 안락사 약물이 들어 있던 유리병이 깨진 채 널려 있었다. 그리고 멀리 떨어지지 않은 곳에 동료가 쓰러져 있었다. 숨은 붙어 있었으나 재저보다 훨씬 더 많이 다쳐 있었다. 혼란스러웠다. 여기가 어디인지 알 수 없었다. 저 멀리로 만년설이 바라다보이는 푸른 평원이 보일 뿐이었다.

저 멀리, 사람의 목소리가 들렸다. 재저는 목소리가 들린 쪽으로 고개를 돌렸다. 거기에는 긴 지팡이를 짚고 염소들을 이끄는 염소치기가 있었다. 장식 하나 없는 옷을 걸치고, 텁수룩한 수염을 가진 그는 머리 위에 뿔 한 쌍이 돋아나 있고, 얇고 긴 꼬리도 있었다. 그는 인간이 아니었다. 그는 이

쪽으로 걸어오더니 재저와 동료를 살폈다. 그의 오른손엔 크고 붉은 반점이 있었다.

염소치기는 재저와 동료를 자신의 천막으로 인도했다. 재저와 동료는 순순히 그를 따랐다. 염소치기는 둘을 바닥에 눕히고 이름 모를 풀을 짓이겨 그들의 상처 부위에 올려놓았다.

며칠이 지나서야 그들은 몸을 일으켰다. 비록 통증 부위에 흉터가 남았으나 더 이상 아프지 않았다. 해 질 녘에 일을 마치고 돌아온 염소치기에게 재저와 동료는 손짓발짓으로 고마움을 표시했다. 재저는 천막 흙바닥에 나뭇가지로 그림을 그려서 자신들이 이곳에 오게 된 경위에 대해 설명했다. 염소치기는 고개를 끄덕이며 손가락으로 허공에 일직선을 그었다. 그 또한 하늘의 틈을 알고 있는 것 같았다. 곧이어 그는 붉은 반점이 있는 오른손을 보여주며 의미를 파악할 수 없는 말과 손짓을 했다.

다음 날 염소치기는 그들을 데리고 나가 근처 언덕의 다른 틈을 보여주었다. 그 틈은 손 한 뼘 정도로 길이가 짧았고 주변에는 벌레 사체가 가득했으며 악취가 풍기는 붉은색 물이 새어 나오고 있었다. 그는 저 물에 접촉해 손에 흉터가 생겼다고 말하는 듯했다.

재저는 긴 나뭇가지를 가지고 자신들이 나왔던 틈 안쪽을 뒤적였다. 다시 틈을 통해 돌아갈 수 있지 않을까 싶어서였다. 하지만 틈은 물질을 내보내기만 할 뿐, 다시 들여보내지는 못하는 것 같았다.

몸을 회복한 재저와 동료는 눈치껏 땔감과 먹을 것을 주워 왔다. 때로는 염소치기가 염소 치는 기술을 알려주기도 했다.

가끔은 식량이나 도구를 사러 작은 마을에 가야 할 때도 있었다. 그때마다 염소치기는 그들에게 염소를 맡겨두고 혼자서 다녀왔다. 재저가 같이 가고 싶다고 해도 위험하다는 의미로 손을 내저었다.

해가 저물면 염소치기는 모닥불 옆에서 그들에게 말을 알려주었다. 그들은 염소치기와 함께 산과 계곡을 다니며 봄과 여름, 두 계절을 났다. 재저와 동료의 발음은 별로였지만, 염소치기와 마음속 이야기를 나눌 수 있을 정도로 실력이 많이 늘었다.

재저와 동료가 말을 배우고 가장 먼저 염소치기에게 물은 것은 "왜 우리를 도와주었느냐"였다. 염소치기가 수염을 매만지며 말했다. "돌아가신 나의 할머니는 히미교라는 소수 종교를 믿으셨지. 거기에서는 틈에서 살아 나오는 모든 것들을 숭배하라고 하셨다네." 재저는 염소치기에게 그 종교를 믿느냐고 물었다. 그는 미소를 지으며 당신들을 봤을 때 할머니 생각을 잠시 했다고 했다. 어쩌면 할머니의 영향이 조금은 남아 있을지도 모르지만, 자신은 종교를 믿지 않는다고 그는 그저 도움이 필요해 보였기 때문에 도와준 것뿐이라고 했다.

하지만 언제까지고 그와 함께 있을 수는 없었다. 염치없을 정도로 신세를 졌다. 집으로 돌아가고 싶었다. 그러려면 같은 상황에 처한 사람들을 만나 서로의 정보를 공유해야 했다. 재저와 동료는 위험하더라도 마을로 가보자고, 가서 우리 같은 사람을 찾아보고 모아보자고 결정했다.

며칠 후 아침, 그들은 염소치기에게 작별을 고했다. 염소치기는 그들과 포옹하며 부디 어디로 가든지 살아남으라고 말했다. 도처마다 그들을 노예나 신기한 생물로 낙인찍어 잡아갈 노예 상인들이 있을 거라고 이야기했다. 현재 이곳은 소르벡 산맥의 서쪽 산기슭인데, 이 산맥을 기준으로 동쪽은 아무것도 없는 황무지라 잘못 들어갔다가는 죽을 수도 있다고 했다. 그렇다고 서쪽이 안전하느냐 하면 오산이라고 했다. 그곳은 틈 안쪽이 지옥이라고 믿으며, 틈에서 나온 자들을 악마로 규정하는 로아나교가 득세하고 있다고 했다. 그는 로아나교의 사제는 틈에서 나온 모든 것을 잡아들인다고 덧붙였다.

재저와 동료는 로브를 머리끝까지 둘러쓰고 방랑길에 올

랐다. 염소치기의 경고에 주의하며 일단 조심스레 산맥에 인접한 작은 마을들을 전전했다. 하지만 작은 마을은 소문을 주워들을 수는 있어도 사람을 모으는 데는 도움이 되지 않았다. 재저는 동료에게 산맥을 벗어나 서쪽으로 가보자고 말했다. 위험하다는 것은 알지만 그래도 방법이 없지 않냐고 설득했다. 그들은 결국 서쪽으로 갔다. 그들이 가장 처음 도착한 도시는 타나르였다.

그들은 도시 외곽의 허름한 여관방에 체류했다. 재저가 저녁거리를 사서 방에 돌아왔는데 동료가 보이지 않았다. 옷가지와 가방은 다 내팽개쳐져 있었고, 나무 바닥에는 붉은 피가 흩뿌려져 있었다. 머리칼이 쭈뼛 섰다. 안 좋은 예감이 들었다. 재저는 아무것도 챙기지 못하고 방에서 빠져나왔다. 염소치기의 경고가 떠올랐다. 분명히 로아나교와 연관이 있을 거라는 생각이 들었다.

그는 좁다란 길가의 석벽 그늘에 몸을 숨기고 가쁜 숨을 몰아쉬었다. 동료까지 잃을 수는 없었다. 동료를 구해야만 했다. 그는 성당부터 가보기로 했다. 그러나 세상일은 뜻대로 흘러가지 않았다. 결심을 하고 그늘 밖으로 나간 지 얼마 되지 않아, 그 또한 머리에 둔기를 맞고 쓰러졌다. 의식을 잃기 직전 그는 사제복을 설핏 보았다. 그는 서쪽으로 온 것을 후회했다. 이 결정은 너무 순진했고, 안일했다.

눈을 뜬 곳은 지하 감옥 안이었다. 방에는 서너 명이 널브러져 있었는데, 다들 심한 매질을 당해 피를 흘리고 있었다.

그때, 감옥 밖에서 익숙한 목소리가 들렸다. "정말이에요, 믿어주세요." 동료였다. 재저는 철창에 얼굴을 들이밀고 소리가 난 쪽을 보았다. 사제복을 입은 두 사람 뒤로 한 사람이 의자에 묶여 있었다. 그때 살이 찢어지고 뼈가 부러지는 소리가 연이어 들려왔다. 철제 대야에 물이 떨어지는 소리가 재저의 마음을 더 초조하게 만들었다. 떨어지는 것은 물방울이 아니라 핏방울일지도 몰랐다. 한동안 아무것도 들리지 않다가, "치워"라고 말하는 목소리가 들렸다. 이어서 무언가 바닥에 끌리는 소리가 들렸다. 끌려 나가는 것은 피투성이가 된 동료의 시체였다. 재저는 자기도 모르게 비명을 질렀다. 그러자 시체를 끌고 나가던 사제가 그를 응시했다.

다음 타자는 재저가 되었다. 곧 의자에 앉혀져 몸이 묶였다. 근처에 있는 은대야에 검은 물이 차오르고 있었다. 위를 올려다보니 틈이 있었다. 눈높이에 독서대가 보였다.

그곳에는 물에 묻어 우글쭈글해진 두꺼운 종이책이 펼쳐져 있었다. 사제들은 책을 읽어보라고 종용했다. 하지만 재저가 읽을 수 없는 문자였다. 그는 읽지 못한다고 했다. 사제들은 거짓말하지 말라며 매질과 불로 위협했다.

그때, 발소리가 들렸다. 사제 하나가 소리가 난 쪽으로 걸어가더니, 이내 몸집이 작은 10대 아이 둘을 낚아채 왔다. 그때 틈이 넓게 벌어지더니 기이하게 생긴 괴물이 출몰했다. 저런 괴물은 지구에서도 본 적이 없었다.

재저는 밧줄에 묶여 옴짝달싹할 수가 없었다. 그는 사력을 다해 몸부림쳤다. 의자가 옆으로 넘어졌다. 그는 가까스로 정신을 차리고 주변을 둘러보았다. 사제가 고문할 때 썼던 작은 칼이 바닥에 나동그라져 있었다. 그는 간신히 칼을 집어 들어 밧줄을 끊어냈다. 동료의 시체라도 수습해 가고 싶었지만 찾을 방도도, 여유도 없었다. 수감자들이 도와달라고 소리를 지르며 철창 밖으로 손을 퍼덕거렸지만 감옥문이 잠겨 있었기에 그도 어쩔 도리가 없었다. 재저는 거대한 괴물의 눈을 피해 최대한 벽에 붙어 출구로 달려갔다.

그는 수도원에서 최대한 멀리 도망쳤다. 숨이 턱까지 차오르고, 다리가 후들후들 떨렸다. 숲속의 큰 바위 밑에서 잠시 숨을 골랐다. 목숨만 부지했지 모든 것이 최악이었다.

재저는 희망도 목표도 잃은 채 정처 없이 산과 들을 헤맸다. 이러다가 죽어도 괜찮다고 생각했다. 그는 인적이 드문 한 개울가에서 쓰러졌다. 그러나 죽을 운명이 아니었는지, 노예 상인이 그를 주웠다.

상인에게 잡힌 것이 오히려 전화위복이 되었다. 재저는 노예 수용소에서 틈에서 나온 사람들을 만났다. 그들은 몸의 한쪽이 심하게 다쳐 있거나, 큰 흉터가 있었다. 그들은 모두 인종도, 언어도 달랐다. 하지만 혼자 있는 것보다는 훨씬 나았다.

재저는 사람들과 어떻게든 소통하려고 애를 썼다. 다른 나라의 문자를 할 줄 아는 사람들이 서로의 이야기를 조금씩 모아 전달했다. 재저와 사람들은 제각각 다른 곳으로 팔려나가기 전에 탈출 계획을 세웠다. 결과적으로 탈출에 성공했으나, 재저는 그것을 감히 성공이라 말할 수 없었다. 재저를 포함해서 세 명만 살아남고 나머지는 다시 끌려갔다. 그러나 재저와 탈출한 사람들은 굴하지 않고 틈에서 나온 생존자들을 찾아 다녔다.

재저는 생존자를 찾는 것 외에도 도움을 줄 수 있을 만한 사람을 찾아야 한다고 생각했다. 동시에 그는, 타나르의 수도원 지하에서 사제에게 발각당했던 소년과 소녀가 어떻게 되었는지 궁금했다. 다시 산맥을 넘어 서쪽으로 온 그는 여러 이야기를 들을 수 있었다. 그는 내가 로아나교의 사제 수련을 하고 있으며 꽤 유명한 존재가 되었다는 것을 듣고는 무척 놀랐으며 그래도 꼭 한번 만나서 이야기를 나누어보고 싶었다고 했다. 그리고 혹시 대화를 나누다 보면 생존자들을 도울 수 있도록 설득할 수 있지 않을까 하고 생각했다고 말했다. 동료들은 이 여정을 반대했지만 그의 고집을 꺾을 수는 없었다.

재저는 이렇게 자기 이야기를 마쳤다.

*

나는 그의 이야기를 머릿속으로 정리해 보았다. 로아나교 경전에서 세상은 세 개로 나뉘어져 있었다. 사람이 사는 세상은 하나의 거대한 땅이며, 땅 아래에 악마들이 사는 지옥이 펼쳐져 있고, 맨 위에 신이 사는 하늘 세계가 있었다.

하지만 재저는 자기가 살던 세상은 그 셋 중 무엇도 아닌 다른 세상이라고 말했다. 그곳은 내가 이해할 수 없는 용어로 가득 찬 곳이었다. 내가 방역 업체나 이산화탄소 같은 낯선 단어에 대해 물을 때마다 그는 진지하게 설명했다. 거짓이라 하기에는 너무도 자세했고 비약이 없어 보였다.

재저는 내게 로아나교의 자료를 공유해 줄 수 있느냐고 물었다. 로아나교가 연구한 틈에 대한 정보에 지구로 돌아갈 방법이 있을지도 모른다고 말했다.

나는 로아나교의 사제였다. 나는 재저를 끌고 가버릴 수도 있었다. 하지만 어쩐지 재저는 나를 믿고 있었다.

나는 대답 대신 내 옷을 내려다보았다. 침묵이 감돌았다. 재저는 가만히 나를 쳐다보며 말했다. "나는 네가 겪은 일을 알아. 넌 로아나교가 잘못되었다는 사실을 두 눈으로 봤고, 직접 경험했잖아. 너와 함께 있던 그 애가 널 지키려다가 괴물에게 먹혔다는 걸 알고 있어. 너는 사람들 앞에서 악마를 죽인, 신앙심 깊은 소녀가 됐지. 그런데 너를 구했던 그 애는 악마가 되어버렸어. 솔직히 난 너에 대해 잘 몰라. 네가 어떤 마음으로 사제가 될 결심을 했는지도 나는 몰라. 하지만 누구라도 그런 일을 겪고 나면 예전과 같은 마음으로 종교를 믿을 수 없을 거야."

그리고 그는 덧붙였다. "나는 그 소년을 기억해. 토마 말이야. 너의 친오빠였다지. 너의 슬픔을 내가 감히 헤아리지는 못하겠지만 오빠가 좋은 곳에 가 있기를 빌어."

재저의 말은 내 정곡을 찔렀다. 모두들 내가 사랑하던 오빠, 토마를 악마라고 불렀다. 나조차도 그 소문에 별다른 이의를 제기하지 않는 척 굴었다. 하지만 나도 모르는 사이 그의 죽음을 제대로 추모하지 못하고 오히려 그의 죽음을 이용하고 있다는 미안함과 수치감이 목 끝까지 차올라 있었다. 그날 이후로 나는 단 한 번도 내 감정의 수위를 알려고 한 적이 없었다. 재저의 말은 내가 어떤 종류의 감정을 어느 깊이로 가지고 있는지 확인시켜 주었다.

나는 한동안 아무 말도 못 하고 서 있었다. 눈물이 뺨을 타고 흘러내렸다. 내가 우는 동안 재저는 바닥에 떨어진 가죽 주머니를 주워 딸기를 하나씩 주워 담았다.

멀리서 발소리가 들렸고, 이어 내 이름을 부르는 목소리가 들려왔다. 동기 수련생이 찾아온 것이었다. 재저는 내 손에 가죽 주머니를 억지로 쥐여주고는 덤불숲으로 사라졌다.

동기는 걱정이 되어 와봤다고 했다. 나는 대답 대신 가죽 주머니를 열어 가득 든 딸기를 보여주었다. 그는 주변을 두리번거리며 이 근처에서 짐승의 기척을 느꼈는데 무슨 일 없었느냐고 물었다. 나는 사슴을 보았지만 달아나 버렸다고 말했다.

그것이 나와 재저의 첫 만남이었다.

그날 이후, 기적적으로 날이 개었고, 우리는 숲을 돌아가는 길을 찾아 마을에 무사히 입성해 사제에게 틈에서 나온 책을 전달받았다. 나는 손바닥만 한 그 책을 펼쳐보았다. 종이는 찢어질 것같이 무척 얇았고, 우글쭈글하게 말라 있었으며 유향 냄새가 은은히 풍겼다. 각 장마다 해독할 수 없는 글자들이 빼곡하게 쓰여 있었다. 우리는 책을 챙겨서 왔던 길을 되돌아갔다.

우리는 수도원에 도착해 틈학 선생에게 책을 넘겼다. 선생은 우리를 도서관으로 데려갔다. 도서관 책장에는 헤아릴 수 없이 많은 책이 꽂혀 있었다. 틈학 연구서도 책장의 상당

부분을 차지하고 있었다.

선생은 도서관 한쪽에 마련된 틈 보관소 문을 두드렸다. 관계자 외에 출입 금지라는 문구가 새겨져 있는 문 안쪽에서 들어오라는 말소리가 들렸다.

선생은 문을 열어 담당 사제에게 인사하고 가져온 책을 넘겼다. 사제는 선생에게 보존 처리 과정을 보여주겠다며 자길 따라오라고 말했다.

사제를 따라가면서 나는 주변을 구석구석 뜯어보았다. 보관소 안쪽은 가운데 벽을 두고 두 공간으로 나뉘어져 있었다. 왼쪽에서는 사제 직분의 사서와 필경사들이 틈에서 나온 물건을 수레에 실어 나르고 있었다. 오른편은 우리가 가고 있는 서고였다.

서고에 도착한 나는 수천 권의 책을 바라보며, 이곳에 지하에서 보았던 그 책도 있으리라고 생각했다. 이곳에서 일한다면 틈에 대한 자료를 더 깊이 찾아볼 수 있을 것 같았다.

이곳의 책은 책마다 다른 한 권이 한 세트인 듯 묶여 있었는데, 선생은 그것이 사제들이 해석하고 유추한 해석본이라고 말했다. 우리의 대화를 듣고 있던 사제가 한마디 덧붙였다.

“도서관과 틈 보관소는 700년 넘게 여기에 있었어요. 사제들은 지옥이 무척 크며, 지옥에서 쓰는 문자가 다양하다는 것을 알아냈지요. 하지만 아직 해석하지 못한 문자도 아주 많아요."

우리는 중앙에 기다란 책상이 놓여 있는 곳을 지나갔다. 사제들이 머리를 맞대고 열정적인 모습으로 책을 분류하고, 책에 쓰여 있는 문자에 대해 이야기를 나누고 있었다. 사제들은 어떻게 문자의 의미를 알아낸 것일까. 아마도 틈에서 나온 물건 중에서 문자에 관련된 것들을 따로 분류했겠지. 그리고 의미를 알 수 있는 자료들을 추려서 대조하는 식으로 작업했을 것이다. 하지만 그것으로는 충분치 않았겠지. 그들은 문자를 읽을 수 있는 악마들을 심문하고 고문하며 문자에 대한 정보를 알아냈을 것이다. 토마가 죽은 그날 밤에도, 그 일을 했던 거겠지.

사제는 구석에 있는 자리로 우리를 안내했다. 그는 자리에 앉아 안경을 꺼내 쓰고는 책을 펼쳐 작업하는 모습을 보여주었다. 그는 책에 남아 있는 찌꺼기를 닦아내고, 틀어진 부분에는 접착제를 붙였다. 사제가 손을 놀리며 말했다.

"이런 식으로 제가 책을 보수하면, 다른 사제들이 책을 가져가 연구합니다. 아마 여러분이 정식 사제가 되어서 주어진 직무에 힘쓰다 보면, 이곳에서 일할 수 있을지도 모르겠네요. 기밀 공간이라 평가가 좋은 사제들만 일할 수 있거든요. 들어오긴 어렵지만 일할 가치는 충분해요. 틈과 지옥과 악마에 대해 알아가는 보람을 느낄 수 있을 겁니다. 그리고 경전에 우리 생각보다 더 많은 의미가 담겨 있다는 놀라움과 기쁨도 알 수 있을 거고요."

나는 그를 보았다. 탐구의 끝에는 신을 향한 존경과 놀라움만이 있을 거라고 확신하는 얼굴이었다.

스무 살이 되던 해에, 나는 사제 서품을 받았다. 내가 정식 사제가 된 이후로 수련생 무리 중엔 틈병에 걸렸다가 면죄수 의식으로 죄사함을 받은 자들이 하나둘 보이기 시작했다. 시간이 흐를수록 그런 수련생들이 많아졌다. 아마도 내가 하나의 보기가 된 것 같았다.

나는 다른 지방으로 발령받지 않고, 타나르의 수도원 내에서 면죄수 의식의 집행자로 활동했다. 그들은 목걸이를 걸어주는 내 손을 붙잡고 나를 존경의 눈빛으로 올려다보았다. 나는 그들의 눈을 똑바로 바라보기가 힘들었다. 그들이 보고 있는 것은 있는 그대로의 내가 아니라, 지나치게 이상화된 니나 하스밀로였다.

그러나 나는 내색하지 않고 할 일을 했다. 나는 사람들에게 친절하게 말해주었다. 로아나 신께서 이곳에 계셔서 당신의 죄를 사하셨다고. 이제 삶으로 돌아가서 기도와 찬양으로 속죄하라고. 하지만 그 말은 내 진심에서 우러나온 게 아니라, 교육자료에 적힌 대로 읊은 것이었다.

면죄수 의식을 받은 사람들은 내가 그랬던 것처럼, 목걸이를 걸고 뛸 듯이 기뻐했다. 그들은 이제 집과 일터로 돌아갈 수 있었다. 나는 내 일이 그들의 귀환을 돕는 일임을 알면서도, 부질없다고 생각했다. 유리병 안에 든 것은 소금물이었고, 목걸이도 좋은 품질이 아니었다. 아마 의식을 받는 사람들도 알고 있을 터였다. 그러나 이 의식을 치르지 않으면 그들은 왔던 곳으로 돌아갈 수 없었다. 차별과 멸시를 받으며 어디서도 환영받지 못했다. 로아나교는 왕권과 세력 싸움을 할 정도로 영향력이 막강했다. 종교의 말은 법과 대등했다.

나는 이곳에 있으면서 로아나교에 면죄수 의식이 생겨난 일화에 대해 들을 수 있었다. 사제들의 조사에 의하면, 언젠가부터 틈의 개수와 흘러나오는 오수의 양이 많아졌다고 했다. 그러다 보니 틈병에 걸린 사람들도 많아졌는데, 놀랍게도 그 수는 로아나교의 신도 수를 위협할 정도였다. 이러한 까닭으로 로아나교는 면죄수 의식을 만드는 특단의 대책을 내릴 수밖에 없었다.

그 이야기를 들은 후 나는 방에서 틈병에 걸린 사람을 기다릴 때마다 창밖 너머로 크고 아름답게 증축되는 수도원 건물을 바라보곤 했다. 하늘 높이 쌓아 올려지고 있는 건물은 신도들이 정화수 의식을 받기 위해 낸 헌금으로 만들어지는 것이었다.

그렇게 8년이 흘렀다. 틈 보관소에 자리가 나자마자 나는 서고에서 일하고 싶다고 의사를 전했고, 곧 받아들여졌다. 드디어 정식으로 서고에 입성할 수 있었다. 나는 서고 일을 전담하길 원했으나, 상부에서는 병행은 가능하지만 전담은 안 된다고 했다. 나는 그들이 여전히 나의 얼굴을 필요로 한다는 것을 깨달았다.

나는 면죄수 의식 일과 틈 보관소 일을 병행하며 지옥의 언어와 문자에 대해 조금씩 공부해 나갔다. 그리고 시간이 조금 더 흐르자, 지하에 가서 기록자로서 일하라는 명을 듣게 되었다.

나는 밀랍 판을 품에 챙겨 지하로 내려갔다. 언젠가는 들어가 봐야 한다고 생각했지만 토마가 죽은 이후, 단 한 번도 이곳에 다시 내려가 보지 않았다. 계단을 한 칸씩 내려갈 때마다 그날의 끔찍한 기억이 떠오르며 심장이 두방망이질 쳤다. 하지만 막상 지하에 도착하니, 의외로 마음이 차분해졌다. 나는 주변을 둘러보았다. 기둥과 무덤의 가장자리가 벽에 걸린 횃불의 불빛에 반사되어 붉게 빛나고 있었다.

지하는 예전과 똑같았다. 갇힌 악마들도, 허공의 틈도, 틈 사이로 떨어지는 검은 오수와 그걸 받아내는 은대야도, 고문도. 다른 것이 있다면 감옥의 개수가 내 기억보다 훨씬 늘어나 있다는 것 정도일까.

저 멀리서 사제 하나가 등불을 들고 내 쪽으로 걸어왔다. 그는 체격이 산만 하고 손이 두툼했다. 나는 그를 따라 맨 구석으로 걸어가며, 그의 설명을 들었다.

그는 자신의 주 업무가 심문이라고 했다. 그리고 나는 의자에 앉아 악마의 증언을 밀랍 판에 받아 적으면 된다고 했다. 나는 고문도 많이 하느냐고 물었다. 그러자 그는 자신은 최대한 말로 하려고 노력하지만, 악마들은 본디 심성이 악하고 거짓말을 많이 하며 광증에 걸린 경우가 많으므로 그들의 말을 곧이곧대로 믿지 말라고 신신당부했다.

그는 오늘은 우리에게 협조적인 악마에게 간단하게 물건에 대해서만 물을 거라고, 그러니 걱정하는 일은 일어나지 않을 거라고 말했다.

나는 의자에 앉아 검은 물이 떨어지는 틈을 바라보았다. 틈을 보며 그가 말했다. "저기에서는 이제 그렇게 극적인 것은 나오지 않아요. 오수만 조금씩 새어 나올 뿐이죠. 어떻게 어린데도 그렇게 용감하셨나요? 대단하세요. 그런 용기가 났다는 건, 그것이 부정하다는 확신이 있어서였겠죠?"

나는 말 대신 빙긋 웃어 보였다. 확신 같은 건 없었다.

그는 감옥으로 걸어가 문을 열고 누군가의 이름을 불렀다. 악마 하나가 다리 한쪽을 절며 걸어 나왔다. 사제는 악마의 뒷덜미를 움켜쥐었다.

뒷덜미를 움켜쥔 사제의 손은 꽤나 거칠고 억세 보였다. 그가 내게 보여준 부드럽고 다정한 말투와는 상반되었다. 그가 이쪽으로 가까이 오자 내가 자리에서 일어나 그를 거들려고 했지만, 그는 필요 없다고 손짓하고, 혼자서 악마의 양팔을 의자에 묶었다.

사제는 구석에서 커다란 자루 하나를 꺼내 왔다. 그러고는 독서대 위에 올려놓았다. 맨 처음 자루에서 꺼낸 것은 미끈거리는 재질의 광택이 나는 봉투였다. 틈학 시간에 그것이 과자를 넣어 파는 봉투라고 배웠다. 나는 이 봉투가 한 번 쓰고 버려지는 물건이라는 설명을 듣고 놀랐었다.

봉투에 그려진 파란색 파도 모양의 패턴 밑에 모르는 문자로 쓰인 글귀가 있었다. 악마는 반항하지 않고 그 문자를 읽었다. 땅속에서 자라는 구황작물을 얇게 썰어 구웠다는 의미라고 했다. 나는 일련의 대화를 모두 적었다.

이후의 심문도 이런 식으로 진행되었다. 악마는 어떤 물건의 글자는 잘 읽었고, 어떤 것은 서툴렀으며, 어떤 것은 전혀 읽지 못했다. 그런 식으로 서른 개 정도의 물건이 독서대에 올려졌다 사라졌다.

심문이 끝났다. 나는 밀랍 판을 챙겼고, 사제는 물건들을 자루에 도로 넣었다. 악마는 다시 가두어졌다. 나는 그가 이 상황을 부당하게 여기며 항의할 거라고 생각했지만, 그는 빵 하나만 더 달라고 이야기했다. 사제는 철창 사이로 말라 비틀어진 빵을 던져주었다. 그는 여기서 나갈 의지를 잃어버린 지 오래인 듯했다.

나는 심문을 맡은 사제와 친해졌다. 그는 이곳에서 일을 하기 전에는 수도원에서 운영하는 부설 보육원에 있었다고 했다. 아이들을 좋아해서 임기가 끝나면 다시 보육원으로 돌아갈 거라고 했다. 그는 악마를 심문하며 아이들을 떠올린다고 했다. 그는 악마가 아이들을, 이 세상을 해치지 못하게 해야 한다고 생각하는 사람이었다.

그래서 그런지, 악마를 심문하는 그의 눈엔 한 치의 망설임도 없었다. 그는 내 키의 절반밖에 안 되는 어린 악마와 허리가 굽어버린 늙은 악마도 서슴없이 의자에 묶었다.

악마들은 전부 공포에 떨고 있었으며, 살려달라고 애원했다. 때로 광증에 사로잡히거나 죽음이 두려운 나머지 상대적으로 약해 보이는 나에게 달려드는 자들도 있었다.

나는 항상 같은 자리에 앉아 악마들의 다양한 이야기를 들었다.

악마들은 피부색과 언어가 제각각 달랐으나 공통점이 있

었다. 뿔과 꼬리가 없었다. 그리고 틈병에 걸린 사람들처럼 몸에 흉터가 있거나 어딘가 다쳐 거동이 불편했다. 그들은 하나같이 이곳에 온 이유를 모른다고 말했고, 지옥 왕의 존재를 부정했다. 그들은 자신들과 함께 온 물건이 쓸모없어 버려진 폐기물이라고 주장했다.

그들은 평상시처럼 일을 하다가 발밑에서 강한 끌어당김을 느꼈다고 했다. 그들은 치우던 물건들과 함께 꽉 막힌 좁은 곳으로 쏟아져 들어갔다고 했다. 누군가는 좁은 곳에 동료들과 뒤엉켜 있다가 점점 좁아지는 벽과 부족한 산소 때문에 전부 죽고 자신만 살아남았다고 했다. 그리고 그들 대부분은 혼자 틈 주변을 헤매다가 사람들에게 발견되었다

그들은 지옥 왕의 정복 계획에 대해 전혀 모른다고 말했다. 하지만 매질이 계속되자 술술 말했다.

사제는 그들이 이야기를 내놓을 때면 내 쪽을 슬쩍 보았다. 나는 그들이 하는 말을 밀랍 판에 충실히 적어 내려갔다. 악마와 눈이 마주쳐도 나는 시선을 밀랍 판으로 옮겼다. 내 역할은 심문이 아니었다.

나는 일주일에 한 번씩 지하로 내려갔다. 기록자는 나 말고도 열 명 정도가 더 있어 실상 심문은 거의 매일 진행되었다. 사제들은 타나르 근방에 있는 악마들을 끌고 와 지하 감옥에 가두었다. 악마들은 말할 수 있을 때까지 장기간 수감

되었고, 그러다 정신을 잃고 쓰러지면 감옥에서 치워졌다.

심문이 없는 날에도 할 일이 많았다. 나는 밀랍 판의 내용에 서가의 기록과 연관된 것이 있는지 교차검증을 했다. 그런 다음 검증한 내용을 밀랍 판에 기입하여 상부에 보고했다. 그러면 토요일 아침부터 진행되는 고위직 사제들 회의에서 그 내용이 논의된 뒤, 논리적으로 정합성이 있으며 틈학의 지평을 열 만한 정보라면 새 틈학 연구서에 등재될 자격이 주어졌다. 나는 성실히 보고서를 제출했지만 인증을 받는 일은 쉽지 않았다.

나는 지하에서의 일을 계속하면서 틈학 연구서와 해석본을 읽고 정리하는 일도 꾸준히 했다. 그러나 시간이 지날수록 내가 직접 보고 듣는 것과 틈학의 논리가 다르다는 생각이 들었다.

나는 서고의 사제들에게 이상하지 않냐고 떠봤지만 그들은 그럴 리가 없다고 했다. 의구심을 가지고 있다는 것을 들키고 싶지 않아 나는 두 번 다시 이 문제에 대해 이야기하지 않았다.

악마들의 증언은 연구서에 있는 그대로 실리지 않았다. 그들이 예기치 못한 사고로 이곳에 왔다는 부분은 삭제되었고, 지옥 왕의 야심을 위해 이곳에 왔다는 거짓 내용이 추가되었다. 모든 이야기가 이런 식이었다.

처음에는 좋게 생각해 보려고 했다. 틈학은 오랜 시간에 걸쳐 만들어온 유서 깊은 학문이었다. 틈학은 무수히 많은 가설이 나타났다가 사라지고, 유력한 가설만이 남는 뜨거운 불판과도 같았다. 틈학에 문제가 있었더라면 진즉에 파훼되었을 것이었다. 나처럼 혼란스러워하는 사람은 과거에도 아주 많았을 것이다. 증언이 그대로 실리지 않은 것은 틈학 권위자들의 높으신 뜻이 있을 거라고 생각했다. 틈학이 존속하고 발전하는 것을 보면 연구자들이 옳은 방향으로 학문의 논의를 확장시키고 있는 것 아닐까? 잘못은 무지한 나에게 있는 게 아닐까. 나는 이 이질감이 내 무지에 있다고 생각하고 계속 공부했다. 하지만 공부하면 할수록 근원적으로 오류가 있다는 생각이 들었다.

사제가 악마를 심문해 보고서를 제출해도 고위직 사제들 입맛대로 바꾸어 수정한 후에 정식 승인이 내려졌다. 틈학은 그들의 의도에 맞게 기입되었다. 나는 더 이상 틈학을 믿을 수 없었다. 틈학은 학문이 아니라 로아나교를 존속시키기 위한 장치였을 뿐이다. 그리고 나 또한 탑을 쌓는 벽돌 중 하나에 지나지 않았다.

조작된 증언으로 가장 이득을 보는 것은 누구인가. 너무나 당연하게도 로아나교다. 로아나교는 틈을 이해하기 위해 만들어졌다. 로아나교는 틈을 부정한 것으로 간주했다. 그래야지만 로아나교가 높이 설 수 있었다.

이제 어떻게 해야 할까. 나는 일개 사제였고, 내 앞에 놓인 것은 오랜 역사와 전통을 지닌 로아나교였다.

나는 내가 찾은 진실을 털어놓은 이후를 생각했다. 예전에도 사제들은 나를 죽이려고 했었다. 여기 있는 이상 나는 독 안의 쥐일 따름이었다. 여기에서 죽을 수는 없었다.

나는 재저를 떠올렸다. 그는 지금 어디서 무엇을 하고 있을까. 살아 있기는 할까. 쉽사리 죽을 인간처럼 보이지는 않았지만 그를 만나고 싶다고 한들, 찾을 방도가 없었다. 사실 그를 만난다고 한들, 전해줄 것도 없었다. 그저 틈학에 대해 의심만 했을 뿐이지, 재저에게 유용한 정보 같은 건 가지고 있지 않았다.

그렇지만 손을 놀리고 있을 수는 없었다. 뭐라도 해야 했다. 나는 연구서 공부를 그만두었다. 그 대신 탈락한 보고서가 적힌 밀랍 판을 가열하여 새 판으로 만드는 일을 자진해서 맡았다. 동료들이 쌓아둔 밀랍 판에도 악마들이 어떤 의도도 없이 틈 밖으로 비어져 나왔다고 적혀 있었다. 하지만 동료들은 그 이야기가 거짓말이라고 생각했다.

로아나는 공명정대하고 사람을 사랑으로 보살피며, 핍박받고 고통받는 사람을 굽어 살피는 신이라고 경전에 쓰여 있었다. 하지만 지금 그 신은 도대체 어디에 있단 말인가?

로아나가 아무런 응답도 주지 않는다면, 틈을 닫는 자라도 우리 곁에 도래해야 할 것이 아닌가? 신은 침묵하고 있었다. 아니, 신은 원래부터 존재한 적이 없었을지도 몰랐다.

로아나 신의 이름으로 자행되고 있는 일련의 사건들은 너무도 끔찍했을 뿐 아니라 로아나 신의 이상과 괴리가 있었다. 그리고 그 괴리감은 누구보다 신의 이름으로 덕목을 몸소 실천해야 할 사제들이 벌이는 모든 행동에서 더 심하게 느껴졌다. 사제들은 로아나 신이 실존하든, 실존하지 않든 제 입맛에 맞추어 상황을 재단하고 있었다. 그들은 종교라는 허울을 뒤집어쓰고, 자신들의 욕망대로 움직였다.

다행히도 상황은 내 생각보다 비관적이지 않았다. 몇 년의 세월이 흐르는 동안, 나는 나처럼 의구심을 가지고 도서관에서 일하고 있던 동료들을 만났다. 나는 오랜 시간 그들을 세심하게 관찰했고 믿어도 좋다고 판단했을 때 나의 속내를 털어놓았다. 이 과정은 아주 신중하게 이루어졌다. 나는 조심스럽게 그들과 비밀 회합을 가졌고 그곳에서 심문 보고서를 공유했다. 우리는 점점 틈과 이어진 세상이 지옥이 아닐 수도 있음을, 우리가 악마라고 부르는 존재들이 세상을 정복하겠다는 의도로 이곳에 온 것이 아님을 믿게 되었다.

나와 동료들의 행적을 의심하는 사람은 아무도 없었다.

비밀은 잘 지켜지고 있었다. 나는 수도원 내에서 자리를 잡아갔다. 여전히 나에 대한 소문이 오갔지만 이전만큼 회자되는 일은 없었다. 시간이 지나자 그런 대화도 희미해졌다. 나를 심문했던 노사제들도 하나둘 세상을 떴다.

틈 보관소에서 일한 지 7년째 되던 해에 나는 서고 사제 중에 중간 위치에 있게 되었다. 이제 나는 밀랍 판에 기록을 받아 적기만 하는 것이 아니라, 심문받는 악마에게 궁금한 것을 직접 물어볼 수 있었고, 고문을 그만하라고 말할 수 있었다.

어느 해 겨울, 나는 한 악마와 만나게 되었다. 간밤에 사제들에게 잡혀 왔다는 그는 볼썽사나울 정도로 말랐고, 그의 온 몸을 뒤덮은 흉터는 그간의 삶이 고통스러웠음을 알려주었다. 인계해 준 사제의 말로는 노예 상인이 모는 짐마차에서 탈주해 산맥을 넘어 타나르와 멀지 않은 작은 마을에 왔다가 마을 사람의 신고로 잡혔다고 했다.

그는 몸을 덜덜 떨면서도 자신을 만지는 손길이 느껴지면 폭력적으로 변해 사제의 손가락과 팔을 물려고 했다. 혼자 가만히 놔두면 헛것을 보고 움찔거리기도 했다. 신경쇠약에 빠진 듯한 그를 심문해서 무엇을 얻을 수나 있을까 싶었다.

하지만 형식적으로라도 심문은 이루어져야 했다. 의자에

묶자, 그는 몸을 부르르 떨었다. 너무 쇠약한 상태였기 때문에 나는 동료 사제에게 매질을 하지 말라고, 내가 입을 열게 하겠다고 말했다.

나는 이름과 출신을 묻는 것으로 질문을 시작해, 이곳에 오게 된 경위에 대해 물었다. 나는 여전히 그의 이야기를 모두 이해하지는 못한다. 그는 우리말을 썼으나 특유의 악센트가 너무 강했고 내가 알아듣지 못하는 단어들을 나열했다.

하지만 그의 이야기는, 반드시 쓰여져야만 했다. 당시 그의 증언을 정리해 보면 다음과 같다.

*

그는 자신을 '틈 규명 프로젝트'의 직원이라고 소개했다.

그가 살았던 지구의 사람들은 몇 차례의 산업혁명을 겪으며 풍족한 삶을 살았다. 그러나 풍족한 삶이 계속되다 보니 문제가 생겼다. 사람들은 너무 많은 물건을 만들어냈다. 물건은 갓 만들어졌을 당시에는 상품이었으나, 팔리지 못하면 쓰레기가 되었다.

부유한 나라에서는 상대적으로 가난한 나라에 쓰레기를 수출했다. 가난한 나라 사람들은 악취와 오염된 물에 시달렸고, 폭증하는 쓰레기에 삶의 터전을 잃었다. 곧 가난한 나라에서도 쓰레기를 받지 않겠다고 선언했다. 그와 동시에 해수면이 상승했고, 극심한 가뭄과 추위와 더위가 찾아왔고, 지진과 해일이 덮쳐왔다. 해안가 마을이 휩쓸렸고, 원자력발전소가 타격을 받았다. 사람들은 거센 파도에 삼켜졌고, 무너진 건물 더미에 깔렸고, 방사능에 피폭당했다. 처음에는 국지적인 사건이었지만, 30년도 지나지 않아 전 세계의 인간과 동식물이 고통받게 되었다.

부자들은 지구를 버리고 다른 곳에서 삶을 이어가고 싶어 했다. 그래서 그들은 다른 행성을 찾는 연구에 투자했다. 부자 개인뿐 아니라 대기업과 부유한 나라들도 이 연구에 뛰어들었다. 수많은 연구가 비밀리에 진행되었으나, 속시원한 해결책을 내놓는 연구팀은 없었다.

그중 지구가 있는 우주가 아닌, 다른 우주로 가는 입구를 열어 그곳의 행성을 살펴보아야 한다는 터무니없는 주장을 펼친 팀이 있었다. 이 주장은 다른 과학자들에게 비웃음을 샀지만, 지구를 떠나 살아갈 수 있는 방법에 관심과 예산이 쏠린 관계로 이 팀에게도 예산이 배정되었다. 그리고 놀랍게도 여러 연구팀이 별다른 성과를 얻지 못하고 있을 때, 이 팀만이 유일하게 성과를 내놓았다. 자신들이 발명한 장치를 통하면 지구를 떠나지 않고도 다른 우주의 행성에 도달할 수 있다고 했다. 그들은 장치를 사용하여 시공간의 틈을 벌리면, 곧바로 NT-A3056이라 이름 붙인 행성의 지상으로 갈 수 있다고 말했다. 틈을 벌리는 데 돈도 거의 들지 않고, 주변 환경에 영향을 끼치는 피해도 없다고 덧붙였다. 믿을 수 없는 말이었지만 곧 사실임이 증명되었다.

곧 이 프로젝트에 천문학적인 예산이 투입되었다. 틈 생성 장치는 짧은 시간 안에 비약적으로 발전했다. 장치에 경도와 위도, 시간을 입력하면 사람들이 원하는 때와 장소에 다른 세계로 가는 틈을 만들 수 있었다. 그것이 그가 이곳에 오기 전으로부터 지구 시간으로 약 100년 전에 벌어진 일이었다.

부자들은 틈 너머로의 이주 계획을 세웠다. 하지만 문제가 있었다. 틈은 사람이 빠져나가기에 너무 좁았다. 또한 작은 실험 로봇을 집어넣어 확인해 보니 생성된 틈마다 NT-A3056의 지상에 도달하는 시간이 모두 달랐다. 짧게는 5분이 걸렸지만, 실험이 진행된 10년 동안 도달하지 못한 것도 있었다. 연구팀은 도달 시간의 편차를 줄이고, 틈의 크기를 늘리려고 노력했지만 실험은 번번이 실패했다.

연구가 난항을 겪고 있을 무렵 팀원 하나가 계약 조항을 위반했다. 비밀리에 연구되던 기술을 몇몇 나라에 팔아버린 것이다. 그 나라들이 틈 생성 기술을 입수한 이유는 폐기물 처리 때문이었다. 그들은 틈을 만들어 부유한 국가들이 버려둔 쓰레기를 조각내어 밀어 넣기도 하고, 물과 섞어 내려 보내기도 했다. 처치 곤란한 유독성 물질도 마구 버렸다. 또한 천재지변으로 인해 가동이 중단된 원자력발전소의 오염수도 쏟아 버렸다.

이 소식은 국제사회에 일파만파 퍼졌다. 틈에 폐기물을 쏟아 버린 나라들은 비난을 샀지만 동시에 많은 나라들이 솔깃해했다. 다른 행성에서의 새출발을 생각하기에는 눈앞에 닥친 일이 너무 많았다. 틈을 열어 사람들을 이주시키는 것은 시간과 돈이 너무 많이 들었다. 반드시 성공할 것이라는 보장도 없었다. 그렇다면 이 틈을 지구의 쓰레기통으로 사용하는 것이 낫지 않겠는가. 더 많은 나라들이 틈을 여는 기술을 입수하여 폐기물을 밀어 넣기 시작했다. 많은 나라에서 이 기술을 사용하다 보니, 틈의 크기를 늘리는 방법도 발전되었다. 틈이 좀 더 길게 찢어지게 되자, 사람들은 그곳에 필요 없는 것들을 몽땅 쏟아부었다. 죽은 동물 사체들이, 무연고자들이 틈으로 버려졌다.

혹자들은 완벽한 증거 인멸이 가능해진 이 시기를 틈타 돈 많은 수집가들을 위한 키메라나 비인륜적인 강화 인간 실험도 많이 이루어졌다고 했다.

그는 이러한 시기에 태어나, 과학자가 되었다. 그리고 정식 과학자가 된 지 얼마 되지 않아 틈 규명 프로젝트에 들어

가게 되었다. 그는 지구에서 생성되었으나 지금은 쓰이지 않는 틈을 조사하러 다니다가 불의의 사고로 인해 틈 안으로 미끄러졌다.

*

악마의 말을 모두 들은 나는 궁금증에 휩싸일 수밖에 없었다. 행성, 우주, NT-A3056과 같은 용어가 정확히 어떤 의미인지 되물어야 했다. 그는 이야기를 하는 중에도 단어가 기억나지 않는지 인상을 쓰며 침묵했고, 자주 말을 더듬었다. 그러나 그가 말하는 핵심적인 사건과 용어는 앞뒤가 맞고 일관적이었다. 내가 악마에게 자꾸 되묻자, 고문을 하던 사제는 미친 악마인 것 같으니 그만두라고 말했다. 하지만 나는 멈출 수가 없었다.

악마는 지구에서 틈을 만든 지 약 100년밖에 지나지 않았다고 말했다. 하지만 우리는 그보다 훨씬 더 예전부터 틈으로 인해 피해를 입었다. 그는 아마도 지구와 이곳의 시간이 흐르는 속도가 다르기 때문이라고 말했다. 좀처럼 이해할 수 없는 대답이었다. 어떻게 시간이 다르게 흐른다는 말인가? 심문 사제의 말대로 그냥 미친 사람일까? 하지만 그것을 제외한 그의 발언은 일리가 있었다.

나는 그를 심문한 보고서를 제출하면서 재심문을 요청했다. 이자의 말은 신빙성이 있으며, 틈의 비밀을 풀어줄 중요한 존재라고, 오랜 시일을 두고 천천히 알아갈 연구 가치가 있다고 말했다. 그 전에, 그의 몸이 좋지 않으므로 당분간은 주변 환경 개선이 필요하다고 이야기했다. 나는 지금까지의 경험에 미루어 당연히 나의 요청이 받아들여질 거라고 생각했다. 하지만 이틀 후, 내가 지하로 내려가 보았을 때 그는 여전히 감옥 안에 갇혀 덜덜 떨고 있었다. 나는 동료를 불러 모포와 마실 걸 가져와 달라고 이야기했고, 별관의 작은 빈 방으로 옮기라고 부탁했다. 상부의 지시가 필요한 일이었으나 마음이 급했기에 독단적으로 시행했다. 그를 그냥 죽게 놔둘 수 없었다.

그러나 내가 지하로 다시 돌아왔을 때 그는 이미 죽어 있었다. 나는 도서관장을 찾아갔다. 그는 안 그래도 나를 찾고 있었다며 내가 무어라 말하기도 전에 상부에서 연락이 왔었다고, 재심문이 반려되었다고 했다. 반려 사유는 "우리에겐 심문해야 할 악마들이 많다. 그러니 이 악마에 힘을 쏟지 말고 배정된 다른 악마를 일정대로 심문하라. 그는 광증에 시달리는 악마일 뿐이다"였다. 나는 고개를 저으며 그의 죽음을 알렸다.

악마가 죽었다. 머릿속이 복잡했다. 악마의 사인은 '사고

사/동사'로 적혔다. 두 번 다시 그가 털어놓은 이야기의 진위를 파악할 길이 없었다. 보통 악마들은 지하 감옥에 갇혀 숙식을 해결한다. 아파도 예외는 없다. 하지만 개중 심문에 협조적이거나 유용한 이야기를 말하는 자들은 특별 취급을 받기도 했다. 특별 취급이라고 해봤자 모포를 하나 더 받거나, 빵 한 덩이를 더 받는 수준이었지만. 어쨌든 로아나교는 틈과 지옥에 대한 정보를 얻어내기 위해서 어느 정도의 노력은 기울였다. 하지만 그에겐 그런 조치가 전혀 이루어지지 않았다.

그를 방치한다는 것은 무슨 의미인가. 정말로 그의 발언이 가치가 없기 때문인가? 그게 아니라면, 그가 진실을 고하고 있지만, 교리에 반하기 때문인가?

로아나교의 높으신 분들이 틈학을 좌지우지한다는 사실은 이미 알고 있었다. 하지만 이 일을 계기로 나는 그들이 틈에 대한 진리를 구하고 싶은 것이 아니라 자신들의 입지를 공고히 할 학문을 만들고 있다는 것을 체감했다.

이로써, 나는 마음을 더 굳혔다. 무슨 일이 있어도 재저를 만나야겠다고 생각했다. 재저는 처지가 비슷한 악마들을 모으고 있다고 했다. 나는 그가 살아 있다는 긍정적인 가정을 했다. 그리고 악마를 잡아 오는 사제들의 보고를 읽으며 악마들이 어디에서 발견되었는지 분류해 보았다. 특별한 경향성을 띠는지 알아보기 위해서였다. 하지만 발견 장소에 특별한 연관성은 보이지 않았다.

그리고 이때쯤 나는 몸에 병을 얻었다. 내 몸은 이상을 느끼자마자 급속도로 나빠졌다. 겉으로는 문제가 없어 보였지만 이전처럼 빠르게 뛰지도 못했고 조금만 무리해도 두통과 현기증이 일었다. 서고 사제들 중에는 나와 비슷한 증상을 겪는 자들이 있었다. 나는 틈 규명 프로젝트에 대해 이야기한 악마의 이야기를 떠올렸다. 그의 말대로 틈에서 흘러나오는 것이 폐기물과 오염수라면, 그것에 접촉한 사람들이 병에 걸리는 것은 당연했다. 그리고 대부분의 시간을 틈에서 나온 물건을 처리하고 보관하며 보내는 서고 사제들이 병에 걸리는 것 또한 지극히 당연했다. 그러나 로아나교 측에서는 우리가 아픈 것은 부정한 악마들과 말을 섞었기 때문이라고, 열심히 기도하면 나을 것이라고 말했다.

몇 년의 세월이 흘러갔다. 로아나교는 여전히 득세했다. 하지만 바뀐 것도 있었다. 예전에는 이곳으로 오는 악마들이 전부 틈에서 흘러나온 자들이었다면, 이제는 사정이 좀 달라졌다.

어느 날엔가 나는 회의가 있어 다른 건물로 이동하다가 사제 두 명이 심문 대상 하나를 잡아 지하로 내려가는 것을 보았다. 짚으로 만든 포대 자루 같은 것을 머리에 쓰고 있어서 한눈에 얼굴을 알아볼 수는 없었지만, 키가 내 가슴께밖에 오지 않는 것으로 보아 어린아이인 듯했다. 그의 낡은 옷은 찢겨 있었고, 찢긴 옷 사이로 타박상 흔적이 보였다. 사제들은 얼굴에 씌운 자루를 벗기면 깜짝 놀랄 거라고 내게 귀띔했다.

공교롭게도 나는 아이의 심문에 기록자로 참여하게 되었다. 언제나 그렇듯 아이는 심문 의자에 묶였다. 나는 아이의 얼굴을 자세히 뜯어보았다. 작은 소녀였다. 면죄수 의식을 받을 무렵의 내 나이 정도거나 더 어려 보였다. 소녀의 두 눈은 분노로 불타고 있었다. 특기할 만한 것은 머리에 달린 뿔이었다. 볼품없이 뭉툭한 뿔은 오른쪽에만 자라 있었다. 나는 소녀를 심문하기에 앞서, 소녀를 잡아 온 사제들에게서 포획 정황에 대해 들었다. 그의 부모는 절벽에서 떨어져 사망했고, 이 녀석만 다녹 바위 아래서 발견되었다고 했다.

소녀의 부모는 소르벡 산맥에 인접한 작은 마을에 살았다. 내 고향과 멀지 않은 곳이었다. 아버지는 마을과 멀리 떨어진 숲에서 사는 나무꾼이었고, 어머니는 틈에서 나온 악마였다. 그 이야기를 듣자마자 옆에 있던 사제가 얼굴을 찡그리며 어떻게 악마와 성교를 할 수 있느냐고, 분명히 악마가 달려들어 사람을 홀렸을 거라고 말했다. 소녀는 사제의 얼굴에 침을 뱉으며 어머니와 아버지는 서로 사랑했다고 말했다.

심문 사제는 소녀에게 부모와 함께 어디로 가는 중이었냐고 물었다. 소녀는 쉽사리 입을 열지 않았다. 그러나 제대로 말하지 않으면 여기서 무슨 일을 당할지 모른다고 하자 결국 말을 꺼냈다. "우리는 도망가려 했어. 더 이상 견딜 수 없었을 뿐이야."

소녀가 이어서 말했다. 숲에서 홀로 벌목을 하던 아버지가 틈에서 나온 어머니를 구했다고. 둘은 가까워졌고 사랑하는 사이가 되었다고. 그리고 어머니가 임신을 하여 자기가 태어났다고.

그러던 어느 날, 마을 사람 몇몇이 숲속에서 열매를 따던 소녀와 어머니를 보았고, 곧 아버지와 한 가족임을 알게 되었다. 소식을 들은 영주의 하수인이 소녀의 아버지를 찾아왔다. 하수인은 아버지에게 제안했다. 너희는 원래 죽어야 마땅하지만 본청에 신고하지 않겠다고. 여기 계속 살아도 된다고. 단, 우리의 부탁을 들어주면 좋겠다고. 아버지는 두 손을 싹싹 빌며 그러겠다고 했다.

그 제안은 소녀의 가족에게 너무도 달콤했다. 하지만 그때 그 말을 듣지 말았어야 했다. 그들은 마을의 노예가 되어 모든 더럽고 위험한 일을 도맡았다. 기존에 하던 벌목 일을 하는 동시에 잠들 때까지 마을 사람들의 분뇨를 치우고, 밭일을 하고, 돼지우리를 청소했다. 일을 할 때 구역질이 나거나 위험해서 조금이라도 주춤거리면 사람들은 이죽거리며 신고해 버리겠다고 말했다. 마을 사제는 흐리멍덩한 눈으로 이 모든 것을 성당 앞 의자에 앉아 지켜보고 있었다. 항상 거나하게 취해 있는, 돈만 밝히는 부패 사제였다.

그래서 소녀와 소녀의 가족은 도망칠 계획을 꾸몄다고 했다. 하지만 술에 취해 한밤중까지 돌아다니던 마을 주정뱅이에게 덜미가 잡혔다. 그들은 죽을힘을 다해 숲으로 도망쳤다. 마을 사람들이 뒤를 쫓으며 활을 쏘았다. 그것은 마치 사냥 같았다. 결국 소녀의 부모가 절벽에서 떨어져 사망했고 소녀는 하루 만에 인근 숲에서 붙잡혔다.

심문 사제가 어디로 도망가려고 했느냐고 물었다. 소녀는 이곳이 아니라면 어디든지 괜찮을 것 같아 정신없이 길을 걸었다고 말했다. 그러자 심문 사제는 고개를 저으며 단호하게 말했다. "아냐. 목적 없이 다녹 바위 아래서 반나절 동안이나 서성이고 있었다고? 넌 다치지도 않았는데 거기 서 있었던 이유가 뭐였겠냐고. 누군가와 만날 생각이었나? 그는 누구지?"

소녀는 자신을 언제부터 미행했던 거냐고 되물었다. 사제가 우리는 땅 전체에 눈과 귀를 가지고 있다고 말했다. 소녀는 입을 꾹 다물었다. 심문 사제는 내게 심문이 쉽게 끝날 것 같지 않으니 잠깐 밖에 나가서 좀 쉬자고 말했다.

나와 사제는 달빛을 받으며 중정에 서 있었다. 사제는 고문을 하겠다고 말했다. 소녀는 숨기는 것이 있었다. 고문을 한다면 말문을 열기는 할 터였다. 하지만 나는 고문은 섣부르다고, 내가 먼저 심문해 보겠다고 말했다. 나는 소녀를 동정하고 있었다. 나는 계속 사제를 설득했고, 마침내 그는 내게 한번 기회를 주겠다고 말했다.

그러나 설득이 무색하게도 소녀는 의자에 묶인 채 혀를 깨물고 죽어 있었다. 사제와 나는 이 일을 상부에 보고했다.

혼혈 악마 하나가 죽었다고 해서 수도원이 놀라는 일은 없었다. 소녀의 죽음은 그가 켕기는 것이 있었다는 것을 증명할 뿐이었다.

수도원은 전령을 보내 이 사실을 다른 수도원에 알렸고, 유사한 사례가 있는지 살펴봐 달라고 말했다. 긴장 속에 몇 주가 지나갔다. 나는 이 몇 주를 잊을 수가 없다. 이 시기에 몸이 급격히 나빠졌기 때문이다. 소화가 되지 않아 식사량을 줄이자 몸이 말라갔고 기운이 없어졌다. 나는 소녀의 심문을 마지막으로 기록 사제 일을 관두었다. 도서관에서 악마의 문자를 해석하는 일도 겨우 했다. 나는 효용 능력을 잃은 채 점점 존재감이 희미해져 갔다. 사제들은 나를 측은하게 보았다.

몇 주 후 다른 수도원들에서 메시지가 날아왔다. 그중에 인근 중소도시의 한 수도원으로부터 온 전갈은 놀라운 내용을 전하고 있었다. 그곳에서도 최근에 잡혀 온 악마가 소르벡 산맥으로 가려 했다고 털어놓았다고 했다.

그 악마는 열흘 전에 낯선 악마를 만났고, 국경을 넘어가면 악마들이 멸시받지 않고 살 수 있는 공동체가 있으니 같이 가자는 제안을 받았다고 했다. 따라가기로 결정한 자들은 소르벡 산맥에서 모이기로 했다고 말했다. 그는 계속 심문을 받았고, 한 동굴에서 만나기로 했다고 고백했다. 그러나 소르벡 산맥에는 어림잡아 수십 개의 동굴이 있었다. 그 이후로도 악마를 계속 심문했지만 어느 동굴인지는 입을 열지 않았다고 했다. 또한 그는 국경 밖에 있다는 공동체의 위치도 모른다고 말했다.

소르벡 산맥과 가장 가깝다는 이유로 타나르의 수도원에서 회의가 진행되었다. 곧이어 수도원 회의실에 각 지방에서 온 수도원 대표들이 모였다. 나는 회의에 참여하진 않았으나 대표들이 주고받는 이야기를 문틈으로 엿들었다.

사제들은 여기에 가담한 악마들을 전부 잡아들여야 한다고 입을 모았다. 두 명이나 같은 산맥을 지목한 것을 보면 쉽게 넘길 사안이 아니라고, 이 악마들이 뭉치면 큰일이라고,

그들을 잡아내고, 모여서 무슨 일을 하려 했는지 알아내야 한다고 말했다.

다른 사제들이 말했다. 국경 밖은 아무것도 없는 광야라고. 수색해 보겠지만 그들의 말을 믿을 수는 없다고. 악마들이 이곳을 떠나 다른 곳으로 간다고 했지만 진의는 아무도 모른다고.

사제들은 악마들의 말을 액면 그대로 받아들이지 않았다. 나는 악마들의 말을 꼬아서 생각하지 않기로 했다.

재저는 동료를 모으고 있다고 말했다. 그렇다면 이 일에 재저도 끼어 있을까. 알 수 없었지만 이 사건을 따라가다 보면 재저를 만날 수 있을 거라는 유례없는 확신이 들었다. 이제는 수도원 도서관에서 나와 직접 움직여야 할 때였다.

그들이 국경을 넘으려고 하는 것이 맞다면, 분명 산맥 부근의 경계가 허술한 지역으로 갈 것이었다. 심문을 받던 이들이 도달하고자 했던 소르벡 산맥은 나의 고향 마을에 접한 곳이었다. 나는 여기 있는 사제들 중 그 산맥에 대해 가장 잘 알았다. 그곳은 토마와 함께 버섯을 따고, 토끼를 쫓은 곳이었다.

동굴이 수십 개일지라도, 사람들이 모여 숨어 있을 만한 곳은 몇 개 없거니와 경계가 허술한 국경 지역에서 멀지 않은 동굴은 두세 개 정도였다. 나는 선불리 동굴에 대해 알고 있다고 이야기하지 않았다.

타나르의 수도원 사제 대부분이 소르벡 산맥을 수색하는 데 투입되었다. 나는 손을 들어 자원했다. 나의 건강을 염려한 사제 몇이 만류했지만 나는 오히려 몸이 좋지 않기 때문에 참여하고 싶다고 말했다. 병든 몸이라도, 악마 퇴치에 기여할 수 있으면 기쁘겠다고, 이것은 나의 마지막 소원이라고 말했다. 그 말이 노사제들의 마음을 돌렸고, 나는 큰 의심 없이 산맥으로 가는 무리에 끼게 되었다. 다행이었다. 어린 나를 심문했던 노사제들이 세상을 떠나면서 나에 대한 주시와 경계도 다음 세대로 이어지지 않고 흐릿해진 것 같았다.

나는 수도원의 내 방에 앉아 비망록을 적어 내려가고 있다. 이것을 다 쓰면 사제복을 벗고 허름한 일상복으로 갈아입을 것이다. 그리고 수도원을 지킬 동료들에게 작별 인사를 하면서, 뒷일을 잘 부탁한다고 말할 것이다. 이제 이 비망록도 끝을 고한다.

이 비망록을 쓴 건 두 가지 이유에서다. 첫 번째는 토마를 위해서다. 모두들 토마를 악마라고 알고 있지만 그는 악마가 아니다. 나는 이 기록을 통해서라도 토마에 대한 오해를 바로잡고 싶다. 나는 타나르의 수도원 지하에서 짐승을 맞닥트렸을 때를 기억한다. 나는 그때 죽은 목숨이었지만 지금까지 살아 있다. 그날 밤 이후의 내 삶은 희생한 토마의 삶을 이어 붙인 것이다. 두 번째는, 악마라고 이름 붙여진 자들을 위해서다. 나는 이곳에 붙어 있기 위해서라는 핑계로 악마라고 규정당한 수많은 자들에게 가해지는 폭행을 묵인했음을 고백한다. 그들을 외면한 대가로 지금까지 사제의 신분으로 살아왔다. 나를 증오해도 좋다. 이것은 나를 용서해 달라고 쓴 비망록이 아니다. 여유롭게 삶을 반추해 보려는 생각은 추호도 없다.

나는 이 순간을 위해 살아왔을지도 모른다. 나는 로아나 신을 배반하고 있다. 그것은 나도 잘 알고 있다. 하지만 동시에 나는 깨달음을 얻었다. 애초에 나는 그날 밤 이후 그저 토마의 죽음을 파헤치기 위해 사제가 된 것일지도 모른다. 토마의 죽음으로 나에게 남은 것은 타오르는 분노밖에 없었을지도 모른다.

나는 이 비망록을 들고, 소르벡 산맥으로 달려갈 것이다. 나는 그 산맥을 누구보다 잘 안다. 나는 남아 있는 힘을 짜내서 누구보다 빨리 그들에게 도달할 것이다. 그곳에는 죄 없는 자들이 있다. 로아나교가 악마라고 규정한 사람들이 거기에 있다. 나는 그들에게 도망가라고 말할 것이다. 그리고 토마가 나에게 기회를 잡으라고 한 것처럼, 나도 그들에게 비망록을 주어 기회를 붙잡게 할 것이다.

니나의 비망록은 이렇게 끝을 맺는다.

*

니나는 비망록을 들고 틈인을 만나기 위해 산맥을 올랐다. 결과적으로 비망록은 그가 바랐던 대로 틈인의 손에 들어갔고, 한 번도 빼앗기거나 훼손되는 일 없이 공동체 도서관에 안전하게 보관되었다.

재저에 대해서는 전해져 내려오는 기록이 없었으므로, 나는 비망록 이후 상황에 대해 알기 위해 재저가 살아 있을 당시 사제들과 주고받았던 서신과 동료들의 일기나 기록을 찾았고,《악마와의 전쟁사》《틈인사》《틈 고백록》등의 문헌을 열람하며 유추해야 했다.

재저가 니나를 찾아갔을 적에, 그는 니나가 살아남기 위해서 로마나교를 믿는 척하며 사제들을 속이고 있는 거라고 생각했다. 그러나 니나의 얼굴을 마주하고 두 눈을 바라보았을 때, 그는 크게 놀랐다. 니나의 눈빛은 종교에 환멸을 느끼고 등을 돌린 변절자의 그것이 아니었다. 눈빛에는 혼란스러움이 담겨 있었지만, 쉽사리 로아나교에 대한 끈을 놓지 못하고 있는 것 같았다. 태어나서 한 번도 종교를 가져본

적이 없는 재저로서는 이해하기 힘들었다.

그러나 니나는 재저를 잡아 수도원 지하에 가둘 수 있었음에도, 도망치게 놔주었다. 재저는 숲으로 도망치면서도 끝내 니나가 자신의 말에 설득되었는지는 알 수 없었다. 믿을 만한 아군을 얻지 못한 채 재저는 그 길로 감시가 느슨한 국경선 근처 숲에서 다시 동료들을 만났다. 제각각 다른 지역을 둘러보고 돌아왔는데 대부분 소득이 없었다. 그런데 동료 중 하나가 국경 밖 광야에 있는 작은 마을에서 정보 하나를 입수했다고 말했다. 광야의 남동쪽에 있는 오아시스 주변에, 틈에서 빠져나온 사람들이 세운 공동체가 있다는 이야기였다. 그것은 터무니없는 소리처럼 들렸다. 아무것도 없는 광야에 사람들이 모여 산다고? 그것도 틈에서 나온 사람들이 만든 공동체라고? 하지만 목표를 잃은 그들에게는 가볼 만한 가치가 있었다. 가만히 있다가는 여기에서 죽을 것이 뻔했다.

재저는 동료들과 끝없이 광야를 걸었다. 지독한 모래바람과 밤의 추위와 낮의 더위가 그들을 죽음 직전으로 내몰았다. 그들은 전갈과 주머니쥐를 잡아먹었고, 선인장 수액을 마시면서 간신히 버텼다.

공동체는 진짜로 존재했다. 진흙으로 만든 건물 문 앞에서 있던 문지기가 다 죽어가는 그들을 보고 달려왔다. 문지기에게는 뿔도 꼬리도 없었다. 모든 기운을 소진한 그들은 안도의 한숨을 내쉬며 정신을 잃었다.

깨어났을 때는 공동체에 도착한 지 3일이 지난 뒤였다. 이곳에 있는 자들은 모두 틈에서 나온 사람들이었다. 재저와 동료들은 경계심을 풀지 않으려 애썼지만 너무나 오랜만에 편안한 표정의 사람들을 보자 마음이 풀어졌다.

재저와 동료들은 이곳을 만든 두 명의 설립자를 만났다. 설립자는 잘 찾아왔다며 그들 한 명 한 명을 포옹했다. 그들은 어안이 벙벙해 한동안 얼떨떨하게 앉아 있었다. 창밖에는 오아시스가 펼쳐져 있었고, 주변으로 농작물이 자라고 있었다. 한쪽에는 낙타 몇 마리가 한가로이 풀을 뜯고 있었다. 오아시스 반대편에는 숙소로 보이는 건물이 하나 더 있었는데, 건물 마당으로 짐을 나르는 사람들이 바삐 오가고 있었다. 광야 한복판에 이런 곳이 있다니, 말도 안 되었다.

설립자들은 자신들의 이야기를 해주었다. 그들은 지구에서 폐기물 처리 회사의 직원이었다. 그들이 틈을 찢고 나온 곳은 광야 너머의 다른 대도시였다. 그곳은 로아나교의 세력권 밖이었기 때문에 틈에서 나온 자들을 향한 다양한 종교적 관점이 있었다. 그들을 부정적으로 보는 시선도 있었지만 무수히 많은 관점이 있었기 때문에 오히려 그곳에서 살아남을 수 있었다. 그곳은 사통팔달의 교통도시이기도 했는데 그 때문에, 다양한 인종이 모였다. 그렇기에 틈에서 나온 자들도 로아나교의 교세가 뻗친 곳보다는 상대적으로 이질감이 낮았던 듯했다. 그러나 그곳에도 소수 인종을 납치하여 판매하는 노예 상인이 존재했다.

그들은 노예 상인의 막사로 끌려갔지만 운이 좋게도 같은 주인에게 팔렸다. 주인은 무역상이었다. 일은 고됐다. 그들은 말을 배우는 속도와 셈이 빨랐으며 일머리도 있었다. 그들은 몇 년간 주인 곁에 있으면서 주인의 부를 축적해 주었다. 그리고 결국 주인과 친구가 되어 해방을 받아냈다. 자유인이 된 그들은 주인과 동료 관계로 지냈는데, 사업적 수완을 발휘해 많은 돈을 벌었다.

그들은 공동체에 대한 목표를 품었다. 그러나 어디에 자리 잡아 공동체를 뿌리내리게 할 것인가는 계속 고민했다. 여전히 많은 도시에서 노예 상인이 틈인들을 잡아들이고 있었다.

그러나 그들은 결국 목표를 달성했다. 목표를 이룰 수 있게 도움을 준 것은 그들의 전 주인이었던 무역상이었다. 무역상은 광야 밖에는 항상 상인들의 중간 숙소가 모자라는데, 오아시스 근처에 공동체를 세우고 상인들의 쉼터 역할을 하는 것이 어떠냐고 제안했다. 그들은 그 아이디어를 받아들였다.

그들은 광야에 공동체를 건설하고, 틈에서 나온 자들을 불러 모았다. 금세 상주인구가 약 일흔 명 정도로 늘어났다. 그들은 이에 만족하지 않고, 다른 나라에 사람들을 보내 이곳의 존재를 알렸다. 하지만 이렇게까지 멀리서 온 사람들은 재저와 동료들이 처음이었다. 그렇게 먼 곳까지 소문이 퍼질 거라고는 생각하지 않았다. 설립자들은 기적 같은 일이라고 말했다.

설립자는 그들의 사연을 궁금해했다. 그들은 지금까지 겪었던 일을 이야기했다. 그 이야기에는 그들을 악마라 규정했던 로아나교의 지분이 몹시 컸다. 설립자들은 로아나교 이야기를 상인들에게서 전해 듣기는 했지만 그렇게 강력한 권력을 가진 종교라고는 생각지 못했다고 했다. 설립자들은 어렵고 많은 시일이 걸리겠지만 악마라고 탄압받는 사람들을 이곳으로 데려오고 싶다고 말했다.

설립자들은 공동체를 세울 때만 해도, 지구로 돌아가야 한다는 목표를 가지고 있었다. 하지만 시간이 흐르자 이제는 돌아갈 수 있을지 없을지 모르겠다고 했다. 설립자들은 잠시 말을 멈추고는 오아시스에서 놀고 있는 어린아이들을 창밖으로 바라보았다. 그러고는 저 아이들은 지구에 대한 이야기를 듣기만 했을 뿐, 이 땅에서 태어나고 자란 아이들이라고 말했다. 설립자들은 아이들을 위해서라도 사람들을 더 모아 공동체의 규모를 키우고 싶다고 말했다.

재저는 공동체에서 지내며 고민한 끝에 설립자들에게 왔던 곳으로 되돌아가, 악마라고 손가락질받는 사람들을 데리고 오겠다고 말했다.

작전이 꾸려졌다. 일단 길잡이를 선발해 로아나교의 세력권 안에 있는 나라들에 잠입한 뒤, 틈에서 나온 사람들을 최대한 많이 만나 공동체가 있다는 것을 알리고, 탈출 희망자들을 한데 모은 후 광야를 건너 이곳으로 오는 것이었다. 마음 같아서는 고통받는 사람들을 한꺼번에 데려오고 싶었지만, 그것은 너무나 위험했다. 그들은 들키지 않기 위해 일을 천천히 진행하기로 했다. 서두르다 일을 그르칠 순 없었다. 맨 처음은 재저가 빠져나온 나라였다.

재저를 포함해 네 명이 길잡이 역할을 자원했다. 길잡이들은 그 길로 공동체를 떠나 국경의 망루와 성벽, 방벽 따위가 없는 허술한 산간 지역을 살폈고, 각자 흩어져 틈에서 나온 사람들을 수색해 나갔다.

재저는 최대한 모습을 숨긴 채 로아나교의 세력권 안으로 들어갔다. 그는 접경지대에 있는 작은 마을에서 시작하여 점차 대도시로 잠입했다. 낮에는 사람이 많은 곳을 찾아다니며 소문을 들었고, 밤에는 돌아다니며 틈에서 나온 자들을 직접 만났다.

재저는 세상이 많이 달라졌음을 실감했다. 예전에는 틈에서 나온 자들이 부정하다며 성당이나 수도원에 신고하곤 했는데, 이제 사람들은 따로 신고하지 않고 틈에서 나온 자들을 노예처럼 부리고 있었다. 다들 신고해야 한다는 것은 알고 있었지만 서로 눈감아주는 듯했다. 그리고 어떤 지역에서는 틈에서 나와서 이 세계 사람과 가족을 꾸린 자들도 있었다. 재저는 틈에서 나온 자들을 은밀하게 모아 이야기했다. 달이 꽉 차는 날, 소르벡 산맥 깊숙이 있는 검은 동굴로 오라고. 검은 동굴을 찾기 힘들다면 반나절 전, 다녹 바위 근처로 오라고. 이야기를 들은 모두가 비밀을 유지하겠다며 결연한 눈빛으로 고개를 끄덕였다.

검은 동굴로 찾아온 자는 틈에서 나온 자들 여섯 명과, 그들의 연인과 가족 두 명, 총 여덟 명이었다. 다들 사력을 다하여 도망쳐 나오느라 몸이 성한 사람이 없었다. 청년 둘과 중년 넷, 노인 하나, 혼혈 아기 하나였다. 갓난아기만 잠에 빠져 있을 뿐, 누구도 잠들지 않고 있었다. 그들의 표정은 혼란과 불안으로 가득 차 있었다.

아직 네 명이 오지 않았다. 다녹 바위로 오겠다고 했던 셋은 가족이었다. 분명히 온다고 했었다. 사정이 생겨 검은 동굴로 바로 올 수도 있었다. 나머지 한 명도 마찬가지였다. 불안했다. 작전이 새어나가기라도 한 걸까? 불안감이 재저를 덮쳤다. 어딘가에서 덜미가 잡힌 것은 아닐까? 지하실에서 고문을 당하고 있는 것은 아닐까. 이제 곧 떠날 시간이었다. 그때까지 도착하지 않으면 그들을 버리고 갈 수밖에 없었다.

숲에서 사람의 형체가 나타나길 빌며 재저는 온 신경을 눈과 귀에 집중했다. 그때 저 멀리서 인영 하나가 보였다. 재저는 그에게 손짓했다. 하지만 재저가 기다리던 자가 아니었다.

그는 니나 하스밀로였다.

니나는 사제복이 아니라 평상복 차림이었다. 사제인지, 사제가 아닌지도 알 수가 없었다. 재저는 니나가 여전히 사제고, 그들을 잡으러 여기에 온 것이라고 생각했다. 만약 가정이 맞는다면, 재저는 니나를 죽일 수밖에 없었다. 니나의 헐떡거리는 숨결만이 대기에 흩어졌다.

니나의 얼굴에는 앳된 모습은 온데간데없고, 세월의 무게가 느껴졌다. 게다가 안색이 무척 나빠 보였다. 숨을 몰아쉴 때마다 쇳소리가 났다. 이윽고 숨을 가다듬은 니나가 말했다. "도망가." "사제와 병사와 마을 사람들이 오고 있어." 그리고 재저의 눈을 보며 한마디 더 덧붙였다. "네가 한 말이 거짓이 아닌 걸 알아. 그래서 난 너희를 도울 생각이야."

니나는 이곳에 오려던 자들이 로아나교 수도원에 잡혔다

며, 이곳도 곧 발각당할 거라고 말했다.

재저는 니나에게 저 멀리 광야에 틈에서 나온 자들이 세운 공동체가 있으니 같이 가자고 말했다. 도망자들을 도와준 이상 그도 죽은 목숨이었다. 그러나 니나는 고개를 저었다. 그는 가진 힘 전부를 써서 여기 왔다고 했다.

니나는 숲에서 만났을 때 도와준다고 말하지 못해 미안하다고 했다. 너무 늦은 게 아니었으면 좋겠다고도 했다.

니나가 말했다.

"로아나교의 권세는 아직 크고 넓어. 틈은 시시각각 생겨나고 무언가를 뱉어내. 틈에서 나왔지만 네가 찾지 못한 자들도 많을 거야. 나에게는 뜻을 같이하는 동료들이 있어. 앞으로 내 동료들이 너희를 도울 거야. 원하는 정보가 있다면 말해. 필사본이든 뭐든 보내줄게. 하지만 그러기 위해서는 지금 너와 이런 이야기를 나누었다는 사실을 들키면 안 돼. 나는 끝까지 교단 안에 몸을 담고, 악마를 잡아들이는 사제로 보여야 해."

니나는 품속에서 작은 책을 꺼냈다. 입구는 인장 반지 모양의 밀랍으로 봉해져 있었다. 니나는 자기를 이용하라고 했다. 그리고 원할 때, 비망록을 공개해서 로아나교의 만행을 폭로하라고 말했다. 영원한 건 없다고, 로아나교도 언젠간 몰락할 거라고 했다.

니나는 몸을 돌려 몸을 웅크리고 있는 사람들을 보았다. 사람들은 불안에 떨며 니나를 바라보았다. 니나는 아무 말도 하지 않았지만, 눈빛은 온통 후회에 젖어 있었다.

그때, 멀지 않은 곳에서 사람들의 고함 소리가 들려왔다. 니나는 코피를 흘리기 시작했다. 니나는 자신이 시간을 끌어볼 테니, 그 틈에 빠져나가라고 말했다. 니나는 흐르는 코피를 닦으며 동굴 밖으로 뛰어나갔다. 멀어지는 그의 등을 보며 모두가 아무 말도 하지 않았다. 그러나 감상에 젖어 있을 때가 아니었다. 사람들은 재저의 인도에 따라 자리에서 일어나 동굴 밖으로 이동했다. 여기에서 잡히면 죽음뿐이었다. 그들은 조용히 숲길을 걸어 내려갔다. 숨이 거칠어졌지만 크게 내쉴 수도 없었다. 발소리를 죽이며 한 발 한 발 떼고 있는데 사람들의 뒤로 불길한 소리가 날아들었다. 그것은 대기를 가르며 땅과 나무에 내리꽂히는 화살 소리였다. 사람들은 겁을 집어먹었다. 재저가 사람들을 진정시키려 노력했으나, 곧이어 고통스러운 비명이 들렸기에 그도 자리에서 얼어붙을 수밖에 없었다. 사람들은 누가 화살에 맞았는지 서로의 동태를 살폈다. 하지만 그들 중 화살에 맞은 사람은 아무도 없었다. 모두가 무사하다면, 이 비명은 누구의 것일까. 적어도 재저는 비명이 누구의 것인지 알 것 같았다. 뒤이어 사람들이 웅성대며 모여드는 소리가 들렸다. 거리가 멀었기에 희미하고 작게 들렸지만 그는 분명히 들을 수 있었다. 화살을 맞은 것은 니나였고, 추격자들 몇몇이 그의 이름을 외치며 상태를 묻고 있었다. 니나는 아직 살아 있었다. 그는 악마들을 보았다고 말하며, 사람들이 실제로 도망친 곳과 반대 방향의 지명을 말했다.

니나 하스밀로의 증언 덕분에 그날 재저와 함께한 여덟 명과 다른 지역의 동료 길잡이들이 이끈 열네 명, 그러니까 총 스물두 명이 무사히 국경을 넘었고, 광야를 건너 피난처로 들어갔다.

*

로아나교에서 소르벡 산맥을 샅샅이 뒤졌으나, 빈손으로 돌아갔다는 이야기는 민중의 입방아에 오르내렸다. 이런 상황에서 악마 무리를 잡으려다 애먼 니나만 아군의 화살에 맞아 세상을 떠났다는 것을 들키기라도 하면 큰일이었다. 로아나교는 자존심이 한풀 꺾여, 권위를 되찾을 만한 무언가를 보여줘야 한다고 생각했다.

로아나교는 니나의 죽음을 조작했다. 니나의 장례식은 수도원 본당에서 장엄하게 치러졌다. 레퀴엠이 울려 퍼지는 가운데, 모두가 훌륭한 삶을 살아온 니나를 칭송하며 그의 부재에 눈물을 흘렸다. 사제들은 일평생을 틈과 싸우던 니나가 악마와의 대치 끝에 사망했다고 공표했다. 우두머리 악마가 니나의 가슴에 칼을 꽂았다고 했다. 그는 칼이 찔린 채로 한 골짜기에서 발견되었다고 했다.

니나의 유해는 타나르의 수도원 지하에 묻혔다. 많은 사람들이 니나의 무덤을 보기 위해 타나르를 방문했다. 로아나교의 고위직 사제들은 자신들의 건재함을 알리고자 숨어 있는 악마들을 잡아다가, 사람들이 보는 앞에서 처단했다.

니나의 동료들과 서신을 주고받기 위해서는 준비 작업이 필요했다. 공동체의 몇 사람이 타나르로 잠입했다. 니나의 동료들은 비망록에 대해 알고 있었다. 공동체 사람들이 의도적으로 타나르에 비망록의 일부를 노출시켰을 때, 니나의 동료들은 그들을 알아보았다. 위험했지만 이 방법뿐이었다.

서신 교환이 이루어졌다. 재저는 로아나교의 내부 사정을 전해 듣고, 원하는 필사본을 구할 수 있게 되었다.

니나의 동료들은 틈에서 나온 자들을 한 명이라도 더 구하려고 노력했다. 그들이 길잡이를 좇아 탈출하는 것을 은밀히 도왔으며, 길잡이에게는 대기하거나 탈출하기에 안전한 지역을 알려주었다. 그러나 한계도 존재했다. 한꺼번에 모든 자들을 구출할 수는 없었다. 동료들은 구해내지 못한 자들에게 죄책감을 느꼈다. 틈에서 나온 자들을 구하려다 배교자로 몰려 희생당한 사제들도 있었다. 그들은 끝까지 혼자서 한 일이라고 주장하며 홀로 죽음을 맞이했다.

서신을 주고받는 것은 위험천만한 일이었지만 들키지 않고 계속 이어졌다. 시간은 빠르게 흘렀다. 이제 틈인들을 돕는 사제 중에는 니나를 직접 아는 동료가 없었다.

서신의 수발신과 길잡이를 전담하던 재저는 풍토병으로 몇 년간 고생한 끝에 사망했다. 그의 유언은 니나의 비망록을 자신의 일을 이어갈 틈인에게 전해주라는 것뿐이었다. 공동체는 점점 더 성장했다. 공동체의 설립자들도 차례대로 세상을 떠났다.

어느 날 사제들이 전해온 서신에서, 니나가 복녀로 시복될 조짐이 보인다고 적혀 있었다. 피흐데레의 영주가 지역 사제들과 함께 타나르의 수도원을 찾아왔다고 했다. 그는 니나가 마을에서 쫓겨났을 시절의 영주의 아들이었다. 이제 영주가 된 그는 고위 사제들에게 금은보화를 바치며 니나를 복녀로 시복해 주고, 수호성인으로 시성을 받을 수 있도록 해달라고 말했다. 또한 니나의 유해를 고향인 피흐데레로 이전하길 희망한다고 이야기했다.

처음에 고위 사제들은 안 된다고 단호하게 말했지만, 탁자 위에 보석과 금붙이가 늘어갈 때마다 조금씩 표정이 풀어졌다. 영주는 니나 하스밀로가 성인이 될 자격이 충분하지 않느냐며, 헌금을 내고 성인의 자리를 사고 싶다는 게 아니라 높으신 분들의 시성 회의에서 한 번만 고려해 달라는 뜻이라고 말했다. 그는 피흐데레가 특별히 기름지거나 물이 좋은 땅은 아니지만 경건하고 명예로운 수호성인이 배출된 땅으로 후대에 기억됐으면 한다고 말했다.

영주의 말대로, 예부터 피흐데레는 소출이 많은 땅이 아니었다. 관광지가 될 정도로 자연경관이 아름다운 것도 아니었다. 그런 땅의 영주가 갑자기 돈이 많아진 이유를 두고 고위 사제들끼리 이야기가 오갔다. 가장 지지를 받고 있는 소문은 영주가 자신보다 높은 직위의 귀족 딸과 결혼하게 되었는데, 아내 쪽에서 자신의 가문에 걸맞은 명예를 원했기 때문에 영주에게 헌금으로 금은보화를 바쳐서라도 피흐데레를 수호성인을 배출한 마을로 만들라고 제안했다는 것이었다.

누가 봐도 명백히 뇌물이었지만, 수도 사제청은 영주의 말을 들어주었다.

니나가 복녀로 시복됨과 동시에 니나의 유해는 타나르의 수도원 지하에서 피흐데레의 성당으로 이전되었다. 니나는 틈으로 고통받는 자를 위로하는 복녀가 되었고, 최종적으로는 틈의 수호성인이 되었다.

시복 이후 니나의 유해는 조각조각 잘렸다. 살과 뼈와 손발톱과 체모가 각 지역으로 팔려나갔다. 또한 니나의 얼굴과 전혀 닮지 않은 복제품 성상들이 고가에 팔렸다. 그러나 시중에 나와 있는 니나의 유해나 소장품은 거의가 니나의 것이 아니었다.

니나가 성인으로 추대되거나 말거나, 틈에서 나온 자를 공동체로 보내는 일은 계속됐다.

로아나교의 악마 심문은 점차 의미가 희박해져 갔다. 틈이 무언가를 내뱉는 일은 확연히 줄어들었다. 오수는 여전히 새어 나왔으나, 생물이 나오는 경우는 거의 없었다.

사제들은 예전처럼 악마를 심문했지만 세대가 지나면 지날수록 악마와 사람들의 경계가 모호해졌다. 그들이 틈에 대해 직접적으로 아는 경우는 과거만큼 많지 않았다. 이제는 누구를 잡아야 할지 알 수 없을 정도였다. 어떤 사람들은 원수를 악마로 몰아 신고하기도 했다.

사제청에서는 뇌물을 받는 수도원이나 사제를 엄벌에 처하겠다고 했지만, 사제청 또한 막대한 뇌물을 받고 있기는 매한가지였다. 로아나교 내부에서 자성을 촉구하며 내부 개혁 운동이 일어났지만 그것은 깨진 독에 물을 붓는 것과 같았다.

결국 로아나교는 여러 교단으로 찢어졌다. 초심으로 돌아가 경전을 살펴 로아나교의 본질을 찾아야 한다는 파와, 새로운 시대에는 경전의 재해석이 필요하다는 파가 대립하였고, 수도 사제청이 지방의 성당에 부여된 권력을 빼앗아 중앙집권을 이루어야 한다는 파와 지방분권이 되어야 전도에 도움이 되고, 지방민과 맞춤식 상생을 이룰 수 있다는 파가 대립하였다.

로아나교는 분열을 막기 위해, 내부 자정을 명목으로 외부 세력과 접촉하는 자들이 있는지 조사했다. 이에 우려했던 상황이 닥치고 말았다. 사제 하나가 덜미를 잡히고 만 것이었다. 허가되지 않은 필사본과 신고받은 악마에 대한 정보를 외부로 유출하고 있는 정황이 일파만파 드러났다. 곧이어 주교는 이 일에 가담한 조력자들을 색출하였다. 필경사와 사서직을 맡고 있던 사제들, 그리고 한때 도서관에 근무했던 지위 높은 사제들까지 끌려 나왔다. 색출당한 사제들에게 고문이 가해졌다. 그들은 어떤 치욕과 육체의 고통에도 입을 열지 않았다. 한 필경사가 고문을 이기지 못하고 틈에서 나온 자들과 내통한 사실을 실토했다. 사실 그 필경사가 고하지 않았더라도 언젠간 세상에 드러날 일임을 모두가 알고 있었다.

그로 인하여 니나는 몰락한 수호성인이 되었다. 니나의

유해는 전국 각지에서 불태워졌다. 한때 니나를 정성스럽게 묘사했던 성상과 스테인드글라스는 부서지고 깨졌다. 피흐데레는 순례자들의 방문이 뚝 끊겼다. 순례객들이 쓰는 돈으로 살아가던 마을 사람들은 주 수입원을 잃고 가난에 쪼들려 살다가 결국 뿔뿔이 흩어졌다.

*

로아나교의 기반이 흔들리기 시작하자, 공동체에서는 니나의 비망록을 공개했다. 틈에서 나온 자들은 깊은 밤중에 야경꾼들을 따돌리고 수도 사제청의 광장 벽에 비망록 전문을 대자보 형태로 게시하고 달아났다.

다음 날 아침, 이 사실을 알게 된 사제들은 황급히 대자보를 떼어버렸지만, 이미 소문은 퍼질 대로 퍼진 후였다. 순식간에 대자보의 사본이 시중에 나돌았다.

대자보의 진위에 대해서 의심하는 자들도 있었다. 그들은 비망록이 그저 로아나교의 권위를 떨어트리기 위한 협잡꾼들의 계략이라고 말했다. 그러나 진위에 상관없이 이런 논란이 있다는 것만으로도 로아나교는 큰 혼란에 빠졌다.

물론 대자보 하나로 로아나교가 몰락하게 된 것은 아니었다. 하지만 영원히 지지 않는 태양 같았던 로아나교가 조금씩 쇠퇴의 길목으로 접어든 시점에서 반로아나교 세력에게 힘을 실어주는 결과를 낳았고, 결국 종교 쇠퇴의 단초를 제공했다. 로아나교의 세력권에 있는 나라들의 왕 또한 로아나교의 손아귀에서 벗어나 더 막강한 권력을 가지기를 원하고 있었다. 그런 상황에서 로아나교가 고위직 사제들을 위해 교인들을 농락했다는 증거가 담긴 니나의 비망록이 공개되는 것은 마른 들에 불을 지르는 것이나 마찬가지였다. 결국 이 틈을 타 로아나교에 꽉 잡혀 있던 왕가는 종교와의 독립을 선언했다. 또한 이 시기에는 새로운 육로와 뱃길이 뚫리며 온갖 새로운 종교와 사상과 문화와 사람이 전래되었다.

그리고 그때, 하늘도 로아나교의 몰락을 돕는 건가 싶은 일이 일어났다.

틈과 로아나교는 떼려야 뗄 수 없는, 동전의 양면과 같았다. 틈이 오수와 짐승과 악마를 뱉어낼수록 로아나교는 득세했다. 하지만 로아나교의 약점 또한 틈이었다.

틈은 전 세계에 흩어져 있었지만 더 이상 오수가 흘러나오지도 무언가를 뱉어내지도 않았다. 틈에서 아무것도 나오지 않자 틈병도 사라졌다. 말라버린 틈은 사람들의 일상에 아무런 영향을 미치지 못했다. 그러자 로아나교의 존재 의의도 조금씩 희미해졌다.

여전히 로아나교를 믿는 사람도 있었지만, 이제 로아나교는 세상을 설명할 수 있는 도구가 아니었다. 로아나교는 틈을 적대하고 있었지만 틈 없이는 존립할 수 없는 종교였다. 그야말로, 틈 위에 세워진 사상누각에 불과했다.

로아나교의 성당은 대부분 파괴되었고, 로아나교는 역사 속으로 사라졌다.

로아나교가 몰락하는 가운데 공동체는 규모를 크게 불려 갔고, 클 만큼 커지자 여러 곳으로 흩어져 거주지역을 넓혀 갔다. 그들은 자신들을 '틈인'이라고 규정하며 독자적인 정체성을 만들어나갔다.

물론 여느 일이 그렇듯이 모든 과정이 아무런 갈등과 마찰 없이 진행된 것은 아니었다. 틈인들만 있는 곳도 지상 낙원은 아니었다. 그곳에서도 험난한 생존 투쟁과 갈등이 있었다. 하지만 틈인들은 정체성을 잃지 않고 한 종족으로서 자리를 잡아갔다.

시간은 모든 갈등을 해결할 순 없어도, 틈인에 대한 오해를 아주 조금씩 해소시켰다. 틈인들은 세상에 녹아들어 가 뿌리를 내렸고 이곳의 사람들과 뒤섞여 살아갔다.

시간이 흐르고 흘러 국경이 여러 번 바뀌었다. 전쟁이 수도 없이 일어났고, 다양한 기술이 발견되고 실생활에 응용되었다. 그에 따라 산업도 경제도 눈부시게 발전했다. 여전히 틈인들을 향한 차별과 비하는 지속되었지만 틈인들은 버티고 살아남았다. 틈인들이 떠나왔던 세계에서 만들어진 책의 정보들과 틈인 사이에서 내려온 기술과, 그들의 고유 문화가 이곳의 발전에 영향을 끼쳤다.

공장에서 물건이 생산되고 탈것이 발명되었으며, 비행기가 떠올랐다. 계산과 생각을 대신 해주는 기계가 등장했다. 사람들은 이 땅과 하늘과 우주에 대해 알아갔다.

틈인들의 후손들은 자신의 뿌리가 어디에서 왔는지 확인하고 싶어 했다. 또한 조상들이 여기에 떨어진 이유와 틈을 열 수 있는 메커니즘이나 장치에 대해서도 궁금해했다.

틈인 공동체는 여전히 존속 중이었다. 공동체 안에는 틈과 관련한 여러 종류의 시설이 있었는데, 그중 한 연구소에서 틈을 연구하고 있었다.

틈은 선조가 주장했던 것처럼 다른 세계와 연결되어 있었다. 틈인들은 틈을 통해 그곳에 직접 가보려고 했지만 틈 안으로 들어갈 수는 없었다. 억지로 들어가려고 해도 저항이 커서 관측조차 제대로 할 수가 없었다. 하지만 틈인들은 포기하지 않았다. 그들은 틈의 저항을 받지 않는 특수 재질의 아주 가늘고 긴 카메라를 발명했고, 수천 대를 만들어 틈 속으로 올려 보냈다. 그것들 대부분은 틈의 반대편에 도달하지 못했지만 긴 기다림 끝에 다섯 대가 마침내 도달에 성공했다.

다섯 대의 카메라는 조상들의 고향인 지구의 지상에서 주변을 또렷하게 비추어냈다. 그 역사적인 순간은 뉴스로 전 세계에 생중계되었다. 모두들 그 세계에 무엇이 있는지 궁금해했다. 그러나 한때 지옥이라고 불린 그곳엔 무시무시한 고온의 황무지밖에 존재하지 않았다. 다섯 대가 서로 다른 곳을 비추고 있었는데도, 마치 한곳을 비추는 것처럼 똑같았다.

과학자들은 카메라가 지면을 타고 앞으로 나아가게 조정했다. 그 와중에 두 대는 신호가 끊겼고, 나머지 세 대만이 계속해서 전진했다. 뉴스는 며칠 밤낮으로 계속 이 장면을 보도했다. 그리고 일주일째가 되던 날 아침, 마침내 한 대가 이전과는 다른 풍경을 비추고 있었다. 그곳은 오래전에 멸망해 버린 도시였다. 시청자들의 물음에 답해줄 이 하나 없는, 완벽한 폐허였다. 그곳은 지옥도 뭣도 아니었다. 뉴스는 "그곳에는 멸망한 도시밖에 남아 있지 않았다"고 자막을 내보냈다. 사람들은 멸망한 행성의 이전 모습을 상상해 볼 뿐이었다. 최초의 틈인들은 자신들이 폐기물과 함께 이곳에 도착했다고 말했었다. 폐기물을 다른 세계로 쏟아내 버렸음에도 지구의 문명은 결국 폐허가 된 것이었다. 뉴스를 보던 자들은 무상함과 혼란스러움과 허무함과 공포를 동시에 느꼈다.

그리고 그날, 틈인 부모에게서 내가 태어났다.

지금도 틈인 차별의 잔재는 남아 있다. 세상이 많이 바뀌었다고 해도 생김새가 자신과 다르면 의심하고 적대감을 표출하는 자들을 마주친다. 로아나교가 역사의 뒤안길로 사라진 지는 아주 오래되었는데도 어떤 사람들은 뿔과 꼬리의 크기와 존재 여부로 타인을 내리깔아 본다. "예전에 너희가 살았으면 악마라고 불렸을 거야. 시대를 잘 타고난 걸 고마워해" "틈으로 돌아가 버려"라며 비아냥거리는 찌질이들은 여전히 가까운 곳에 존재한다.

부모님은 내가 다른 사람과 다르게 생겼다는 것에 낙심할 이유가 없다며 어렸을 때부터 틈인의 자긍심을 키워주려 노력하셨다. 나는 여러 가지 자료를 찾아보며 틈인들이 이 세계에 정착하기 위해 얼마나 노력했는지, 이 문명의 발전에 얼마나 기여했는지, 틈인들의 정착과 존속을 도와준 자들은 누구인지 읽고 또 읽었다.

나는 과거의 틈인들처럼 틈에 대해 궁금해했다. 그러나 틈 너머의 세상에 가보고 싶지는 않았다. 대신 나는 틈인으로서 틈을 닫길 원했다.

그래서 나는 대학에서 틈을 연구하는 학문을 택했고, 마침내 틈을 연구하는 과학자가 되었다. 나는 내가 태어난 해에 대대적으로 보도되었던, 틈 안쪽을 들여다보는 실험을 주도했던 연구소에 입성했다. 나는 동료들과 연구를 진행했고 마침내 우리는 틈을 닫을 방법을 찾아냈다.

로아나교에서는 로아나 신이 틈을 닫기에 적합하다고 여기는 그 순간에 틈을 닫는 자가 나타난다고 했다. 틈을 닫는 자는 지옥과 연결된 세상의 모든 틈을 닫을 거고, 틈이 닫히는 순간 지상에 낙원이 도래한다고 했다. 하지만 로아나교는 틀렸다. 틈은 지옥이 아닌 다른 세계와 연결되어 있을 뿐이고, 그곳에서 온 사람들은 악마가 아니며, 틈은 개인이 저지른 죄와는 아무런 상관도 없었다. 또한 틈을 닫는다 해도 지상 낙원이 도래하는 일은 없을 것이다. 틈이 닫히거나 말거나 지상의 분쟁과 범죄는 여전히 사라지지 않을 것이다. 세상은 그렇게 단순하지 않으니까.

하지만 그럼에도 우리는 틈을 닫기로 했다.

*

스캔을 완료했습니다.

닉스와 연결된 모니터 중 하나가 팝업을 띄웠고, 알람을 내보냈다. 쿠야미는 화면을 흘깃 보고는 나에게 손짓했다. 나는 손짓의 의미를 알고 있었다. 그것은 닉스의 가동을 시작할 영광을 내게 주겠다는 뜻이었다.

나는 닉스 앞으로 가기 전에, 고개를 돌려 주변을 둘러보았다. 알람 소리를 들은 연구자들이 모두 이쪽을 보고 있었다. 나는 그들의 얼굴을 하나하나 살폈다. 스테인드글라스에 새겨진 중세인들의 뿔이 대부분 얇고 긴 한 쌍인데 비해, 이곳에 있는 연구자들의 뿔은 크기와 모양이 제각기 달랐고, 아예 뿔이 없는 자들도 있었다.

나는 닉스 앞의 수많은 버튼 중에 가장 크고 동그란 철제 버튼 위로 손을 얹었다. 버튼 표면의 따뜻함과 기계 진동이 손가락 끝으로 전해져 왔다.

나는 고개를 들어 스테인드글라스에 새겨진 니나의 얼굴을 한 번 더 보았다. 저렇게 어린 얼굴은 인생에서 한순간이었을 텐데, 스테인드글라스와 성상에 새겨진 그의 모습은 항상 소녀의 형상이었다. 아마도 그것은 로아나교가 바라는 니나의 이미지였겠지 싶었다. 니나의 왼쪽 눈가에 미세한 틈이 있는지 빛나는 구리색 선이 보였다.

나는 버튼을 눌렀다.

니나의 눈가에 있던 구리색 선은 상처가 아물 듯 점점 가늘어지고 길이가 줄어들더니 이윽고 사라졌다.

비로소 우리는 새로운 출발 선상에 서서 뛸 준비를 하고 있었다.

바람결에 니나 하스밀로의 웃음 섞인 숨결이 들려오는 듯했다.

"봐, 니나. 당신이 이끈 세계야."

토마라는 이름을 이어받은 내가 말했다.

〈수호성인의 몰락〉은 소설집에 수록된 소설 중 가장 많은 분량을 차지하는데 사실 이 이야기는 1년 전 여름, 원고지 30매가량의 초단편 기획에서 출발했다. 초기 설정은 하늘에서 다른 세상의 폐기물이 쏟아지는 아포칼립스 배경의 황무지가 배경이었고, 그 땅에서 살아가는 사람들은 이 기이한 현상을 이해하기 위해 종교적 방식을 취해 이 현상을 신의 형벌로 인식하고 있다는 설정이었다.

이 기획은 완성되지 못한 채 기획 단계에서 멈춰 있었지만, 오랫동안 머릿속에 남아 있었기 때문에 어떻게든 기회가 생기면 써야겠다고 생각했었다. 그러다가 새로운 소설을 써야 할 시간이 돌아왔을 때, 마치 원래 그물에 걸려 있었던 물고기처럼 이 기획이 낚아 올려졌다. 대신, 초기 기획과 다르게 하늘에서 다른 세계의 폐기물이 떨어지는 것이 아니라 다른 세계와 연결된 '틈'에서 폐기물이 새어 나오는 것으로 수정했고, 포스트 아포칼립스 배경은 그전에도 많이 다루었기 때문에 중세풍의 배경으로 설정해 보았다(아마도 이와 같은 결정에는 내가 좋아하는 소설 《황금나침반》이나, 《리보위츠를 위한 찬송》《스패로》 등의 영향이 있었을 거라고 생각한다). 또한 만약 내가 이세계물을 쓴다면 어떻게 쓰게 될까 하는 궁금증도 있었다.

나는 이 이야기가 원고지 100매가량의 꽤 짧은 단편이 될 거라고 생각했다. 하지만 이상하게도 자꾸만 이 속의 캐릭터들이 순순히 결말을 짓게 놔두질 않았다. 그들이 내게 자신의 이야기를 더 자세히 써달라고 하는 것 같았다. 이런 경험은 처음이어서 무척 놀라웠다. 결국 나는 가상의 캐릭터들에게 떠밀려 한 번도 써보지 않았던 구성과 원고지 400장 분량의 꽤 긴 이야기를 쓰게 되었다.

여담이지만 이 이야기를 쓰면서 나는 게임 〈디스코 엘리시움〉의 콘셉트 아트를 보며 영감을 얻었고, 동일 게임의 OST와 게임 〈로스트 아크〉의 음악을 많이 들었다.

철의 종족

대우주 지적생명체 프로젝트 탐사단 C013팀 팀장님께

안녕하세요, 팀장님. '우리은하' 내 '태양계'의 '지구'에 파견된 마크로입니다.

해가 뜨고 지는 것을 '1'이라고 한다면 벌써 '1000'이 지나고 있습니다. 아 참, 챙겨 주신 탐사 전용 에어바이크가 없었더라면 큰일 날 뻔했습니다. 지구는 우리 생각보다 훨씬 더 큰 곳이었습니다.

이곳은 다 타버리고 재의 향만 남은 검은 흙과 무심하게 철썩이는 검푸른 바다밖에 없습니다. 혹시라도 소통 가능한 지적생명체가 있는지 조사했습니다만, 응답은커녕 움직이는 어떠한 것도 볼 수 없었습니다.

하지만, 우리를 비웃으며 지구에는 아무것도 없을 거라고 했던 B216팀의 말은 틀렸습니다. 여기에는 생명체의 흔적이 남아 있었습니다. 우리가 한발 늦었을 뿐 분명히 엄청난 문명이 있었을 것으로 추측합니다. 그래서 저는 과거 이곳에 살았던 생명체의 발자취를 찾아보려고 해가 천 번 떠오르고 지는 내내 에어바이크를 타고 땅 위를 탐사했습니다.

지구는 어떤 이유로 멸망했을까요. 다른 외계 생물이 와서 공격했을까요. 아니면 종족의 내부 분열로 갈등을 빚다가 세계가 끝났을까요. 어쩌면 지각변동이나 기온의 변화로 멸망했을지도요.

저는 지구를 돌아다니면서 여러 가지 구조물을 보았습니다. 모든 게 멈추어 있었죠. 하지만 이곳이 철로 만들어진 존재가 살던 행성이라는 것을 알 수 있었습니다. 철은 우리의 육체를 구성하는 물질과 동일합니다. 뭐, 사실 그렇게 놀랍지는 않습니다. 철이야말로 우주에서 쉽게 볼 수 있는 금속이니까요. 사실은 그 존재와 우리가 오래전에 헤어진 고향이 같을지도 모르죠. 우리 모두 별의 자손들이니까요.

플라스틱과 콘크리트와 유리 사이에서 철의 종족은 쉽게 찾아볼 수 있었습니다. 그들은 지혜롭게도 생존을 위해 다른 물질과의 결합을 시도했습니다. 그래서 아주 다양한 형상을 지녔습니다. 그러나 모두 생명의 징후를 잃어버리고 숨이 다한 지 오래였지요. 마치 순식간에 공격받아 그 자리에 멈춰버린 것 같았습니다. 그들의 육체는 아주 작기도 했고 몹시 거대하기도 했습니다. 편의를 위해 저는 이름을 붙였습니다. 바다와 땅을 연결하는 종족에는 '바다-땅-연결-철의 종족'이라고, 물 위를 떠돌아다니는 종족에는 '부유-물-철의 종족'이라고, 땅에 단단히 뿌리를 내리고 콘크리트와 결합한 종족에는 '혼합-정지-철의 종족'이라고 이름을 붙였지요.

비록 문명이 쇠퇴한 그들의 몸엔 생명이 사라지고 붉고 거친 상흔만이 남아 있었지만, 저는 확신했습니다. 이들이야말로 지구의 지배자였다는 것을요. 저는 세계를 돌아다니며 생각했습니다.

다양한 철의 종족 중에서 가장 제 마음을 사로잡았던 종은 '긴-땅-철의 종족'과 '땅-위-이동-철의 종족'입니다. 땅을 샅샅이 수색한 결과였습니다. 땅 위에 붙어 지평선을 향하여 끝없이 이어진 한 쌍의 종족을 저는 '긴-땅-철의 종족'이라고 이름 붙였지요. 처음에는 어디가 끝인지 알고 싶어서 무작정 지평선을 따라갔습니다만, 역시나 끝을 발견하기까지는 무척 오랜 시간이 걸렸습니다.

그 끝에서 발견한 것이 '땅-위-이동-철의 종족'이었습니다. 그는 생을 다한 지 오래되어 본래의 모습을 잃어가고 있었죠. 그의 육체는 삐걱거리는 소리도 없이 가만히 서 있었습니다. 그들의 뼈대만 보아도 알 수 있었습니다. 이 종족은 몹시 거대하고 강합니다. 그러나 그들은 제가 따라온 '긴-땅-철의 종족' 위에서만 움직일 수 있는 듯했습니다. 공생관계처럼 보였습니다.

기록도 증언도 없기 때문에 저는 단지 그들의 마음을 헤아리려고 했습니다. 그들이 몸을 길게 뻗고 있는 까닭을 알고 싶었습니다. 지금까지는 두 종족을 찾기 위해 땅만 열심히 보며 걸었다면 이제는 그들이 어디를 향하고 있었는지를 볼 때였습니다. 그러자 많은 것이 새롭게 보였습니다. 그들은 자연 풍광을 사랑하는 듯했습니다. 그들은 아름다운 해안 절벽과 깊은 산속을 지났습니다. 사교적인 성정을 지녔는지 다양한 철의 종족이 모여 있는 들판도 방문했습니다.

미지의 세계를 찾아다니는 그들의 높은 도전 정신에 저는 매료되었습니다. 게다가 그들은 다른 철의 종족과 달리 자신들이 어디로 이동했는지 흔적을 남겼습니다.

그들의 이름은 무엇이었을까요. 왜 이렇게 살았을까요. 신이 그들을 만들었을까요, 아니면 자연스럽게 진화한 것일까요. 왜 그렇게 다양한 외형으로 살아왔던 것일까요. 그들은 어떤 여가를 보내고 무엇을 궁금해했을까요.

팀장님, 저는 지구에 남아서 두 종족을 조금 더 탐구해 볼 생각입니다. 그러다 보면 지구에 대한 다른 정보들도 자연히 알게 되겠지요. 이들의 생활 방식이나 철학을 알게 되면 또 메시지 드리겠습니다. 그때까지 안녕히 계세요.

외계 생명과 조우하는 그날까지
마음을 담아, 마크로 드림

〈철의 종족〉은 국가철도공단 매거진으로부터 청탁을 받아 쓴 짧은 소설이었다. 잡지에서 처음으로 생긴 지면이고, 에세이나 소설 어느 쪽이라도 괜찮으니 기차에 대한 이야기이기만 하면 된다고 하여 짧은 분량임에도 여러 고민이 많았다. 처음에는 기차 여행에 대한 에세이를 써보려고 했는데, 내 안의 도전정신이 고개를 들었다. 그래서 짧은 분량에 맞추어 소설을 쓰게 된 것이다.

나는 지적생명체를 찾는 조사관이 아주 먼 미래의 폐허가 되어버린 지구에 온다면 무엇을 흥미로워할지 생각했다. 내가 조사관이라면 지구에 남겨진 길, 그러니까 한때 인간에게 필요한 물류를 싣고 돌아다니던 트럭이나 기차의 길을 흥미롭게 생각할 것 같았다. 특히 기차가 이동하는 길은 한 쌍의 레일이 이어지는 형태이니, 미래가 되어도 풀숲 사이에 오랫동안 흔적이 남을 것 같았다. 나는 오래된 철길을 따라가며 멸망 전 지구를 머릿속으로 그려보는 조사관을 상상하며 이야기에 살을 붙여보았다.

동시에 나는 이 조사관의 정체에 대해서도 떠올려 보았다. 나는 이 조사관이 지구의 생물처럼 탄소 기반 생물이 아니라, 다른 원소에 기반한 생명체일지도 모른다고 생각했다. 그렇다면 그는 인간보다는 자신을 구성하는 원소와 같거나 유사한 조성을 가진 생명을 찾을 수도 있지 않을까 싶었다. 외계 생물이 지적생명체를 찾는다고 지구에 왔을 때, 인간을 찾을 거라는 생각은 다분히 인간 중심적 사고가 아닐까 싶다. 지적생명체의 관심을 받고 기준이 되는 게 늘 인간은 아닐 것이다. 지구에는 인간만 있는 것이 아니니까.

토르말린 클럽

토르말린 클럽의 회원들은 모두 젊고 아름다웠다. 예닐곱 명의 회원들은 대낮부터 벌건 얼굴로 진수성찬을 즐기고 있었다. 그들은 제각각 토르말린이 박힌 장신구 따위를 하고, 푹신한 안락의자에 앉아 낄낄댔다. 바닥에 뜯다 만 고기가 떨어지고, 술병이 엎어져도 그들은 개의치 않았다.

그중에 내가 찾는 여자가 있었다. 흰색 민소매 티를 입고 머리에 줄무늬 반다나를 한 그는 도회적인 느낌의 젊은 여자처럼 보였다.

나는 그 여자를 안다. 이름은 최도화고, 나이는 103세다. 자그마치 한 세기 이상을 산 여자다. 내가 그 여자를 아는 이유는 단순히 그의 외모를 알기 때문이 아니라 아주 오래전부터 그의 미적 지향을 알고 있기 때문이다.

나는 그를 찾으러 왔으면서도, 한편으로는 그가 여기에 없었으면 했다. 하지만 그 희망은 보기 좋게 깨어졌다. 그는 무리의 중앙에 앉아 나를 바라보고 있었다.

그 여자는 나를 알아보지 못할 것이다. 당연하다. 지금의 나는 그가 기억하고 있는 모습이 아니다. 그들이 보기에 나는 살집이 좋은 20대 중반의 남성 청년일 뿐이다. 아니, 어쩌면 그는 내가 본인이 알던 모습으로 등장한다고 해도 모를 것이다. 그 여자는 일평생 자기만 아는 그런 인간이니까.

근육질 남자 하나가 말했다.

"시간관념은 합격점이군그래. 요새는 이런 기본도 안 되어 있는 녀석들이 많은데 말이야."

나는 그들 앞에 거리를 두고 가만히 서 있었다. 최도화도 나를 보며 입을 열었다.

"창고 안으로 들어가기 위한 패스워드와 약도를 전송해 줄게. 창고 알바생이 어제 바꾼 거 알려준 거라고 했으니까 틀림없을 거야. 운반 도착지 주소도 알려줄 거고. 모레 저녁 10시 반, 트럭이 창고 물량을 채우러 올 때를 노리면 돼. 그때는 다들 정신없이 부산할 거야. 그때 거기 인부인 척 들어가서 증폭기를 훔쳐. 입구 쪽 탈의실에서 조끼 유니폼 하나 걸쳐 입는 거 잊지 말고. 그 후에 장착지 주소로 찾아가. 입구에서 방문객 리스트를 작성해야 하는데, 확인 잘 안 하니까 대충 가족 방문 정도로 쓰면 돼. 그런 다음 4층의 끝 방 방문을 열고 구석에 있는 기계의 세 번째 슬롯에 증폭기를 꽂으면 돼."

최도화의 목소리는 내가 알던 것과 전혀 다르지만 나는 그의 말투—어미의 사용법, 단어와 단어 사이의 개인적인 버릇—를 알기 때문에 그가 정말 최도화가 맞는다는 확신이 더해질 뿐이다.

그 말이 끝나자마자 오른쪽 귓가에 알림음이 연달아 두 번 들려왔다. 그것은 그가 이야기한 대로 이 클럽의 회원들이 창고 패스워드와 약도, 장착지 주소를 전송했으며 거래창에 착수금을 올려놓았다는 의미였다. 나는 재빨리 이 상황을 캡처해서 저장했다.

여자는 내가 방금 무엇을 했는지도 모른 채 이어 말했다.

"촉각이 또렷해지면 잔금도 다 줄 테니까 받기만 하면 돼. 잘 알아들었지? 잘 생각해. 쥐꼬리 같은 착수금 받고 떨어지든가, 아니면 정말 큰돈 벌어보든가. 여긴 블루 오션이야. 네가 잘하기만 하면 수요는 아주 많다고."

나는 이 여자를 포함한 토르말린 클럽의 회원들이 무슨 일을 하는지 알기 위해 여기 왔다. 한숨이 절로 나왔다. 이런 걸 정말로 시키는 거구나. 그러기 위해 모인 거구나.

다른 사람들이라면 몸을 돌려 곧장 정원 바깥으로 나가

그들이 시킨 대로 일을 할 것이다. 그러나 나는 제자리에 잠자코 서 있었다. 젊은이 하나가 나를 향해 외쳤다.

"안 가고 뭐 해, 일하기 싫어? 돈 필요 없어?"

나는 대답 대신 최도화를 노려보았다. 그러자 최도화는 청포도 하나를 입에 넣으며 비아냥거렸다.

"내버려둬, 저런 애는 아무것도 못 해낼 애야. 깜냥이 안 되는 거지. 애야, 그냥 가렴. 다시는 오지 말고. 조금 전에 왔던 애도 돈 필요하다고 와선 고민만 잔뜩 하다 가더니, 오늘은 왜 이렇게 머뭇거리는 애들이 많아?"

그의 입술 사이로 흘러나온 포도즙이 더럽게 느껴졌다. 도화는 과육을 잘근잘근 씹어 삼키곤 손사래를 쳤다.

"너 말고 이 일 하겠다는 애들 많아. 당장 집 나와서 갈 곳 없는 애들, 낙태 수술할 돈 없는 애들, 가정폭력 일삼는 부모 피해서 도망 다니는 애들, 사채업자한테 쫓기는 애들, 목돈이 필요한데 아무것도 없는 애들, 심지어 동생 대학교 입학금 필요한 애들도 일하고 돈 받아 갔어. 다들 맡겨만 달라고 난리라고."

나는 두 주먹을 꽉 쥐었다. 비로소 진실을 알았고, 이제 그 앞에 맞서야 한다. 나는 마침내 입을 열었다. 그에게 죄를 물을 시간이다.

*

지금으로부터 6개월 전, 나는 연고도 없는 정원시로 이사를 왔다. 이곳에 온 것은 네 건의 부재중 전화 때문이었다. 모르는 번호는 받지 말자는 주의였지만, 이상하게 그 번호는 다시 전화를 걸어야만 할 것 같았다.

수화기 너머에선 낯선 이의 목소리가 들려왔다. 그는 이름도 처음 듣는 요양원의 직원이라고 자신을 소개했다.

"어머니 요양원 비용이 연체되어서요. 따님이시죠? 직접 오셔야겠는데요."

직원의 목소리는 계속 이어졌다. 직원이 말한 대로 나는 엄마의 딸이었으나, 무척 당혹스러웠다. 엄마와의 여러 기억이 마음속에서 피어올랐기 때문이다.

42년 전, 엄마는 나를 버리고 다른 남자와 도망을 갔다. 집을 나가기 전 엄마는 외가에서 물려준 재산을 모두 가지고 가버렸다. 사실 나는 엄마가 떠날지도 모른다는 것을 눈치채고 있었다. 몇 달 전부터 학교에서 집으로 돌아오면 현관에 모르는 남자의 운동화가 엄마의 구두와 나란히 놓여 있었고, 그들이 방문을 닫고 도주 계획을 세우는 것을 들었다. 엄마는 정말로 나를 버렸다. 엄마가 떠나고 혼자 남겨진 나는 먼 친척 집에서 10대 시절을 보내야만 했다.

나와 엄마와의 관계는 그것으로 끝이라고 생각했다. 단둘이 살 때도 내게 다정했던 적이나 책임감을 가지고 나를 대한 적이 없었으니까. 슬프지는 않았다. 그저 인연의 종류마다 유효기간이 다르다고 생각했다.

하지만 지금, 잊고 있었던 엄마가 내 삶에 불쑥 얼굴을 들이밀었다. 게다가 직접 전화를 걸어온 것도 아니었다. 요양원 직원이 연체 건으로 전화를 걸었다는 것은 여러 의미를 내포하고 있었다. 엄마는 아프고, 주변에 돈도 사람도 없다는 의미 따위를.

통화를 끝내기 전에 나는 직원이 알려준 요양원 주소를 받아 적었다. 이미 남이라고 생각하며 잊고 지낸 엄마였는데, 아무래도 혈연이라는 게 쉽사리 끊어질 수 없는 것인가 싶었다.

요양원 바깥 담장에는 인자한 표정으로 웃는 할머니와 할아버지의 모습이 그려져 있었다.

나는 코트 깃을 여미며 엄마를 만나면 무슨 말을 해야 할까 생각하며 실내로 들어갔다. 방문객은 한 명도 없었고 점심 식사가 막 끝났는지 음식 냄새만이 희미하게 풍기고 있었다. 바닥에 말라붙은 끈적한 유동식의 흔적이 나를 잡아끌었다. 나는 입구에서 방문객 리스트를 작성하고 자동 유리문 안으로 들어섰다.

나는 직원에게 그간의 상황을 들을 수 있었다. 엄마의 요양원 비용이 몇 개월 전부터 통장 잔액 부족으로 이체가 안 됐다고 했다. 그래서 보호자를 수소문하다가 내게 연락하게 되었다고 말했다. 그는 종이컵에 담긴 차를 마시며 나의 안색을 살폈다. 의아하다는 표정이었다. 내가 특별히 슬퍼하거나 절망하지 않아서리라. 한편으로는 내가 요양원 비용을 지불할 능력이 있는지 요리조리 재보는 듯도 했다.

나는 먼저 엄마를 봐도 되겠냐고 물었다. 직원은 고개를 끄덕였다. 그는 앞장서 복도를 걸었다. 나는 벽에 걸린 요양원 안내 게시판을 보며 그 뒤를 따랐다. 입소한 노인들이 색종이를 접고 있거나 그림을 그리고 있는 사진이 걸려 있었다. 맨 끝에는 요양원 마당에서 꽃구경을 하는 노인들의 사진이 전시되어 있었는데, 그곳에 장미꽃 향기를 맡고 있는 엄마의 독사진도 있었다.

사진 속 엄마는 그 나이 또래보다 젊어 보였다. 누가 봐도 곱게 나이 든 인상이었다. 나는 그 모습을 보자 은근히 부아가 치밀었다. 가증스러웠다. 내가 멈춰 서서 사진을 보고 있자, 직원이 입을 열었다.

"참 고우시죠?"

내가 입을 열었다.

"생활은 잘하셨나요?"

"네. 다른 분들이랑 이야기도 하면서 적응도 잘하시고, 운동도 빠짐없이 하셨어요……. 근데 이 사진은 몇 년 된 거라서요. 처음에는 혼자 멀쩡히 걸어오셨어요. 다들 왜 입소하시려고 그러냐고 물어볼 정도였죠. 입소하고 얼마 되지 않아 찍은 사진일 거예요. 그런데 지금은 많이 다르실 테니까, 너무 놀라지 마세요. 자세한 이야기는 어머님 뵙고서 말씀드릴게요."

작은 병실에 들어가 엄마를 만나자마자 나도 모르게 씁쓸한 웃음이 지어졌다. 그곳에는 보호자도, 돈도, 아무것도 없이 세월의 조류에 지칠 만큼 지친 쇠약한 육신만이 남아 있었다. 엄마는 항상 입버릇처럼 새로운 인생을 찾고 싶다고, 내가 족쇄가 된다고 말했다. 그렇게 족쇄를 끊고 도망친 결과가 고작 이건가 싶었다.

엄마의 작고 초라한 몸에는 여러 기계가 주렁주렁 달려 있었다. 마사지 기계처럼 생긴 것을 손발에 하나씩 달고 있었고, 두툼한 헤드기어를 머리에 쓰고 있었다.

나는 엄마의 얼굴을 보았다. 젊은 시절의 모습은커녕, 게

시판에서 보았던 사진 속 모습도 거의 남아 있지 않았다. 엄마는 두 눈을 질끈 감은 채, 콧줄을 하고 입을 조금 벌리고 있었다.

직원이 뒤에서 엄마의 상황에 대해 이야기했다. 갑자기 뇌졸중이 왔고, 그 후유증으로 연하 곤란, 성대 마비, 좌측 편마비가 왔다고. 그래서 깨어나도 의사소통이 어려울 거라고 했다. 나는 직원의 말을 들으며 엄마의 몸을 살폈다. 기계는 모두 전선으로 연결되어 침대 아래의 기계에 이어져 있었다.

"이게 다 뭐죠?"

"'이음'에 연결된 장비예요."

'이음'은 나도 익히 들어 알고 있었다. 그것은 최근에 사람들에게 폭발적인 인기를 끌고 있는 가상현실 시스템이었다. 온라인게임의 형태와 사진이나 동영상을 전시하는 옛 소셜 네트워킹 시스템이 결합된 형태인데 인터넷 접속이 가능한 모든 디바이스로 이용할 수 있어서 주변에서도 이음 계정이 없는 사람이 거의 없었다. 나조차도 방치된 계정이 하나 있을 정도였다. 하지만 이렇게 누워 있는 엄마가 이음을 한다고?

직원이 말했다.

"국가 특별 시범 사업으로 각 시도의 요양원당 입소 환자용 접속기를 두 세트씩 할당했는데, 어머님이 선정되셨어요. 이렇게 몸이 불편해지기 전에 동의서에 서명하셨고요."

나는 엄마가 온라인게임이나 소셜네트워크 서비스를 하는 것을 한 번도 본 적이 없었다. 엄마는 게임보다는 직접 사람들을 만나는 것을 선호하는 세대였다. 하물며 이런 최신 시스템을 엄마가 즐긴다는 건 더더욱 상상하기가 힘들었다.

"엄마가 이걸 잘 이용하시나요?"

그러자 직원은 멋쩍게 웃으며 말했다.

"뭐, 하시긴 하는데요. 그렇게 즐기시는 것 같진 않아요. 다른 어르신들도 그렇고요. 이런 것도 젊을 때 해봤어야 하지, 그게 아닌데 어떻게 좋아하시겠어요? 어르신들도 죽기 전에 이런 세상이 올 거라고는 생각도 못 하셨을 걸요. 솔직히 저희도 정부에서 시키니까 하는 거죠. 어르신들이 즐기실 수도 없는데 IT다 뭐다 하면서 시범 사업 실적이나 올리려고 정부에서 무리하게 밀어붙이는 거예요. 성과주의 탁상행정이죠. 그래도 뭐, 그냥 누워 계시는 것보다는 나을 테니까요."

"부작용 같은 건 없나요?"

"괜찮을 거예요. 접속 시간이 제한되어 있거든요. 정해진 시간이 되면 장치를 끄고, 벗겨드려요. 아니면 옆방에 어르신 것과 똑같은 보호자용 접속기도 한 대 있는데, 사용해 보셔도 되고요."

내가 관심을 보이자 직원은 내게 따라오라고 했다. 나는 직원을 따라 옆방으로 가보았다. 굳게 잠겨 있는 방문에는 '사용 중'이란 팻말이 붙어 있었다.

"아쉽지만 나중에 다시 오셔야겠네요."

"엄마를 만나려면 꼭 이 접속기를 사용해야 하나요?"

내가 물었다.

"그렇지는 않을걸요. 어떤 보호자님들은 핸드폰이나 PC로도 접속하시더라고요."

나는 집에 돌아가서 핸드폰과 PC에 이음을 설치해 봐야겠다고 생각했다. 나는 직원에게 엄마의 이음 계정을 알려달라고 했고, 그는 흔쾌히 알려주었다.

나는 요양원을 나오기 전에 잠시 로비의 소파에 걸터앉아 쉬었다. 건너편 벽에 이음 시범 사업 시행 포스터가 붙어 있었다.

'노인들은 무슨 꿈을 꿀까요? 물건도 사고, 사람들과도 만납니다. 고향집에 가보기도 하고, 가보지 못했던 해외의 유명한 건축물 앞에서 산책도 할 수 있습니다.'

나는 집으로 가는 길에 핸드폰으로 이음을 설치하고, 집에 돌아와 PC에도 이음을 설치했다. 이음이 설치되는 동안 화면에 광고가 나왔다. 아바타에게 입힐 새 시즌 의류 신상품과 전 채널 사람들에게 채팅 문구를 보낼 수 있는 아이템, 오프라인 숍에서 구매 가능한 신형 감각증폭기의 이미지가 휙휙 지나갔다. 이미지 아래 물건의 설명이 쓰여 있었다. 그것은 핸드폰이나 PC 같은 디바이스나 접속기에 연결하는 확장 모듈이라고 했다. 나는 감각증폭기의 가격을 확인하고는 흠칫했다. 첫 판매 기념 할인 중이었는데도 나로서는 가상공간에 이만한 돈을 투자하는 것이 이해되지 않을 정도로 큰 금액이었다.

잠시 후, 이음의 설치가 완료되었다. 나는 엄마의 계정을 입력하고 친구 추가를 눌렀다. 놀랍게도 엄마는 30초도 지나지 않아 친구 요청을 수락했다. 친구가 되었기 때문에 미니 맵에 엄마가 있는 위치가 한 점으로 새겨졌다. 나는 엄마가 있는 곳으로 달려갔다.

엄마는 인적이 드문 그란비 언덕 주변을 천천히 걷고 있었다. 엄마의 아바타는 기본으로 주어지는 옷을 입고, 외형 수정도 전혀 되어 있지 않았다. 국가사업이라 외형에 자율성이 없는 걸까. 나는 엄마의 뒤를 따라가며 계속 말을 걸었지만, 엄마는 언덕 주변을 하염없이 걸을 뿐 아무 대꾸도 하지 않았다. 내 아바타의 외형이 낯설어서 그런가 싶어서 나는 계속해서 내가 당신의 딸이라고 이야기했다. 그러나 엄마는 여전히 묵묵부답이었다. 채팅 방법을 몰라서 말을 하지 않는 것일지도 몰랐다. 나는 뒤를 쫓으며 채팅을 하는 법에 대해 떠들었지만 엄마는 시도는커녕 걸음을 멈추지도 않았다. 그렇게 엄마의 뒤를 쫓은 지 40분 정도가 지나자, 나는 엄마가 내게 쌓인 것이 많아 의도적으로 대화를 피하는 거라고 생각하게 되었다. 나는 엄마를 뒤로한 채 이음에서 로그아웃했다.

요양원에서 엄마를 만난 지 2주일 정도 되었을 무렵, 나는 요양원과 인접한 정원시 마안동으로 이사를 가겠다고 결심했다. 엄마를 이사한 집에 모실 생각은 아니었다. 그 정도로 애틋하지는 않았고, 요양원만큼 잘 돌봐줄 자신도 없었다. 그저 전셋집에서 나가야 할 때가 되었고, 겸사겸사 낯선 데서 살아보는 것도 나쁘지 않겠다는 생각 정도였다. 그리고 어쩌면, 내 무의식에 엄마를 향한 애증과 연민의 부스러기가 남아 있었을지도 몰랐다.

처음 와보는 낯선 동네에서 나는 나이가 많아 보이는 공인중개사에게 다세대 빌라의 원룸 몇 개를 보여달라고 말했다. 공인중개사는 나를 자신의 차 조수석에 태우고 동네 이곳저곳을 돌아다녔다. 그는 이 동네에 사람들이 많이 살진 않지만 한적해서 오히려 좋다고 말했다. 인근에 바다가 있어 경치도 좋고, 여러 나라에서 다양한 물건이 들어오는 항구는 무역의 요충지라고도 했다. 그래서 트럭도 많고, 물류 창고도 많으니 찾아보면 일자리도 많다고 했다.

나는 마지막으로 보았던 방을 골랐다. 구경한 방 중에서 시내로부터 가장 멀고 월세가 저렴했다.

나는 공인중개사의 차에 타 다시 부동산으로 돌아가며 차창 밖을 빤히 바라보았다. 그곳은 대학교가 있지도, 시내와 가깝지도 않은데 유독 20대 초중반으로 보이는 앳된 거주자들이 많이 보였다. 공인중개사는 그런 나를 흘끔 보더니 앞유리 너머로 보이는 커다란 건물을 가리키며 그들이 대부분이 물류 창고 직원들이라고 말했다. 어쩌면 우리 집으로 배송되는 택배가 저곳에서 오는 것일지도 몰랐다.

짐이 별로 없어서 이사는 간단히 끝났다. 새로운 환경에서도 내 삶은 크게 바뀌지 않았다. 나는 이사를 오기 전에도 쭉 해왔던 재택 영상편집 일을 했다.

하지만 얼마 되지 않아 이전처럼은 살아갈 수 없다는 것을 깨달았다. 이제 나는 엄마의 요양원 비용을 지불해야 했다. 국가 지원을 받아 본인부담금만 내면 된다고 해도 나에게는 그 부담금마저 마련하기가 빠듯했다. 결국 영상편집 일 외에 다른 일을 더 구해야 했다. 나는 시내에 있는 청소년

방과후 아카데미에서 영상미디어 수업을 맡게 되었다. 일주일에 두 번, 한 강좌당 두 시간씩이었다.

아카데미 수업은 예닐곱 명의 중고등학생들이 수강했다. 다들 무척이나 열성적이었는데, 그중에서 눈여겨볼 만한 학생이 있었다. 그의 이름은 무영이었다. 비록 기본기도 부족하고 투박하지만 조금만 더 공부한다면 영화감독이 될 수 있을 만한 감각을 가진 학생이었다.

무영과 그의 단짝 친구는 쉬는 시간에 항상 화이트보드 앞에서 이야기꽃을 피웠다. 그 통에 나는 본의 아니게 그들의 이야기를 듣게 되었다. 그들은 좋아하는 유튜브 채널과 아이돌에 대해 이야기했다. 둘은 무척 친한지 고등학교 졸업식 날에 팔에 같은 모양의 작은 타투를 하자고 약속하기도 했다. 무영은 운전면허를 따고 싶어 했고, 대학교의 영화영상학과에 진학하여 영화감독이 되고 싶어 했다. 딱 그 나이대에 어울리는 소망이라서 나는 저절로 미소가 그려지는 것을 애써 참아야 했다.

나와 무영은 수업을 마치면 같은 노선의 버스를 타고 집에 갔다. 붙임성이 좋은 무영은 눈을 밝히며 수업 시간에 못다 한 질문을 했고 그러면서 우리는 조금 더 가까워졌다.

어느 날 밤이었다. 무영과 내가 정류장 안내 표지판 옆에 서서 집으로 가는 버스를 기다리고 있었을 때 갑자기 하늘에서 굵은 빗방울이 떨어지기 시작했다. 우리는 버스에 타기도 전에 물에 빠진 생쥐 꼴이 되었다. 나는 무영에게 갈아입을 옷과 우산을 챙겨 줄 테니 우리 집에 가자고 했다. 무영은 흔쾌히 동의했다.

나는 욕실에 들어간 무영이 문 앞에 벗어둔 옷을 보았다. 옷은 더러웠고, 군데군데 솔기가 뜯어져 있었다. 예감이 좋지 않았다. 무슨 일이라도 있는 걸까. 왜 눈치채지 못했을까.

무영이 욕실에서 나와 젖은 머리를 털다 말고 말을 툭 내뱉었다.

"저 다음 수업부터 안 나가요. 쌤한테는 미리 말씀드리고 싶었어요……."

"왜?"

"돈 벌려고요."

"대학 안 가고?"

무영은 잠깐 침묵하다가 말했다.

"열여덟 살이 되면 본국으로 추방된대요."

"그게 무슨 소리야? 본국? 여기서 태어나지 않았어?"

"맞아요. 이 동네에서 태어난 거. 근데 부모님이 불법체류 외국인이거든요."

"그런데?"

내가 물었다.

"부모님이 불법체류자면 저도 미등록 이주 아동으로 분류돼요."

나는 잠시 할 말을 잃었다. 나는 무영이 방금 했던 말을 곱씹어 보았다. 무영은 미등록 이주 아동이고, 열여덟 살이 되면 본국으로 추방된다. 그러면 무영이 그리던 미래는 어떻게 되는 걸까.

"그럼 대학은?"

"포기할 수밖에 없죠."

무영이 담담하게 말했다.

"그게 말이 돼? 얼마 전까지만 해도 영화영상학과에 가고 싶다고 했잖아."

"저도 추방된다는 건 얼마 전에 처음 알았어요."

"부모님은 뭐라고 하셔? 어떻게 하신대?"

무영은 별로 말하고 싶지 않은 듯 고개를 저었다.

"지금은 어떻게 지내는 거야?"

"지금 살고 있는 월셋집은 주인분이 사정을 봐주고 계시고, 생활비는 후원금으로요. 쌤 수업도 지원받아 다녔어요."

"학교에서 도와주실 분은 없니? 담임선생님은? 아니면 교장선생님이라도?"

"학교는 제가 입학했을 때도 관련 조항을 몰라서 허둥지둥했는걸요."

나는 아무 말도 할 수 없었다. 무영에 대해 아무것도 모르고 있었다. 어떻게 자랐고 무슨 생각을 하며 어떤 가족과 친구들을 두었는지 전혀 몰랐다. 무슨 말을 해줘야 할까? 대학을 안 나와도 영화를 만들 방법은 얼마든지 있다고? 아니다. 안 가는 것과 못 가는 건 엄연히 다르다……. 진학을 못 하게 되더라도 재능이 있으니 영화 공부를 계속하라고? 하지만 너무도 안일하고 가벼운 말이 아닌가. 나는 목구멍 끝까지 올라온 말을 도로 삼킬 수밖에 없었다. 하지만 뭐라도 얘기해야 할 것 같았다. 이 대화를 이런 식으로 어정쩡하게 끝마치고 싶지는 않았다. 그때, 내 혀가 자기 멋대로 움직였다.

"돈은…… 어떻게 벌 건데?"

돈에 대한 이야기를 하고 싶었던 건 아니었는데, 뭔가 단단히 실수했다는 생각이 들었다.

무영이 씩 웃었다.

"찾아보면 이것저것 많아요. 쌤은 이 동네 잘 모르죠? 이 동네에서는 할 수 있는 일이 좀 있거든요."

나는 무영이 무슨 일을 할 수 있을지 생각해 보았다. 음식 배달이나 물류 창고 관리 아르바이트 같은 것이려나.

이렇게 가만히 있어도 되나? 함께 방법을 찾아봐야 하는 게 아닌가? 하지만 난 무영의 담임도 아니고, 부모도 아니다. 고작 방과후 아카데미에서 한 주에 두 번 만나는 강사일

뿐이다. 괜히 잘 알지도 못하면서 오지랖을 부리는 것은 아닐까. 나 같은 게 감히 한 사람의 인생에 끼어들어도 되나. 무슨 말을 해야 할지 몰라 말을 고르고 있는데, 무영이 먼저 침묵을 깼다.

“쌤, 그래도 소식이라도 주고받으면 좋을 것 같은데, 혹시 이음 계정 갖고 있어요?”

내가 있다고 하자, 그는 자신의 계정을 알려주었다.

나는 무영이 돌아간 후 이음에 들어가 무영에게 친구 요청을 보냈다. 그것이 마지막이었다. 무영은 다음 수업에 나오지 않았다.

무영의 빈자리가 분명하게 느껴졌지만, 나도 내 몫의 삶의 무게에 버거워하고 있었기에, 그 빈자리를 오랜 시간 헤아려볼 시간은 없었다. 나는 정신없이 수업 자료를 만들고, 영상편집을 해야 했다.

이메일로 보내놓은 자료를 컴퓨터에 다운로드할 때였다. 최근 이음에 접속해서인지, 이메일 페이지 상단에 이음 확장 모듈 관련 맞춤 광고가 떴다. 광고는 핸드폰으로도 날아왔는데, 이음을 만든 회사에서 보낸 게 아니었다. 이음을 이용한 수익화 노하우를 알려주는 유료 강좌 홍보와 이음 계정을 돈을 주고 구입하겠다는 광고, 개인 계정에 광고를 올려주면 수익을 떼어주겠다는 스팸문자였다.

며칠 후 이음에 접속한 나는 무영이 친구 요청을 수락했다는 알림을 받았다. 친구 리스트를 열어보니 엄마와 무영의 계정명이 보였다. 모두 로그아웃 상태였다. 계정명 옆에 최종 로그아웃 지점의 좌표가 찍혀 있었다.

나는 마안동으로 이사한 뒤로 일주일에 한 번은 꼬박꼬박 요양원을 방문했다. 엄마는 항상 축 늘어진 채 침상에 누워 있었다. 때로는 눈을 뜨고 있었고, 때로는 눈을 감고 있었다. 가끔 보이는 눈동자는 총기 없이 혼탁할 뿐이었다. 그것이 움직임의 전부였다. 나는 몇 시간을 침상 근처에 앉아 엄마의 얼굴을 응시하며 시간을 보내곤 했다. 요양보호사의 말로는 손발을 움직이거나 작은 소리를 낼 때도 있다고 했는데 내 앞에서는 한 번도 그런 적이 없었다. 그는 내게 아무 말도 하고 싶지 않은 듯했다.

노인성 질환은 호전되는 게 아니라 현 상태를 유지하는 정도가 최선이라는 말을 듣긴 했지만 엄마의 몸은 유지되는 것이 아니라 시간이 흐르지 않는 것 같았다. 엄마는 살아 있는 것 같지 않았다. 이렇게 살아 있는 것이 죽는 것과 얼마나 다를까. 하지만 나는 고개를 세차게 흔들었다. 이음에서 엄마의 아바타는 한시도 쉬지 않고 걷고 있었다. 분명 엄마의 의지였다. 엄마는 살아 있었다.

무영이 수업에 나오지 않은 그 주의 토요일 아침, 나는 요양원에 갔다. 엄마는 이음에 접속 중이었다. 나도 접속해 볼 요량으로 호주머니에서 핸드폰을 꺼내려다가 옆방에 있다는 보호자용 접속기가 떠올랐다.

옆방에는 아무도 없었다. 나는 안으로 들어갔다. 작은 공간에는 비스듬히 누울 수 있는 푹신한 소파 하나가 놓여 있고, 방 한구석에 접속 기기들이 쌓아 올려져 있었다. 기기에서 뻗어 나온 전선들이 발밑에 어지러이 널려 있었다. 접속기를 사용하는 것은 처음이라 걱정이 되었는데, 다행히도 벽에 부착된 종이 안내문에 사용법이 자세하게 적혀 있었다. 나는 안내문대로 헤드기어를 착용하고, 양손을 각각 기계에 집어넣었다.

접속기를 통해 경험하는 이음은 완전히 새로운 세계였다. 주위를 둘러싼 거대한 도시의 모습에 압도되어 나는 한동안 주변을 두리번거렸다. 클랙슨을 울리는 자동차 소리, 웅성대는 사람들의 목소리가 들렸다. 그러나 내가 가장 놀란 것은 감촉이었다. 이따금 다른 아바타와 옷깃이 스치거나 살짝 부딪칠 때면 정말로 특정 부위에 섬세한 감촉이 느껴졌다. 실제로 접촉한 정도의 느낌은 아니었지만 꽤 놀라울 정도였다. PC나 핸드폰으로 접속했을 때 마우스나 핸드폰에 짧은 진동이 울리는 것과는 사뭇 달랐다.

나는 이음 설치 화면에서 보았던 신형 감각증폭기의 광고 이미지를 떠올렸다. 만약 그 증폭기를 이 접속기에 연결시키면 더 실감 나는 세상을 체험할 수 있지 않을까. 광고를 보았을 때는 가격 때문에 쳐다보지도 않았는데, 막상 경험해 보니 증폭기를 사는 사람이 이해될 것 같았다.

나는 엄마가 있는 곳에 좌표를 찍고 달려갔다. 엄마는 여전히 그란비 언덕 주변을 걷고 있었고, 내 말에 대답하지 않았다. 오늘도 나는 별 소득 없이 이음에서 로그아웃했다.

내가 엄마의 요양원비를 납부하게 되면서, 의사의 소견서를 받아 대리인 자격으로 엄마의 계좌를 조회하고 관리할 수 있게 되었다. 나는 은행 앱을 실행시켜 엄마의 계좌를 열어보았다.

엄마가 사용하던 계좌는 두 개였는데, 그중 하나에는 10원 단위의 돈만 남아 있었다. 입출금 조회를 해보니 거래하지 않은 지 2년이 넘어 있었다. 나머지 하나에는 5만 1700원이 들어 있었다. 나는 계좌의 입출금 내역을 조회했다. 몇 달 전까지 엄마가 요양원비를 이체하던 계좌였다. 나는 조회 버튼을 누르며 요양원비가 빠져나간 흔적 정도가 남아 있을 거라고 생각했다.

하지만 내역은 내 생각과 달랐다. 액정에는 바로 며칠 전까지 적게는 몇만 원씩, 많게는 몇백만 원까지 활발하게 입출금이 진행되었던 흔적이 남아 있었다. 너무나 수상했다. 엄마는 침상에 누워 꼼짝도 못 하는 처지가 아니던가.

나는 은행에 이 상황을 문의했다. 은행 보안팀에서는 보안이 뚫린 것이 아니라 예금주가 정상적인 절차를 통하여 은행을 이용하고 있는 것뿐이라고 말했다. 나는 요양원 침상에 누워 있는 노인이 무얼 할 수 있었겠냐고 따졌다. 하지만 은행 보안팀에서는 입금과 출금에 제삼자가 개입한 정황이 없다고만 반복해서 답변했다.

나는 입출금 리스트를 찬찬히 읽어보았다. 돈은 다양한 계좌로부터 들어오거나 빠져나가고 있었다. 중복된 계좌번호는 하나도 없었다.

나는 요양원으로 가 원장에게 면담을 요청했고 이야기를 들은 원장은 혹시 모르니 외부의 이음 담당자에게 연락해 무슨 일인지 알아보겠다고 말했다.

며칠 후, 원장은 다소 황당한 이야기를 들려주었다. 엄마의 이음 계정이 매크로로 돌아가고 있다는 것이었다. 나는 그게 무슨 말이냐고 되물었다. 원장은 엄마의 아바타를 엄마가 직접 움직이는 것이 아니라 그저 자동 프로그램을 통해 하염없이 그란비 언덕을 빙빙 돌고 있는 것뿐이라고 했다. 또 엄마가 이음 내부의 금융서비스를 통해 돈거래를 한 정황이 있다며, 이음 담당자가 조금 더 자세히 알아보겠다고 했다는 이야기도 전해주었다. 원장 또한 이 상황을 완전히 이해하고 있지는 못한 듯했다.

요양원 근처의 순대국밥집에서 홀로 저녁을 먹고 있을 때였다. 실내에는 달랑 키오스크 한 대와 음식을 나르는 로봇 한 대가 있었고, 옆 테이블에서 중년 남자 두 명이 텔레비전을 보며 소주와 국밥을 먹고 있었다.

"요새 애들, 불법을 아주 서슴없이 저질러요. 머리에 피도 안 마른 것들이 간이 배 밖으로 나온 거지. 이 동네 물류 창고까지 몰래 들어올 줄 누가 알았겠어? 아주 보란 듯이 조끼 유니폼까지 챙겨 입고 말이야."

건너편 남자가 국물을 한 술 떠서 꿀떡 삼키며 대꾸했다.

"작정했구먼. 뭘 훔치려고 그랬대?"

"감각증폭기. 이음에서 쓰는 거 말이야. 엄청 비싼 거야."

"근데 그렇게까지 때릴 필요가 있나? 김 씨가 좀 너무한 거 아닌가?"

"난 말이야, 그런 새끼는 솔직히 맞아도 싸다고 생각해. 이게 교육 아니겠어? 사람들이 경찰에 신고하려다가 앞으로 절대로 안 하겠다, 손으로 싹싹 비는 걸 보고 딱해서 봐줬다니까. 그래도 빨간 줄은 안 그어졌으니 그 새끼한테는 다행 아냐?"

"걘 왜 그랬대? 이음 중독자인가?"

남자가 어깨를 으쓱했다.

"자기 말로는 돈 때문에 어쩔 수 없이 한 일이었다고 하면서 빌더라고. 근데 이런 걸 시중에 내다 팔면 잡히게 마련이잖아? 그래서 어떻게 할 생각이었냐고 물으니까, 이음 안에서 무슨 클럽과 연이 닿았다 하더라고. 토르말린 클럽이라던가? 여하튼 그 사람들이 이 창고 위치랑 훔친 증폭기를 꽂아놓을 장소를 알려줬다더라고. 근데 소원동이랑 지대동 창고 직원들한테도 물어보니까, 거기서도 그런 일이 있었다는 거야. 거긴 가출청소년 무리였다던가. 소원동 창고에는 경찰이 출동했었다던데."

순간 이상하게도 무영이 생각났다. 걱정이 해일처럼 밀려왔다. 나는 차마 그들에게 다가가 묻지 못하고, 요양원으로 달려가 이음에 접속했다.

무영은 오프라인 상태였다. 나는 무영이 마지막으로 종료한 장소의 좌표로 가보기로 했다. 대도시 구역을 지나고, 한옥 문화지구와 고딕 성 문화지구를 지나자 산과 들판이 펼쳐졌다. 나는 끝없이 걸었다. 이 세계에서 그렇게 멀리 가본 것은 처음이었다. 아마 이렇게 멀리 가본 이는 거의 없을 것 같았다.

도착한 곳은 숲이었다. 막혀 있는 것처럼 보였지만 다행히 들어가는 입구가 하나 있었다. 그곳에는 '토르말린 클럽'이라는 현판이 달려 있었다. 내가 근처를 얼쩡거리자, 안쪽에서 아바타 하나가 걸어 나와 용건을 물었다. 나는 돈을 벌고 싶은데 일이 있느냐고 물었다. 그는 내게 따라오라고 말했다. 곧 정원의 입구가 보였다.

*

나는 토르말린 클럽 회원들의 얼굴을 하나하나 응시했다. 모두가 주름 하나 없고, 걱정 하나 없을 것같이 생긴 젊은이들이었다.

나는 가만히 서서 한 사람을 뚫어져라 응시했다. 침묵이 감돌았다. 엄마가 얼굴을 찡그렸다. 표정에 짜증과 당황스러움이 묻어났다. 엄마가 나를 노려보며 물었다.

"너, 누구야?"

나는 입을 열었다.

"나? 당신 딸이지."

나는 기대했다. 엄마가 조금이라도 놀라면서 반성하기를. 적어도 유감이라고 말하기를. 엄마가 나를 보며 픽 웃었다.

그가 입을 열었다.

"넌 아무것도 몰라. 나 그동안 많이 힘들었다. 아픈 나를 네가 좀 이해해 줘야지. 너도 나 같은 상황이었다면, 당연히 똑같이 생각하고 행동에 옮겼을 거야. 누구나 그럴 거고. 난 억울해. 내 나이대에도 건강한 사람들이 많은데, 이게 뭐니. 그래도 여기에 와서 다행이지. 이왕 사는 거 실감 나게 살아 보고 싶었을 뿐이야. 시간도 한정적인 마당에 최대한 누려야지."

"누구나? 변명하지 마. 난 엄마를 증오해."

"나한테 볼일 없으면 그만 사라져. 네가 뭔 상관이야?"

"한 사람의 이웃으로, 한 사람의 선생으로 이 문제를 보고만 있을 수 없었어. 이러면 안 되는 거잖아."

"넌 내가 낳고 키웠어. 엄마를 저버리지 마. 내 발목 붙잡지 말라고."

"당신은 그렇게 말할 자격 없어. 나를 제대로 봐준 적이나 있어? 당신이 순순히 고향을 그리워하고, 아프지 않은 몸으로 걷고 뛰는 것 정도로 행복해하는 사람이 아니라는 건 이미 잘 알고 있었는데. 그런 당신이라도 나이가 들면 요양원 벽화에 그려진 것 같은 다정한 할머니가 될 거라고 생각했어. 사실은 하나도 달라진 게 없는데."

신체가 쇠약해지면서 정신도 무기력해졌다고 생각했지

만, 엄마는 몸을 마음대로 바꿀 수 있는 이곳을 경험하고 나자 기력이 다시 돌아온 듯했다. 노인들이 매크로를 돌리고, 새로운 계정을 만들 수 있었다는 사실은, 지금 생각해 보면 그리 놀랍지도 않다. 젊은이가 신기술에 적응하는 것처럼, 노인도 마찬가지였을 뿐이다.

살아 있는 인간 중 가장 인생에 절박하고, 삶의 의지를 불태우는 자가 누구일까? 그것은 단연 삶의 여명이 얼마 남지 않은 사람일 테다. 모든 노인이 죽음을 서서히 받아들이고, 한없이 유순해지고 현명해지지는 않는다. 그것은 단지 그 나이를 살아보지 못한 세대의 허상에 불과하다. 사람들은 노인이 새로운 기술에 관심이 없고 무지하다고 생각한다. 하지만 노인들도 젊은 사람들과 똑같다. 배우려면 얼마든지 배울 수 있다. 그들도 욕망이 있는 사람일 뿐이다.

나는 이음에서 로그아웃했다. 그리고 곧장 엄마의 병실로 갔다. 엄마는 태평하게 침대에 누워 있었다. 나는 엄마를 내려다보며 이제 그만 원래 세계로 돌아와야 할 때라고 가만히 읊조렸다. 나는 엄마의 몸에서 이음으로 연결되는 전선을 뽑아버렸다. 엄마에게는 다른 세계를 누릴 권리가 없다. 엄마에게는 이것이 최악의 형벌일 테지.

나는 비틀대며 병실 밖으로 나갔다. 내겐 최도화가 준 우리 동네 창고 주소가 있었다. 나는 서둘러 요양원 건물 밖으로 나갔다. 문밖에는 장대비가 내리고 있었다.

나는 무영이 토르말린 클럽을 찾아왔었더라도 아직 이 일에 가담하지 않았기를 바랐다. 내가 감히 끼어들어도 될까, 하는 생각은 하는 게 아니었다. 어쩌면 그는 내게 사정을 털어놓았을 때 내가 도와주길 바랐을지도 모른다.

나는 우산도 쓰지 않고 빗속으로 뛰어들었다. 가야 할 길은 분명했다. 걸음이 점점 빨라졌다.

※

이 소설은 초기 구상 당시 제약을 걸어두고 시작했다. 나는 새로운 소설을 쓰기 전에 이전까지 썼던 소설들의 경향성을 살펴보고 최대한 다른 방향으로 가보려고 노력하는 편인데(노력을 한다는 것이지 항상 신선하고 만족스러운 결과물을 내놓는다는 의미는 아니다!), 이전 소설들을 살펴보니 한국의 근미래를 배경으로 한 소설이 없었다. 그래서 이번에는 무조건 한국의 근미래를 배경으로 써보겠다는 목표를 두었다.

나는 이 이야기에서 노인과 미등록 이주 아동을 주요 인물로 등장시키고자 했다. 노인의 경우 현명하거나 유쾌한 타입이 아닌, 삶에 대한 집착이 크고 누리지 못한 것에 대해 원망하는 인물로 만들고 싶었다. 이 땅에 태어난 사람은 시간이 지나면 노인이 된다. 그렇다면 노인 또한 이 세상의 다른 연령대 사람들처럼 다양한 가치관과 윤리관을 가지고 있을 테다.

미등록 이주 아동이 있다는 사실을 들어 알고는 있었지만, 구체적으로 알고 있지는 못했다. 부끄럽게도 나는 은유 작가님의 《있지만 없는 아이들》을 읽고 처음으로 그들의 상황과 어려움에 대해 깨닫게 되었다. 새 소설에 노인과 미등록 이주 아동을 등장시킬 거라는 결심은 했지만, 앞이 캄캄하고 두렵기만 했다. 내가 무슨 자격으로 이들을 내 소설에 등장시킨단 말인가, 그들이 처한 상황에 비해 키보드를 놀리는 일은 너무도 쉬운 일이 아닌가, 사회적 약자인 노인을 나쁜 사람으로 등장시켜도 괜찮을까, 그저 이 소설이 불행 포르노에 그치거나 '차별하지 말자'는 가벼운 캠페인 구호가 되어버리는 것은 아닌가. 노인도 미등록 이주 아동도 아닌 내가 이런 소설을 써도 괜찮은 것인가. 여러 가지 생각이 내 발목을 붙잡았다. 하지만 생각해 보면 그들은 이 세상에 있는 사람들이기도 했다. 노인들 중에서는 선한 사람도 있겠지만, 악한 사람도 분명히 있다. 또한 미등록 이주 아동도 분명히 여기에 있었다. 그래서 나는 두렵지만 이 소설을 쓰기로 결심했다.

이 소설에서는 가상현실 시스템인 '이음'이 등장한다. 이 시스템은 10대 시절 열심히 즐겼던 MMORPG 〈마비노기〉에 대한 감각이 녹아 있다. 나는 마비노기를 오픈베타 테스트 기간 때부터 플레이했었다. 그러니까 대략 티르코네일에 (그래픽 업데이트가 되지 않아) 물이 흐르지 않았던 시절쯤 된다. 매일 밤늦은 시간까지 〈마비노기〉 속의 울라 대륙을 종횡무진하며 에린에서의 생활을 만끽했는데, 분명 컴퓨터 모니터로 게임을 했을 뿐일 텐데도, 이 게임을 했던 기억을 떠올려보면 실제로 거기에 살았던 것 같은 느낌이 든다. 이때의 경험이 강하게 남아 있어서인지, 나는 가상현실을 소재로 하는 글을 쓸 때마다 〈마비노기〉를 플레이했던 그때 그 감각이 선연히 떠오르곤 한다.

〈토르말린 클럽〉을 발표했을 때 제목의 의미가 무엇인지에 대한 질문을 많이 받았었다. 토르말린은 여러 가지 색을 가진 광물이다. 도화는 여러 가지 면모를 가진 인물이다. 노인이 된 도화를 보는, 도화를 잘 모르는 사람이 보는 '최도화'와, 실제 도화의 내면은 상반되었다고 할 정도로 다르다. 이렇게 상반된 이미지가 최도화라는 인물에 내재되어 있는 것이다. 나는 도화가 토르말린과 닮아 있다고 생각해서 제목에 토르말린을 넣어야겠다고 생각했다.

그러나 단순하게 생각해도 무방하다. 사실 이 제목은 도화와 그가 속해 있는 클럽의 회원들이 공통적으로 토르말린을 좋아하기 때문에, 그들의 모임 이름을 토르말린으로 지은 것이기도 하니까.

지구의 날

젠가는 연구소 옥상에서 황무지를 바라보며 담배를 피웠다. 투명한 돔 밖의 하늘은 오늘따라 구름 한 점 없이 푸르렀다. 달구어진 돔 안의 건조한 열기와 강렬한 햇빛이 스트레스성 원형탈모를 겪고 있는 머리를 쪼개버릴 듯 내리쬐고 있었지만 지금 그것은 안중에도 없었다. 팀장은 12월 초순이니, 곧 식을 거라고 말했다.

"겉으로 보기에 괜찮은 회사도 내부를 살펴보면 얼렁뚱땅하게 돌아가. 이성과 합리로 돌아가는 회사는 없다고." 스페이스 콜로니를 떠나올 때, 회사에 취업한 선후배들은 입을 모아 이렇게 말했다. 젠가는 코웃음 치며 속으로 자신만만하게 대꾸했다.

'지구자연보호연구소'는 달라!

하지만, 지금은 어떤가? 그들이 옳았다. 지금 이 상황은 자신이 믿었던 세상의 배신이다.

지구에서 하나뿐인 연구소가 이렇게 돌아갈 줄은 몰랐다. 젠가는 자신이 연구자로 취직한 게 아니라, 행정지원팀의 계약직 직원이라서 그런 거라고 여기고 싶었다.

지구자연보호연구소의 행정지원팀은 지원자가 별로 없어서 꽤 수월하게 합격할 수 있었다. 면접 분위기도 무난했다. 좋게 말하면 여유롭고, 나쁘게 말하면 설렁설렁이라고나 할까. 어쨌건 젠가는 합격 소식을 듣자마자 가슴이 벅차올라 콜로니의 모든 구역을 뛰어다녔다. 연구원은 아니지만 그래도 연구팀의 지구 토양 연구를 돕고, 정화 연구에 이바지할 거라는 기대를 품었다. 운이 좋으면 연구팀 차량을 함께 타고 나가 밖을 둘러볼 수도 있겠지. 잠시 지켜보기만 해도 큰 기쁨일 것이다. 지구에서 일하고 싶다는 학창 시절의 꿈이 실현되는 순간일 테니까.

젠장, 그랬더라면 좋았을 텐데. 곰곰이 생각해 보면 두 달 전, 입사 첫날 저녁 회식 때부터 낌새가 이상했다. 소장은 맥주를 마셔 한껏 상기된 얼굴을 들이밀며 말했다.

“이제 신입에게도 냉엄한 현실을 말해줘야겠지. 젠가 씨. 이곳은 보다시피 규모가 작아. 그래서 젠가 씨도 만능이 되어야 한단 말이야. 여기는 관광객 수도, 투자자 수도, 투자

액수도 줄어가고 있어. 자, 젊은 피가 수혈되었으니 하나 물어볼까."

젠가가 경직된 자세로 "네, 넵!"이라고 말하자 소장이 빙긋이 웃으며 말을 이었다.

"관광객 수 증가를 위한 참신한 아이디어를 말해보게."

젠가는 긴장과 알코올로 잘 돌아가지 않는 뇌를 열심히 굴려가며 몇 가지 방안을 말했지만, 관광객이 늘어나는 데 씨알도 먹히지 않을 거라는 건 본인도 잘 알았다. 주절거림을 한창 들은 끝에 소장은 표정을 구기며 대꾸했다.

"돈이 드는 건 안 되겠는데."

안 하던 일을 하는 건데, 돈이 안 들 수가 있나? 어느새 다른 직원들이 측은한 눈빛으로 젠가를 바라보고 있었다. 그 분위기 속에서 젠가는 지구자연보호연구소가 상상과 현실 간에 큰 차이가 있음을 깨달았다. 그것 봐. 똑같다니까. 조소 섞인 선후배들의 목소리가 귓가에 쟁쟁했다. 첫 회식은 이렇게 끝나고야 말았다.

"넌 왜 하필 지구 연구소에 꽂혀가지고는. 기껏해야 학교에서 단체로 보내줄 때 한번 가는 고리타분한 곳에 지원을 하냐."

"거긴 연구소 지부만 돔으로 씌워놓고 아무것도 안 하는 곳 아니야? 그런 곳이 뭐가 좋다고."

등등의 말에도 젠가는 아랑곳하지 않았었다. 지구만 생각하면 가슴이 뛰었다. 인류의 고향인 지구가 좋았고, 인류의 개척 정신과 넘어져도 다시 일어나서 결국엔 새 터전을 일구어내는 인간들이 좋았다. 물론, 인간이 행한 모든 일이 좋은 결과를 불러온 건 아니었다. 하지만 어떠한 역경이 있어도 인류는 각자의 힘을 발휘하고, 복구하려고 노력했다.

그는 자신이 존경하는 전설적인 과학자 모임 '팀 덴버'의 리더인 마틴 덴버가 지구를 떠나기 전, 우주선 발사대 앞에서 했던 연설의 마지막 부분을 소리 내 읊었다.

"상상해 보십시오! 우리의 기술로 다른 곳에서도 정착하는 인류를. 인류의 문명을 다시 일으키고, 그간의 과오를 기억하여 미래로 도약하는 상상을. 우리의 손끝에서 뻗어나가는 섬광을. 우리는 이미 일어난 일을 돌이킬 수 없습니다. 하지만 기회가 주어졌습니다. 우리는 그 기회 속에서 기회를 두 번 만들 수 있는 힘이 있습니다. 이주합시다. 스페이스 콜로니와 달과 화성으로."

유전공학자 마틴 덴버, 수아드 빈트 나세르, 페르난도 호세, 식물학자 미셸 아르노프스키, 곤충학자 응우옌 반 후이, 동물행동학자 암마 아난. 그들은 인간이 새 땅에 적응할 수 있도록 유전자 편집 기술로 동식물을 만들어낸 위인들이었다. 이들이 없었다면 인류의 이주도 실패했을 거다. 이런 사람들이 지금 지구 연구소에 있었으면 다르지 않았을까.

하지만 이게 다 뭐야. 아이고, 이런 가정은 의미 없다. 젠가는 한숨을 쉬었다. 이직해야 하나? 수습 기간이 끝나지도 않았는데 벌써 그런 생각을 하다니. 내가 유독 나약한 건가. 젠가는 마당을 내려다보았다. 직원들은 부서와 상관없이 섞여 분주히 움직이고 있었다. 화려한 가랜드를 걸기 위해 사다리를 타고 있는 사람의 외침이 지척에서 들려왔고, 달과 화성, 수많은 콜로니의 방송국 촬영 드론들이 시험 비행을 하고 있었다. 리모컨을 쥐고 있는 방송국 직원들의 손길이 바빴다. 직원 몇몇은 가설무대 앞 바닥에 '리그다 세피아노 선생님을 환영합니다' '관광 시즌 개막 기념 후원자 파티에 참석해 주신 연구소 후원자분들을 환영합니다' '경축! 지구의 날!' 따위의 번쩍이는 홀로그램 영사 테스트를 하고 있었다. 저 드넓은 오염 대지를 앞에 두고 지구의 날 파티 준비나 하는 모습이 처량했다. 마당에 깔린 자갈 위로, 매끄러운 조약돌처럼 생긴 정화 로봇이 유유히 지나갔다.

올해 기념 연설의 연사는 그 유명한 화성의 '리그다 세피아노'라고 했다. 그는 화성에서 영향력이 가장 크고, 긍정적인 이미지를 지닌 친환경 기업 '케베'의 대표일 뿐 아니라, 환경보호가로도 유명한 사람이었다. 젠가도 그에 대해 익히 들어왔다. 화성의 모 제약회사에 실험동물 '타뉴인-인-블릭' 사용 중지를 촉구하는 시위가 일어났을 때 뉴스에서 대대적으로 보도된 적이 있었는데, 그 동물을 가장 먼저 입양하겠다고 나선 것이 그였다. 그 덕분에 전 개체의 입양이 순조롭게 진행되었다.

소장은 그가 이 연구소의 가장 큰 후원자라고 귀띔하며 5년째 기념 연사로 활약하고 있다고도 말했다. 다른 직원들은 이젠 그의 방문이 놀랍지도 않은 듯 심드렁했지만, 젠가는 이 정도로 유명한 사람을 직접 만나본 적이 없었기에 몹시 솔깃한 일이었다.

누군가 계단을 터벅터벅 올라오는 소리가 들렸다. 문이 열리기 전에 젠가는 환풍구 뒤에 몸을 숨겼다. 누군지는 몰라도 신입사원이 농땡이 피우는 걸 좋게 볼 직원은 없을 테니까.

입이 바짝 타들어 갔다.

"나야. 젠가 씨. 빨리 나와봐."

실험팀 김 주임의 목소리였다. 말소리에 거친 숨이 섞여 있었다. 김 주임이라면 안심이었다.

젠가는 몸을 드러냈다.

"난 또 누구라고. 깜짝 놀랐잖아요!"

김 주임은 바지 주머니에서 손수건을 꺼내 땀범벅이 된 얼굴을 닦았다.

"저기, 콜로니 사격 챔피언십에서 메달 땄다고 했지? 뻥 아니고?"

"사격 이야기는 어떻게 아세요?"

"회식 때 본인이 말했잖아? 금메달 땄다고."

아차 싶었다. 술김에 털어놓았던 흐릿한 기억이 스쳐 지나갔다. 이런 신상 정보를 말해놓으면 업무 외 할 일이 잡다하게 늘어난다는데. 젠가는 얼른 항변했다.

"그냥 동네 축제에서 딴 거예요!"

"부끄러워하지 말고. 젠가 씨네 팀장님도 허락하셨어. 호출기에 메시지 남겨놓는다고 하셨는데. 못 봤어?"

젠가는 호출기를 확인했다. 김 주임을 따라가서 돕고 오라는 팀장의 문자가 와 있었다.

"같이 밖에 좀 가줘야겠어."

"밖이요? 무슨 밖?"

그는 내친김에 안경까지 닦으며 고개를 끄덕였다.

"동물을 생포해 오래. 죽이지 말고. 나 혼자서는 힘들 것 같으니까, 도와줘. 나 시력도 별로고, 사격은 더 젬병이라."

주임이 안경을 쓰자, 눈이 콩알만큼 작아졌다. 젠가가 고개를 끄덕이자, 김 주임이 손짓했다.

"차 빼놓을 테니까 바로 아래로 내려와!"

"네? 아니, 아니, 지금 바로요?"

정신을 차렸을 때 젠가는 이미 파란색 화물차 조수석에 앉아 있었다. 잿빛 보호복이 목덜미를 간지럽혔다. 무릎에 놓인 마취총을 꼭 잡았다. 김 주임은 다른 총과 크게 다르지 않을 거라고 말했다. 마취총은 한 번도 쏴본 적이 없었다. 해낼 수 있을까 하는 걱정이 들었지만, 괜스레 두근거리는 것 또한 사실이었다.

김 주임은 팔을 뻗어 문 근처에 붙어 있는 숫자 키패드의 비밀번호를 눌렀다. 0000. 몇 겹의 자동문이 차례차례 열렸다. 젠가는 그 장면을 멍하니 바라보며 샘솟는 기대감을 주체하지 못했다. 김 주임이 고무된 젠가의 표정을 흘낏 보더니 낄낄 웃으며 재생 버튼을 눌렀다. 흥겨운 컨트리 음악이 흘러나왔다.

드디어 그토록 가보고 싶었던 바깥이었다. 보호복을 입었음에도 세찬 바람이 느껴졌다. 밖은 온통 황무지였다. 검붉은 땅이 새파란 하늘과 맞닿아 있었다. 밖을 달리고 있다니! 이곳은 인류의 요람이며 할아버지의 할아버지, 할머니의 할머니가 살아간 터전이다. 붉고 검은 흙도, 푸른 하늘도 오염이 전혀 없는 태초의 땅처럼 보였다. 하지만 조심해야 했다. 눈에만 그렇게 보일 뿐, 사실은 모두 엉망진창으로 오염됐으니까.

김 주임은 동물에 대해 설명했다. 위성사진으로 봤을 때는 신장이 7미터 정도로 추정되는 네발 달린 검은 형체라고 했다. 하지만 협곡 쪽에 있어서 그늘에 가려져 잘 보이지 않는 데다가, 움직임도 크지 않아서 정확한 파악이 힘들다고 했다. 김 주임은 속도를 더 높였다. 차창 밖으로 똑같은 풍경이 이어졌다. 점이었던 풍경이 이내 선이 되어 차창에 닿았다가 쏜살같이 사라져 갔다.

두 사람 사이에 계속되던 침묵을 깨고, 젠가가 입을 뗐다.

"아무래도 이상하지 않아요? 먹이사슬도 제대로 그릴 수 없는 상황에서 그 동물은 어떻게 살아남았을까요? 혹시 '대멸망' 이후 아주 오래전부터 잠들어 있던 과거 생물이 깨어난 건 아닐까요? 아니면 어딘가에 생물이 풍부히 번성한 곳이 있다던가요. 너무 허무맹랑한가요?"

김 주임은 뭔가를 골똘히 생각하는 듯하다가 한참 만에 대답했다.

"글쎄다."

그의 대꾸를 듣고 젠가는 연구원 앞에서 괜히 으스댔다 싶어 몹시 부끄러워졌다. 하지만 동시에 대답이 너무 싱겁다는 생각도 들었다. '주임님도 연구원이잖아요!' 조금 더 용기를 냈다면 이 말을 내뱉었겠지만, 쉽지 않았다. 그는 타 부서인데도 같은 공간을 공유한다는 이유로 젠가를 잘 챙겨주었다. 그가 아니었다면 어떤 직원이 요주의 인물인지, 결재는 어느 시간에 받으러 가는 것이 좋은지 아직도 몰랐을 것이다. 사내 식당에서 무슨 메뉴가 맛있는지도. 그런 그에게의 상하는 말은 하고 싶지 않았다.

젠가가 주임의 눈치를 보았다. 주임은 신경 쓰지 않고 손가락 세 개를 펼쳐 보이며 말했다.

"있잖아. 우리 3일 안에 생포해서 돌아가야 해."

분위기를 환기하고자 젠가는 일부러 적극적으로 물었다.

"그 이후로 돌아다니면 너무 오염되어서 그런가요?"

진지하게 대답하는 젠가의 표정에 김 주임이 풉, 하고 웃었다.

"아니, 그게 아니라…… 파티에는 참석하라는 거지. 그리고 우린 보호복을 입었으니 며칠 정도는 괜찮아."

"바깥에서 얼마나 계속 돌아다닐 수 있나요?"

"뭐, 온도가 맞고 식량과 물이 충분하다면 이론상으론 4개월이나 5개월 정도? 근데 먹고 씻고 하려면 보호복을 벗어야 하니까 실제로는 그렇게까지 못 버텨. 개인차도 있고."

"보호복 없이는요?"

"뭐, 오래 버텨봤자 절반 정도 되려나."

오리엔테이션 때 들었던 정보이긴 하지만, 주임의 목소리로 직접 들으니 어쩐지 더 오싹하게 들렸다.

동물이 있는 곳에 가까이 가는 데만 만 하루가 걸렸다. 밥을 먹고 잠을 자고 잠깐 휴식을 취한 것 빼고 젠가와 김 주임은 운전대를 번갈아 가며 운전했다. 드디어 내비게이션 화면에 붉은 점이 잡혔다. 호숫가였다.

그들은 차에서 내려 주변을 수색했다. 동물은 쉽게 찾을 수 있었다. 그들은 큰 바위 뒤에 몸을 숨기고 멀찍이서 동물을 바라보았다. 젠가는 망원경 렌즈를 노려보았다.

거대한 몸체가 멀리서도 존재감을 과시하고 있었다. 동물과 멀리 떨어져 있어서 외형을 자세히 살펴볼 수는 없었다. 이 거리에서 알 수 있는 것이라곤 까만 털을 가졌고, 늑대와 멧돼지가 기묘하고 볼품없이 혼합된 동물처럼 보인다는 것이었다.

동물은 아무런 경계 태세 없이 모로 누워 있었다. 밥을 배불리 먹고 낮잠이라도 자는 건가?

복부와 가슴 부분이 오르락내리락하고 있었다. 입가와 바닥에 토한 듯한 흰 액체가 보였다.

김 주임이 망원경에서 눈을 떼며 말했다.

"숨은 붙어 있지만 좀 아파 보이지?"

김 주임은 동물의 크기를 가늠해 보고는 설명서를 펼쳐서 마취액 용량을 계산했다. 그리고 계산한 양만큼 주사기에 마취액을 넣고, 바늘 캡을 꾹 닫았다. 젠가가 가지고 있던 마취총에 질소 카트리지를 결합하는 것도 잊지 않았다. 그러나 그의 손길에는 초심자의 어설픔과 두려움이 섞여 있었다. 그에게도 익숙한 상황은 아닌 듯했다.

혹시 몰라 여분의 마취액 용량까지 계산해 놓은 후 김 주임이 말했다.

"한 발 쐈는데 날뛰면, 지체 없이 한 발 더 쏴야 해."

젠가는 살아 있는 동물을 과녁으로 삼아본 적은 없었다. 하지만, 자신에게 일이 주어졌고, 그 기대에 부응해야 한다는 생각에 방아쇠를 당겼다. 정말로 아픈 거라면 데려가서 치료해 주면 될 것이다.

일은 싱겁다고 할 정도로 수월하게 끝났다. 주사기는 동물의 옆구리에 명중했다. 한 발이면 충분했다. 그제야 젠가는 참았던 숨을 내쉬었다.

젠가가 총을 정리할 동안 김 주임은 동물 가까이에 차를 댔다. 그는 동물이 잠에 빠져드는지 확인하다가 차에서 내렸다. 그는 한동안 쪼그리고 앉아 그것의 엉덩이 쪽을 살피다가, 다시 차에 타서는 포획을 시작했다. 젠가는 그가 무엇을 발견했는지 궁금했다. 차 뒤에서 그물과 로봇 팔이 뻗어 나와 동물을 그물로 감싼 뒤 짐칸으로 들어 올렸다.

김 주임이 차를 몰고 다시 바위 쪽으로 오자 젠가가 두 손을 휘저으며 말했다.

"제가 몰게요!"

"어, 고마워. 수고했어. 역시 사격 금메달감이다."

"근데 아까 왜 멈추셨어요? 엉덩이 쪽에 뭐가 있었나요?"

"뭔가에 찔렸다가 나은 흔적이 있어서. 날카로운 돌 같은 그런 데에 찔린 듯싶네."

젠가가 운전석에 앉아 시동을 걸었다. 돌아가면 짐 나르기가 기다리고 있을 것이다. 차체의 떨림이 느껴졌다. 올 때보다 차체가 묵직했다. 당연했다. 동물을 생포했기 때문이다. 그것도 지구의 동물을! 연구소로 돌아가면 다들 깜짝 놀라며 동물에 대해 조사하고 토론하겠지? 젠가는 지구 연구에 기여한 것 같아 기분이 좋아졌다.

연구소로 돌아왔을 때는 이미 늦은 오후였다. 건물 점검차 모든 건물의 실내등이 켜져 있었는데, 마당의 장식조명과 합쳐져서 연구소는 젠가가 지금껏 본 것 중에 가장 밝고 화려했다. 직원 한 명이 차고 문 안으로 안전 신호봉을 흔들었다. 젠가는 차고 깊숙이 들어가 차의 시동을 껐다. 한쪽 구석에 거대한 철제 우리가 보였다. 젠가는 호기심에 괜히 미적거리며 우리 근처를 흘끔거렸다.

신호봉을 들고 있던 직원이 김 주임에게 다가와 전자 차트를 건넸다. 곧이어 연구원 몇 명이 나타나 둘을 에워쌌다.

젠가는 이제 어떤 절차를 밟는지 궁금했다. 그때 팀장이 저 멀리에서 손짓했다. 팀장은 젠가에게 "어이, 왔나?" 하고 음향 장비와 전선 다발을 안겼다.

"고생한 건 알겠는데 일손이 부족하니까 빨리빨리. 손님들이 이착륙장에 도착해 계셔. 곧 오실 거고, 이미 도착한 분도 계시니까, 그거 저쪽 조각상 앞에 놔두고 빨리 본관 응접실로 가봐."

응접실에 찻잔 한 쌍을 들고 들어간 젠가는 거기에 누가 왔는지 볼 수 있었다. 소파에 자그마한 체구에 염색기 없는 잿빛 머리칼을 풀어헤친 리그다 세피아노와 20대 초반으로 보이는 청년이 앉아 있었다. 뉴스에서 익히 보던 얼굴이었다. 리그다 세피아노는 청년을 자신의 아들이라고 소개했다. 둘 다 평온한 인상이었다.

세피아노가 내게 물었다.

"못 보던 얼굴이네요. 신입이신가요?"

세피아노와 가까이 있다는 게 신기해서 얼굴을 빤히 바라보고 싶었지만 실례인 걸 알기에 욕망을 억눌렀다. 젠가는 차를 내려놓으며 말했다.

"네에, 처음 뵙겠습니다. 뜨거우니 조심히 드세요."

세피아노가 미소를 띠었다.

"앞으로 종종 보게 될 거예요. 연설은 1년에 한 번 하지만,

여길 좋아해서 거의 분기마다 한 번씩은 들르거든요. 아름답잖아요, 이 지구는. 하여튼, 잘 부탁합니다."

세피아노가 악수를 청하는 바람에 젠가는 얼결에 그의 손을 잡았다. 옆에서 그의 아들이 묵례했다. 청년도 젊은 환경보호가 특집 기사에서 본 듯 낯이 익었다.

한동안 잡무가 휘몰아친 후, 잠시 짬이 생겼다. 바깥에서 돌아와 숨 돌릴 틈도 없이 일을 해서인지 무척 피곤했다. 해가 뉘엿뉘엿 지고 있었다. 젠가는 눈 주위를 비비며 차고로 갔다.

동물이 연구실로 옮겨졌을지 궁금했다.

차고 앞에는 연구원 몇이 모여 이야기를 나누고 있었다. 커다란 우리가 거대 지게차에 실려 어딘가로 가고 있었다. 검은 천을 덮어놓았지만, 우리 크기로 보아 동물이 들어 있는 것이 확실했다. 그들 중 한 명이 "별관 창고로 가"라고 손나팔을 만들어 소리쳤다. 이윽고 그들은 사라졌고, 차고에 마지막으로 있던 사람들까지 문을 닫고 나가버렸다.

젠가는 아쉬운 기분이 들어 마지막 사람이 나가자마자 조금 전까지 동물이 있었던 차고로 들어가 보았다. 차고 안은 빛이 잘 들지 않았다. 젠가는 텅 빈 차고의 옅은 어둠 속에 잠겨 있었다. 연구자도, 우리도, 차도, 동물도 없었다. 희미하게 동물의 냄새가 났다가 빠르게 사라졌다.

그런데 차고의 구석진 곳에서 부스럭거리는 소리가 들렸다. 젠가는 귀를 의심했다. 환청이 아니었다. 돌아올 때 차체가 유난히 묵직했는데 동물 이외에 무언가를 이곳으로 데려온 걸까. 덜컥 겁이 났다. 실수하고 싶지 않았다.

사람들이 눈치채기 전에 확인해야 했다. 소리가 난 곳으로 조심스럽게 걸음을 옮겼다. 잠시 후 시커먼 형체 하나가 아무렇게나 쌓아 올린 박스 뒤에서 불쑥 솟아나 입구로 빠져나갔다. 키가 크지 않은 짧은 머리의 사람처럼 보였는데, 한쪽 발을 절뚝이고 있었다. 등에는 석궁과 볼트 집을 메고 있었고, 허리춤에 단검을 차고 있었다. 분명 지게차가 사라진 곳으로 가고 있었다.

젠가는 그의 뒤를 밟았다. 별관에는 박물관 입구와 창고 입구가 따로 있었는데, 침입자는 출입구가 두 개인 것을 모르고 박물관 입구로 들어갔다.

복도는 푸른색 바닥 등으로 동선을 안내하고 있었다. 일반인 관광 시즌을 앞두고 있어서인지 안내 기계의 동영상이 벽에서 흘러나오고 있었다. 도대체 누구야? 동물도 모자라 인간이 있다니? 하지만 젠가는 어두운 조명으로 꾸며져 있는 중앙 홀에서 침입자를 놓쳤다. 갈림길이 여러 개였다. 홀 중앙에서 아델리펭귄과 인도코끼리의 홀로그램이 공허하게 재생되고 있었다.

젠가는 빠른 걸음으로 홀과 연결된 방들을 살폈다. 세 번째 방에 그가 있었다. 그는 언제 달아났냐는 듯 관광객처럼 벽 앞에 떡하니 멈춰서 설명문을 읽고 있었다.

젠가는 조금씩 다가갔다. 아무리 가까이 가도 침입자는 경계 태세를 보이지 않았다. 도대체 뭘 읽길래 이렇게 얼이 빠져 있나 싶어 젠가도 설명문을 확인했다. 거기에는 인류를 구한 영웅들에 대한 소개가 나열되어 있었는데, 침입자는 그중에서도 팀 덴버의 설명을 꼼꼼히 읽고 있었다.

팀 덴버가 보유하고 있던 유전자 편집 기술은 스페이스 콜로니를 비롯하여 달과 화성에 인간과 함께 이주했거나, 그 이후에 만들어낸 동식물 전반에 큰 영향을 끼쳤다. 개척 시대를 도왔던 유전자 조작 이끼에서부터 초극미량의 마약도 감지하는 탐지견까지. 이들의 기술이 녹아들지 않은 곳은 없다.

젠가가 의문을 가지고 침입자를 다시 보았을 때 그는 거기에 없었다. 이미 젠가를 팔로 감싸고 단검으로 목을 노리고 있었다.

젠가는 몸이 붙어 있는데도 그의 숨소리를 들을 수 없음에 이상함을 느꼈다. 그의 팔을 내려다보았다. 외피가 벗겨져 내부가 드러나 있었다. 인간형 안드로이드였다. 젠가가 허공에 두 손을 올리자, 그도 단검을 쥔 손을 천천히 내렸다.

젠가는 천천히 뒤돌아서 그것의 얼굴을 마주했다. 소년의 모습이었지만 몸 군데군데서 세월의 흔적이 느껴졌다.

안드로이드는 로봇법 개정 이후 제작이 금지되어 있었다. 인류가 다른 행성과 콜로니에 진출할 무렵 생겨난 법령이었다. 그러다 보니 지금은 만드는 사람도, 수리할 수 있는 사람도 없었다. 그렇다면 이 로봇은 불법 제품이거나, 법 개정 이전에 만들어진 로봇이라는 소린데, 낡은 정도를 보니 아무래도 후자인 듯싶었다. 침입자가 젠가를 응시하며 물었다.

"왜 여기엔 이남이 박사님에 대한 언급이 없지……? 왜 박사님을 죽였어?"

"이남이가 누구야? 일단 무기 버려. 사람들을 부를 거야."

그는 쥐고 있던 단검을 바닥에 던졌다.

"너희들이 괴물을 보냈잖아. 그래서 이남이 박사님이 돌아가셨다고."

동물을 이야기하는 건가 싶어 젠가가 대꾸했다.

"보내다니? 나는 동물을 생포하라는 명령만 받았을 뿐이야. 난 일개 사원이라고."

그는 조금 놀란 듯했지만 곧 평정심을 되찾으며 말했다.

"널 해칠 마음은 없어. 정지되고 싶지도 않고."
"그건 나도 마찬가지야. 좀 더 자세히 말해봐."

*

침입자의 이름은 에밀리오였다. 에밀리오는 이남이 박사라는 자의 소유물이었는데, 박사는 아주 오랫동안 잠들어 있었고, 잠든 그를 에밀리오가 돌보고 있었다고 했다.

에밀리오는 석 달 전, 지하 벙커에 누워 있던 박사를 소생시켰다. 박사는 자신이 개조한 동식물 배아와 함께 긴 잠을 청했다. 먼 미래에 지구를 번영시키기에 적합한 때가 왔을 때 자신을 깨워주길 원했다. 오래 누워 있었던 것에 비해 박사의 해동은 빨리 진행되었다. 에밀리오는 그를 푹신한 침대에 눕히고 이불을 덮어주며 그가 깨어나길 기다렸다. 박사가 잠들던 순간부터 이날만을 기다려왔는데 어쩐지 박사의 소생이 기대되거나 즐겁지 않았다.

지금까지의 일을 어떻게 설명해야 할까. 처음부터 말해주어야 할까? 이주 선단의 마지막 우주선이 흰 연기를 뿜으며 지구에서 달아난 때부터? 당신이 막 잠에 들었을 때는 비와 천둥과 번개가 끊임없이 내렸다고, 한 치 앞도 보이지 않는 두꺼운 안개가 계속되었다고, 그나마 살아 있었던 지상의 생물마저 날려버릴 만한 폭풍이 쉴 새 없이 불었다고, 살을 녹일 수 있을 만한 강력한 폭염과 시간까지 얼어붙게 만드는 한파가 닥쳐왔다고, 해일이 일고 지진이 일어났다고 말해야 할까? 이것을 견뎌낸 생물은 하나도 없다고 사실대로 말해줘야 할까?

처음 지진이 일어난 후 냉동 배아 저장실에 동력이 공급되지 않았다. 에밀리오는 저장실에 동력을 마련하기 위해서 자기 육신을 움직이는 동력의 절반을 끌어다 썼다. 하지만 그럼에도 대부분의 배아를 못 쓰게 되었다. 그래도 과거보다 현재와 미래를 보존하는 것이 낫다고 생각했다. 하지만 그것도 10년을 가지 못했다.

시간은 계속 흘렀다. 기계 설비도, 에밀리오도 시간을 피할 수 없었다.

에밀리오가 이런저런 상념에 빠져 있을 때, 따뜻한 손의 감각이 생각을 멈추게 했다. 박사가 깨어나 다정한 기척으로 그의 손을 붙잡고 있었다. 그는 막 깨어난 박사의 기대를 저버릴 수밖에 없다는 생각에 마음 한쪽이 괴로워졌다. 박사는 그의 표정을 보고 급격히 수심이 깊어졌다.

"질소 탱크의 내구도가 급격히 떨어졌어요. 그리고 우리가 보유하고 있는 기계 내구 연한도 다 되어가고요. 이대로는 한마디도 못 나누고 돌아가실 것 같아서 깨웠어요."

에밀리오가 맞잡은 손을 조금 더 꼭 붙잡았다. 이제 더 이상 미래로 갈 수 없었다. 발전기도, 같이 잠자고 있었던 동물도, 그리고 이곳의 기계와 에밀리오 자신도. 프로젝트는 실패였다. 제아무리 행성에 자정능력이 있다고 해도, 인류는 지구를 재기 불능의 상태로 만들어놓았다.

"제가 더 노력했다면 바뀌었을까요?"

박사는 천천히 몸을 일으켰다.

"네 잘못이 아니야. 그저 내가 인간이 저지른 오염을 얕본 거지. 이제 우리가 할 수 있는 일이 없구나."

그는 이렇게 말하고는 잔잔한 미소를 띠었다. 그것은 체념에 가까웠다. 그는 혼자 있고 싶다고 하더니, 잠시 후 몸을 씻고 가장 좋아하는 옷을 꺼내 입었다. 귀걸이와 반지도 잊지 않았다. 에밀리오는 그가 깨어나면 마시기로 하고 간직해 두었던 찻잎을 준비했다. 밤이었지만 창문이 없었기 때문에 낮인지 밤인지 알 수 없었다. 에밀리오는 박사가 조금 더 이 시설의 기술적인 문제에 대해 자세하게 말해주길 원할지도 모른다고 생각했다. 하지만 박사의 말은 의외였다.

"조용하구나."

"여기는 항상 조용해요. 다들 떠나갔고, 연락해 오는 사람도 없으니까요."

“여기에서 버틴 거구나, 너는. 푸념할 사람도 없이.”

“외롭지는 않았어요. 언젠가는 깨어나실 거라고 생각했으니까.”

박사는 에밀리오를 껴안았다. 그리고 과거에 그랬던 것처럼 춤을 추자고 말했다. 프로젝트가 안 풀릴 때마다 박사는 그와 함께 춤을 췄었다. 그러나 에밀리오의 동작은 이전과 달리 영 서툴렀다.

“초기 기억부터 조금씩 바스러지며 사라져 가고 있어요. 무슨 이유인지는 모르겠어요. 동력을 다른 곳에 분배하다가 오류가 난 건지, 아니면 시간이 많이 흐른 탓인지, 그것도 아니라면 지구의 오염이 저에게도 영향을 미친 건지.”

“내가 다시 알려주마. 처음 가르쳐줬던 때처럼 말이야.”

박사는 오른쪽 발을 지면에서 뗐고, 그다음엔 왼쪽 발을 떼었다. 그것은 정식 춤이라기보다는 보이지 않는 리듬에 의지해 서로를 부둥켜안고 토닥이는 것처럼 보였다. 에밀리오는 그의 체온을 느낄 수 있었다. 그래, 둘이란 건 이런 거였지. 따뜻하고 다정한 샘물이 마음 깊은 곳에서부터 퐁퐁 샘솟는 기분이었다.

“덴버 팀이 아직도 건재할까?”

그는 이렇게 내뱉고는 자조의 웃음을 지었다.

“어떻길 바라세요?”

"너무 오래전 일이어서 그런지, 이제는 그냥 그 기술을 사용해서 살아남았으면 그걸로 됐다 싶어. 뭐, 어쨌든 그래도 남겨진 이후에 이곳을 지을 수 있어서 얼마나 다행이야. 그리고 널 오래된 중고 가게 골목에서 만난 것도. 있잖아, 지금을 보너스 스테이지라고 생각할게. 네가 아니면 올 수 없었던 미래를 보고, 경험할게. 밖에 나가볼게. 숨이 다할 때까지."

"밖은 여전히 오염이 심해요. 이제 막 깨어나셨으니 견디셔도 별로 안 좋고. 며칠, 아뇨, 하루라도 푹 쉬신 다음에 결정해도 늦지 않아요."

박사는 고개를 저었다.

"당장 보고 싶어. 어떻게 주어진 기회인데."

에밀리오의 만류에도 박사의 의지는 꺾을 수 없었다. 에밀리오가 허둥지둥 그 뒤를 따랐다. 박사는 지상에 막 도착하자마자 우뚝 멈추어 섰다. 밖은 깜깜한 밤이었다. 그 어둠 사이로 박사의 앞에 침을 질질 흘리는 잔뜩 흥분한 괴물이 보였다. 괴물은 이미 주변 건물과 기물들을 헤집어놓은 상태였다.

"……아주 거창한 생물인데. 네가 말한 상황에 비해서. 좀 이상하지 않아? 아니다, 아니야. 예외란 건 항상 있는 법이니까."

박사는 혼란스러워하면서도 내심 기쁜 눈치였다. 박사는 일단 지금은 몸을 피했다가, 상황이 조금 나아지면 관찰해 보자고 했다. 그러나 괴물은 그럴 틈을 주지 않았다. 순식간에 박사와 에밀리오를 덮쳤다. 괴물은 한입에 둘을 씹었다. 괴물은 몇 번이나 거대한 송곳니로 둘 다 씹으려고 하다가 고철 덩어리인 에밀리오를 툭 뱉어냈다. 에밀리오는 괴물의 입속에서 덜렁이는 박사의 팔과 다리를 보았다.

프로젝트는 실패했어도, 보너스 스테이지의 최후의 날까지 박사와 함께 지낼 수 있을 거라 생각했다. 하지만 다 망가졌다. 말도 안 돼. 저건 도대체 뭐야? 왜 하필 오늘이지? 믿을 수 없었다.

허망함이 몰려왔다. 에밀리오는 다리를 절룩이며 창고에서 석궁을 가지고 왔다. 눈도 손도 성치 않았다. 게다가 밤이었다. 석궁 공격은 적중했지만 괴물에게 데미지를 주기에는 역부족이었다. 괴물은 떠났다.

다음 날 아침, 에밀리오는 괴물이 박사를 먹어치운 곳에 가보았다. 언제 끔찍한 일이 일어났냐는 듯, 바람은 잔잔했지만, 바닥에는 박사의 피가 흥건했다. 근처에 박사의 귀걸이가 하나 떨어져 있었다. 귀걸이를 주우며 에밀리오는 깨달았다. 박사에게 보여주고 싶은 것이 많았다. 잠든 박사를 두고 나갈 수 있었던 허용 반경 경계 안에 어떤 풍경이 있는

지 보여주고 싶었다. 그곳에서 주운 독특한 모양의 자갈 컬렉션도 보여주고 싶었다.

에밀리오는 남아 있는 모든 것을 정리해야겠다고 생각했다. 처분하지 않았던 배아들도, 오래전 고장 났지만 제대로 정리하지 않은 기기들도. 뿌려진 박사의 피도. 그러고 나면 자신은 혼자가 된다.

만약에 지구가 정말로 살 만한 땅이 되어서, 에밀리오가 동물과 동물 배아와 이남이 박사를 기쁜 마음으로 깨웠다면 어땠을까. 박사는 어떤 표정을 지었을까. 분명히 긴 시간을 날아 당도한 이곳에서, 깨어난 동물과 식물들 틈에서, '그럴 줄 알았어! 역시 모두 강해. 다시 시작할 수 있겠어!'라고 말하면서, 어떤 동물이라도 기쁜 눈으로 지켜보았을 것이다. 살아남아 줘서 고맙다며.

에밀리오는 괴물을 쫓아야겠다고 생각했다. 괴물을 죽이고 싶었다. 박사의 복수는 자신만이 가능했다. 석궁과 단검을 챙겼다. 신체 출력 상태가 좋지 못했지만 상관없었다.

아이러니하게도 박사가 사망했기 때문에, 박사의 명을 받들던 에밀리오는 더 먼 세계로 나아가게 되었다.

세상은 그가 생각한 것보다 더 소생 불능이었다.

에밀리오는 괴물이 떠나간 방향을 토대로 괴물의 냄새와

분비물을 분석했다. 처음에 괴물은 에밀리오가 따라잡지 못할 정도로 전속력으로 질주했다. 적은 음식으로도 오랫동안 움직일 수 있는 극한의 효율을 지녔을 뿐 아니라 추위와 더위에도 강했다. 괴물은 정처 없이 험한 길을 가다가도 왔던 길을 되돌아가기도 했다. 어떤 특정한 목적이 있다기보다는 본능대로 움직이는 듯했다.

하지만 시간이 지날수록 속도가 느려지고 있었다. 괴물은 척 봐도 이상해 보이는 풀을 뜯어 먹기도 했고, 오염된 물을 그냥 마시기도 했다. 야생동물치고는 어설퍼 보였다. 태어나서 저 크기가 되기까지 도대체 어떻게 지냈을까 하는 의문이 들 정도였다.

이제 에밀리오는 괴물을 지척에서 관찰할 수 있었다. 괴물을 죽일 수 있을 거라고 생각했다. 근처에 호수가 있으니 분명 물을 먹으려고 할 거야. 괴물이 잠시 경계를 풀고 물을 마실 때 가까이 가서 죽이자고 생각했다.

그러길 3개월째, 에밀리오는 괴물을 지켜보는 젠가와 김주임을 발견했다. 그는 살아 있는 인간들이 어딘가 다치지 않고 멀쩡하게 걷는 것을 처음 보았다. 어디에서 나타났는지는 알 수 없었다.

그들 또한 괴물과 관련된 자들일까 궁금했다. 그들은 이동장을 가지고 있었고, 마취총으로 괴물을 제압했다.

*

젠가는 에밀리오가 이야기한 것들에 대해 생각했다. 그의 말을 모두 믿을 순 없었지만, 거짓말 같지도 않았다. 거짓말을 해서 그가 얻을 만한 것도 없었고.

"지구는 보호구역이 됐어. 여기엔 이제 아무도 안 살아."

"알아. 다들 다른 행성이나 콜로니로 갔겠지. 아직 인간이 다 죽진 않았구나. 박사님이 고안해 낸 기술 덕분이야. 그런데 여기 설명에는 마틴 덴버가 고안하고 발표했다고 쓰여 있어. 나는 인정 못 해."

그는 팀 덴버의 설명이 있는 벽을 쳐다보며 말했다.

"팀장인 마틴 덴버의 성을 따서 '팀 덴버'. 페르난도 호세, 수아드 빈트 나세르, 미셸 아르노프스키, 응우옌 반 후이, 암마 아난. 그리고 여기에는 이남이 박사님도 계셨단 말이야."

"내가 알기로 이남이라는 사람은 없어."

젠가는 팀 덴버와 관련된 도서를 수도 없이 읽었다. 그러다 문득, 아주 오래된 한 권의 도서 데이터에서 팀 덴버가 초기에는 6인이 아니라 7인 체제라고 적혀 있었던 게 생각났다. 어쩌면 그것은 오타가 아니었을지도 모른다.

에밀리오는 고개를 저었다.

"박사님은 마틴 덴버와 사이가 안 좋았어. 처음엔 모든 조건을 초월한 학자들의 모임 같은 거였지만, 그들도 사람이었어. 사람은 타인과 자신을 비교하고 선 긋기를 좋아하지. 그들은 다국적, 다인종 팀이었지만 그렇다고 그것이 우애나 평등을 보장하진 않았어. 마틴 덴버와 팀원들은 이남이 박사가 동양인이라서, 자신과 종교에 대한 가치관이 달라서, 여자여서, 몸이 약하기 때문에, 잠재적인 질병 발병의 위험이 있기 때문에, 성적 지향 때문에, 다른 사람보다 나이가 많기 때문에…… 제각각의 이유를 골라잡아 박사님을 싫어했어. 하지만 그들은 박사님이 고안한 유전자 편집 기술을 마음대로 훔쳐갔지. 박사님을 제외한 팀원들은 지구를 벗어나 콜로니나 타 행성으로 가는 것이 답이라고 생각했어. 박사님은 현실적으로 모두가 이주할 수는 없다며, 지구를 재건시킬 계획을 세우자고 했어. 하지만 다들 이주 선단을 이끄는 사람에게 개척지에서 한 자리씩 제안받더니 가버리더군. 그들의 가족들도 함께 보내준다고 했고. 아직도 못 믿겠어? 팀 덴버에 대한 흉을 늘어놓아서 기분이 나쁜가?"

젠가가 침묵하자 답답하다는 듯 그가 이어 말했다.

"그런데 말이야. 인간이 지구를 파괴한 것도 파괴한 거지만, 테라포밍과 콜로니를 만드는 데 필요하다며 지구에 있는 자원을 지구에서 다 써버렸고, 그 오염물과 쓰레기를 다

버려두고 탈출했지. 그것들이 지구의 땅과 물과 공기를 더럽혔어. 단체 최면이라도 걸린 듯이. 부자 한 사람이 가난한 사람 1만 명의 몫을 순식간에 빼앗아 갔어. 멸망은 그 사람들 때문에 가속화된 거야. 결과는 돌이킬 수 없어져 버렸고. 박사님은 말했어. 자신이 만든 유전자 기술로 다시 살아나는 지구를 생각해 보라고. 인류의 잘못을 사죄하면서 자연에게 진 빚을 조금씩 갚고, 과오를 지워나가는 상상을 해보라고. 우리의 손끝에서 뻗어나가는 섬광을 생각해 보라고. 시간은 일직선으로 흐르고, 우리는 이미 일어난 일을 되돌릴 수 없어. 하지만 기회가 한 번 더 주어진다면, 우리는 그 기회 속에서 기회를 두 번 만들 수 있는 힘이 있다고."

젠가는 입을 벌렸다. 이 대사, 어딘가에서 들은 적이 있어. 아니, 어딘가에서 들은 정도가 아니지. 이건, 마틴 덴버의 명언이었다.

한 명은 지구에 남으면서 이 말을 했고, 다른 사람은 우주에 진출하면서 이 말을 했다. 젠가는 문득 이 로봇의 말이 진짜일지도 모르겠다고 생각했다. 팀 덴버를 순수하고 열렬하게 좋아했던 마음에 덜컥 제동이 걸렸다.

젠가의 호주머니에서 호출기 소리가 들렸다. 팀장에게 곧 개회식이 시작된다는 메시지와 어디냐는 메시지가 수도 없이 와 있었다. 그러고 보니 에밀리오와 이야기하는 내내 호출이 계속 울렸던 듯도 했다. 팀장한테 뭐라고 말하지? 침입자를 잡았다고 해야 하나? 아니면 침입자가 아주 옛날에 만들어진 로봇이라는 걸 먼저 알려야 하나? 사실대로 말하면 들으려고도 하지 않을 것 같았다. 시계를 보니 개회식 시작이 얼마 남지 않았다.

당황하는 젠가에게서 팀장의 호출이 한 번 더 날아들었다. 어쩔 줄 몰라 하는 사이, 손가락이 미끄러져 연결 버튼이 눌러졌다. 팀장의 호통 소리가 들렸다.

"젠가 씨, 왜 이렇게 연락이 안 돼! 당장 무대 뒤로 와!"

젠가가 뭐라고 대답하기도 전에 연락이 끊겼다. 에밀리오는 젠가에게서 적의가 없다고 판단했는지 재빨리 그 자리를 피했다. 젠가는 아차 싶었다. 에밀리오는 박사를 죽인 동물을 죽이고 싶어서 이곳에 온 것이었다. 젠가는 돌아가지 않으면 팀장에게 혼날 것을 알았지만 그를 놓칠 수는 없었다.

밖은 이미 깜깜한 밤이었다. 개회식이 시작되는 소리가 연구소 전체를 쩌렁쩌렁하게 울렸다. 가설무대 쪽만이 어둠 속에서 빛나고 있었다. 영상에서 보았던 작년 개회식처럼 방송용 촬영 드론들이 일제히 무대를 향해 카메라 렌즈를 돌리고, 며칠 전부터 준비했던 장작에 불이 곧 활활 타오를 것이었다. 마이크로 증폭된 소장의 목소리가 잘 들렸다.

"생명의 불꽃을 하나씩 나누어 들어주십시오. 개회식을

시작합니다. 리그다 세피아노 선생님께서 기념 연설을 해주시겠습니다.”

장내가 조용해졌다가 곧 세피아노의 목소리가 들렸다.

“이곳은 지구입니다. 지구의 날을 맞이하여 연사로 서게 되어 영광입니다.”

세피아노의 목소리는 조용하면서도 명확하게 들렸다.

젠가와 에밀리오는 그 소리와 조명을 뒤로하고 추격전을 벌이고 있었다. 에밀리오는 이곳의 길을 잘 모르는데도 절뚝거리는 다리로 젠가보다 훨씬 빠르게 달렸다. 에밀리오는 박물관의 출구로 빠져나가 천막과 화물차 한 대가 있는 창고의 입구로 갔다. 창고 문은 열려 있었고, 화물차 옆에서 직원 하나가 느긋하게 담배를 피우고 있었다.

에밀리오는 창고 안으로 들어갔다. 젠가도 따라 들어왔다. 작고 희미한 등이 있었지만 공간 전체를 밝혀주진 못했다. 창고 가장 안쪽에 거대한 철제 우리가 있었다. 온통 침묵이 감돌았고, 동물의 숨소리만이 들렸다.

젠가는 홀린 듯 우리 가까이에 가서 동물을 보았다. 다듬어지지 않은 날카로운 발톱과 스밀로돈처럼 큰 송곳니. 듬성듬성 푸석푸석하게 자란 얇고 검은 털. 털 아래 속살은 작열하는 태양 빛에 무참히 타버릴 것처럼 약해 보였다. 부글부글 끓는 숨에서는 쉴 새 없이 구취가 났다.

동물은 게슴츠레 눈을 뜨고 있었다. 자색 빛 눈이었다. 겹겹이 휘날리는 어둠의 장막 틈에서 그것의 두 눈이 젠가를 응시했다.

젠가의 뇌리에 무언가가 스쳐 지나갔다. 저 눈을, 정확히는 저 동공의 모양과 색을 본 적이 있었다. 그 눈을 떠올리자, 젠가는 과거 어디에선가 이 생물과 마주했다는 생각이 들었다.

하지만 어디였는지 기억이 나지 않았다.

어둠 속에서 인영 하나가 보였다가 사라졌다.

"젠장, 불 좀 켜봐. 이래서 뭘 하겠어? 신속하게 옮겨. 빨리빨리."

중년 남자의 목소리가 들렸다. 팀장이었다. 뒤이어 몇 사람의 발걸음과 숨소리와 목소리가 분주하게 들렸다. 그의 목소리가 재차 들려왔다.

"이대로 바로 이착륙장으로 옮기시죠."

이게 도대체 무슨 일인가? 젠가는 서둘러 몸을 숨길 곳을 찾았다. 자신은 모르는 일이 벌어지고 있었다. 동물을 연구실로 옮겨서 관찰하고 분석할 줄 알았는데.

문 쪽에서부터 천장 불이 하나씩 켜지고 있었다. 젠가는 어둠 속으로 달렸다. 그때, 측면의 오래된 책장에서 손이 쑥 나오더니 젠가의 몸을 낚아챘다. 그 손의 주인은 에밀리오였다.

사위가 환해지자, 상황을 점차 이해할 수 있게 되었다. 그곳에는 팀장과 직원뿐 아니라, 낯선 누군가도 한 명 있었다.

낯선 이의 목소리가 들렸다.

"눈 반쯤 떴는데? 수면제가 잘 안 들었나 봐요?"

젠가는 그가 누구인지 알 것 같았다. 응접실에서 보았던 연사의 아들이었다. 동물은 일어서지는 못했지만, 다리를 꿈틀거리고 있었다.

"죄송합니다. 저희도 이 정도의 동물 생포는 처음이어서 용량에 조금 착오가 있었던 것 같아요."

김 주임의 목소리였다.

"됐어요. 이착륙장으로 옮기면 다 끝나니까. 회복력 하나는 기가 막힌 녀석이니 잘만 먹이면 아까 말한 상처도 '화성 동물의 날' 이전에 흔적도 없이 낫겠죠. 그때는 어머니께서 녀석을 대동하고 연설을 해야 해서. 아, 저 녀석이 몸부림치는 건 상관하지 마세요. 제가 제압할 수 있어요. 이걸 가져왔거든요."

뭘 가지고 왔다고? 젠가는 고개를 슬쩍 빼서 연사의 아들이 무엇을 들고 있는지 확인했다. 타다닥 하는 소리가 들렸다. 그는 무시무시하게 생긴 검은색 전기충격기를 쥐더니 동물에게 가까이 다가갔다.

"안녕. 잘 있었어? 집으로 돌아가자."

동물은 이를 드러냈다. 그는 우리 가까이 가서 씩 웃어 보였다.

"왜 그래. 진정해. 실험실도 아니고, 집으로 돌아가는 것뿐인데."

젠가는 연사의 아들이 내뱉은 '실험실'이라는 단어를 곱씹었다. 이제 기억났다. 젠가는 저 괴물의 정체를 알고 있었다. 몇 년 전, 뉴스에서 크게 보도된 사건이었다.

주요 등장인물은 리그다 세피아노. 화면 아래 뭐라고 자막이 쓰여 있었더라. 아마도 "실험실에서 구출된 새끼 '타뉴인-인-블릭'들, 화성 사람들의 품으로……"였던 것 같다.

보드라운 밤하늘색 털과 자색의 동그란 눈과 작은 이빨. 어린 타뉴인-인-블릭은 강아지처럼 작고 귀여웠다. 사람들은 그 모습에 매료되어 팬아트를 그리고, 밥을 먹고 애교를 부리는 타뉴인-인-블릭의 짧은 영상에 빠져들었다. 하지만 그것은 찰나에 불과했다. 그 동물의 모습을 지금까지 궁금해하는 사람은 없었다. 젠가 또한 새끼 타뉴인과 그것을 입양한 세피아노만 희미하게 기억하고 있었을 뿐이다. 타뉴인의 성체가 어떤 모습인지는 전혀 몰랐다.

"지구 구경은 잘했어? 여기가 네 조상님의 고향이라던데. 너만큼 자유롭게 지구 구경한 녀석도 없을 거다."

끈적한 액체가 타뉴인의 턱을 타고 우리 바닥으로 떨어졌다. 그때 타뉴인이 연사의 아들 쪽 창살에 몸을 부딪치며 으르렁댔다. 잠자코 지켜보던 그는 전기충격기를 창살에 가져다 댔다. 타뉴인은 움찔댔지만 물러나진 않았다.

"이렇게 역변할 줄 누가 알았겠어? 연구소 사람들도 몰랐을걸. 어렸을 때 다 폐사 처리했으니까. 데려간 사람들도 인증사진이나 찍고 방치하거나 버렸다는데 아마 우리가 그나마 가장 열심히 키웠을걸. 젠장. 어머니는 실험실에서 마음대로 데려와 놓고, 나한테 다 맡겨버리고. 마음대로 처분했더니 왜 버렸냐고 뭐라고 하고. 하이고, 머리야. 안 되겠네. 주임님, 마취제 한 번만 더 쓰죠."

주임의 목소리가 들렸다.

"하지만 이 이상 쓰면 못 깨어날 수도 있는데요. 타뉴인의 상태가 별로 안 좋아서……."

"상태가 안 좋다고요? 저렇게 날뛰는데? 전문가시잖아요? 이대로는 옮기지도 못할 것 같은데요? 조금만이라도 쓰자고요."

"아, 알겠습니다."

"어머니께는 잘 말씀드릴게요. 연구소 후원 금액에 대해서 긍정적으로 재고해 보시라고요."

타뉴인-인-블릭의 털은 땀에 젖어 축축했다. 연사의 아들은 동물에게 한 번 더 전기충격을 가했다. 이번에는 충격이 더 강했는지 동물이 맥을 못 추었다. 젠가와 에밀리오는 그 모습을 잠자코 바라보았다. 젠가는 최대한 소리를 죽여 이 상황을 설명해 주었다.

"화성의 실험실에서 동물실험에 쓰였던 유전자 개조 동물이야. 아마도 지난 시즌 지구에 방문했을 때 아무도 안 보는 사이에……."

젠가는 이렇게 말하며 에밀리오 쪽을 보았다. 그러나 그는 원래 있었던 자리에서 사라지고 없었다. 젠가는 그를 찾으려고 한 걸음 밖으로 나왔다.

"헐. 왜 젠가 씨가 여기에 있어?"

김 주임이 놀란 눈을 하고 젠가를 쳐다보고 있었다. 젠가를 보고 얼어붙은 듯 아무 말도 하지 않았다. 그의 뒤로 저 멀리에 에밀리오가 보였다. 이미 사람들 근처로 다가가서 벽과 그림자 사이에 몸을 숨기고 있었다.

팀장이 이쪽으로 왔다.

"아니, 이게 무슨 상황이야? 내가 무대 뒤쪽으로 가라고 했잖아."

"어…… 그러니까……."

젠가는 뭐라도 변명을 해보려 했지만 이렇다 할 변명거리가 떠오르지 않았다.

김 주임이 진지한 얼굴로 젠가에게 다가섰다.

"혹시 다 봤어?"

"지시를 무시하고 여기에 숨어 있었던 건 아니고요. 누굴 좀 쫓다가……."

"젠가 씨, 이렇게 제멋대로 행동할 줄은 몰랐네."

팀장이 이마를 짚으며 말했다. 젠가의 말을 들을 생각이 조금도 없어 보였다.

"아뇨! 사실대로 말씀드릴게요. 제가 어기려고 했던 게 아니고요. 제 말 좀 들어보세요."

젠가는 애원했다. 하지만 김 주임이 단호하게 말을 막았다. 김 주임이 이렇게 진지하게 이야기하는 것은 처음 보았다.

"진정하고, 내 말 먼저 들어. 미안해. 이 연구소, 할당된 예산이 얼마 없어. 더 쏟아부을 것도 없고. 그래서 연구를 거의 하지 않는 거야. 그냥 이 연구소는 베른사의 것이고, 그 기업이 지구에 먼저 깃발을 꽂아놓은 거야. 혹여나 나중에 지구가 자력으로 괜찮아지면, 연구소가 여기 예전부터 있었다는 걸 구실 삼아서 지구의 소유권을 유리하게 받으려고 그냥 발만 담가놓는 거지. 남이 지구를 가지는 걸 두 눈으로 보고 싶진 않아서."

선해 보였던 김 주임이 이런 말을 하니 더 충격이었다. 팀장도 한마디 거들었다.

"일터에 거창한 동경이나 사명이라도 가졌던 거야?"

젠가는 침묵했다. 그랬었지. 그랬었다. 하지만 이젠 아닌 것 같아. 더 이상 아무것도 믿을 수 없게 됐다. 지금 이게 다 뭐야? 현기증이 일었다. 지구 생물인 줄 알았는데, 화성에서 온 유명인의 유기 동물로 인한 소동이었단 말인가. 아니, '유기 동물로 인한'이라기보다는 '인간의 변덕에 의한'이라는 말이 더 맞았다.

어쨌든 이 사건은 아주 오래전부터 미래를 준비하던 이남이 박사의 목숨을 앗아갔다. 그리고 박사의 목숨을 빼앗아 간 동물에게 복수하기 위해, 박사의 로봇이 여기 와 있다. 젠가는 김 주임 너머로 에밀리오가 어디 있는지 확인했다.

사람들의 시선이 온통 젠가에게 쏠린 틈에 에밀리오는 우리의 개폐 레버가 있는 곳으로 가고 있었다. 연사의 아들이 알아채고 전기충격기를 손에 쥔 채 뛰어갔다. 하지만 그때는 이미 에밀리오가 우리의 개폐 레버를 내린 후였다.

우리가 아래에서부터 조금씩 열렸다. 문 아래에서 털이 부숭부숭한 주둥이가 콧김을 내뿜었다. 하지만 타뉴인은 전기충격 때문인지 나오지 못하고 주춤거렸다.

"빨리 닫아!"

팀장이 외쳤다. 그 소리와 함께 에밀리오가 동물에게 달려갔다. 젠가는 에밀리오의 표정을 보았다. 혼란이 뒤섞인 얼굴이었다. 우리가 다시 닫히고 있었다. 에밀리오는 그 틈을 비집고 들어가 동물의 등을 떠밀었다.

"도망가, 제발! 가라고!"

에밀리오가 외쳤다.

그 말을 이해한 것일까. 도망칠 수 있는 가망이 거의 보이지 않을 무렵, 좁아진 문틈 새로 날카로운 발톱을 가진 발 두 개가 보였다. 문이 흔들거리다가 이내 들어 올려졌다. 에밀리오는 동물의 속도에 휩쓸려 두 손으로 꼬리를 쥔 채 거의 허공에 떠 있었다.

몇몇 사람은 창고 문을 닫았고, 김 주임을 포함한 나머지 사람들은 마취총과 그물망을 들고 서 있었다. 동물은 날뛰며 창고 문으로 돌진했다.

문 앞에는 연사의 아들이 서 있었다. 여전히 전기충격기를 들고 있었다. 동물은 큰 입을 벌려 연사의 아들에게 달려들었고, 그의 한쪽 팔을 베어 물었다. 순식간에 일어난 일이었다. 다들 제 눈을 의심했다. 연사의 아들은 옷이 붉은빛으로 젖어 들다가 힘을 잃고 고꾸라졌다.

동물은 그의 복부를 한 번 걷어차고 창고 문으로 질주했다. 저 기세로 돌진한다면 문 따위 쉽게 부숴버리고 탈출할 것이며 끝내는 가설무대 뒤편으로 뛰어들게 될 터였다. 이곳에 있는 사람들 전부 같은 생각이었다. 다들 "잡아!" "잡아!" 하면서 동물을 쫓았다. 젠가의 생각이 적중했다. 창고 문이 부서졌다. 연이어 눈부신 조명이 사방으로 번쩍였고, 삐익거리는 마이크 소리에 귀가 따가웠다. 방송용 촬영 드론이 허공을 어지럽게 떠다녔다. 곧 방청객의 박수 소리가 끊기고 비명이 들려왔다.

"저게 뭐야!" "꺄아악!" "괴물이다!" "우릴 죽일 거야!"

무대는 한순간에 아수라장으로 바뀌었다. 무대 위 소파에 앉아 있던 소장과 세피아노가 눈이 휘둥그레져선 계단까지 가지도 못하고 무대 아래로 한달음에 뛰어 도망쳤다.

드론을 조종하고 있던 방송국 직원들이 공포에 휩싸인 채 외쳤다.

"지구 괴물이야!" "이런 게 지구에 있었다니, 끔찍해!"

소장은 땀을 뻘뻘 흘리며 사람들에게 외쳤다.

"아뇨! 저건 지구 괴물이 아니라, 화성의 실험동물입니다. 여러분들이 좋아하시던 '타뉴인-인-블릭'의 정체라고요! 지구와는 관계없습니다. 이 지부를 벗어나지만 않으면 여러분은 안전합니다. 다시 한번 말하지만 저건 지구 괴물이 아니에요! 지구 관광 오셔도 됩니다! 아이 씨, 방송 다 꺼! 끄라고!"

타뉴인은 출구를 찾지 못한 채 날뛰었다. 사람들이 대피하고, 드론들도 황급히 작동을 멈췄다. 세피아노는 아연실색하며 구석에 몸을 피했다. 팀장과 김 주임과 몇몇 직원들이 달아나는 동물에게 총을 쏘았다. 난리 통 속에서도 세피아노는 차고에 자신의 아들이 쓰러져 있는 것을 발견하고 뛰어갔다.

마취총의 주사기가 허공에 빗발쳤다. 꼬리에 매달려 있던 에밀리오는 안간힘을 써서 간신히 동물의 등에 올라탔다. 동물의 등에 마취 바늘이 박혀 있었지만 별 효과가 없는 듯했다. 동물의 등에 박힌 바늘을 에밀리오가 뽑아냈다.

연구소의 출구는 닫혀 있었다. 젠가는 그들을 응시했다. 분명히 박사의 복수를 하러 왔다고 말했다. 하지만 한 팀처럼 보이는 것은 왜일까. 그들은 서로에게 둘도 없는 존재처럼 보였다. 둘 다 몹시 외로웠을 테지. 어쩌면 에밀리오가 심하게 다쳤는데도 가동되고 있는 이유는 저 동물 때문인지도 모른다. 주인을 잃어 명령을 부여받지 못하는 로봇이 매달리고 몰두할 곳이 저 동물뿐이었는지도.

문득 젠가는 에밀리오가 자신을 쳐다보고 있다는 생각이 들었다. 아니, 실제로는 쳐다보지 않은 것일지도 모른다. 젠가는 그들을 멈춰 서게 하고 싶지 않았다. 젠가는 출구의 비밀번호를 알고 있었다. 0000. 아주 쉬운 번호였다. 그는 슷자 키패드로 다가섰다.

다음 장면은 젠가도 분절된 이미지로만 기억한다. 젠가의 눈앞에 모든 장면이 느릿하고 명확하게 그려졌다. 좌우로 열리는 여러 개의 문. 문이 다 열리기도 전에 틈을 비집고 도망치는 동물, 그리고 에밀리오. 그들의 모습은 패잔병 같았다. 에밀리오는 너무나 큰 상처를 입었고, 동물은 죽을 때가 다 되었다. 하지만 그들은 나가기로 결정했다. 젠가는 선택지를 주었을 뿐이었다.

도망자들은 많은 문을 통과했고, 지평선을 향해 달렸다. 둘은 이내 검은 점이 되더니 결국 사라져 버렸다.

젠가는 자신의 처분에 대해 생각했다. 해고되는 것은 물론이고, 조용히 입막음당할지도 모른다. 이제는 지구를 떠나게 되더라도, 이전처럼 애정 어린 눈으로 지구를 바라보며 돌아가고 싶다고 말하지는 못할 것이다. 그리고 더 이상은 인간을 사랑할 수 없을 것 같았다.

젠가는 여전히 이남이 박사에 대해 아는 게 없었다. 또한 이제는 팀 덴버에 관해서도 속속들이 안다고 말할 수 없게 되었다.

하지만 지구 어딘가에 죽어가는 동물과 로봇이 있다는 것만은 알고 있다. 그것은 사실이었다.

그리고 젠가는 한 가지 사실을 더 깨달았다.

이제 이 땅의 주인은 인간이 아니라 박사를 잃은 로봇과

버려진 동물이라는 것을.

나는 인간의 천성이 악하고 이기적이라고 생각한다. 그뿐인가? 쉽게 싫증 내고 늘 새로운 쾌락을 쫓기도 한다. 유튜브와 SNS에 넘쳐나는 귀여운 새끼 동물들은 너무도 빠르고 쉽게 소비되어 버린다. 성체가 되거나, 병이 들면 그 동물은 더 이상 콘텐츠로 소비되지 않는다. 그들의 빈자리는 더 어리고 귀여운 동물들로 채워지고 만다. 때로는 더 많은 조회수를 얻기 위해 의도적인 연출이 들어가기도 한다. 부끄럽게도 나도 그런 영상을 볼 때가 있다. 하지만, 시청할 때마다 과연 이래도 되는 것인가 하고 마음 한쪽이 늘 불편하다.

인류는 오래전부터 욕망을 채우기 위해 다른 동물의 외형을 변형시키고, 주인인 양 생명을 앗아갔다. 인간의 필요와 미감에 의해 선택되거나 버려진 동물이 세상에는 너무 많다. 인간은 다른 종 없이는 살아가지 못하면서도, 자신들이 주인인 양 군다.

이 소설은 원정 유기에 대한 뉴스를 접하고 쓰였다. 한국에서도 여름휴가를 맞이하여 반려동물과 같이 휴가를 갔다가, 집으로 영영 돌아오지 못하도록 휴가지에 반려동물을 버리고 온다는 것이다. 자신이 키우던 동물이 싫증 나고, 자신의 상상대로 성장하지 못하거나 늙고 병이 들었다는 이유만으로 많은 동물들이 버려진다. 나는 이 이야기를 듣고는 충격과 놀라움을 금치 못했다. 그리고 아마도 이 충격에서부터 〈지구의 날〉이라는 이야기가 마음속에서 서서히 조립되기 시작했던 것 같다.

작가의 말

이 책은 2020년에서부터 2024년까지, 5년에 걸쳐 발표했던 소설을 고르고 다듬은 나의 첫 번째 소설집이다.

글을 쓸 때는 내가 의도하지 않았는데도 머릿속에 눈보라 치는 시베리아 벌판 한가운데의 오두막이 그려진다. 그 오두막 문을 열면 권투 링이 있고, 월등히 나보다 체구도 크고 힘도 센 적수가 나를 노려보고 있다. 키보드를 두드릴 때면 나는 머릿속에서 적수의 펀치를 속수무책으로 맞고 있는 기분에 사로잡힌다. 나는 그가 내가 만들어낸 허상의 장애물임을 안다. 그럼에도 그가 날린 펀치는 아프다. 때로는 내가 그를 향해 팔을 휘두르기도 하지만 대부분의 공격은 유효타가 되지 못하고 허무하게 사라지곤 한다. 종료 타이머가 울리면 그제야 나는 비척비척 링 밖을 빠져나간다. 그 순간 적

수는 동상이 된 듯 멈추고, 링을 비추던 천장 위 전등갓의 불빛도 꺼진다. 오늘의 게임은 끝이다. 내일 또 게임이 시작되겠지만 지금 당장은 적수에게 공격받지 않아도 된다는 생각에 안도의 한숨을 내쉰다. 돌아갈 시간이다. 오늘 쓴 분량을 저장하고 노트북을 끈다.

나는 오두막 문을 열어젖힌다. 밖은 춥고, 눈이 펑펑 내리고 있다. 현실의 나는 집으로 돌아왔지만 머릿속의 나는 추위에 덜덜 떨며 하염없이 오두막 주변만 서성인다. 신발과 옷 사이로 스며드는 습기와 칼바람을 맞으며 몸을 덜덜 떨며 다음 라운드는 어떻게 전개될지, 얼마나 얻어맞을지 생각한다. 그리고 이번 라운드보다는 적수에게 유효타를 날릴 수 있으면 좋겠다는 작은 희망을 품는다.

현실의 나는 밀린 집안일을 하고 쉰답시고 책이나 영상을 본다. 겉으로 보기에는 쉬는 것 같지만 일은 아직 끝나지 않았다. 잠들 때까지 내일 작업 분량의 전개는 어떻게 진행할지, 어떤 복선을 줄 것인지, 인물이 어떤 말을 해야 효과적일지 생각한다.

글을 쓸 때는 내가 만들어낸 이야기에 얻어맞는 느낌이고, 쓰지 않을 때는 불안에 덜덜 떨며 앞으로 써야 할 문단과 결말을 걱정한다…….

이것이 내가 이야기를 쓰며 매일 느꼈던 기분이다.

작가의 일상은 생각만큼 멋지지 않다. 그저 자신이 완성하기로 결정한 무언가를 마감 때까지 매만지며 어느 쪽을 덧붙이거나 깎아내거나 하여 기존과 다른 것을 만들어내는 일을 하는 사람일 따름이다.

하지만 멋지지도 않고 어려운 일이라고 말하면서도 나는 내가 쓴 이야기와 인물들을 좋아한다. 골똘히 생각해 왔던 조각난 이야기들과 대사들, 인물의 순간적인 선택과 행동은 내가 하나의 이야기로 만듦으로써 세상에 나올 수 있다. 또한 그것을 타인과 공유할 수 있다는 것은 어디에서도 경험할 수 없는 가슴 벅찬 일이기도 하다. 게다가 그 소설을 재미있게 읽었다는 독자를 만나면 무척 힘이 나기도 하고.

소설을 하나씩 세상에 내놓을 때마다 이것이 나의 마지막 이야기일지도 모른다는 생각을 하곤 했다. 이제 시작일 뿐인데 첫 소설집에서부터 앓는 소리를 하면 어쩌냐 싶지만 솔직히 말하자면 정말 그랬다. 매 순간 한계에 부딪친 게 사실이다. 당장이라도 창작의 샘이 말라버릴 것을 두려워했다. 다음 청탁이 오지 않을 것을 두려워했다. 쓰고 싶은 대로 썼다간 독자 평이 좋지 않을 것을 걱정했다. 소설집을 발간하는 동료 작가를 감탄 섞인 부러움으로 쳐다보며, 내가 아무리 많이 쓴다 한들 한 권 분량은 채우지 못할 것 같았다. 멀리 보려고 해도 아득하고 두려우니 발밑만 보고 조심조심

걸었던 것 같다. 하지만 고개를 들었을 때, 눈앞에는 이전과 다른 풍경이 보였다. 아마 작은 한 걸음들이 모여 나를 이곳으로 인도한 것이리라. 이상한 기분이다. 하지만 마음이 간질거리고 두근거린다.

어렸을 때부터 나는 이 세상과 다른 곳에서 펼쳐지는 이야기를 좋아했다. 이야기 속의 인물들은 싸우고, 모험하고, 저항하고, 전력 질주했다. 그들을 보는 동안 나는 그 세계에 있는 듯한 기분이 들었다. 그들의 여정을 보고 있으면 현실을 잊을 수 있었다. 그런 세계를 만든 작가를 존경했다. 도대체 작가의 머릿속은 어떻기에 이렇게 기상천외하고 아름다운 설정과 이야기를 만들 수 있단 말인가! 그렇게 나는 이야기와 함께 자랐다. 그러다 문득 깨달았다. 지금까지 즐겁게 본 이야기 속의 세상이 우리의 현실 세계를 다른 시각으로 비틀어 본 것이라는 사실을. 그 점이 실망스러웠나? 아니다. 나는 이 점이 너무나도 마음에 들었다. 이것은 우러러만 보던 작가들이 이 세상에 없는 것을 자신의 천재적인 상상 속에서만 길어 올린 것이 아니라 현실을 기반으로 썼다면, 나도 언젠가는 이렇게나 재미있는 이야기를 쓸 수 있을지도 모른다는 실낱같은 가능성이었다. 나는 이 생각을 마음에 품고 작가가 되기를 꿈꿨던 것 같다.

앞으로 어떤 이야기를 쓸 수 있을지는 스스로도 모른다.

하지만 아직 내가 가지 않은 저편에 무엇이 있을지 궁금하다. 글 쓰는 속도가 빠르지는 않지만, 앞으로도 계속 써보려 한다.

지금까지 저를 응원해 주신 가족, 친구, 동료 작가분들께 머리 숙여 감사의 인사를 전한다. 특히 같은 작가로서 함께 좋은 글의 방향을 고민해 주는 남편이 있어 힘이 되었다.

읻다 출판사 편집팀의 김준섭, 이해임, 최은지 선생님이 없었다면 각각의 소설이 한데 묶이지도 못했을 것이다. 편집팀의 열정과 유능함에 박수를 보낸다. 또한 그린북 에이전시의 선생님들께도 항상 감사한 마음이다.

그리고 이 후기까지 읽어주시는 당신이 없었더라면 이 책은 완성되지 못했을 것이다. 책의 완성은 쓰고 다듬어 엮이는 데에 있는 게 아니라, 완독되는 데에 있다.

이 책의 눈동자를 그려주는 당신께 감사함을 전한다.

부디 당신께도 이 이야기의 세계들이 마음에 드셨기를 바란다.

2024년 여름

박해울

수록 작품 발표 지면

요람 행성 … 《우리는 이 별을 떠나기로 했어》(허블, 2021년)

당신의 운명은 당신이 지금까지 해온 것에 달려 있다 … 웹진 〈비유〉 48호 (2021년 12월호) ※원제: 〈승차권을 반드시 소지하고 계십시오〉

세계의 끝 … '우주라이크소설'(리디, 2021년)

안개 숲 순례자 … 《책에서 나오다》(구픽, 2022년)

바 칼레이도스코프 … 월간 〈디자인〉(2020년 4월호)

수호성인의 몰락 … 미발표작(2024년)

철의 종족 … 《철길로 미래로》 Vol. 102(2022년 1~2월호)

토르말린 클럽 … 《이토록 아름다운 세상에서》(현대문학, 2022년)

지구의 날 … 《당신 곁의 파피용》(요다, 2022년) ※원제: 〈그들의 땅〉

요람 행성

발행일 2024년 7월 10일 초판 1쇄

지은이 박해울
기획 그린북 에이전시·읻다
편집 김준섭·이해임·최은지
디자인 박서우·강혜조
제작 영신사

펴낸곳 읻다
펴낸이 김현우
등록 제2017-000046호. 2015년 3월 11일
주소 (04035) 서울 마포구 양화로11길 68, 다솜빌딩 2층
전화 02-6494-2001
팩스 0303-3442-0305
홈페이지 itta.co.kr
이메일 itta@itta.co.kr

ISBN 979-11-93240-24-3 03810

책값은 뒤표지에 있습니다.
잘못된 책은 구입하신 서점에서 바꾸어 드립니다.